THOMAS KIEHL

Homo Lupus

Thriller

BENEVENTO

1. Auflage 2021

Medieninhaber, Verleger und Herausgeber:
Red Bull Media House GmbH
Oberst-Lepperdinger-Straße 11–15
5071 Wals bei Salzburg, Österreich

Satz: MEDIA DESIGN: RIZNER.AT
Gesetzt aus der Minion Pro, Futura
Umschlaggestaltung: Büro Jorge Schmidt, München
Umschlagmotiv: © Chris Ensminger on Unsplash
Tatzen: © shutterstock.com
Printed by Neografia, Slovakia

ISBN: 978-3-7109-0108-9

Für meine Familie
und alle,
die sich auf das Experiment
Familie eingelassen haben.

»Mächtige Rituale halten uns zusammen,
leere bringen uns auseinander.«

Prof. Van Dahlen

Zwei Tage nach der Wahl

»In diesen Zeiten lernt man seine Freunde von einer ganz anderen Seite kennen.«

Lothar Schmidt, Ingenieur, Dresden

»Alle sehen mich böse an. Dabei ich kommen aus Marokko. Ich mit ganzen Scheiß nix zu tun haben!«

Mohammed Qamari, Taxifahrer, München

»Immer, wenn meine beiden erwachsenen Kinder sonntags zum Kuchen zu mir kommen, gibt es Streit. Wie soll es nur weitergehen mit uns? Ich hoffe, die Zeiten führen uns wieder ein wenig zusammen.«

Vanessa Oberländer, Mutter, Nürnberg

»Ich habe mich vor ein paar Wochen in einen Teilnehmer meines Seminars verliebt. Er meldet sich nicht mehr. Ob das was mit der Wahl zu tun hat?«

Hanna Riefen, Erwachsenenbildung, Berlin

»Für mich hat sich wenig geändert. Das Vieh will sein Futter. In zwei Monaten wird gesät.«

Adrian Buschwerk, Landwirt, München

Zwei Tage vor der Wahl

Abgesehen von der abwaschbaren Gummimatratze gab es in der Zelle nichts, was man hätte zerstören können. Das Bett war gemauert und wie der gesamte restliche Raum weiß gekachelt. In einer Ecke hatte man eine Toilette ohne Klobrille und ein kleines Waschbecken, alles aus Stahl, angebracht. Es roch säuerlich, im besten Fall nach einem stark essighaltigen Reinigungsmittel – im schlechtesten nach dem Erbrochenen irgendeines armen Teufels, den sie hier zuvor untergebracht hatten.

Er hörte, wie sie die Tür hinter ihm zuschlossen. Immer noch fassungslos darüber, was gerade passiert war, brauchte er einen Moment, um sich zu sortieren. Dann drehte er sich um und hämmerte gegen die Stahltür.

»Ich will einen Anwalt sprechen!«

Keine Reaktion.

Er versuchte es erneut, dieses Mal deutlich lauter: »Ich will verdammt noch mal mit einem Anwalt sprechen!«

Wieder keine Reaktion, obwohl sie ihn hörten, da war er sich sicher.

Er blickte nach oben, zur Decke. Das grelle, sirrende Licht der Leuchtstoffröhren machte ihn wahnsinnig. Und dieser Geruch!

Dann trat er zu. Das dumpfe Geräusch von Gummisohlen, die auf Metall trafen.

»Hallo! Einen Anwalt! Sofort!«

Er trommelte mit der Faust gegen die Tür und stieß die übelsten Beschimpfungen aus, obwohl er wusste, dass das alles nichts brachte. Diese Schweine. Es würde keinen Anwalt geben.

Frustriert ließ er sich gegen die kalten Fliesen fallen. Eine unglaubliche Müdigkeit brach über ihn herein. Die letzten 48 Stunden waren die Hölle gewesen. Doch daran lag es nicht. Er liebte die Hölle – war wie für sie geschaffen. Was ihn so kraftlos machte, war das Gefühl, eine Partie verloren zu haben, ohne die Chance auf Revanche – denn die würden sie ihm sicherlich nicht geben.

Langsam ließ er sich zu Boden gleiten. Dann kämpfte er sich auf allen vieren zum Bett. Dort legte er sich auf den Rücken und schloss die Augen.

Er fragte sich, ob sie Bondroit auch schon in ihrer Gewalt hatten. Oder vertrauten sie darauf, dass sie ihren Mund hielt? Denn darum ging es ihnen doch?

Er musste an ihre erste Begegnung denken, damals, sechs Jahre war es her. Aufgrund ihrer aufbrausenden Art hatte er sie für ein unsicheres, verstocktes Frauchen gehalten, das man nicht wirklich ernst nehmen musste. Er hatte sich getäuscht. Bondroit war blitzgescheit. Und sie hatte etwas, was man immer seltener fand: einen unbestechlichen Glauben an die Gerechtigkeit und den Mut, dafür zu kämpfen. Wer sie herausforderte, musste damit rechnen, dass er in ihr ungeahnte Energien freisetzte. Zudem hatte sie jetzt als Mutter noch etwas dazugewonnen, um das es sich zu kämpfen lohnte – einen Sohn. »Unterschätzen Sie nie die Bindungskräfte einer Familie«, hatte sie ihn gelehrt, und die Kampfbereitschaft einer Mutter, wenn es um ihre Kinder geht.

Er hingegen, obwohl gerade erst fünfzig Jahre alt, hatte das Gefühl, sein Leben gelebt zu haben. Alles, was jetzt noch kam, waren Erniedrigungen im Job, zunehmende Fettleibigkeit, Magengeschwüre und Erektionsprobleme. Zudem gab es wenige Menschen, die ihn vermissen würden, da machte er sich keine Illusionen.

Er ballte die Faust und schlug mit aller Kraft gegen die Wand. Verdammt! Wie hatte er sich nur so blenden lassen können. Blut rann an seinen Knöcheln herab. Der Geruch von Eisen.

Wenn sie Bondroit etwas antaten … Er hätte sie nie in den Fall reinziehen dürfen.

Erneut schlug er zu, und jetzt spürte er auch den Schmerz, der ihm von der Hand bis in den Arm schoss.

»Gott, ich hasse dich! Ich hasse dich so sehr, als würde ich wirklich an dich glauben.«

14 Tage
vor der Wahl

1

»Und warum hast du einen so großen Mund?«

»Damit ich dich besser fressen kann«, kam es kichernd von hinten.

»Und ehe das Rotkäppchen es sich versah, sprang der Wolf aus dem Bett und verschlang es mit einem Biss. Dann schlief er zufrieden ein. Kurz darauf kam der Jäger zum Haus der Großmutter. Der Wolf hatte sich zwar als Großmutter verkleidet, doch der Jäger durchschaute ihn sofort. Und als er den dicken Bauch sah, war ihm klar, was passiert sein musste. Er nahm sein Messer aus dem Gürtel, schnitt dem Wolf den Bauch auf und befreite die Großmutter und das Rotkäppchen. Und wenn sie nicht gestorben sind …«

»… leben sie noch heute.«

Lena blieb stehen und hielt sich die Hand zum Schutz gegen die tief stehende Sonne an die Stirn. Das bunte Glitzern der unberührten Schneedecke, der angrenzende dichte Wald, dessen Tannen mit Weiß überzuckert waren, der Duft nach feuchter Kälte und Holz. Das waren die Momente, in denen ihr wieder klar wurde, warum sie aufs Land gezogen war. Ein perfekter Ort, an einem perfekten Tag. Wenn das mit Michael nicht gewesen wäre. Und die Wölfe fehlten.

»Mami!«

»Ja?« Lena langte mit ihrer Hand hinter ihren Kopf und streichelte Jean über seine dicke Mütze. Während sie sich seit zwei Stunden im knöcheltiefen Schnee durch kleinere Waldstücke in der Brandenburger Schorfheide kämpfte, saß ihr dreieinhalbjähriger Sohn gemütlich in seiner Kraxe und wollte Geschichten hören. Bereits fünfzehn Minuten nach ihrem Aufbruch hatte er behauptet, nicht mehr laufen zu können. Ein wenig konnte sie ihn sogar verstehen. Das Laufen durch den frischen Schnee war beschwerlich. Doch wenn man Wölfe beobachten wollte, war Schnee von erheblichem Vorteil. Die Tiere waren mit ihrem überwiegend braungrauen Fell vor einer weißen Kulisse besser auszumachen. Vor allem aber vereinfachte der Schnee die Spurensuche. So weit die Theorie.

»Und dann?«

»Was meinst du?« Lena war über die Frage verwundert. »Der Wolf ist tot. Und die Geschichte zu Ende.«

»Ja. Aber dann?«

Für Jean war die Geschichte anscheinend noch nicht zu Ende. »Na ja, das Rotkäppchen hat sich dann ein Gewehr gekauft und alle Wölfe erschossen.«

»Wirklich?«, fragte Jean.

»Wirklich«, sagte Lena.

Sie musste daran denken, wie man den Wolf in Deutschland ausgerottet hatte. Er hatte weiß Gott keinen guten Ruf gehabt. Doch im Märchen vom Rotkäppchen ging es – wollte man den Psychologen glauben, die das Märchen interpretiert hatten – gar nicht nur um den angeblich so bösen Räuber. Es ging vor allem darum, Mädchen davor zu warnen, sich von fremden Männern ansprechen und verführen zu lassen. In älteren Versionen der Geschichte fraß der Wolf das Rotkäppchen daher zunächst auch gar nicht auf, sondern lockte es ins Bett.

»Aber die Wölfe sind wieder da!«

»Genau«, gab Lena ihrem Sohn recht. »Sie sind wieder da. Und sie sind gar nicht so böse wie im Märchen.«

»Aber wo?«, fragte Jean.

»Wölfe sind scheue Tiere, du musst Geduld haben.«

Obwohl Geduld nicht gerade zu den Stärken von Jean gehörte, war seine Frage berechtigt. Die nahe gelegenen Felder und Wiesen hatte sie bereits alle abgesucht, ohne auch nur eine einzige Spur zu entdecken. Lenas letztes Ziel war eine größere Lichtung. Dort war sie der Wolfsfamilie – bestehend aus den beiden Leittieren, den zwei Jährlingen und einem älteren Jungtier – vor zwei Tagen vor einem gerissenen Rehkadaver begegnet. Die Wölfe hatten ihre Mahlzeit bereits beendet gehabt und lagen faul in der Sonne. Nur einer der Jährlinge machte sich einen Spaß daraus, die Raben, die sich über die Essensreste hermachten, immer wieder zu vertreiben. Obwohl die Wölfe Lena entdeckt hatten, hatten sie keinerlei Anstalten gemacht aufzubrechen. Vielleicht waren sie durch das Essen einfach zu müde. Oder sie spürten, dass Lena keine Gefahr für sie war. Lena hatte im Laufe der Zeit gelernt, dass Wölfe ein sehr gutes Gespür für Gefahr hatten.

»Bist du noch böse?«

»Böse?« Lena verstand nicht.

»Auf Papa.«

Wie kam er nur plötzlich darauf? »Warum meinst du das?«

»Weil du nicht lachst. Schon die ganze Zeit.«

Lena bezweifelte, dass sie jeden Tag lachte. Aber man durfte nicht alle Worte eines Kindes auf die Goldwaage legen.

»Nein, Jean. Ich bin nicht böse auf Papa«, sagte Lena, was nicht gelogen, aber auch nicht die ganze Wahrheit war. Als sie heute Morgen aufgestanden war, war Michael nicht da gewesen. Er hatte einen Zettel in der Küche hinterlassen, dass er kurz in die Werkstatt müsse, aber mittags wieder zurück sei, um sich ums Essen zu kümmern. »Böse« war sie wegen des Zettels und seiner Abwesenheit nicht gewesen – eher enttäuscht, und diese Enttäuschung musste Jean ihr angemerkt haben. Der Sonntagmorgen war eigentlich ihr gemeinsamer Morgen. Michael machte Kaffee und brachte ihnen zwei Tassen ans Bett. Dann, wenn das Drängeln von Jean nicht mehr zu ertragen war, standen sie auf und bereiteten ein üppiges Frühstück mit Eiern, Speck und frischem Obstsalat zu. Der Sonntag war einer der wenigen Tage, an denen sie sich Zeit ließen. Es war ihr festes Ritual. Zumindest war es das mal gewesen.

»Aber Mami!«

»Ich bin wirklich nicht böse auf Papa!«, sagte Lena ein wenig genervt.

Wahrscheinlich hätte sie Michaels Abwesenheit beim Frühstück nicht mal gestört, wenn sie nicht das Gefühl gehabt hätte, dass er sich in letzter Zeit ein wenig zu viele »Auszeiten« gönnte. Dass er am Sonntag wirklich zum Arbeiten in die Behindertenwerkstatt musste, bei der er seit einigen Jahren angestellt war, nahm sie ihm einfach nicht ab. Wofür? Am Sonntag war die Werkstatt zu. Und selbst wenn es dringenden Papierkram gab, so hätte er diesen von zu Hause aus erledigen können. Erst letztes Wochenende war er auf einer Schulung in Süddeutschland gewesen. Und jetzt schon wieder den halben Sonntag weg? Die ganze Arbeit mit Jean und dem Haushalt blieb an ihr hängen, und sie kam mit ihrem Wolfsprojekt nicht weiter. So war das ursprünglich nicht verabredet gewesen.

»Und wir finden bestimmt noch Spuren«, lenkte Lena das Thema wieder auf die Wölfe. Wirklich glauben konnte sie das allerdings selbst nicht. Sie ergriff das um ihren Hals baumelnde Fernglas und ließ ihren Blick über den Schnee und den Waldrand schweifen.

»Ich will auch!«, kam es direkt von hinten.

»Moment!« Lena meinte ein paar Spuren am gegenüberliegenden Waldrand entdeckt zu haben. Sie stellte das Fernglas scharf. Zwei größere Abdrücke vorne, zwei kleinere nacheinander gesetzt hinten. Eindeutig ein Hase. »Da gibt es nicht viel zu sehen.«

»Trotzdem.«

»Aber dann läufst du ein Stück.« Sie hätte nie für möglich gehalten, welch großen Anteil das Androhen von Strafen, Bestechung und Erpressung in der Erziehung von Kleinkindern einnahm.

Hinter ihr wurde es kurz ruhig. »Okay.«

»Versprochen?«

Wieder eine längere Pause. Zumindest schien sich Jean bewusst zu sein, dass man Versprechen nicht einfach so brach.

»Ja. Gib her!«

Nachdem Lena die Kraxe auf den Boden gestellt und Jean daraus befreit hatte, griffen seine kleinen Finger gierig nach dem Fernglas. Zunächst ahmte er Lena nach und ließ es langsam über die Lichtung und den angrenzenden Waldrand schweifen. Dann sah er abwechselnd zu Boden und in die Baumkronen, um am Ende durch das Objektiv Lena anzustarren. Er begann zu kichern. »Mami. Ich sehe dich gar nicht.«

Lena musste lachen. Wie süß er aussah, den Kopf in den Nacken gelegt, das viel zu große Fernglas vor den Augen. »Du musst es an dem kleinen Rad in der Mitte scharf stellen.«

»Wo?«

Jean nahm das Fernglas von den Augen und suchte nach dem Rad. Nachdem er es entdeckt hatte, drehte er ein wenig daran herum. Dann setzte er es erneut vor die Augen. »Es funktioniert nicht!« Und schon war das Fernglas wieder uninteressant. Er reichte es ihr zurück.

»Ich glaube, wir haben heute einfach kein Glück. Komm!« Lena reichte ihm ihre Hand. »Wir kehren um. Papa wartet sicherlich schon mit dem Mittagessen. Wir könnten nach Stöcken suchen«, schlug sie vor. Das würde ihn eine Zeit lang motiviert halten, selbst zu laufen. »Da hinten im Wald. Da gibt es bestimmt welche.«

Jean rannte sofort los. Kurz darauf kam er mit einem dicken Ast zurück und drückte ihn Lena in die Hand, damit sie ihn vom Schnee und den Verästelungen befreite.

»Für dich«, sagte Jean stolz. Und schon rannte er wieder los und verschwand hinter einer kleinen Felsformation. Ihr wäre es lieber gewesen, er hätte sich seine Kräfte eingeteilt.

»Mami!«

»Ja?« Jetzt kam er bestimmt gleich mit einem halben Baum zurück, der alle Dimensionen sprengte, denn der zweite Stock war schließlich für ihn selbst bestimmt. »Was denn?«

Keine Antwort.

»Jean?« Lena ging um die Felsen herum.

Wie angewurzelt stand er da. Instinktiv blieb sie ebenfalls sofort stehen.

»Ganz ruhig!«, flüsterte Lena. »Sieh ihnen nicht in die Augen, hörst du!«

Keine zehn Meter von Jean entfernt standen fünf Wölfe. Sie starrten abwechselnd sie und ihren Sohn an. Dann löste sich eines der Tiere aus dem Rudel und bewegte sich langsam auf Jean zu.

2

Der Wolf sah Jean einfach nur an. Kein Zähnefletschen, kein wildes Knurren oder Heulen, wie man es aus Horrorfilmen kannte. Alles war gespenstig ruhig.

»Nicht bewegen!«, flüsterte Lena. Vor allem nicht wegrennen, dachte sie, sprach es aber nicht aus, damit Jean gar nicht erst auf die Idee käme.

Sie hob den Stock, den ihr Jean gegeben hatte, über den Kopf und ging langsam auf den Wolf zu. Der Wolf sah verunsichert zu ihr herüber. Dem vollen Fell und der Größe nach zu urteilen, war er einer der Jährlinge. Jetzt blickte er zu seinem Rudel zurück.

Auch Lena sah zu dem Rudel. Sie merkte, wie angespannt sie war. Dabei gab es eigentlich keinen Grund. Menschen werden von Wölfen nicht als Beutetier angesehen. Und Wölfe gehören auch nicht zu den Tierarten, die sofort angreifen, dazu sind sie viel zu scheu. Solange es eine Möglichkeit gibt zu flüchten, werden sie das tun. Ihr schlechter Ruf basiert mehr auf den Märchen und Geschichten, die man sich seit Jahrhunderten über sie erzählt. Fakt ist allerdings, dass es um ein Hundertfaches wahrscheinlicher ist, auf einer Weide von Kühen zertrampelt, als von einem Wolfsrudel verletzt zu werden. Doch all das Wissen beruhigte Lena nicht wirklich, denn leider konnte man nie hundertprozentig ausschließen, dass sich ein Wolf nicht doch anders verhielt und dass dieser hier ihrem Sohn etwas antun könnte. Wer wusste schon, was das Rudel für Erfahrungen mit Menschen gemacht hatte? An Tollwut wollte sie gar nicht erst denken.

Den Stock so über ihrem Kopf platziert, dass sie damit sofort zuschlagen konnte, bewegte sie sich langsam weiter auf den Jährling zu.

Der junge Wolf blickte jetzt zu dem größten Tier des Rudels, als wartete er auf Anweisung. Der Leitwolf sah kurz zu Lena, dann zu Jean. Dann ging er einfach weiter. Das Rudel folgte ihm. Auch der Jungwolf drehte ab und sprang seiner Familie hinterher. Kurz darauf waren sie im Gebüsch verschwunden und nicht mehr zu sehen.

Lena sprang auf ihren Sohn zu, der immer noch wie angewurzelt dastand und in die Richtung starrte, in die die Wölfe verschwunden waren. Sie umarmte ihn, drückte ihn so fest an sich, wie sie ihn noch nie gedrückt hatte. »Oh, Jean. Das hast du toll gemacht.« Tränen schossen ihr in die Augen.

Auch Jean presste sich an sie. Doch dann versuchte er, sich aus ihrer Umarmung zu lösen. »Mensch, Mami. Du verdrückst mich ja!«

Lena ließ ihn los. Sie wischte sich die Tränen aus den Augen. »Ich verdrück dich nicht. Ich habe dich nur so unendlich lieb.« Sie streichelte ihm über die Wange. »Hattest du gar keine Angst?«

»Quatsch.« Er schüttelte den Kopf. »Mama, waren das echte Wölfe?«

Sie nickte.

»Und wollte der mich essen?«

Lena schüttelte den Kopf. »Nein. Der Wolf war nur neugierig. Er war noch sehr jung. So wie du.«

Jean grinste. »Komm, Mama. Das müssen wir Papa erzählen! Unbedingt!« Er lief sofort los, blieb dann jedoch wieder stehen und rannte zu ihr zurück. Er ergriff ihren Stock. »Brauchst du den noch?«

»Nein. Nimm nur.«

»Wegen der Wölfe. Wenn sie wiederkommen.«

Eine knappe Stunde später hatten sie die große Weide, die an ihr Haus angrenzte, fast erreicht. Im Sommer grasten dort die Kühe des Nachbarn. Lena drückte sich durch das den Wald umgebende Gebüsch und bahnte den Weg für Jean. Und schon tauchte sie vor ihnen auf, die weite weiße Fläche, und dahinter, rund hundert Meter entfernt, das kleine alte Bauernhaus mit dem rauchenden Schornstein. Sie hatten es kurz nach Jeans Geburt gekauft. Michael und sie waren das Berliner Großstadtleben leid gewesen, die vielen Menschen und Touristen, die zunehmende Kriminalität, den Schmutz. Vor allem aber waren sie wegen Jean hier rausgezogen, da sie ihrem Kind ein Aufwachsen in der Natur, mit Tieren und weniger Schadstoffen ermöglichen wollten. Obwohl ihnen klar gewesen war, dass es viel Mühe machen würde, das Haus vernünftig zu renovieren, hatten sie sich sofort verliebt. Dass sie allerdings drei Jahre später immer noch nicht mit dem Renovieren fertig sein würden – die neue Küche kam erst in vier Wochen –, das hätte sich Lena selbst in ihren übelsten Träumen nicht vorstellen können. Und dass sie das anderthalb Stunden entfernte Berlin so häufig vermissen würde, auch nicht.

»Runter!«, forderte Jean. Er war die überwiegende Strecke des Heimwegs selbst gelaufen, doch vor rund einem Kilometer hatte er Lena dann doch gebeten, wieder in die Kraxe zu dürfen. Sie nahm sie vom Rücken und ließ ihn herausklettern.

»Aber Mama! Das mit dem Wolf, Mama, das erzähle ICH!«

»Ist doch klar.«

Hoffentlich hatte Michael schon das Mittagessen vorbereitet. Sie hatte einen wahnsinnigen Hunger. Und auch wenn Jean sich bisher noch nicht beschwert hatte, er sicherlich auch. Da konnte die gute Stimmung schnell kippen.

»Mama!« Jean zeigte auf die kleine Landstraße, die auf der einen Seite der Wiese vorbeiführte. Ein schwarzer Van fuhr dort entlang. »Besuch!«

»Der will nicht zu uns«, erklärte Lena.

Obwohl auf der Straße, die die zwei benachbarten Dörfer miteinander verband, sonntags eher wenig Verkehr war, war sich Lena sicher, dass sie keinen Besuch erwarteten. Michael hätte ihr auf jeden Fall gesagt, wenn er jemanden eingeladen hätte. Die Sonntage waren Familientage, die sie am liebsten allein verbrachten. Das war eine unausgesprochene Regel, die nur in den seltensten Fällen gebrochen wurde. Und nur nach Absprache.

»Schade.« Jean wandte sich von ihr ab. »Denen hätte ich auch vom Wolf erzählen können.« Er rannte durch das Gebüsch weiter in Richtung Weide. Dann stoppte er.

»Schau!« Er zeigte wieder auf den Van, der nun tatsächlich in den kleinen Schotterweg eingebogen war, der zu ihrem Haus führte. »Der will doch zu uns!«

Lena holte zu ihrem Sohn auf. Gemeinsam beobachteten sie durch das Gebüsch hindurch den Wagen, der auf dem großen Hof vor der alten Scheune zu stehen kam. Kaum hatte er geparkt, wurden auch schon die Seitentüren aufgeschoben, und zwei schwarz gekleidete Männer verließen den Wagen.

Lena merkte, wie ihr plötzlich ganz anders wurde.

»Wer ist das?«, fragte Jean.

»Keine Ahnung«, sagte Lena, was auch der Wahrheit entsprach. Aber sie überkam eine üble Vorahnung. Alte Bilder stiegen in ihr auf. Die Geschichte vor sechs Jahren. Damals war sie aufgrund ihrer Forschung in eine gefährliche Politintrige geraten, bei der sie nur knapp mit heiler Haut davongekommen war. Die Verantwortlichen hatte man zur Rechenschaft gezogen, allerdings waren die Hintergründe nie an die Öffentlichkeit gelangt, geschweige denn vollständig verarbeitet worden. Bislang hatte sie sich damit sicher gefühlt. Doch sie wusste zu viel. War heute der Tag, an dem sie die Sache einholte?

»Komm, Mama!« Jean war bereits dabei, sich aus dem Gebüsch zu kämpfen.

»Nein. Warte!«, zischte sie ihm hinterher.

Er blieb stehen und schaute sie irritiert an. Der Ton in ihrer Stimme ließ ihn zum Glück gehorchen.

Lena ergriff ihr Fernglas. Sie legte es an die Augen und stellte es scharf. Die Männer gingen in Richtung Haus. Was sie schon meinte, ohne Fernglas erkannt zu haben, wurde zur Gewissheit: Beide Männer trugen Pistolengürtel.

Lena griff in ihre Jackentasche und zog ihr Handy heraus. Sie wählte Michaels Nummer. Kein Freizeichen. Sie nahm das Handy vom Ohr und prüfte die Netzqualität. Nicht ein Balken war zu sehen. Diese verdammte Gegend hier draußen!

»Mist!«, fluchte sie leise.

»Was?«

»Ach, nichts. Ich habe nur keinen Empfang.«

»Wen willst du anrufen?«

»Papa.«

»Wegen dem Wolf?«

Lena sah erneut durch das Fernglas. Leider war der Van so geparkt, dass sie von ihrer Position aus die Eingangstür ihres Hauses nicht mehr sehen konnte.

»Mama, ich will das mit dem Wolf …«

»Ich weiß«, unterbrach Lena ihren Sohn herrisch. »Später, Liebling, versprochen.« Sie wollte Jean nicht unnötig Angst einjagen. Sicherlich gab es für diesen »Besuch« eine ganz harmlose Erklärung.

Sie sah erneut auf ihr Handy, als würde der Empfang allein durch das Draufstarren besser werden. Dann überlegte sie, zu den Nachbarn zu gehen, den Tönnes, um Michael vom Festnetz aus anzurufen. Doch bis zum Hof der Tönnes waren es fast zwei Kilometer. Mit Jean auf dem Rücken brauchte sie dafür bestimmt zwanzig Minuten, wenn nicht länger.

Während sie weiter überlegte, was sie tun könnte, sah sie, wie die zwei Männer wieder zum Vorschein kamen und auf den Van zugingen. Lena beobachtete sie durch ihr Fernglas. Der eine öffnete die Seitentür, während der andere über das Feld blickte, als würde er etwas suchen. Zwei Spuren führten über die ansonsten unberührte Schneedecke. Die von Jean und ihre. Geradewegs auf sie zu.

»Bück dich!«, flüsterte Lena Jean zu, der zum Glück sofort gehorchte. Sie selbst ging ebenfalls in die Hocke.

Nun verließ der zweite Mann wieder den Wagen. Er hatte jetzt etwas in der Hand. Lena erhob sich leicht, um besser sehen zu können. Sie legte erneut die Objektive an die Augen.

»Scheiße«, rutschte es ihr heraus, während sie sich wieder zu Jean kniete. Sie hatte genau in die Linsen eines Fernglases gesehen, das auf sie gerichtet war.

»Sagt man nicht! Sagt man nicht!« Jean grinste.

Lena zog ihn hinter sich durch das Gebüsch in Richtung Wald.

»Ich will zu Papa!«, protestierte er.

»Später. Wir gehen erst noch zu den Tönnes.«

»Nein, Mama. Nicht zu den Tönnes. Ich hab Hunger.«

Lena blieb stehen. Sie beugte sich zu ihrem Sohn hinunter. »Jean, bitte, steig jetzt einfach in die Kraxe. Und dann lässt du Mama so schnell laufen, wie es geht. Ich erkläre dir alles später.«

»Wegen der Wölfe?«, fragte Jean.

Wie kam er nur darauf? Aber vielleicht gab er dann Ruhe. »Ja.«

Lena riss sich die Kraxe von den Schultern. Dann half sie ihm beim Einsteigen. Ein letztes Mal blickte sie zu ihrem Haus zurück. Jetzt standen beide Männer vor dem Van. Der mit dem Fernglas in der Hand zeigte genau in ihre Richtung.

3

»Willkommen zurück bei unserer Sendungsserie ›Countdown zur Wahl‹! Jeden Tag liefern wir Ihnen, liebe Zuhörer, einen Einblick in ein aktuelles Thema zu den bevorstehenden Neuwahlen des Bundestags. Heute haben wir ein hoch spannendes Interview für Sie zum Thema ›Die manipulierte Wahl‹, das wir gestern für Sie aufgezeichnet haben. Mit unserem Kollegen Arno Stange diskutierten der Politologe Professor Manfred Fender und der Parteivorsitzende und Kanzlerkandidat der Partei ›Neue bürgerliche Mitte‹, Jan Berger.«

Das Interview vom Vortag. Berger drosselte die Geschwindigkeit seines Porsche und drehte das Volumen ein wenig auf. Dabei wäre es wahrscheinlich besser, das Radio einfach auszuschalten. Er hatte sich bereits den gesamten gestrigen Tag darüber geärgert, wie man versucht hatte, ihn vorzuführen.

»Herr Professor Fender, Herr Berger, schön, dass Sie sich die Zeit genommen haben. Seit der Corona-Krise vor fünf Jahren kommt dieses Land nicht mehr zur Ruhe. Zuletzt hat sich der Bundestag kurz nach der Wahl aufgrund von Streitigkeiten der Koalitionspartner wieder aufgelöst. In zwei Wochen sind Neuwahlen – Wahlen in nicht ganz einfachen Zeiten. Das zeigen auch die Umfragen. Fast fünfzig Prozent aller Wähler geben an, noch nicht zu wissen, wen sie wählen wollen. Unser heutiges Thema dazu: Wahlmanipulation. Wir haben es bereits in anderen Ländern erlebt und jetzt auch bei uns: Fremde Staaten mischen sich über die Wahlen in unsere Politik ein, indem sie unter anderem versuchen, über die sozialen Medien und gezielt gestreute Fake-News Parteien zu unterstützen, die ihren Interessen am dienlichsten sind. Derzeit werden die behaupteten Unterschlagungsvorwürfe diskutiert, die dem nordrhein-westfälischen Ministerpräsidenten seinen Posten und seine politische Karriere kosteten, die sich dann jedoch als falsch herausstellten. Daher die provokante Frage an Herrn Professor Fender: Leben wir überhaupt noch in einer Demokratie, in der das Volk seine Führung wählt, oder sind wir alle nur noch Puppen an fremdgesteuerten Schnüren?«

»Guten Tag zunächst einmal. Und nein, Ihre Frage ist überhaupt nicht provokant. Eine funktionierende Demokratie setzt voraus, dass sich die Wähler frei entscheiden können. Das Grundgesetz garantiert deshalb die freien Wahlen. Ein manipulierter Wähler ist eindeutig kein freier Wähler.«

»Womit wir beim Problem wären. Die sozialen Medien machen es möglich. Und das wissen wir nicht erst seit gestern. Vor vielen Jahren gab es bereits die Einmischung von Russland in die Wahlen der USA. Weniger bekannt sind die politischen Manipulationen vieler Dritte-Welt-Staaten durch große Industrienationen. Und jetzt sind wir dran?«

»Na ja. Lassen Sie uns fair bleiben: Wahlbeeinflussungen gibt es, seitdem es Wahlen gibt. Viel diskutiert wurden im letzten Jahrhundert sogenannte Hirtensprüche. Das waren Wahlempfehlungen des lokalen Geistlichen. Und in Italien hat man sich über die Mafia immer wieder Stimmen gekauft.«

»Also alles nichts Neues, sagen Sie?«

»Das habe ich nicht gesagt. Ich wollte nur klarstellen, dass es Wahlbeeinflussung schon immer gegeben hat. Was in diesem Ausmaß allerdings wirklich neu ist, ist die manipulative Beeinflussung von außen, also durch andere Staaten, vor allem auch durch Fake-News und manipulierte Inhalte in den sozialen Medien.«

»Also doch! Wie können wir uns dagegen schützen?«

»Eine schwierige Frage, auf die ich Ihnen leider keine befriedigende Antwort geben kann. Das Problem ist, dass man die Beeinflussungsmöglichkeiten, die uns das digitale Zeitalter bietet, zu lange nicht ernst genug genommen hat. Die systematische Hetze über das Netz, oft mit perfider technischer Hilfe von Bots aus dem In- und Ausland, ist eine große Gefahr. Hätte man schon vor Jahren mit gesetzlichen und technischen Anpassungen experimentiert, dann wären wir hier sicherlich weiter.«

»Vielleicht genau der Punkt, um zu Ihnen zu kommen, Herr Berger. Selten hat es eine Partei in so kurzer Zeit geschafft, so viele Stimmen zu vereinen. In der ersten Bundestagswahl nach der Corona-Krise schoss Ihre Partei von null auf fünfzehn Prozent. Den neuesten Umfragen zufolge wäre jetzt mit viel Glück sogar eine absolute Mehrheit im Parlament möglich. Doch Ihre reißerische Wahlkampfkampagne in den sozialen Medien steht in der Kritik. Zulässige Wahlwerbung oder schon Manipulation?«

»Guten Tag auch von meiner Seite. Und ich muss sofort klarstellen: Unsere Kampagne zu verdächtigen, manipulativ zu sein, ist natürlich an den Haaren herbeigezogen. Wir kommunizieren einfach, knapp und gut verständlich. Das ist keine Manipulation, sondern unsere Fähigkeit, die Sprache der Bürger zu sprechen, anstatt sie von oben herab mit leeren oder unverständlichen Floskeln abzuspeisen.«

Jetzt, wo er das Interview noch einmal hörte, ärgerte sich Berger über den Vorwurf fast noch mehr. Warum wurde ihre Kommunikationsstrategie immer wieder angefeindet? Die

Medien arbeiteten größtenteils ganz ähnlich. Denn wie hatte noch der Philosoph Karl Popper gesagt: »Was man nicht versteht, ist nicht.« Nicht erst seit heute musste man auf dem Niveau von Castingshows kommunizieren, um die Massen zu begeistern. »Sorry, deine Stimme ist scheiße. Aber du siehst geil aus. Und deine Story hat mich echt berührt. Daher willkommen im Recall.« Dass das die anderen Parteien nur sehr begrenzt begriffen hatten, war nicht sein Problem.

Zudem verdankten sie ihren Erfolg nicht allein ihrer Kommunikationsstrategie. Sie waren schlicht und einfach die einzige Partei, die mit einem Programm aufwarten konnte, das für den in Deutschland dringend notwendigen Wandel stand. Von der Wirtschaft wurden sie für ihre liberalen Standpunkte und Vorschläge zur Deregulierung immer nur gelobt. Die Idee, Europa in einen Norden und einen Süden zu zerschlagen, kam ebenfalls gut an, genauso wie auch ihre fundamentale Kritik an der Politik des offenen Geldhahns; Geld, das größtenteils in den korrupten Süden von Europa floss und dort in den durstigen Kehlen von Politikern und Lobbyisten versickerte.

»Es wird Ihnen vorgeworfen, dass Sie sehr populistisch unterwegs sind und es mit der Wahrheit nicht so genau nehmen. Auch der Vorschlag einer sogenannten Kanzlerdemokratie wird sehr kritisch gesehen. Diesbezüglich wurden Sie in letzter Zeit sogar als ›moderner Möchtegerndiktator‹ bezeichnet.«

»Zunächst zum Punkt, dass wir es mit der Wahrheit nicht so genau nehmen: Ich weiß, dass sich die Medien hier gerne die alleinige Deutungshoheit zuschreiben. Aber nicht mit uns. Und zum ›Möchtegerndiktator‹ – ich möchte Sie doch bitten, solche Vergleiche in Zukunft zu unterlassen. Eine Kanzlerdemokratie, wie wir sie fordern, ist keine Diktatur. Sie ist schlicht und einfach eine Weiterentwicklung unseres derzeitigen demokratischen Systems. Letztlich ist sie nichts anderes als eine Umsetzung von Führungsprinzipien, nach denen Demokratie schon in vielen Ländern gelebt wird.«

»Auch wenn wir jetzt ein wenig vom Thema abkommen, möchte ich doch kurz darauf eingehen. Sie wollen demokratische Gremien außer Kraft setzen, die gerichtliche Überprüfbarkeit von staatlichen Entscheidungen reduzieren und viele Mitspracherechte des Parlaments einschränken. Sie wollen insbesondere auch ein erweitertes Durchgriffsrecht des Kanzlers nicht nur im Kriegsfall. Das mag so manch einen von uns an ein sehr dunkles Kapitel in der deutschen Geschichte erinnern.«

»Jetzt hören Sie doch bitte mit diesen Vergleichen auf! Sie machen sich ja lächerlich! Lassen Sie uns einfach bei den Fakten bleiben. Demokratische Prozesse sind gut und richtig. Ich liebe Diskussionen. Aber irgendwann kommt der Zeitpunkt, da müssen Entscheidungen gefällt und konsequent umgesetzt werden. Wenn ein Virus die Welt im Griff hat, dann ist das plötzlich möglich. Das haben wir aus der Corona-Krise gelernt. Doch anschließend sind alle Parteien – außer uns – wieder in ihren Dornröschenschlaf gefallen. Es kann nicht sein, dass wir den durch moderne Technologien geschaffenen Fortschritt, vor allem auch bezüglich einer schnelleren Umsetzbarkeit von Dingen, durch unsere politischen Prozesse immer wieder auf ein mittelalterliches Niveau zurücksetzen. Vor allem können wir uns das im internationalen Umfeld nicht mehr leisten. Ich möchte hier nicht wieder die vielen Beispiele bemühen, wie viele Autobahnen, Bahnhöfe, Krankenhäuser und Flughäfen die Chinesen bauen, während wir gerade den nächsten Gerichtsprozess abwarten oder über den Brandschutz diskutieren. Lassen Sie uns ehrlich sein: Europa ist vergleichbar mit dem

Römischen Reich. Selbst träumenden Nostalgikern muss klar sein, wo das alles endet: Wir werden von China überrannt. Und über unsere Arbeits- und Lebensbedingungen werden dann andere entscheiden. Wenn Ihnen das lieber ist – keiner zwingt Sie, mich zu wählen. Aber ich und meine Partei werden das niemals akzeptieren.«

»Aber Herr Berger …«

»Ich bin Demokrat, aus vollem Herzen. Ich liebe unser Land, unsere Werte. Waren die Kanzler und Politiker vor mir, die mit harter Hand regiert und dadurch einiges erreicht haben, Nazis oder Diktatoren? Natürlich nicht. Und was haben die Parteien erreicht, die versucht haben, politische Probleme basisdemokratisch mit Tausenden von Abstimmungsrunden und Diskussionen zu lösen? Manche von ihnen gibt es nicht mal mehr!«

»Demokratie braucht manchmal Zeit. Glauben Sie nicht, dass man die ein oder andere Diskussion benötigt, um sich einem Thema anzunähern?«

»Diskussion? Ja! Endlose Debatten? Ein entschiedenes Nein! Und wissen Sie, warum? Weil das, worauf man sich dann einigt, nicht mehr aktuell ist. Die Zeiten haben sich geändert. Wir sitzen nicht mehr auf einer Kutsche, sondern im Überschallflieger. ›Fail fast‹ heißt es in der Wirtschaft. Und das bedeutet, lieber schnell eine falsche Entscheidung treffen und aus ihr lernen als langsam eine richtige, die dann für den Markt nicht mehr relevant ist. Ich bin für eine Fehlerkultur in den Behörden, nicht eine Kultur, deren Hauptanliegen es ist, ja nicht den eigenen Beamtenstatus zu gefährden. Und wie ich schon sagte: Ich liebe Deutschland. Und ich glaube, wir können auf dieser Welt einiges bewirken … wenn wir wollen.«

Berger schaltete das Radio aus. Den Rest dieses höchst tendenziösen Interviews, in dem fast nur noch dieser alberne

Professor zu Wort gekommen war, würde er sich nicht erneut antun. Zudem hatte er das Anwesen der Coppenfelds fast erreicht. Hinter ein paar Bäumen sah man es bereits durchblitzen, das kleine Schloss seines Studienfreundes. Nur noch die Kiesauffahrt, dann wäre er da.

4

Lena wischte sich den Schweiß von der Stirn. Sie keuchte, als hätte sie gerade einen Marathon hinter sich. Ihre Beine und ihr Rücken schmerzten. Vielleicht noch hundert Meter Wald, dann der brache, schneebedeckte Acker, und dann wären sie endlich bei den Tönnes.

Jean saß brav in seiner Kraxe und sagte kein Wort. Kinder können einen in den unmöglichsten Situationen in den Wahnsinn treiben, doch sie spüren auch, wenn es wirklich ernst wird.

Lena drehte sich um und lauschte. Kein lautes Rufen, keine knackenden Äste. Wenn die Männer sie überhaupt verfolgt hatten, mussten sie noch ein ganzes Stück hinter ihnen sein. Sie setzte ihren Weg in leicht reduziertem Tempo fort.

»Wann sind wir da?«

»Gleich«, schnaufte Lena.

Als sie den Acker erreicht hatten, blieb sie kurz stehen und sah sich erneut um. »Ab zum Hof«, sagte Lena mehr zu sich selbst als zu Jean. Dann rannte sie los.

Kurz darauf hatte sie die Scheune der Tönnes erreicht. Sie rannte um einen Haufen alter Bretter herum. Von dort aus suchte sie die Waldgrenze mit ihrem Fernglas nach Bewegungen ab.

Nichts.

Sie verließ ihre Deckung und ging um die Scheune. Mit großer Erleichterung stellte sie fest, dass Eckard Tönnes' Toyota Land Cruiser vor dem Haus stand. Er schien zu Hause zu sein. Sie ging auf die Haustür zu, die eine Handbreit offen stand.

Hier auf dem Land nahmen es die Leute – mit Ausnahme von ihr – mit dem Zuschließen von Türen nicht so genau. Doch Lena überkam ein ungutes Gefühl. Vorsichtig drückte sie die Tür ganz auf.

»Eckard? Sabine?«

Keine Antwort.

Lena lauschte. Irgendwo spielte Musik. Ein bekannter Schlager dudelte das Bild einer heilen Welt vor sich hin. Ansonsten war es still.

»Hallo! Jemand zu Hause?«

Wieder keine Antwort.

Sie betrat den breiten Flur. Ein paar Meter weiter stand eine kleine Kommode, auf der sich die Ladestation für ein mobiles Festnetztelefon befand. Doch das Telefon selbst war nicht zu sehen.

»Hallo?«

Sie machte einen Schritt in Richtung Wohnzimmertür, die direkt neben der Kommode vom Flur abging. Ihre Hand legte sich auf die Klinke und drückte sie langsam herunter. Dann schob sie vorsichtig die Tür auf.

Warme Luft strömte ihr entgegen. Wahrscheinlich war der Kachelofen an. Lena sah sich in dem mit alten Eichenmöbeln vollgestellten Zimmer um. Abgesehen von Tönnes' Katze, die Lena verschlafen ansah, war niemand hier. Sie ging in den Raum hinein und suchte nach dem Telefon. Dann hörte sie Schritte im Flur.

»Eckard?« Sie drehte sich zur Tür um.

Ein fast zwei Meter großer Mann tauchte im Türrahmen auf. »Ja. Der Eckard.« Sein breites Gesicht wurde durch das freundliche Grinsen noch ein wenig breiter. Er hatte seinen alten, löchrigen Norwegerpulli an, den er eigentlich immer trug. Vielleicht hatte er aber auch mehrere davon. Seine störrischen grauen Haare waren voller Sägespäne. »Was verschafft mir die Ehre?«

»Ich muss dringend telefonieren!«, sagte Lena, der schon in dem Moment, als sie den Satz aussprach, bewusst wurde, wie seltsam das klingen musste.

Eckard sah Lena an, als hätte er sie nicht richtig verstanden. »Alles gut mit dir?«

Lena spürte, wie sich Jean in der Kraxe bewegte. »Hallo, Eckelhard!«

»Ach!« Er ging ein paar Schritte auf sie zu. »Und der kleine Räuber besucht mich auch mal wieder. Da hätte sich Sabine aber gefreut. Die ist dieses Wochenende mit ihrem Chor unterwegs.«

»Entschuldige, Eckard.« Auch wenn es ein wenig unhöflich war, Lena musste so schnell wie möglich Michael anrufen. »Wo ist dein Telefon? Ich erkläre dir alles später.«

Eckard zog sich ein paar Sägespäne vom Pullover. »Ihr Stadtmenschen!« Er schüttelte den Kopf. »Warum zieht ihr eigentlich aufs Land, wenn ihr hier so weitermacht wie vorher?« Er knuffte Jean in die Wange. »Stimmt's, mein Junge?« Dann ging er zurück in den Flur. »Ich mach uns jetzt erst mal einen Kaffee. Und dann suche ich das Telefon. Keine Ahnung, wo das wieder rumliegt.«

»Eckard …« Lena wollte gerade dazu ansetzen, ihm alles zu erklären, da meinte sie Motorengeräusche zu hören. Sie spitzte die Ohren. Das Brummen eines Dieselmotors, das kurz darauf wieder verklang. Dann das leise Rollen von Schiebetüren.

»Noch mehr Besuch?«

Ohne auf Eckards Frage einzugehen, sah sich Lena hektisch um. Vom Wohnzimmer führte eine Tür zum benachbarten

Esszimmer. »Ich bin nicht hier! Verstanden?« Eckard sah ihr verdutzt hinterher, wie sie zur Tür sprang und sie hinter sich zuzog. Vorsichtig legte sie ihr Ohr dagegen und horchte.

»Hallo?«, rief eine ihr unbekannte Stimme.

Sie hörte die schweren Schritte von Eckard, die sich in Richtung Haustür entfernten.

»Guten Tag.«

»Ist Frau Bondroit bei Ihnen?«

»Nein. Warum?« Eckard hielt sich zum Glück an ihre Bitte.

»Wir müssen sie dringend finden«, sagte eine andere Stimme. Wie Lena verwundert feststellte, war es die Stimme von Michael. Das meinte sie zumindest.

»Und wer sind Sie?« Das war wieder Eckard Tönnes.

Die Stimmen wurden leiser. Sosehr Lena auch ihr Ohr gegen die Tür presste, sie konnte nur einzelne Wortfetzen verstehen. Also öffnete sie vorsichtig die Tür zum Wohnzimmer und ging langsam hindurch in Richtung Flur.

»Was hat sie denn ausgefressen?«, hörte sie Eckard fragen.

Jetzt erschallte ein Lachen. Auch das von Michael.

5

»Jungs!« Coppenfeld holte so tief Luft, dass die Knöpfe seiner Weste spannten. Er trug einen seiner Glencheck-Anzüge, darunter ein weißes Hemd mit goldenen Manschettenknöpfen, auf denen das Familienwappen der von Coppenfelds eingraviert war. »Es gibt da etwas Unschönes, von dem ich euch berichten muss.«

Sie waren beim Hauptgang, einem Rehbraten mit diversen Beilagen, angelangt. Frederick von Coppenfeld – oder Coppi, wie sie ihren Freund gerne nannten – hatte sie, wie jedes Jahr an diesem Tag, zur Wildschweinjagd auf sein Schloss in Oberfranken eingeladen. Traditionell ging der Jagd ein üppiges Essen voraus. Es war ein lieb gewonnenes Ritual, mit dem sie ihre lange Freundschaft feierten, mit dem sich aber vor allem auch Coppenfeld für seine Kochkünste feiern ließ. Kochen war seit ein paar Jahren seine neue Religion und der Herd der Altar, auf dem er die erlesensten Jagd- und Importprodukte opferte. Wollte man es sich mit ihm nicht verscherzen, hielt man mit Kritik bezüglich seiner Kochkünste lieber hinterm Berg.

Scheidung, war der erste Gedanke, der Berger bei Coppenfelds Worten durch den Kopf schoss. Warum sonst diese theatralische Ankündigung? Die Ehe zwischen Coppenfeld und seiner Frau glich, soweit Berger wusste, schon seit Jahren nur noch einer Arbeitsgemeinschaft, die vergessen hatte, an welchem Projekt sie arbeitete. Oder vielleicht war das Projekt, das im Wesentlichen dem Ziel der Reproduktion zur Fortführung der

Familienlinie sowie der Aggregation von Vermögen galt, auch einfach nur abgeschlossen.

»Ich setze auf eure absolute Vertraulichkeit.« Coppenfeld sah bedeutungsschwanger in die Runde.

Oder vielleicht eine schwere Krankheit?, überlegte Berger. Denn auch wenn es zwischen Coppenfeld und seiner Frau nicht mehr ganz rundlief, sie beide gehörten immerhin zum alten deutschen Adel, und der Adel ließ sich nicht einfach scheiden. Schließlich bedeutete eine Scheidung Vernichtung von Kapital, ein Umstand, den das Proletariat nicht zu scheuen schien, wenn es ihn überhaupt durchschaute, der dem entromantisierten Adel jedoch zutiefst zuwider war. Bevor man sich scheiden ließ, einigte man sich lieber auf außereheliche Experimente.

Coppenfeld atmete erneut tief durch. Er war derjenige gewesen, der nach dem Studium am längsten gebraucht hatte, eine gute Anstellung zu finden. Dank der hervorragenden politischen Kontakte seines Vaters, der ein hohes Tier im Innenministerium gewesen war, hatte er am Ende aber natürlich doch noch Karriere gemacht. Er hatte mehrere hohe Ämter in verschiedenen Ministerien durchlaufen und in unterschiedlichen Projektgruppen des Bundesinnenministeriums mitgearbeitet. Vor drei Jahren schließlich kam die Krönung: die Ernennung zum Präsidenten des Verfassungsschutzes.

»Es wird einen Anschlag geben«, verkündete Coppenfeld mit einem Gesichtsausdruck, als würde morgen die Welt untergehen. Trotz der hohen Vertraulichkeit seines Amtes ließ sich Coppenfeld immer wieder – und das sogar sehr gerne – dazu verleiten, aus dem Nähkästchen zu plaudern.

»O Gott!« Berger spielte den Erschrockenen. In der Regel berichtete Coppenfeld über die schmutzigen Hintergründe von

Rücktritten von wichtigen Politikern oder Managern. Das hatte immer einen gewissen Unterhaltungswert. Aber ein Anschlag? Es gab ständig Anschläge. Wenn er nicht gerade ihm oder einem Atomkraftwerk galt, war es keine Nachricht, um die man so ein Aufsehen machen musste.

Berger sah zu Sebastian Saum. Im Gegensatz zu Coppenfeld, der in den letzten Jahren stark an Gewicht zugelegt hatte und an dessen roten Wangen man seinen hohen Blutdruck erkennen konnte, sah Saum immer noch ausgesprochen gut aus. Obwohl ebenfalls fast fünfzig, schien er kaum gealtert zu sein. Seine vollen, braunen Haare hatte er mithilfe von Gel oder Wachs wild durcheinandergewühlt. Das stand ihm erschreckend gut und verlieh seinem Gesicht etwas zusätzlich Jugendliches. Die enge, graue Chino saß perfekt, und auch das schwarze Hemd wölbte sich nicht an den kritischen Stellen. Er wirkte irgendwie … – Berger suchte nach dem richtigen Wort – … energetisch und … potent. Ja, potent, das war das Wort, nach dem er gesucht hatte, ein Attribut, das er anderen Männern nur ungern gönnte.

Saum hatte es vor allem mit Fleiß und Ellenbogen geschafft, sich in der weltweiten Top-Liga der Hedgefonds-Manager zu etablieren – einer neuen Generation von Investmentbankern, die es nicht nur mit Mehrheiten, sondern vor allem über psychologischen Druck auf das oberste Management und auf Regierungen schaffte, ihre Interessen durchzusetzen. Er hatte in der Corona-Krise ein goldenes Händchen bewiesen. Seitdem mischte er ganz oben mit, auch wenn es andere Manager gegeben hatte, die noch mehr »abgesahnt« hatten. Sein Jahresverdienst lag bei schlappen 1,7 Milliarden Euro. Auch ihn schien Coppenfelds Ankündigung nicht vom Hocker zu reißen.

Der Vierte im Bunde, Paul Wittkowski, wirkte hingegen ein wenig betroffen. Er sah neben dem dynamischen Saum wie ein ausgemusterter Buchhalter aus, dessen Dynamik sich auf die PS seines Autos beschränkte. Wegen des leicht schiefen Mundes hatten sie ihm früher immer eine Hasenscharte nachgesagt, die er aber gar nicht hatte. Vorsichtig ausgedrückt: Es gab Menschen mit einem einnehmenderen Äußeren. Auch ihn hatte Berger an der London School of Economics kennengelernt. Er war damals schon ein brillanter Computernerd und Mathematiker gewesen, weitaus fähiger als viele seiner Kommilitonen, und hatte Coppenfeld aus der Patsche geholfen. Jetzt arbeitete er für eine der größten deutschen Banken als Quant und erstellte Modelle, von denen Risikoabschätzungen und Investitionsentscheidungen abhingen. Er betonte häufig, das Zünglein an der Waage zu sein, was Berger jedoch für eher fraglich hielt.

»Drei Tage vor der Wahl!«, ergänzte Coppenfeld mit aufgerissenen Augen.

»Bitte?« Berger verschluckte sich am Wein. Das war natürlich direkt eine ganz andere Sache. Seine Gedanken galten sofort den möglichen Auswirkungen für ihn und seine Partei, der auch Wittkowski und Saum angehörten. Coppenfeld war auf Anraten seines Vaters offiziell parteilos geblieben, stand ihnen jedoch sehr nahe. »Geht es ein wenig konkreter?«, fragte Berger. »Wer? Wo? Und warum so kurz vor der Wahl? Zufall?«

»Ausgeführt werden soll der Anschlag von einem der großen Araber-Clans in Berlin.« Coppenfeld schob sich sein letztes Stück Fleisch in den Mund. »Dem Aziz-Clan. Gesteuert oder zumindest unterstützt wird das aber vermutlich alles von den Saudis. Es geht um die Ermordung von Journalisten, die sich kritisch gegenüber den Saudis und Clanleuten geäußert haben.

Drei Tage vor der Wahl findet eine internationale Journalistenkonferenz in Berlin statt. Vier der Teilnehmer haben von dem Clan bereits Morddrohungen erhalten. Da scheint es ein paar offene Rechnungen zu geben.«

Verrückte Muslime, die einen Anschlag verübten? Bergers Gedanken waren direkt wieder bei der Wahl. Das Thema seiner Partei im Wahlkampf war eigentlich nicht das elende, spaltende Thema »Ausländer raus! Grenzen zu!« gewesen. Dafür stand die »Partei der Heimatverbundenen«, der ein solcher Anschlag kurz vor der Wahl zweifelsohne in die Karten spielen würde. Sie war mit ihren rhetorischen Grenzüberschreitungen, billigen Hetzereien und einfachen Schuldzuweisungen einige Jahre lang bei einer bestimmten Wählerklientel nicht unerfolgreich gewesen. Zum Glück für die anderen Parteien hatte sie jedoch seit gut einem Jahr ein Plateau erreicht, von dem es nicht mehr aufwärtsging. Ein Anschlag allerdings würde dieser Partei neuen Aufwind geben, und das, wie die Vergangenheit immer wieder zeigte, auch aus der unzufriedenen Mitte der Gesellschaft. Bei *seinen* Wählern.

»So ein Mist«, murmelte Berger.

»Kann man wohl sagen«, pflichtete ihm Coppenfeld bei. »Wir alle wissen, wer von so einem Anschlag profitieren würde.«

»Ganz genau.« Jetzt, wo er gedanklich die Stimmenverteilung durchspielte, verging Berger auch noch der Rest seiner guten Laune. »Laut aktueller Umfragen sind fünfzig Prozent aller Wähler noch unentschlossen. Die werden sich dann spontan aufgrund der Ereignisse der letzten Tage vor der Wahl entscheiden. Weiter zurück können die meisten von denen eh nicht denken. Ein größerer Anschlag von einem muslimischen Clan! Da würde selbst ich mir überlegen, die PdH zu wählen.«

»Ich nehme an, die Beweislage ist zu dünn, um diese Clanmenschen präventiv einzubuchten?«, fragte Saum.

»Exakt«, gab ihm Coppenfeld recht. »Auch erste Vernehmungen haben nichts ergeben. Zudem reden wir hier über den Aziz-Clan. Das sind mehr als hundert Leute. Schneid einen Kopf ab, und es wachsen zwei neue nach.«

Es wurde wieder still am Tisch. Jeder schien nachzudenken.

Was für eine verdammte Scheiße! Berger betrachtete das letzte Stück Rehbraten auf seinem Teller. Neben der guten Laune war ihm nun auch der Appetit vergangen. Er hatte einen glänzenden Wahlkampf hingelegt. Und jetzt das! Der Wahlkampf war ein Marathon, das zeigte sich immer wieder. Wer anfangs zu schnell loslief, der schaffte es kaum bis zur Ziellinie. Gut war der beraten, der am Ende noch genug Reserven oder ein Ass im Ärmel hatte, um seine Widersacher auf den letzten Kilometern zu überholen. Doch dieses Ass spielte das Schicksal gerade der PdH zu.

»Wie wäre es, wenn wir der PdH einfach ein paar Slogans klauen und uns auch gegen Ausländer positionieren?«, schlug Wittkowski vor.

»Bullshit!«, raunzte Saum. Er schien nicht mal darüber nachdenken zu wollen. »Wir bleiben bei unseren Themen: Mehr freie Marktwirtschaft. Weniger Sozialstaat. Agilität. Abbau von Verwaltung. Mehr Macht für den Kanzler.«

»Moment!« Wittkowski wirkte beleidigt. »Was spricht denn gegen ein paar Statements gegen die Zuwanderung? Nach so einem Anschlag werden die Wähler unsere wirtschaftspolitischen Vorschläge nicht die Bohne interessieren. Warum sie nicht da packen, wo wir sie kriegen?«

»Witti!« Saum rollte mit den Augen. »Denk doch mal nach, bevor du sprichst. Ausländer-raus-Parolen? Damit wir unser Programm verwässern und zwei Wochen vor der Wahl am Ende noch einen innerparteilichen Streit auslösen? Totaler Bullshit!«

Wittkowski duckte sich, als hätte ihm Saum nicht nur verbal eine Ohrfeige verpasst. Berger wusste, dass ihm Kritik von Saum besonderes zusetzte. Von Anfang an war es Wittkowski gewesen, der Saum am meisten bewundert hatte – dessen selbstbewusstes Auftreten, die lockere Art, mit der er mit Frauen umging, die Fähigkeit, schnell Entscheidungen zu fällen.

»Ich meine ja nur.«

»Und er hat nicht unrecht«, sprang ihm Berger zur Seite, den es ein wenig ärgerte, wie schnell Saum Wittkowskis Vorschlag unter den Tisch kehren wollte.

»Guys!« Saum erhob beide Arme wie ein Priester, der seine Gemeinde segnete. »Keep calm, keep cool! Es gibt Dinge, die kann man nicht ändern. Ein Anschlag auf ein paar von der Lügenpresse – so what? Wichtig ist jetzt nur eins: dass *wir* der Welt zeigen, dass *wir* die einzige Partei sind, die einen schnellen Umbau von Deutschland hinbekommt, bevor uns die Tataren und Hunnen aus dem Osten komplett überrennen. Vertraut mir.«

»Ich weiß nicht …« Berger war alles andere als überzeugt. »Wir sind so nah dran. Und wir haben diesen Wissensvorsprung. Sollten wir den nicht zu unseren Gunsten nutzen?«

Saum wandte sich an Coppenfeld. »Sag mal! Bekommt ihr das denn nicht mehr unter Kontrolle?« In seiner Frage schwang mit, was er vom Verfassungsschutz hielt. Genau genommen gar nichts. Er hatte Coppenfeld mal vorgeworfen, dass der Verfassungsschutz über das wirkliche Ausmaß von Verbrechen so viel wusste wie ein Arzt, der versuchte mit einem Zungenspatel Magenkrebs zu diagnostizieren.

»Wir sind dran, keine Frage. Mit absolutem Hochdruck. Das Problem ist nur …« Coppenfeld tupfte sich mit einer Serviette seine speckigen Lippen sauber, »… dass präventive Eingriffe in unserem Rechtsstaat nur bedingt zulässig sind. Ihr kennt das Problem. Ohne Beweise sind sogar mir die Hände gebunden. Zudem rennt uns die Zeit davon.« Ob wirklich frustriert über seine beschränkten Möglichkeiten oder nur um vor ihnen zu betonen, was für ein »harter Hund« er doch eigentlich war, schlug Coppenfeld mit der Faust energisch auf den Tisch.

»Macht sie nervös. Gebt ihnen das Gefühl, dass ihr sie auf Schritt und Tritt beobachtet. Dann geben sie ihre Pläne schon auf«, schlug Saum vor.

»Ach!« Coppenfelds Miene versteifte sich. Sein Gesicht wurde eine Nuance dunkelroter, und sein Hals schwoll an. »Für wie doof hältst du uns eigentlich?«

»Alles gut, mein Lieber.« Saum klopfte seinem Freund auf die Schulter. Dann wandte er sich zufrieden an Berger. »Siehst du. Coppi ist dran. Mach dir keinen Kopf. Jetzt die Strategie zu wechseln wäre der falsche Schritt. Trust me. Never change a winning horse! Du musst auch an die negativen Folgen denken. Sollte es am Ende doch keinen Anschlag geben, dann haben wir es uns unnötig mit bestimmten Wählern verdorben. Das mit der Kanzlerdemokratie ist sowieso schon eine Gratwanderung.«

Saum hatte nicht unrecht. Trotzdem verstand Berger nicht, wie er so gelassen bleiben konnte. Obwohl Saum die Partei mitgegründet hatte, hatte Berger zunehmend das Gefühl, dass er das Interesse an der Politik verlor. Saums Spielfeld waren nur noch die internationalen Finanzmärkte.

»Alles wird gut!« Saum legte sein Besteck zur Seite. »Trust daddy.« Er hob sein Weinglas. »So Jungs. Und jetzt bitte wieder gute Laune. And no dilly-dally. Wir wollen schließlich heute noch ein paar Wildschweine erlegen!«

»Stimmt.« Wittkowski war der Erste, der Saum lachend zuprostete. Auch für ihn schien das Problem gelöst. So war es schon immer gewesen: Wenn Saum entschied, dass alles gut werden würde, dann wurde es gut. Er war ein charismatischer Gewinnertyp, den man – trotz eines gewissen Neides – bewunderte und dem man zutraute, das Ruder in die richtige Richtung zu reißen. Nur kannte er sich dieses Mal leider nicht mit dem Schiff aus, das er segeln wollte. Und der Steuermann hieß eigentlich Berger.

6

Es war, kurz nachdem die Dotcom-Blase im Jahr 2002 geplatzt war. Sie studierten im zweiten Jahr Wirtschaft an der London School of Economics. Obwohl in ihren Interessen und Persönlichkeiten durchaus unterschiedlich, hatten sie sich aufgrund ihrer deutschen Herkunft sofort angefreundet. Die gemeinsame Sprache und Kultur verband. Doch weder die Herkunft noch die Sprache waren es am Ende, die aus ihnen einen Bund fürs Leben schmieden sollten.

Berger erinnerte sich an den Abend, an dem ihnen Coppenfeld seine Misere gestand, als wäre es gestern gewesen. Während er, Saum und Wittkowski zur Finanzierung des Studiums üppige monatliche Zuwendungen von ihren Eltern erhielten, stand Coppenfeld eine nicht unbeträchtliche Summe aus einem Treuhandfonds zur eigenen Verwaltung zur Verfügung, mit der er die Jahre in London auskommen sollte. Dem recht streng erzogenen Coppenfeld, der seine neuen Freiheiten in vollen Zügen genoss, war jedoch recht bald klar geworden, dass ihm das von seiner Familie überlassene Geld nicht auf Dauer für seinen Lebensstil ausreichen würde. So verdiente er sich ein zusätzliches »Taschengeld« mit spekulativen Geschäften an der Börse. Alles lief optimal – bis die Dotcom-Blase platzte.

»So eine verdammte Scheiße!«, jammerte Coppenfeld. »Ich bin komplett am Arsch. Selbst wenn ich ab jetzt nur noch in meinem Zimmer rumhänge und meinen Kopf in die Bücher stecke, habe ich in vier Monaten keinen Cent mehr.«

»Ruf deine Eltern an«, schlug Wittkowski vor. »Sie werden vielleicht nicht begeistert sein. Aber am Ende werden sie dich nicht hängen lassen.«

»Das meinst du!«, jammerte Coppenfeld weiter und riss sich vor Verzweiflung fast die Haare aus. »Mein Vater duldet keine Fehler, und schon gar nichts, was nicht seinem konservativen Weltbild entspricht. Er holt mich sofort nach Hause. Und das war's dann mit London, Party und der LSE.«

»Gibt Schlimmeres«, gab Wittkowski zu bedenken.

Coppenfeld sah ihn entgeistert an. »Wieder zu Hause einziehen? Was soll es denn da bitte schön Schlimmeres geben?!«

Um ihren Freund auf andere Gedanken zu bringen, gingen sie später in einen Club. Doch das stürzte Coppenfeld in eine noch viel größere Krise, da ihm immer bewusster wurde, auf was er bald würde verzichten müssen.

»Was hältst du davon, wenn du dir das Geld einfach an der Börse zurückholst?«

Wittkowskis Vorschlag kam wie aus dem Nichts. Es war bereits früher Morgen, sie lagen gemeinsam auf einer tiefen Ledercouch des Clubs und warteten darauf, rausgeschmissen zu werden. Coppenfelds Problem war eigentlich schon lange nicht mehr ihr Thema gewesen.

»Sehr witzig«, lallte Coppenfeld. »Mit dem bisschen Rest, das noch übrig ist? Um das am Ende auch noch zu verlieren? Dann holt mich mein Alter nicht nur nach Hause, sondern enterbt mich.«

Berger und Saum reagierten erst gar nicht. In der Regel waren Wittkowskis Ideen nicht gerade die besten, schon gar nicht um diese Uhrzeit.

»Nein. Keine Spekulation. Dieses Mal sicheres Investment!«

Keiner reagierte.

»Einer meiner Kumpels aus dem Computerclub hatte da neulich so eine Idee. Ein wenig verrückt, aber ich glaube, sie könnte funktionieren. Und die Sache ist nicht mal illegal.«

»Und warum macht er es dann nicht selbst?«, warf Coppenfeld mit glasigen Augen ein.

»Weil er anders ist. Geld interessiert ihn nicht.«

»So ein Quatsch.«

Alle lachten, außer Wittkowski.

»Es ist so. Vielleicht fehlt ihm auch einfach das nötige Kleingeld.«

Drei komplett betrunkene Mädchen torkelten an ihnen vorbei. Einfache Beute. Wittkowskis Idee war damit erst mal vom Tisch. Doch schon am nächsten Abend präsentierte er sie ihnen erneut. Diesmal gelang es ihm, ihre ungebrochene Aufmerksamkeit zu erlangen.

Berger hatte nie so ganz verstanden, wie das, was Wittkowski vorgeschlagen hatte, wirklich funktionierte. Am Ende ging es um einen Informationsvorteil von Millisekunden, den man mithilfe von speziellen Programmen zur Platzierung von eigenen Ordern nutzen konnte. Voraussetzung für diesen Informationsvorteil war der elektronische Handel an der Börse, der in London bereits wenige Jahre nach dem sogenannten Big Bang von 1986 eingeführt worden war. Wittkowskis Plan beruhte auf der einfachen Logik, dass die Informationen an der Börse im elektronischen Handel nicht mehr über klassische Makler, sondern über ein Netz geteilt wurden. Und dieses Netz hatte nicht unbedingt an allen Stellen dieselbe Geschwindigkeit. Anleger, die einen schnellen Rechner und noch dazu schnellen Internetzugang hatten, konnten diesen Informationsvorteil nutzen, um den Börsenkurs leicht zu manipulieren und sich zwischen einzelne Geschäfte zu schalten. Die Margen waren zwar nicht hoch, dafür aber zu hundert Prozent sicher, da es immer einen Abnehmer gab, den man durch den Informationsvorsprung bereits kannte. Und spielte man mit genug Geld, dann addierten sich die geringen Margen zu beträchtlichen Summen.

Über seine Kontakte besorgte Wittkowski den Zugang zu drei der schnellsten Rechner der Universität, mit für damalige Verhältnisse hervorragenden Internetzugängen, sowie die entsprechenden Tradingprogramme. Saum und Berger steuerten das nötige »Kleingeld« aus ihren eigenen Vorräten bei. Dann begann das, was die Jungs später als ihre erste »wirkliche Arbeit« bezeichneten. Für rund einen Monat saßen sie von morgens bis abends an der Universität und handelten. Ein Monat, in dem sie jeden Abend fix und fertig ins Bett fielen. Ein Monat, in dem sie kaum aßen. Ein Monat ohne Alkohol. Doch nach diesem Monat hatten sie Coppenfelds gesamtes verspekuliertes Kapital wieder im Kasten – und sogar noch einiges mehr.

Die anschließende Feier artete komplett aus. Saum hatte in einem Umfang Kokain besorgt, mit dem man zehn Elefanten den Todesschuss hätte geben können, Wittkowski guten Whiskey. Zudem hatte Saum »zur Feier des Tages« ein Zimmer in einem Londoner Vorstadthotel gebucht, in dem er eine kleine »Überraschungsparty« organisiert hatte. Jeder, der Saum kannte, wusste, dass seine Überraschungen fast immer mit willigen oder bezahlten Frauen zu tun hatten. Die Vorfreude war entsprechend.

Jeder zog eine oder auch zwei Lines. Dann stiegen sie in den extra für diesen Anlass gemieteten Sportwagen und brausten los. Coppenfeld saß am Steuer. Noch nie hatte ihn Berger so euphorisch erlebt. Das Radio lief auf voller Lautstärke. Je näher sie dem Hotel kamen, umso ausgelassener wurde die Stimmung.

»Gib Gas, Coppi! No dilly-dally!«, brüllte Saum gegen die Musik an. »Wer hat noch nicht, wer will noch mal?« Er saß neben Berger auf dem Rücksitz und versuchte sich gerade noch eine Line zu legen.

Berger wollte es nicht übertreiben. Wittkowski hingegen war ganz heiß darauf. »Her damit! Her damit!«

»Hau du dafür mal den Whiskey nach hinten.«

Wittkowski gab ihm die Flasche. Alle hatten sie schon ziemlich einen intus, außer Coppenfeld.

»Es dankt!«, johlte Saum und nahm direkt einen ordentlichen Schluck.

Sie grölten gemeinsam zu der Musik aus dem Radio.

»Achtung!«, brüllte Wittkowski durch das Auto. Trotz seines Zustands war er der Erste, der sie bemerkte. Die Frau torkelte halb auf der Straße, die an dieser Stelle keinen Bürgersteig hatte. Sie schien betrunken – oder einfach nur sehr alt.

Coppenfeld reagierte sofort. Er riss das Steuer herum. Durch sein abruptes Manöver geriet der Wagen allerdings ins Schleudern. Während er versuchte, den Wagen durch ein Gegenmanöver wieder unter Kontrolle zu bekommen, flog Saums Kreditkarte mit dem Kokain durch den Wagen. Dann gab es einen dumpfen Schlag. Coppenfeld brachte den Wagen zum Stehen. Alle sahen sie nach hinten. Die Frau lag reglos auf der Straße. Ihre Gliedmaßen wirkten seltsam verdreht.

»Fuck.« Coppenfeld schlug immer wieder mit beiden Händen aufs Steuer. »Fuck, fuck, fuck!«

Berger öffnete die Tür. Noch bevor er aussteigen konnte, hielt ihn Saum zurück.

»Bist du verrückt!«, fuhr er ihn an, ehe Berger auch nur einen Fuß auf die Straße setzen konnte. »Sofort wieder Tür zu!«

»Warum?«

»Weil wir keine Spuren hinterlassen werden.« Er wandte sich an Coppenfeld. »Fahr weiter!«

»Aber ...«

»Nichts aber! Willst du in den Knast?«

Sie fuhren nicht mehr in das gebuchte Vorstadthotel, sondern in eine kleine unscheinbare Absteige am anderen Ende von London. Erst dort untersuchten sie den Wagen, der, abgesehen von einer Beule auf der Beifahrerseite und einem zerbrochenen Scheinwerfer, nicht sonderlich unter dem Unfall gelitten hatte. Während Berger, Wittkowski und Coppenfeld komplett unfähig waren, Entscheidungen zu treffen, war Saum zu Hochform aufgelaufen. Er hatte vorgegeben, welche Straßen sie nutzen sollten, und zeigte Coppenfeld, wo er den Wagen über Nacht am besten abstellte. Am nächsten Morgen hatte er schon vor dem Frühstück in Erfahrung gebracht, wo sich die nächste Waschanlage befand. Er übernahm jetzt das Steuer. Und er war es auch, der der Mietwagenfirma meldete, dass der Wagen gestohlen worden war. Wo er den Wagen am Ende verschwinden ließ, hatte er ihnen bis zum heutigen Tag verschwiegen.

Keiner hatte gewollt, was passiert war. Doch wegen dieses Vorfalls ihre komplette Zukunft aufs Spiel setzen? Außerdem waren sie sich einig, dass die Frau nicht unschuldig gewesen war. Was torkelte sie nachts am Straßenrand herum! So empfanden sie ihre Tat mit der Zeit durchaus entschuldbar, schließlich hätte ein Geständnis die Frau nicht mehr lebendig gemacht. Und wie jedes schlechte Erlebnis hatte auch dieses seine gute Seite: eine lebenslange, unzertrennliche Freundschaft.

7

Das Licht in dem fensterlosen Raum war stark gedimmt. Die Wände bestanden aus unverputztem Beton. An ihnen hingen vier riesige Monitore und dazu ein durchsichtiges belichtetes Whiteboard, auf das mit Neon-Markern ein Flussdiagramm aufgezeichnet war. In der Mitte des Zimmers stand ein langer Besprechungstisch, an dem zehn Personen Platz finden konnten, jedoch nur drei saßen: zwei Männer, eine Frau.

Der Mann, der in der Mitte saß, stand jetzt auf und ging langsam auf sie zu. Jetzt erst erkannte sie ihn wieder. Er war älter geworden, sah aus wie gute sechzig, obwohl Lena wusste, dass er jünger war. Seine vollschlanke Statur hatte sich nicht groß verändert sowie auch sein Haarschnitt, wenn man Haare mit der durchgehenden Länge von einem Zentimeter als solchen bezeichnen wollte. Nur waren sie jetzt grau.

»Lena Bondroit und die Sonne geht auf!«

Es wurde etwas heller. Jemand musste an dem Dimmer für die Deckenbeleuchtung gedreht haben.

»Herr Ewald.«

Er sah aus, als könnte er dringend etwas Schlaf gebrauchen. Sie hatte Ewald vor sechs Jahren im Rahmen von ziemlich brisanten Ermittlungen kennengelernt. Es ging um ein internationales Komplott, das bis in höchste politische Kreise reichte und das Ewald schließlich mit ihrer Hilfe aufdecken konnte. Und genau das, befürchtete sie, holte sie jetzt wieder ein. Aufgrund seines Ermittlungserfolges hatte man Ewald damals zum Präsidenten des Verfassungsschutzes befördert. Sie hatten nicht wirklich engen Kontakt gehalten, doch Ewald schickte ihr jedes Jahr zu Weihnachten eine Karte, für die sich Lena anschließend in einem Telefonat bedankte. Ein jährliches Ritual, das sich zwischen ihnen eingespielt hatte. Vor drei Jahren hatte sie von ihm erfahren, dass er aufgrund eines Patzers, so unbedeutend er auch gewesen sein mochte, hatte zurücktreten müssen. Seitdem war er für eine neue Abteilung zuständig, die sich mit Terrorakten im Inneren beschäftigte und in Berlin am Treptower Park angesiedelt war. Lenas Ansicht nach war diese »Degradierung«, wie es Ewald damals wutentbrannt bezeichnet hatte, zwar hierarchisch gesehen ein Rückschritt. Allein auf den Tätigkeitsbereich bezogen sah sie darin aber eine Entwicklung, die seinen Fähigkeiten viel gerechter wurde. Ewald war kein politisch, geschweige denn rhetorisch oder strategisch geschickter Mensch. Dafür hatte er ein Händchen dafür, in kniffligen Fällen mit unkonventionellen Ermittlungsmethoden Verbrechern das Handwerk zu legen.

»Was soll das alles? Geht es um die Geschichte von damals?« Noch immer hatte man Lena nicht darüber aufgeklärt, was der Verfassungsschutz von ihr wollte und warum man sie an einem Sonntag von zu Hause abgeholt und hierhergebracht hatte. Nur dass ein gewisser Herr Ewald sie umgehend in Berlin sprechen wolle, das hatte man ihr verraten.

Ewald lachte laut los. »Nicht Ihr Ernst?«

»Mein voller Ernst«, korrigierte Lena. »Und was gibt es da so blöd zu lachen?« Es ärgerte sie, dass Ewald ihre Bedenken nicht ernst nahm. Um was sollte es schließlich sonst gehen?

Ewald stellte sein Lachen ein. »Na ja. Das Ganze ist eine Ewigkeit her!« Er wandte sich an seine Kollegen. »Wie Sie wissen, kenne ich Frau Bondroit bereits aus einem früheren Fall.« Ewald sah zu ihr zurück. »Entschuldigung, Frau Bondroit.« Er mimte einen zerknirschten Gesichtsausdruck. Dass er wirkliches Mitleid empfand, nahm ihm Lena nicht ab, dazu kannte sie ihn zu gut. Die einzige Person, für die Ewald Mitleid empfinden konnte, war er selbst. »Für mich klingen Ihre Bedenken ein wenig paranoid. Aber wenn ich Sie erschreckt habe, dann tut mir das *ausgesprochen* leid.«

»Paranoid?«, fragte Lena ungläubig. Auch die Art, wie er das Wort »ausgesprochen« betont hatte, zeigte Lena, dass er ihre Angst nicht ernst nahm. »Da tauchen zwei bewaffnete Beamte vom Verfassungsschutz unangekündigt bei mir auf! Entschuldigen Sie, Herr Ewald! Für Sie mag das der Normalfall sein. Für mich nicht! Sie hätten mich persönlich abholen können oder zumindest anrufen und vorwarnen.«

»Ist ja gut!« Ewald hob beschwichtigend die Hände. »Ich habe verstanden. Es ist nur so: Für diesen Fall gilt die höchste Geheimhaltungsstufe. Was wir besprechen, bereden wir am liebsten in abhörsicheren Räumen wie diesem hier.«

Er zog einen Stuhl unter dem Tisch hervor und bot Lena den Platz an. Dann zeigte er auf die Frau und den Mann, die am Ende des Tischs saßen. »Übrigens, nur der Vollständigkeit halber, zwei meiner Mitarbeiter. Ignorieren Sie sie einfach. Die sitzen nur hier, weil ich später keine Lust habe, den Wiederkäuer zu spielen.« Er lachte dreckig.

Lena nickte den beiden zu. Es handelte sich um einen Mann um die dreißig, der aussah, als würde er eigentlich lieber auf Bali am Strand mit einem Surfbrett in der Hand rumhängen als hier im halbdunklen Raum, und eine Frau um die fünfzig, die in ihrem grauen Hosenanzug, mit der Mireille-Mathieu-Frisur, den leicht herausstehenden Augen, die auf eine Schilddrüsenfehlfunktion hindeuteten, und dem blassen Teint sicherlich eine gute Chance gehabt hätte, als Klischee-

Stasi-Mitarbeiterin fürs Kino gecastet zu werden. Beide nickten freundlich zurück. Dann setzte sie sich.

»Um was geht es denn?« Lena konnte sich beim besten Willen nicht erklären, was es Geheimes mit ihr zu besprechen gab, wenn es nicht um die Geschichte von damals ging.

»Die kurze oder lange Version?«

»Die kurze, wenn es geht«, bat Lena. »Wir haben Wochenende, es ist Sonntag. Mein Sohn Jean und ich haben heute Morgen Wölfe beobachtet. Wahrscheinlich erzählt er meinem Mann gerade von diesem Erlebnis. Und ich bin nicht dabei.«

»Verstehe.« Ewald räusperte sich. »Zum Thema und direkt zum Punkt: Es gilt einen Anschlag zu verhindern. Der Anschlag soll von einem libanesischen Clan verübt werden, an dessen Spitze Vahid Aziz steht. Sie kennen ihn bestimmt aus den Nachrichten. Er wird immer mal wieder im Zusammenhang mit Drogengeschäften und Bandenkriegen erwähnt. Zuletzt wurde in den Medien die Beschlagnahmung mehrerer seiner Immobilien gefordert, die er wahrscheinlich mit gewaschenem Geld gekauft und mit ungewaschenem renoviert hat. Hier lässt sich aber nichts beweisen. Außerdem hat er die schon wieder verkauft«, erklärte Ewald weiter. »Seit Jahren versuchen wir, diesen Clan mit V-Leuten und verdeckten Ermittlern zu unterwandern. Leider eher erfolglos. Den letzten V-Mann, den die Kollegen von der Drogenfahndung aus seinem inneren Kreis für sich gewinnen konnten, fanden wir vor einigen Wochen tot auf der Toilette einer Diskothek. Details erspare ich Ihnen.« Ewald sah zu dem Sunnyboy, der den Blickkontakt mit ihm zu meiden versuchte. »Eine der letzten Informationen von dem verstorbenen V-Mann war, dass größere Mengen Sprengstoff beschafft werden sollten«, setzte Ewald fort. »Und dann konnten wir vor drei Wochen folgendes Telefonat abfangen.« Er drückte auf einen Knopf, und auf einem der riesigen Fernseher erschien ein gekürztes Abhörprotokoll. Unter dem Datum war vermerkt, dass es sich um eine Übersetzung handelte.

Ewald gab Lena etwas Zeit, sich die Zeilen durchzulesen.

NI: »Alles abgewickelt?«
V. Aziz: »Natürlich. Danke! Am 17. Januar dann …«
NI (unterbricht ihn): »Nicht am Telefon!«
V. Aziz: »Alles klar.«
NI: »Ich melde mich.«
V. Aziz: »Inshallah.«
NI: »Inshallah.«

»›NI‹ bedeutet übrigens ›not identified‹«, erklärte die Dame mit dem Pagenschnitt. »Aber wir glauben zu wissen, wer hier mit Aziz gesprochen hat. Ein gut vernetzter arabischer Finanzberater namens Issam bin Hisham Al-Tayer, auch genannt ›die Fliege‹. Er berät die halbe arabische Welt in Finanzdingen, deswegen wahrscheinlich dieser Spitzname. Er geht unter anderem beim saudischen König aus und ein, hat aber auch gute Kontakte nach Israel und in den Westen. Die CIA vermutet, dass er seine Kontakte nicht nur in Finanzangelegenheiten nutzt. Beweise dafür gibt es aber nicht. Vielleicht ist er den Amerikanern auch aus anderen Gründen ein Dorn im Auge, das kann man leider nie so genau wissen. Aziz und ›die Fliege‹ kennen sich über ihre Kinder. Eine Tochter von Vahid Aziz ist mit dem dritten Sohn von Issam liiert. Sie haben sich in Berlin kennengelernt. Issams Sohn studiert hier Betriebswirtschaftslehre. Er …«

»Ist ja gut«, fuhr Ewald seiner Kollegin ins Wort. »So weit müssen wir für Frau Bondroit jetzt wirklich nicht ausholen.

›Die Fliege‹ ist außerdem gerade nicht unser Thema. Dass wir vor dem Anschlag noch an die Hintermänner kommen, ist nämlich leider nahezu ausgeschlossen. Bis zum 17. Januar sind es schließlich keine zwei Wochen mehr. Wir sollten uns daher primär auf die Vereitelung des Anschlags konzentrieren. Bislang haben wir dazu nur sehr wenige Informationen. Der Clan hält sich seit ein paar Wochen bedeckt wie nie, kein Fehltritt, keine Auffälligkeit, alles brave Buben, wie sie im Buche stehen. Es ist zum Verrücktwerden!« Er zeigte auf den Bildschirm. »17. Januar. An dem Tag findet ein großer Journalistenkongress statt. Wir nehmen an, dass sie deshalb diesen Tag gewählt haben. Der Clan, aber vor allem auch die saudische Krone haben hier noch Rechnungen offen – Sie wissen schon, schlechte Presse, angeblich Verleugnung und Propaganda, das Übliche. Unsere Aufgabe ist es, den Anschlag zu verhindern. Wir konzentrieren uns daher auf den Aziz-Clan.« Er sah mit süffisantem Blick zu seiner Kollegin. »Und um ›die Fliege‹ sollen sich mal schön die braun gebrannten Kollegen vom Auslandsdienst kümmern. Was die für Budgets …«

»Moment«, bremste Lena Ewald, denn die für sie wichtigste Frage hatte er immer noch nicht beantwortet. »Und weswegen bin ich jetzt hier? Ich bin Biologin, Verhaltensforscherin. Ich kenne mich weder mit Clans noch im Drogenmilieu oder mit Anschlägen aus.«

Ewald nahm einen Kugelschreiber vom Tisch und zeigte damit auf sie. »Sie erinnern sich noch an unser Telefonat an Weihnachten?«

»Natürlich. Ich habe mich für Ihre nette Karte bedankt.«

»Genau. Und Sie erzählten mir von ihrem neuesten Forschungsprojekt. Sie haben ja inzwischen von Ameisen auf Wölfe umgesattelt, genauer gesagt auf die Beobachtung von

Wolfsrudeln. Bei den Ameisen ging es ihnen darum, das System Staat besser zu verstehen. Dieses Mal geht es ihnen um Familienstrukturen, also auch wieder ein System, nur ein sehr viel kleineres, wenn ich das mal so salopp sagen darf. Ihrer Ansicht nach hat sich diesbezüglich in der Forschung in den letzten Jahren wenig getan. Sie wollen unter anderem besser verstehen, wie Wölfe miteinander kommunizieren und was sie zusammenhält. Vor allem das Thema Rituale hat es Ihnen angetan. So weit noch alles richtig?«

»Ja, das stimmt.« Das Gespräch mit Ewald hatte ihr viel Freude bereitet, da er an ihren Ansichten aufrichtig interessiert schien. Sie wandte sich an Ewalds Mitarbeiter. »Ich bin Verhaltensforscherin und ein großer Freund der Ethologie, also der vergleichenden Verhaltensforschung. Auch wenn sich mein Projekt auf Wölfe beschränkt, erhoffe ich mir von diesen Beobachtungen neue Antworten auf die Frage, was den Gruppenverband einer Familie ausmacht, wie Herr Ewald schon sagte, was sie zusammenhält oder auch auseinandertreibt. Familienstrukturen sind ein biologisches Phänomen gegenüber anderen Verbänden wie Herden oder Staaten. Das Zusammenleben in einer Familie hat viele evolutive Vorteile. Letztlich geht es mir um klassische Grundlagenforschung. Da ich das Familiensystem an sich analysiere, könnten bestimmte Rückschlüsse durchaus auch für uns Menschen interessant sein.«

»Ganz genau«, sagte Ewald. »Und daran wollte ich anknüpfen. Sie sagten in unserem Gespräch, dass wir Menschen zwar eine gesetzlich normierte und auch kulturell tradierte Vorstellung davon haben, wie eine Familie sein sollte. Doch die bildet schon lange nicht mehr die Realität ab, wie beispielsweise die hohen Scheidungsraten, Patchworkfamilien und polyamoren Beziehungen zeigen. Vielleicht hat sie das auch noch nie.«

»Stimmt«, gab ihm Lena recht. »Aber leider verstehe ich immer noch nicht, was Sie von mir wollen?«

Ewald atmete tief durch. »Ganz konkret: Wie infiltriert man am schnellsten eine Wolfsfamilie?«

Lena sah Ewald überrascht an. »Wie bitte?«

Ewald nickte nur, anscheinend um ihr zu verstehen zu geben, dass sie ihn richtig verstanden hatte.

»Aber Sie stellen mir jetzt hoffentlich nicht diese Frage, weil Sie meinen, dass Ihnen die Antwort bei der Infiltrierung des Clans behilflich sein könnte! Denn dann haben sie etwas an meiner Forschung grundsätzlich nicht verstanden. Sie sollten lieber Clanspezialisten oder Psychologen befragen.«

»Das habe ich bereits.«

»Und?«

»Natürlich ohne Erfolg. Unsere sogenannten Clanspezialisten wärmen immer nur denselben Brei auf, der uns in diesem Fall gar nichts bringt. Und was bitte soll man von den Ideen einer Berufsgruppe erwarten, deren Theorien sich alle paar Jahre als falsch herausstellen und die dann eine Therapie für die Therapie entwickeln?« Ewald lachte laut, stoppte dann allerdings abrupt, nachdem keiner mit ihm mitlachte. Er sah sie durchdringend an. »Frau Bondroit, ganz ehrlich: Wir sind gerade am Ende mit unserem Latein. Die bewährten Methoden, die wir ansonsten anwenden, sei es bei den Kriminalern oder beim Verfassungsschutz, bringen uns in dieser Situation und in der Kürze der Zeit nicht weiter. Wir haben alle uns zur Verfügung stehenden Mittel ausgeschöpft. Wir müssen neue Wege finden, vor allem weil es schnell gehen muss. Wir müssen herausfinden, was der Clan vorhat. Und da musste ich an unser Gespräch an Weihnachten denken. Clan. Rudel. Sie wissen schon. Da gibt es doch bestimmt Parallelen. Auch das Verhalten der Ameisen damals hat uns bei der Aufdeckung des Skandals geholfen. Ich brauche neue Ideen, Impulse, etwas, an das wir noch nicht gedacht haben. Denn eines ist klar: Wenn wir so weitermachen wie bisher, werden viele unschuldige Menschen sterben.«

Als Lena Ewald das erste Mal begegnet war, hatte sie ihn gehasst. Seine Passion, Mitmenschen ins Messer laufen zu lassen, um Dampf abzulassen, überhaupt die Art, wie er mit anderen Menschen umging, vor allem mit Frauen. Das alles hatte ihr nicht gefallen. Und wenn man nun sah, wie er mit seinen Mitarbeitern umging und sich in den Mittelpunkt drängte oder wie er Lenas Einwände einfach wegwischte, sprach einiges dafür, dass er sich nicht wirklich verändert hatte. Was sie allerdings schon damals an Ewald schätzen gelernt hatte, war seine Unkorrumpierbarkeit, seine Neugierde und die daraus resultierende Offenheit gegenüber neuen Ansätzen und Strategien. Damit machte er sich in seinem Umfeld sicher nicht nur Freunde, eher das Gegenteil. Manchmal musste man aber wahrscheinlich auf unkonventionelle Ermittlungsmethoden zurückgreifen, wenn man etwas erreichen wollte.

»Sie erklärten mir am Telefon«, setzte er nach, »dass der Grund dafür, dass gerade der Hund weltweit zum ›besten Freund‹ des Menschen wurde, in der dem Menschen ähnlichen Familienstruktur seiner Vorfahren zu suchen ist. Der Umgang mit Familienmitgliedern gleicht sich zum Teil sehr – Ihre Worte«, führte Ewald weiter aus.

»Ich sagte, möglicherweise«, korrigierte Lena. Sie war keine Freundin von absoluten Behauptungen. Es gab viel zu viele Beispiele dafür, dass selbst die sichersten Annahmen widerlegt wurden. Die einzige wirkliche Wahrheit war die, dass meistens nicht nur die Behauptung, sondern auch das Gegenteil zutraf.

»Egal.« Ewald machte eine abwehrende Geste. »Erzählen Sie uns von den Wölfen. Vielleicht kommen uns dann neue Ideen. Wie gelingt es zum Beispiel Wölfen, einem fremden Rudel beizutreten? Sie verstehen, was ich meine?«

»Natürlich verstehe ich«, sagte Lena. »Aber ich muss Sie enttäuschen. Es gelingt ihnen gar nicht.«

»Wie?« Ewald wirkte zugleich überrascht und verärgert.

Aus dem Augenwinkel nahm Lena wahr, wie sich die Mitarbeiterin von Ewald eine Notiz machte. Der Surferboy hingegen schien mit etwas anderem beschäftigt, etwas unter dem Tisch. Wahrscheinlich seinem Handy. Dass das Ewald gar nicht störte, wunderte sie ein wenig.

»Leider ist es so«, erklärte Lena. »Sie müssen wissen, ein Clan ist kein Rudel. Ein Wolfsrudel besteht in der Regel nur aus der Kernfamilie, also Mutter, Vater und ihren Kindern. Ich weiß, dass man lange Zeit davon ausging, dass Mitglieder größerer Wolfsrudel aus unterschiedlichen Familien stammen. Aber das ist falsch. Wölfe von anderen Rudeln werden im Regelfall nicht integriert. Ganz im Gegenteil. Andere Rudel und ihre Mitglieder stellen die Konkurrenz dar, die vertrieben, notfalls sogar vernichtet werden muss. Abgesehen vom Menschen, ist der Wolf dem Wolf der größte Feind.«

»Und dieser Wolfsmann?«, warf er ein.

Natürlich wusste Lena sofort, von wem Ewald sprach: Shaun Ellis – oder »der Wolfsmann«, wie er in vielen Reportagen medienwirksam genannt wurde. Sie kannte ihn nicht persönlich, aber hatte viel von und über ihn gelesen. Ellis hatte Wölfe lange beobachtet, sie gepflegt, Wolfswelpen »adoptiert« und angeblich sogar mit wilden Wölfen zusammengelebt. Auch wenn er und seine Methoden in der Forschung umstritten waren, wenn man es denn überhaupt als solche bezeichnen wollte, konnte man ihm nicht nachsagen, dass er nicht viel Zeit mit Wölfen verbracht hatte. Und glaubte man seinen Erzählungen, dann war es ihm tatsächlich gelungen, das Vertrauen einer wilden Wolfsfamilie zu gewinnen. Dennoch bezweifelte Lena, dass Ewald das Wissen dieses Mannes weiterbringen würde.

»Und?«, fragte Ewald erwartungsvoll.

»Mir scheint es mehr als fraglich, ob sich seine Erfahrungen reproduzieren oder verallgemeinern lassen.«

»Einen Versuch ist es wert.«

»Es wird Ihnen trotzdem nichts bringen.«

»Warum?«

»Weil man Beobachtungen aus der Tierwelt nicht einfach auf den Menschen, geschweige denn auf Clans übertragen kann. Aber vor allem weil Sie bis zu dem Anschlag nur noch elf Tage Zeit haben.«

Ewald schlug mit der Faust auf den Tisch. »Wie lange hat er gebraucht?«

»Monate. Die verwaisten Welpen, die er aufzog, vertrauten ihm als Mutter- und Vaterersatz natürlich schneller, aber das ist ein ganz anderer Fall.«

Ewald legte seinen Kopf in den Nacken und starrte an die Decke. Er stieß genervt oder vielleicht auch nur frustriert Luft aus. »Gut. Verstanden. Wir haben ein Zeitproblem. Aber vergessen wir mal die Zeit. Wie hat er das Vertrauen gewonnen?«

Lena hätte Ewald wirklich gern weitergeholfen. Doch das Vertrauen einer Wolfsfamilie zu gewinnen war eine schwierige Angelegenheit. »Ich rede jetzt nur über Wölfe.«

»Ja, verstanden. Los!«

»Es geht viel um denselben Geruch, dieselbe Art zu kommunizieren, dieselben Rituale und die Bereitschaft, eine bestimmte Rolle einzunehmen. Gerade gemeinsame Rituale halte ich für einen entscheidenden Treiber für Bindungsgefühle und damit auch für Vertrauen.«

Ewald überlegte einen Moment. Dann schüttelte er den Kopf und sprang unvermittelt von seinem Stuhl auf. Als hätte er einen tonlosen Befehl erteilt, packten auch seine Mitarbeiter ihre Papiere zusammen. Der Surferboy zauberte eine selbst gedrehte Zigarette unter dem Tisch hervor, die er auf seine Unterlagen legte. Also doch kein Handy.

Lena war über die überraschende Aufbruchstimmung ein wenig verwundert. »Nicht sonderlich hilfreich, was?«

»Weiß nicht.« Er zeigte auf die Tür. »Ich denke noch mal drüber nach. Doch die Zeit drängt wirklich.« Er öffnete die Tür. »Und daher würde ich Sie gerne mit jemandem bekannt machen.«

8

Lena folgte Ewald und seinen Mitarbeitern durch die kargen, leeren Flure des großen Gebäudes. Man musste schon ein spezieller Typ Mensch sein, um in einer solchen Umgebung arbeiten zu können, ohne depressiv zu werden. Lena hätte es hier keine Woche ausgehalten. Vielleicht sorgte die ständige Beschäftigung mit dem gewaltsamen Tod dafür, dass man das Fehlen von Farbe und Pflanzen als nicht mehr bedrückend wahrnahm. Vor einer Tür am Ende eines Gangs hielten sie an. Ewald öffnete sie und bat Lena einzutreten.

Das Zimmer war mit einem grauen Zweisitzer, drei dazu passenden modernen Sesseln und einem niedrigen Glastisch eingerichtet. An der Seitenwand befand sich ein kleines Fenster. Auf dem Sofa saß ein Mann und las Zeitung. Er war wahrscheinlich der Urheber des süßlichen Aftershavegeruchs, der Lena unmittelbar in die Nase gestoßen war. Der Mann wartete, bis Lena, Ewald und seine zwei Mitarbeiter den Raum betreten hatten. Erst dann erhob er sich.

»Darf ich vorstellen?« Ewald zeigte auf den Mann. Lena schüttelte die ihr dargebotene Hand. »Herr Dr. Fallender. Managementberater.« Und an ihn gewandt: »Das hier ist die geniale Biologin, von der ich Ihnen erzählt habe. Frau Dr. Bondroit.«

Fallender war ein hochgewachsener Mann Mitte vierzig, den man mit seinem dichten, braunen Haar und den markanten Gesichtszügen wohl als durchaus gut aussehend bezeichnen musste. Er trug einen schwarzen Anzug, darunter einen schwarzen Rollkragenpullover. Sein markantes Gesicht wurde durch die lang gezogenen seitlichen Koteletten noch betont. Lena erkannte ihn sofort wieder. Sie hatte ihn erst kürzlich in einer Talkshow gesehen. Fallender war als Experte für das Thema Management-Coaching geladen gewesen und ihr als arroganter, selbstverliebter Mensch im Gedächtnis hängen geblieben. Er hatte waghalsige, unwissenschaftliche Thesen vertreten und Plattitüden kundgegeben, garniert mit ein paar plastischen Anekdoten, die für die nötigen Lacher sorgten. Ewald musste wahrlich verzweifelt sein, wenn er solche Wichtigtuer zurate zog.

»Freut mich.« Fallender drückte ihre Hand auffallend fest, ein Verhalten, das Lena gerne bei Männern beobachtete, die von Anfang an klarzustellen versuchten, wer im Raum das Sagen hatte.

Sie nickte nur, damit sie sich eine Freundlichkeitsfloskel sparen konnte.

Fallender setzte sich zurück auf die Couch, woraufhin Ewald Lena aufforderte, in dem Sessel gegenüber Platz zu nehmen. Er öffnete das Fenster, bevor er sich selbst setzte. Wahrscheinlich störte ihn ebenfalls der penetrante Aftershavegeruch. Dann setzten sich auch seine Mitarbeiter.

Und jetzt? Lena blickte zu Ewald. Warum sollte sie diesen Mann kennenlernen? Und warum der Raumwechsel?

»Mit Herrn Dr. Fallender«, Ewald sah zu dem Managementberater, »hatten wir bereits eine kleinere Unterredung.« Fallender nickte, und Ewald sah zu Lena. »Und wie ich schon sagte: Es ist an der Zeit, anders zu denken. Innovative Methoden sind gefragt.« Er räusperte sich. »Ich habe daher auch Herrn Dr. Fallender in unser kleines – oder sagen wir lieber größeres – Problem eingeweiht.«

Lena war gespannt, was ein Managementberater für sinnvolle Ratschläge in einem Fall geben konnte, in dem es um die Unterwanderung eines Clans ging.

»Wir haben länger diskutiert. Und Herr Fallender kam mit einer Idee um die Ecke, die uns vielleicht trotz der begrenzten Zeit weiterhelfen könnte. Sie kennen die Omega-Theorie?«

»In groben Zügen.« Fallender hatte sie bereits in der Talkshow im Fernsehen erwähnt. Er beriet Manager mit seinem selbst entwickelten »Alpha-Tier-Ansatz«, einer Methode, die er angeblich aus der modernen Wolfsforschung abgeleitet hatte. Und da spielte auch diese »Omega-Theorie« eine gewisse Rolle. Lenas Ansicht nach der letzte Schwachsinn.

Sie sah zu Fallender, der sie gelassen angrinste, an dessen leicht hochgezogenen Schultern sie jedoch erkannte, wie sich alles in ihm spannte. Er schien zu ahnen, wenn nicht zu wissen, was Ewald vorhatte. Und auch Lena wurde es immer klarer: Ewald wollte Fallenders Thesen von Lena testen lassen. Er wollte sie beide einen argumentativen Arenakampf vollziehen lassen, um am Ende mit besserem Gewissen seine Entscheidung treffen zu können. Sie war für Ewald nur Mittel zum Zweck.

»Vielleicht wären sie noch mal so nett.« Ewald nickte Fallender zu.

»Aber natürlich.« Fallender blickte in die Runde. Jedem sah er dabei in die Augen, nicht wirklich lange, aber länger als üblich. Ging es ihm um die ungeteilte Aufmerksamkeit? Die hatte er bereits. Wohl eher um Einschüchterung, mutmaßte Lena.

»Eigentlich kennt es jeder«, begann Fallender und beugte sich nach vorn. »Nicht nur Tiere, sondern auch Menschen bilden eine Hackordnung.« Er schlug einige Male mit der senkrechten Hand hintereinander auf die Tischplatte. »Alpha, Beta, Gamma ... Es fängt in der Schule an und hört im Altersheim auf. In der Schule entsteht sie über Cliquenbildung, Ausgrenzung, Mobbing und Schlägereien. Die schönsten und stärksten Kinder sind es in der Regel, mit denen jeder spielen möchte, die auf alle Geburtstage eingeladen werden, die das Sagen haben. Später spielen auch die materielle Ausstattung, Intelligenz und vor allem die Kommunikationsfähigkeit eine immer größere Rolle. Sperrt man daher Manager von derselben Ebene für zwei Tage in ein Hotel, natürlich unter dem Vorwand eines exquisiten Workshops«, Fallender lächelte überheblich, »dann hat man nach zwei Tagen was?« Er sah in die Runde. »Eine Hackordnung«, beantwortete er seine eigene Frage. »Am einfachsten lässt sich das Alpha-Tier identifizieren. Es ist die Person, die plötzlich den Ton angibt, die mehr oder weniger allein entscheidet, wer was präsentieren darf. Besonders schön lässt sich das Alpha-Tier – wie übrigens auch bei den Wölfen – beim Essen identifizieren. Während die anderen Manager unsicher das Restaurant betreten und darauf warten, wo sich wer hinsetzt, hat das Alpha-Tier hier kein Problem. Es sucht sich selbstbewusst einen Tisch aus, und kaum hat es sich gesetzt, wird es von den anderen umringt, manchmal sogar mit mehr oder weniger explizit ausgetragenen Streitigkeiten um die unmittelbaren Nachbarplätze. Männliche Alpha-Tiere nutzen gern kernige, despektierliche Sprüche gegenüber anderen Männern, um ihre Position zu festigen und zu betonen. Weibliche Alpha-Tiere hingegen arbeiten hier ein wenig subtiler. Sie …«

»Vielleicht kürzen wir das alles ein wenig ab«, unterbrach Ewald Fallender. »Ich denke, Frau Bondroit kennt sich mit Hackordnungen ebenfalls sehr gut aus.«

Lena konnte sich ein Grinsen nur schwer verkneifen. Das, was Ewald sagte, stimmte zwar, doch Lena war klar, dass Ewald Fallender aus einem anderen Grund unterbrochen hatte. Er selbst war ungeduldig geworden. Und er wollte zeigen, wer in diesem Raum das Sagen hatte und entscheiden durfte, worüber und wie lange geredet wurde. Er war genau das »Alpha-Tier«, von dem Fallender gerade sprach.

»Natürlich.« Fallender wirkte durch Ewalds Unterbrechung ein wenig aus dem Konzept gebracht. »Wo waren wir stehen geblieben?«

»Hackordnung«, half Ewald nach. »Und wie sie uns bei unserem Fall weiterhelfen könnte.«

»Richtig«, sagte Fallender. »Wo Menschen eine Gruppe bilden, entsteht eine Hackordnung. Es gibt das Alpha-Tier, für diesen Fall noch viel entscheidender aber auch das sogenannte Omega-Tier. Den Prügelknaben, wie man es auch gerne nennt, das Tier am Ende der Hackordnung. Das Omega-Tier bekommt nicht nur den schlechtesten Platz an der Essenstafel. Es wird auch für niedere Dienste genutzt und von Frauen ignoriert. Und vielleicht am schlimmsten: Es ist das Individuum, an dem die Gruppe ihre Aggressionen auslebt. Eine evolutiv durchaus wichtige Funktion – denn auf diese Weise werden nicht die genetisch höherwertigen Alpha- und Beta-Tiere durch unnötige Kämpfe und Reibereien geschwächt. Es gibt quasi einen institutionalisierten Boxsack, an dem die Gruppe ihren Frust auslässt. Dafür darf das Tier dann auch von der Beute, die es alleine nie fähig gewesen wäre zu erlegen, fressen.«

»Interessant, nicht wahr?«, kommentierte Ewald. »Was meinen Sie?«

»Ja«, sagte Lena. »Es können in Gruppen Hackordnungen entstehen.« Bis zu diesem Punkt gab es keinen Grund, Fallender zu widersprechen.

»Sehen Sie!« Fallender wandte sich an Ewald. Er wirkte sofort um einiges gelassener. Und auch Ewald schien zu gefallen, dass Lena nicht widersprach. »Dann haben wir jetzt einen Plan?« Er sah zu seinen Mitarbeitern.

»Plan?«, fragte Lena. Von einem Plan war bisher zumindest in ihrer Anwesenheit noch nicht die Rede gewesen. »Was denn für einen Plan?«

»Das Omega-Tier im Clan auf unsere Seite zu ziehen.« Ewalds Augen blitzten. »Denn auch wenn das Omega-Tier zur Gruppe gehört und von ihr ernährt wird, so träumt es doch davon, selbst mal Chef zu sein, der Stärkste, derjenige, der gefragt ist. Im besten Fall wurde es sogar so stark erniedrigt, dass es Rachegedanken hegt.«

»Ist das denn nicht ganz normales kriminaltechnisches Vorgehen, was Sie da gerade beschreiben?«, fragte Lena, über diesen Vorschlag doch etwas verwundert. Sie bemerkte, wie sich Ewalds Kollegin ein Lachen verdrückte, während sich Fallenders Schultern wieder zu spannen begannen.

»Ja, schon«, gab ihr Ewald leicht zerknirscht recht. »Das Problem ist nur, dass wir es noch nicht anwenden konnten. Die Jungs von der Organisierten Kriminalität hatten sich als neuen möglichen V-Mann einen Neffen von Vahid Aziz rausgesucht. Doch nach meinem Gespräch mit Herrn Fallender ist mir klar geworden, dass das der komplett falsche Mann wäre. Null Omega-Tier. Irgendjemand aus dem Mittelbau, der mit seiner Funktion eigentlich zufrieden ist. Stimmt's?«

Er sah in Richtung seiner Mitarbeiterin. »Richtig.« Sie nickte und sah zu Lena. »Vielleicht kurz zu meiner Rolle. Ich koordiniere in diesem Fall die unterschiedlichen Bereiche der Polizei und des Verfassungsschutzes. Eigentlich bin ich auf Wirtschaftskriminalität spezialisiert, doch seit einem guten Jahr bei Herrn Ewald eingeteilt. Und in der Tat haben da die Kollegen nicht wirklich sauber gearbeitet.«

Ewald nickte zufrieden. »Dieses Mal machen wir es richtig. Dank Herrn Fallenders Analysen wissen wir jetzt, wer das Omega-Tier ist – ein Sohn von Vahid Aziz. Was meinen Sie?«

Alle, mit Ausnahme des Sunnyboys, der auf seine Schuhe starrte, blickten gespannt zu Lena.

»Schlechter Plan.«

Sogar der Sunnyboy sah dieses Mal auf. Und Fallender fiel die Kinnlade runter, was ihm gar nicht so schlecht stand, fand Lena.

»Wie, schlechter Plan?« Ewald war direkt lauter geworden. »Warum?«

»Zugegeben, ich kenne mich mit Clanfamilien nicht wirklich aus, und Ihre Idee mag aus kriminalistischer Sicht ein übliches oder gutes Vorgehen sein. Aus biologischer Sicht spricht meiner Ansicht nach jedoch vieles dafür, dass die Regeln einer Hackordnung nicht unbedingt eins zu eins auf einen Clan anwendbar sein müssen. Ich wäre hier vorsichtig. Wolfsfamilien zum Beispiel funktionieren, den neuesten Beobachtungen folgend, nach ganz anderen Regeln.«

»Und zwar?«

Lena sah in die Runde. »Im Wolfsrudel gibt es kein Omega-Tier.«

9

Es war bereits später Abend, als Ewalds Männer Lena bei ihr zu Hause absetzten. Im Wohnzimmer brannte noch Licht. Während Lena in ihrer Tasche nach dem Haustürschlüssel suchte, fielen ihr ein paar Fußspuren im frisch gefallenen Schnee auf. Ein näherer Blick sagte ihr sofort, dass diese eindeutig nicht von Ewalds Leuten oder ihr stammten. Es waren Abdrücke von Schuhen mit Absätzen, die tief in den Schnee eingedrungen waren, wahrscheinlich Damenstiefel.

Hatte Michael etwa noch Besuch? Und wenn ja, von wem?

Lena ging zum Wohnzimmerfenster und spickte durch die Scheiben. Es dauerte einen Augenblick, bis sie ihn in seinem Lieblingssessel entdeckte – einem aus ihrer Sicht hässlichen amerikanischen Giganten, den man mit einem seitlich angebrachten Hebel in eine Art Liege verwandeln konnte. Der Fernseher lief, sonst war aber niemand zu sehen. Dafür fiel Lena etwas anderes auf; die Schauspieler im Fernseher, obwohl allesamt keine Hollywoodstars, waren ihr wohlbekannt.

Dieser Schuft!

Sie ging zur Haustür und öffnete sie leise. Dann riss sie die Tür zum Wohnzimmer auf.

»Verräter!«

Michael zuckte erschrocken zusammen. »Lena!« Er hielt sich die Hand ans Herz. »Hast du mich erschreckt!«

»Zu Recht«, schimpfte Lena. »Schaust einfach unsere Serie weiter. Ohne mich!«

Es war in der letzten Zeit zu ihrem abendlichen Ritual geworden. Sie kümmerte sich um das Abendbrot, brachte Jean ins Bett und las ihm noch eine kurze Geschichte vor, dann schlüpften sie und Michael in ihre Pyjamas, holten eine Tüte Chips oder eine Tafel Schokolade aus dem Schrank und setzten sich vor den Fernseher. Diese neuen Serien waren wirklich schlimm, so gut waren manche von ihnen. Am liebsten hätten sie oft zwei Folgen hintereinander angesehen, doch das sprach gegen ihre zwei Regeln: nur eine Folge pro Abend. Und man wartete auf den anderen.

»Sorry!« Michael grinste verlegen. Er kam auf sie zu, küsste und drückte sie kurz. »Wir schauen sie noch mal gemeinsam. Von vorn. Okay?«

»Aber wehe du spoilerst!«

»Keine Sorge.«

Sie ließ sich erschöpft auf die große englische Ledercouch fallen, einem wirklichen Schmuckstück im Gegensatz zu Michaels Sessel. Kein Wunder, dass *sie* es mit in die »Ehe« gebracht hatte. Sie schätzte Michael für vieles, aber nicht für seinen Möbelgeschmack.

»Und?«, fragte er. »Was wollte Ewald?«

Lena erzählte ihm von dem wahrscheinlich bevorstehenden Anschlag, Ewalds Problemen bei der Unterwanderung des Clans und dass sie ihm leider auch nicht hatte weiterhelfen können. Und sie berichtete davon, wie das Treffen geendet hatte.

Für einen Moment war es im Raum totenstill gewesen. Lena hatte zu dem »Sunnyboy« gesehen, der an seinen Fingernägeln fummelte, während er auf die Reaktion von Ewald wartete. Die »Stasi-Statistin« hatte sich mal wieder etwas notiert.

»Wie, es gibt in Wolfsrudeln kein Omega-Tier?« Fallender reagierte vor Ewald. Seine Pupillen hatten sich geweitet. Und auch wenn er seine Stimme unter Kontrolle hatte, merkte Lena, dass er sich innerlich darauf vorbereitete, auf sie loszuspringen.

»So ist es.«

Fallender sah zu Ewald, dann lachte er hohl. »Sie wollen also die Ergebnisse jahrzehntelanger Wolfsforschung infrage stellen?« Jetzt wurde sein Ton schon schärfer.

»In der Tat.«

Wieder lachte Fallender kurz auf. »Wo haben Sie denn die ausgegraben?«, fragte er Ewald gespielt brüskiert.

Lena fuhr ein kalter Schauer über den Rücken. Das konnte sie am wenigsten ausstehen, Menschen die über sie redeten, als wäre sie gar nicht anwesend. Wer meinte dieser Typ eigentlich, wer er war? Wollte ausgerechnet er ihr erzählen, wie Wolfsfamilien funktionierten, nur weil er ein populärwissenschaftliches Buch über sie gelesen hatte?

Früher wäre sie spätestens jetzt ausgerastet. Noch als Studentin wäre sie aufgestanden, hätte nach etwas gesucht, mit dem man Fallender bewerfen könnte, und hätte genau das dann auch getan, während sie ihn übelst beschimpft hätte. Doch mit der Zeit hatte sie gelernt, sich mit unterschiedlichen Methoden halbwegs im Zaum zu halten. Eine davon war, sich Fallender als kleinen Jungen vorzustellen, der ihr so dermaßen unterlegen war, dass es einfach nicht richtig erschien, ihn anzufluchen. Genau das tat sie jetzt.

»Frau Bondroit.« Ewald hatte sich ihr zugewendet. »Das, was Sie da behaupten – ist das bewiesen oder nur ihre persönliche Meinung?«

Was für eine Frage? Was war denn in den Naturwissenschaften schon bewiesen? Selbst große Biologen und Nobelpreisträger hatte man immer wieder widerlegt. Aber natürlich war es der aktuelle Stand der Forschung. Mit etwas anderem würde sie – im Gegensatz zu diesem Quacksalber – nicht hausieren gehen.

»Es ist das Ergebnis meiner neuesten Beobachtungen, aber nicht nur von mir, sondern auch von vielen Kollegen. Es gibt Veröffentlichungen dazu. Früher war man da in der Tat anderer Ansicht.« Lena ärgerte sich, dass sie es für nötig empfunden hatte, auf die Meinungen anderer zu verweisen.

Sie konzentrierte sich wieder auf Fallender und musste feststellen, dass sie sich ihn erschreckend gut als Kind vorstellen konnte. Sie sah es förmlich vor sich, wie er auf dem Schulhof von seinen Mitschülern verprügelt wurde.

»Ha!« Fallender lachte erneut. »*Ihre* Beobachtungen!« Er sagte das, als würden *ihre* Beobachtungen nun wirklich keine Rolle spielen. »Für welche Universität oder Forschungseinrichtung arbeiten Sie noch gleich?«

»Gar keine.«

Alle im Raum starrten sie an. Zumindest kam es Lena so vor. Sie beschlich sofort ein ungutes Gefühl. Eigentlich war es ihr egal, dass sie gerade ihr eigenes Forschungsprojekt betrieb und selbstständig war. Für die Familie und Jean war es zumindest das Beste. Jetzt wäre es ihr anders lieber gewesen.

»Hatten Sie nicht dieses Angebot vom Max-Planck-Institut, nachdem Sie Ihren Lehrauftrag an der Universität in Berlin gekündigt hatten?«, fragte Ewald nach.

»Ja«, sagte Lena. »Aber das habe ich abgelehnt. Denn dafür hätten wir nach Bayern ziehen müssen.«

Sie musste schlucken. Sie wurde von zwei Naturschutzverbänden bei ihrer Wolfsforschung finanziell unterstützt, die ihre Arbeit sehr schätzten. Doch wenn sie auf Menschen wie

Fallender traf, dann merkte sie, dass das Einzige, was auf dieser Welt zählte, die Schulterklappen waren, die man trug. Arbeitete man für eine prominente Universität, war jeder Schwachsinn angesehene Forschung. Arbeitete man für sich selbst, wurde man sofort als Hobbybiologe abgestempelt.

Sie atmete tief durch. »Die bisherige Annahme einer strikten Hackordnung in Wolfsrudeln beruhte auf der Beobachtung von gefangenen Wölfen. In der Freiheit hingegen …«

»Und so weiter und so fort«, unterbrach sie Fallender.

»Herr Ewald!« Lena war kurz davor, doch noch zu explodieren. Sie sah ihn Hilfe suchend an. Er wusste doch, dass sie eine hervorragende Biologin war. Warum sonst hatte er um ihre Hilfe gebeten?

»Vielleicht erklären Sie einfach noch mal weiter Ihren Ansatz«, bat Ewald Fallender, anstatt sie zu unterstützen.

»Sehr gern.« Fallender warf Lena einen vernichtenden Blick zu. »Denn ganz ehrlich, unabhängig davon, was diese Biologin für ›Beobachtungen‹«, die Gänsefüßchen waren mehr als deutlich herauszuhören, »gemacht hat – letztlich sind mir Wölfe schnuppe. Sie bieten eine schöne Metapher, wenn ich in meinen Seminaren etwas erklären möchte. Das, was ich jedoch ganz sicher weiß – und was für Ihren Fall entscheidend bleibt: Beim Menschen gibt es das Omega-Tier. Ich treffe sie täglich in meinen Seminaren, ausgegrenzte Individuen, auf deren Kosten sich lustig gemacht wird, Männer, bei denen die Frauen vom Tisch aufstehen, wenn sie sich dazusetzen, Frauen, über deren fette Hintern noch während ihres Vortrags hinter vorgehaltener Hand gelästert wird und die sofort unterbrochen werden, wenn sie auch mal etwas sagen wollen …«

Lena schloss die Augen, während sie weiter zuhörte. Ja, man konnte es sich einfach machen. Man konnte alles über einen Kamm scheren, Äpfel mit Birnen vergleichen und mit einfachen Interpretationen versuchen, die Welt zu erklären. Da riss man sich als Forscher ein Bein aus, stellte Thesen auf, um sie jahrelang in akribischer Arbeit zu falsifizieren, bis sie standfest untermauert waren. Doch wozu? Damit am Ende Scharlatane wie Fallender mit ihren einfachen Lösungen die Entscheidungsträger berieten? Wie wütend sie das machte.

Wieder spürte sie, wie es in ihr brodelte, wie sie am liebsten aufgesprungen wäre, um Fallender schreiend eines Besseren zu belehren. Doch sie schaffte es erneut, sich im Griff zu halten. Sie atmete tief in den Bauch und hielt ihre Augen geschlossen, damit Fallenders arroganter Blick sie nicht zusätzlich provozieren konnte. Gleichzeitig suchte sie krampfhaft nach einer Idee, wie sie ihm seine Unverschämtheiten heimzahlen konnte.

»Frau Bondroit!« Es war die Stimme von Ewald.

Sie ließ ihre Augen noch einen Moment geschlossen, spürte jedoch, dass sich etwas im Raum verändert hatte. Als sie die Augen öffnete, sah sie, dass Ewald aufgestanden war und sich vor ihr aufgebaut hatte.

»Jetzt spielen Sie mal nicht die beleidigte Leberwurst. Verstehen Sie denn mein Problem nicht. Wir haben nur noch elf Tage bis zum Anschlag. Und drei Tage später wird gewählt. Können Sie sich vorstellen, was dieser Anschlag neben den direkten Schäden für politische Auswirkungen haben könnte? Sofort haben wir wieder die elende Diskussion darüber, dass alle Einwanderer und Muslime Kriminelle sind. Und welche Parteien davon profitieren, wissen Sie auch. «

An die Wahl hatte sie noch gar nicht gedacht. Dennoch. »Klar, ich verstehe Sie. Und Sie müssen machen, was Sie für richtig halten. Aber wenn Sie dazu meinen Segen wollen, kann ich Ihnen den nicht geben. Nur weil man etwas unter Zeitdruck macht, heißt das nicht, dass es richtig ist, einem pseudowissenschaftlichen Vorschlag eines selbst ernannten Wolfsspezialisten zu folgen.« Keine wirklich vernichtende Retourkutsche, aber hoffentlich doch zumindest ein kleiner Schlag in die Magengrube.

»Jetzt hören Sie aber mal!«, echauffierte sich Fallender.

»Verstanden.« Ewald ging auf seine Beschwerde zum Glück nicht ein. »Haben Sie einen besseren Vorschlag?«

Ewalds Leute arbeiteten jetzt seit Monaten an dem Fall, aber von ihr erwarteten sie einen brauchbaren Vorschlag innerhalb von Minuten. Natürlich hatte sie keinen. »Leider nein.«

»Ach, ne!« Fallender suchte den Blickkontakt zu Ewald. »Die Masche ist mir ja am liebsten.«

Wiederum ignorierte Ewald Fallenders Kommentar, was ihm Lena hoch anrechnete. Er wandte sich an seine Kollegen. »Was meinen Sie?«

»Wir sollten es zumindest probieren«, sagte der Sunnyboy nach kurzem Überlegen. »Ich denke, der Zeitpunkt könnte günstig sein. Sie wissen schon, wegen dem familieninternen Streit.«

Wie süß, dachte Lena. Er kann sogar sprechen. Sie richtete sich an ihn. »Wie war noch mal Ihr Name?« Lena war sich nicht sicher, ob Ewald ihn überhaupt namentlich vorgestellt hatte.

»Locke.«

»Herr Locke. Eine kleine Familienfehde?« Sie sah ihn ernst an. »Wie häufig streiten Sie sich mit Ihren Eltern und Geschwistern?«

Locke zuckte mit den Schultern.

»Denken Sie mal an Weihnachten. Ist ja noch gar nicht lange her. War da alles harmonisch?«

»Was hat das hiermit zu tun?« Locke sah unsicher zu Ewald und dem Stasi-Pagenkopf.

»Wir kennen sie doch alle, die Streitigkeiten in der Familie. Hoch emotional, beleidigend, scheinbar zerstörerisch. Und dennoch, würden Sie deshalb Ihre Geschwister, Ihren Vater oder Ihre Mutter ans Messer liefern?«

Lena stand auf und hielt Ewald, der immer noch vor ihr stand, die Hand zum Abschied entgegen. »Wiedersehen.«

Sie hatte beschlossen, dass es jetzt das Beste war zu gehen. Nur so konnte sie vermeiden, dass es nicht doch noch zu einem Eklat kam, den sie später bereuen würde.

»Und ...« Sie sah noch einmal in die Runde. »Ein arabischer Clan ist sicherlich nicht mit einem Wolfsrudel gleichzusetzen. Vielleicht gibt es ein schwarzes Schaf, das bereit wäre, seine Familie zu verraten. Aber eines kann ich Ihnen sagen: So äußerlich zerstritten und kaputt eine Familie auch erscheinen mag, unterschätzen Sie nie ihre Bindungskräfte.«

Michael hatte sich in der Zwischenzeit neben sie auf die Couch gesetzt und massierte ihren Nacken. Ihn schienen ihre Ausführungen eher zu amüsieren, als zu erschrecken.

»Du bist einfach unverbesserlich«, sagte er kichernd. »Und wie hat Ewald auf deinen grandiosen Abgang reagiert.«

»Das ist nicht witzig!«, beschwerte sich Lena, doch auch sie konnte sich ein Grinsen nicht verkneifen. »Ich vermute, dass er es trotzdem versuchen wird. Ein Agent wird jetzt auf das vermeintliche Omega-Tier zugehen, um es zu drehen. Ich nehme mal stark an, dass man Geld anbieten wird. Wofür man für so ein Vorgehen allerdings diesen Idioten brauchte, ist mir schleierhaft.«

»Zur Identifizierung des Omega-Tiers.«

»Ich weiß nicht.«

»Egal. Und wo ist das Problem?«

»Na ja …« Lena drehte sich um und strich Michael ein paar Haare von der Stirn. »Dass dieser von Fallender identifizierte Prügelknabe einfach nicht mitmacht und den Agenten verpfeift. Und was ein Clan mit einem Verräter macht, der versucht, die Familie zu unterwandern, das kann ich mir leider sehr gut vorstellen.«

»Ewald wird schon wissen, welches Risiko er eingeht.«

Lena sah Michael lange an. Sie hatte eigentlich keine Lust mehr auf Diskussionen. »Vielleicht.« Sie atmete tief durch. »Mir erscheint das ganze Vorgehen jedoch eher getrieben und unseriös. Ich bin zwar keine Clanspezialistin oder Psychologin, aber mit Systemen kenne ich mich ein wenig aus. Und die Familie ist ein System, das sich, wie jedes System, selbsterhalten möchte, weil sich daraus erhebliche Überlebens- und damit evolutive Vorteile ergeben. Verrat ist hier eher die Ausnahme als die Regel.« Sie musste an all die Missbrauchsfälle in Familien denken oder Fälle häuslicher Gewalt, die nie zur Anklage kamen; denn wer schickte schon gerne den eigenen Mann, Vater oder Onkel ins Gefängnis. »Und daher fürchte ich, dass Ewald vor ein paar Stunden ein Todesurteil gefällt hat.«

»Möglich«, sagte Michael. »Dennoch kann ich Ewald irgendwie verstehen. Selbst wenn er einen Agenten verliert, darf er diese letzte Chance unversucht lassen? Vor allem wenn es darum geht, einen Anschlag und damit ein noch viel größeres Unglück zu verhindern?«

Lena war zu müde, um weiter zu widersprechen. Sie küsste Michael auf die Stirn, obwohl ihr eigentlich gar nicht danach war. Es wäre ihr lieber gewesen, wenn er ihr einfach nur zugestimmt hätte.

Sie beschloss, das Thema zu wechseln. Schließlich stand da immer noch Michaels seltsamer Rückzug vom Morgen im Raum. Die Ereignisse hatten sich so überschlagen, dass sie den schon fast vergessen hatte. Und dann die Fußspuren im Schnee.

»Hattest du eigentlich noch Besuch?«

Sie hatte das Gefühl, dass Michael kurz ihrem Blick auswich. Doch dann sah er ihr wieder in die Augen.

»Natasha war noch da. Wegen dem möglichen Umzug. Wir haben uns heute Morgen die neuen Räume angesehen. Natasha ist nicht ganz überzeugt. Das Objekt ist zwar moderner und eigentlich genau das, was wir suchen, aber auch leider etwas kleiner.«

Deswegen hatte er also losgemusst. Warum hatte er das nicht auf den Zettel geschrieben? »Und es liegt wahrscheinlich keine hundert Meter von ihrer Wohnung entfernt.«

»Woher weißt du das?« Michael schaute sie überrascht an.

»Weil ich Natasha kenne.« Natasha, die Leiterin der Behindertenwerkstatt, war sicherlich ein guter Mensch. Lena mochte sie trotzdem nicht. Das hatte seine Gründe. Obwohl Natasha viel Wert auf die Gleichberechtigung von Frau und Mann legte, kannte Lena nur wenige Menschen, die mit Frauen und Männern in so unterschiedlichen Tonlagen sprachen. Wenn sie mit Lena oder anderen Frauen redete, bekam Natasha einen seltsam hohen und fast hysterischen Gackerton in der Stimme. In Gegenwart von Männern hingegen »gurrte« sie. Und sie berührte Männer gerne am Arm, an der Hand oder sogar am Bein, wenn es sich anbot. Das war Lena schon häufiger aufgefallen. »Für die Werkstatt ist gut, was für sie selbst gut ist. Oder nicht?«

Michael musste lachen. »Gut beobachtet!«

»Danke. Ich muss jetzt trotzdem ins Bett.«

»Schon?« Michael wirkte ein wenig irritiert.

Sie nickte. »Sorry, ich bin fix und fertig.« Sie stand auf und ging in den Flur, von dem eine schmale Holztreppe in den ersten Stock führte. »Komm doch mit?«

Sie blieb stehen und wartete auf eine Antwort.

»Vielleicht gleich«, kam es nach einer Weile zurück.

Lena überkam ein schlechtes Gewissen. Es war nicht richtig gewesen, jetzt einfach aufzustehen. Michael hätte sich gerne noch etwas unterhalten, das spürte sie. Aber morgen war auch noch ein Tag. Er würde es verstehen.

Nachdem sie sich umgezogen und die Zähne geputzt hatte, ging sie in Jeans Zimmer. Die Tür war angelehnt. So wollte es Jean immer, sonst war es ihm zu dunkel und er hatte Angst. Leise drückte sie sich durch den Türspalt und kniete sich vor sein Bett.

Jean lag auf dem Rücken, die Arme und Beine weit von sich gestreckt. Er atmete ruhig, kaum hörbar. Lena beugte sich über ihn und gab ihm einen Kuss. Dann schaute sie ihn einfach nur an. Etwas Warmes schoss durch ihren Körper. Es war, als hätte man ihr eine heiße Flüssigkeit in die Adern gespritzt, die sich nun langsam in ihr ausbreitete. Und dann merkte sie, wie ihre Augen feucht wurden. Das war erst seit der Schwangerschaft so. Eine bestimmte Melodie im Radio, ein schmalziger Film, Jean, der sie auf eine bestimmte Weise ansah – und schon setzte irgendein unkontrollierbarer biochemischer Prozess ein, und ihr flossen die Tränen.

Kurz überlegte sie, ob sie ihn nicht mit zu sich ins Bett holen sollte. Etwas Warmes, Weiches, Unschuldiges neben sich, das war so unglaublich beruhigend. Doch da gab es auch die kleinen Kinderfüße, die ihr mitten in der Nacht ins Gesicht oder in die Brust traten.

Erneut gab sie ihrem Sohn einen Kuss.

Die eigenen Kinder. Sie machten das Leben nicht gerade einfacher. Berufliche Ambitionen blieben auf der Strecke. Ihre kaum zu sättigenden Bedürfnisse, die schlaflosen Nächte, die viele Aufmerksamkeit, die sie forderten und die einem dann an anderer Stelle fehlte. Doch gab es irgendetwas auf der Welt, was man mehr lieben konnte? Könnte man sie jemals verraten? Und würden sie es tun?

13 Tage
bis zur Wahl

10

Lena hatte sich am Morgen direkt auf die Suche nach den Wölfen gemacht. Nach drei Stunden entdeckte sie sie auf einer Wiese in der Nähe eines kleinen Flusses. Es war eine Stelle, an der sie ihnen bereits vor einer guten Woche begegnet war. Sie positionierte sich hinter etwas Buschwerk rund hundert Meter von dem Rudel entfernt. Dann zog sie ihr Fernglas heraus.

Dass sich ein Wolfsrudel in der Nähe ihres Wohnortes aufhielt, hatte Lena vor zwei Jahren aus der Zeitung erfahren. Ein aufgebrachter Schafhirte hatte die Sichtung gemeldet und damit einmal mehr die Diskussion um die Lockerung des Artenschutzes und eine Abschussquote angestachelt. Gerissen hatten die Wölfe zwar noch kein Nutztier, doch natürlich bestand die Gefahr, dass sie das früher oder später tun würden. Und dem wollte man, trotz der Entschädigungsregelungen, zuvorkommen.

Während die Bauern in der Gegend der Meldung mit gemischten Gefühlen begegnet waren, war die Nachricht für Lena ein Sechser im Lotto gewesen. Ein wildes Wolfsrudel ganz bei ihr in der Nähe!

Nach Jeans Geburt hatte sie das gesamte erste Jahr fast ausschließlich ihm gewidmet. Sie musste zugeben, dass sie unterschätzt hatte, wie viel Energie und Nerven ein Kind kostete. Kommunikation in Babysprache, stundenlang Klötze übereinanderstapeln, dabei zusehen, wie Jean an großen Legosteinen lutschte. Es gab eindeutig Befriedigenderes. Die Nachricht über die Wölfe war das dringend notwendige Licht am Ende eines nicht immer dunklen, doch sehr eintönigen und nervenzehrenden Tunnels gewesen.

Während ihres Studiums hatte Lena ein Praktikum bei Biologiekollegen im Yellowstone Nationalpark in den USA gemacht. Aus dieser Zeit wusste sie, dass Wölfe lange nicht so gut erforscht waren, wie häufig behauptet wurde. Die meisten Forschungen beruhten nämlich auf Beobachtungen von Wölfen in Gefangenschaft. Die Biologen aus den USA hatten jedoch festgestellt, dass sich Wölfe in Freiheit zum Teil anders verhielten. Allerdings ist das Beobachten von Wölfen in der freien Wildbahn ausgesprochen herausfordernd, da Wölfe sehr scheue Tiere sind.

An diese Lücken in der Wolfsforschung hatte Lena sofort denken müssen, als sie von dem Rudel in der Zeitung las. Es war, als hätte das Schicksal ihr ein Projekt direkt vor die Füße gelegt. Neben dem dringenden Bedürfnis, nach einem Jahr »Babypause« endlich wieder den Kopf anzuschalten, hatte sie auch das Gefühl, dass ihr nach zehn Jahren Ameisenforschung ein neues Themengebiet guttun würde, zumal ihre Karriere an der Freien Universität Berlin ohnehin ein Ende gefunden hatte. Zudem hoffte Lena, durch ein ethologisches Vorgehen ihr Wissen über Systeme abrunden zu können. Bei den Ameisen war es das System Staat gewesen. Nun war es das System Familie.

Lena beobachtete, wie die jungen Wölfe umherliefen und miteinander balgten, sich aber auch immer wieder am Mund oder über die Nase leckten, ein Ritual, mit dem Wölfe Nähe und Verbundenheit demonstrierten, ähnlich dem Küssen beim Menschen. Sigmund Freud hatte dieses Verhalten beim Menschen von der Sexualbeziehung ableiten wollen. Doch diese Deutung lehnten heutzutage die meisten Biologen ab, da die zärtlichen Verhaltensweisen primär aus der Mutter-Kind-Beziehung stammten und erst später für die Bindung unter Erwachsenen genutzt wurden.

In diesen und vielen weiteren Ritualen der Wölfe sah Lena eines der großen Geheimnisse für den Zusammenhalt einer Wolfsfamilie. Sie vermutete, dass Rituale entschieden die Produktion von Oxytocin beeinflussten. Oxytocin galt unter Verhaltens-Endokrinologen – also Biologen, die sich vor allem mit dem Einfluss von Hormonen auf das Verhalten beschäftigten – als *das* Bindungshormon. Lena nannte es deshalb auch gerne das »Treuehormon«. Unterdrückte man es zum Beispiel bei an sich monogamen Wühlmäusen, so ließ die Partnerbindung nach, und die Tiere gingen zu einer polygamen Lebensform über.

Doch nicht nur Rituale förderten den Zusammenhalt in einem Wolfsrudel. Wie sie Ewald erklärt hatte, spielten auch klare Rollen und Regeln eine große Rolle. Sie führten nämlich dazu, dass man sich auf das Verhalten der anderen verlassen konnte, und dies wiederum war eine Grundvoraussetzung für Vertrauen.

In der Wolfsfamilie herrschte unbedingtes Vertrauen. Das machte sie so stark. Jeder kämpfte für jeden, notfalls bis in den Tod. Vertrauen, ob hormonell unterstützt oder auch nicht, war der Kleber zwischen den Individuen. Der bedingungslose Einsatz für die anderen brachte einem Wolfsrudel einen entscheidenden evolutiven Vorteil. Allein hatte ein Wolf gegen fremde Wolfsrudel kaum eine Chance. Gemeinsam hingegen konnten sie sich gegen rivalisierende Artgenossen verteidigen. Auch vereinfachte das Leben in einem Rudel das Jagen und die Fortpflanzung und somit am Ende das, worum es allen Lebewesen ging: die eigenen Gene an die nächste Generation weiterzutragen. Egoistische Einzelgänger hingegen hatten hier nur geringe Chancen und starben mit der Zeit einfach aus.

Lena musste an den Aziz-Clan denken. Allein, in einem fremden Land, ohne Vermögen und einer guten Bildung konnte man gerade mal überleben. Im Verbund mit seinesgleichen hingegen ließ sich einfacher ein gewisser Lebensstandard erreichen und etwas aufbauen, was langfristig das Überleben der Familie absicherte. Die »Clanbildung« war eine logische Folge der Außenseiterstellung.

Während die meisten Menschen die genetische Abstammung als Abgrenzungsmerkmal einer Familie ansahen, vertrat Lena die These, dass man allein die Stärke des Vertrauens als Indikator dazu nutzen sollte. Dass Vertrauen und genetische Abstammung häufig miteinander korrelieren, war nur dem Umstand geschuldet, dass Kinder in der Regel bei ihren genetischen Eltern aufwachsen. In dieser wichtigen Phase wird viel Vertrauen und Bindung aufgebaut. Die genetische Abstammung an sich hatte hingegen streng genommen nichts mit der Bindung zu tun.

Lena ging sogar so weit, dass sie die genetische Abstammung für die Definition des Systems Familie für irrelevant ansah. Das zeigte sich schon allein an der Tatsache, dass die Partner selbst nicht den gleichen genetischen Ursprung hatten. Trotzdem würde niemand behaupten, dass nur Kinder eine Familie ausmachten. Zudem konnte man wohl kaum einem glücklichen Paar mit adoptierten Kindern den Familiencharakter absprechen? Und was galt im Fall von geschiedenen und stark zerstrittenen Partnern, die die Kinder unter sich aufgeteilt hatten? Waren sie noch eine Familie?

Dass vor allem das Rechtssystem immer wieder die genetische Abstammung als Abgrenzungskriterium heranzog, lag wohl daran, dass es etwas war, was sich leicht überprüfen ließ. Ob sich Menschen vertrauten, konnte man hingegen nur durch langes Beobachten feststellen. Und selbst dann konnte man sich nicht sicher sein. Denn natürlich konnte Vertrauen auch jederzeit brechen. Und damit wurde die Familie für Lena etwas, das keinen Anspruch auf Ewigkeit hatte.

Je mehr Vertrauen, umso stärker die Familie. Genau das machte häufig den Unterschied gegenüber Freundschaften aus. Es gab in Familien eben nicht das von Fallender behauptete Omega-Tier, das sich gegen die anderen Mitglieder wenden ließ, wenn es sich daraus einen kurzfristigen Vorteil versprach. Sicherlich, es gab Streitigkeiten. Doch eine Familie, wie Lena sie definierte, machte aus, dass sie diese Streitigkeiten aushielt. Man durfte in den Fortbestand vertrauen, durfte sogar seine Kehle zeigen, ohne dass jemand wirklich hineinbiss.

Fehlte das Vertrauen, so führte das nach Lenas Definition in logischer Weise dazu, dass sich das System Familie auflöste. Ehen und Lebensgemeinschaften, die nur noch aus finanziellen Gründen hielten, sprach Lena den Familiencharakter grundsätzlich ab. Sie waren nichts anderes als »Firmen«, die zwar finanzielle Sicherheitsbedürfnisse befriedigen konnten, jedoch in keiner Weise das grundsätzliche Bedürfnis nach Bindung.

Dass das Verschwinden von Vertrauen dazu führen konnte, dass sich Familien auflösten, sah Lena in der Praxis in vielerlei Hinsicht bestätigt. Ob es den Eltern gefiel oder nicht, es gab Auflösungstendenzen, wenn Jugendliche in der Pubertät begannen, ihren Freunden mehr zu vertrauen als den eigenen Eltern, oder einen Partner suchten. »Herkunftsfamilien« konnten zerbrechen, wenn sich die Kinder nur noch der selbst gegründeten Familie widmeten. Und auch in der Tierwelt gab es etliche Beispiele, in denen der Familienverband aufgelöst wurde, sobald die Jungtiere selbst in der Lage waren zu überleben und auf ein gegenseitiges Vertrauen nicht mehr angewiesen waren. Eichhörnchenmütter, aber auch Wölfe sind dafür bekannt, dass sie ihre Kinder ab einem bestimmten Zeitpunkt verjagen. Beim Menschen zeigten Erbstreitigkeiten häufig, wo wirkliche Familien existierten oder nur genetisch verbundene Lebewesen, die ohne die Angst vor rechtsstaatlichen Sanktionen keine Sekunde zögern würden, sich gegenseitig die Köpfe einzuschlagen.

Auf der anderen Seite konnten jedoch durch einen starken Vertrauensaufbau über die Herkunftsfamilie hinaus auch Großfamilien und Clans entstehen. Der Zusammenhalt wurde hier durch strenge Regeln und Rituale gestärkt, während Lena gerade in deren Fehlen mit einen Grund für die hohen Trennungs- und Scheidungsquoten sah. Denn wie konnte zwischen Partnern Bindung und Vertrauen aufgebaut werden, wenn man nicht mehr miteinander aß, der Urlaub getrennt verbracht wurde und jeder die wenige verbliebene gemeinsame Zeit nur noch auf sein Handy starrte?

Während Lena ihre Gedanken schweifen ließ und die Jungtiere dabei beobachtete, wie sie jetzt das Flussufer nach spannenden Entdeckungen absuchten, lag das Leitwolfpaar aneinandergeschmiegt auf der kleinen Anhöhe etwas abseits vom Ufer und beobachtete die Umgebung – vor allem aber ihren Nachwuchs. Lena ließ das Fernglas immer wieder zwischen den Jungtieren und den beiden Eltern hin und her wandern. Das Szenario erinnerte sie an einen Spielplatz, auf dem die Kinder tobten, während sich die Eltern auf einer Bank ausruhten und die Sonne genossen. Dabei wusste sie, dass die Wolfseltern, wie auch die Eltern auf dem Spielplatz, nicht wirklich entspannten. Ihre Ohren waren gespitzt, und immer wieder ließen sie ihre Augen auf der Suche nach Gefahren über die Wiese schweifen.

Dann fiel Lena plötzlich etwas Interessantes auf: Während sich drei der Jungwölfe jagten und übereinander herfielen, war der vierte Wolf nur bedingt am Spiel beteiligt. Er hatte eine Außenseiterstellung und schien, wie die Leitwölfe, eher daran interessiert, die anderen Jungtiere zu beobachten, als mit ihnen zu tollen.

Zunächst vermutete Lena, dass dieser Wolf die Rolle des Aufpassers bekommen hatte, der die anderen vor möglichen Gefahren warnen sollte. Eine der Thesen der modernen Wolfsforschung war, dass frei lebende Wölfe nicht über eine klassische Hierarchie und Hackordnung funktionierten, sondern über Rollen. Und dieses Rollenverhalten schien hier geübt zu werden. Doch irgendetwas störte sie an ihrer schnellen Deutung. Erneut nahm Lena jedes einzelne Tier ins Visier. Während sie das Fernglas hin und her schwenkte, merkte sie, dass ihre Konzentration auf die einzelnen Tiere den Blick für das Ganze getrübt hatte: Gestern hatte das Rudel noch aus fünf Tieren bestanden, den Eltern, den beiden Jährlingen und dem dritten Jungtier, das Lena bereits auf zwei oder sogar drei Jahre schätzte. Jetzt waren es insgesamt sechs Wölfe, also einer mehr!

Lena merkte, wie ihr Herz schneller zu schlagen begann und eine angenehme Unruhe in ihr aufstieg. Sollte sie wirklich so viel Glück haben, diesem selten beobachteten Schauspiel beiwohnen zu dürfen: dem Beginn einer lebenslangen Beziehung?

Wölfe leben monogam. Haben sich zwei Wölfe gefunden, so gründen sie eine Familie und bleiben ein Leben lang zusammen. Die Kinder, die sie aufziehen, bilden mit ihnen zusammen das Rudel. Sind die jungen Rüden alt genug, kämpfen sie nicht etwa mit ihrem Vater oder der Mutter – es gibt durchaus auch weibliche Rudelführer – um die neue Vormachtstellung, wie es leider fälschlicherweise noch immer oft behauptet wird, sondern wandern einfach ab und gründen ein neues Rudel. Verpassen sie den richtigen Zeitpunkt für den Absprung, können die Eltern schon mal ruppiger werden und sie vertreiben. Die weiblichen Fähen verhalten sich ähnlich, lassen sich jedoch auch gerne aus der Familie »herauswerben«, wie es Lena nannte. Sie warten, bis sich ein streunender Rüde für sie interessiert. Entweder »brennen« sie dann sofort mit ihm durch, oder der Rüde wird für eine gewisse Zeit vom Rudel akzeptiert, bis er mit seiner »Eroberung« weiterzieht und seine eigene Familie gründet.

Lena beobachtete die Wölfe weiter, bis das Leitwolfpaar irgendwann aufstand und im nahe gelegenen Dickicht verschwand. Kurz darauf folgten ihnen auch die übrigen Tiere, mit Ausnahme des fremden Wolfs. Seine erste Annäherung war gut verlaufen. Das Rudel hatte ihn weder angegriffen noch verjagt. Er würde es gut im Auge behalten und auf eine neue Gelegenheit warten, sich ihm zu nähern, um das junge Weibchen für sich zu gewinnen. Das Stück war zu Ende.

Gut gelaunt machte sich Lena auf den Weg nach Hause. Es war großartig, in freier Wildbahn etwas derart Spektakuläres miterleben zu dürfen. Genau dafür liebte sie ihren Beruf, für diese seltenen Momente, in denen man das Gefühl hatte, den Geheimnissen der Natur ein kleines Stückchen näher gekommen zu sein. Sie hatte viel über neue Rudelbildung gehört und gelesen und sich mit Kollegen dazu ausgetauscht. Doch etwas mit eigenen Augen zu sehen war immer eine ganz andere Sache.

Zu Hause angekommen, rief sie sofort Michael an.

»Hallo, Herr Minister.« Wenn sie gut gelaunt war, nannte sie ihn immer noch so. Sie hatte ihn früher häufig scherzhaft so bezeichnet, da er, als sie sich kennenlernten, noch für das

Innenministerium tätig gewesen war, bis er sein Leben radikal geändert hatte.

»Du klingst, als hättest du gute Laune.«

»Habe ich«, bestätigte Lena, und erzählte von ihren Beobachtungen.

Michael freute sich für sie. Auch er konnte sich immer wieder für ihre biologischen Beobachtungen begeistern. »Vor allem auch interessant, dass ein Rudel seine Grundsätze bricht.«

»Was meinst du?«

»Na ja, du hast mir doch erzählt, dass Wölfe keine Artgenossen aus anderen Rudeln akzeptieren, sie wegjagen, notfalls sogar töten.«

»Tun sie ja auch.«

»Und dieser Rüde, von dem du gerade …«

»Ist nur temporär«, unterbrach ihn Lena. Doch im selben Augenblick wurde ihr klar, dass Michael natürlich recht hatte. »Du bringst mich auf eine Idee!«

»Welche?«

»Erzähl ich dir später. Kannst du heute Jean abholen?«

»Einen Moment.« Lena hörte im Hintergrund das Klappern einer Computertastatur. »Doch, müsste passen. Aber …«

Bevor Michael weiter fragen konnte, hatte sie schon aufgelegt. Vielleicht war das ein Weg? Kurz darauf hatte sie Ewalds Nummer gewählt.

»Frau Bondroit. Was verschafft mir die Ehre?«

»Ich habe nachgedacht«, fiel sie sofort mit der Tür ins Haus. »Und ich hätte vielleicht eine Idee für Ihren Fall. Sie verstehen?«

»Wirklich?« Ewald klang plötzlich viel freundlicher. »Bitte nicht am Telefon. Sollen wir Sie abholen?«

11

Dieses Mal empfing sie Ewald in seinem Büro, in dem sich nicht viel mehr befand als ein breiter Glastisch. Auch wenn der Tisch chic war, Ewald hätte sie eher zu einem aus dicker Eiche geraten, zumindest wenn er weiterhin vorhatte, während der Arbeit seine Schuhe auszuziehen. Auf dem Tisch befanden sich ein riesiger Monitor, eine drahtlose Tastatur und eine ebensolche Maus. Daneben türmte sich ein kleiner Berg Akten und Bücher, was eher nicht zu dem ansonsten futuristischen Ambiente des Büros passte, dafür umso mehr zu dem Ewald, den sie vor sechs Jahren kennengelernt hatte. Vor dem Tisch standen zwei Stühle. Auf einem saß Locke. Auf dem anderen bat Ewald Lena, Platz zu nehmen.

»Wo ist denn Ihre Kollegin?«, fragte Lena.

»Arbeiten.« Ewald blickte zu Locke. Sie mussten beide lachen.

»Sie sind unmöglich«, entrüstete sich Lena.

»Ach, jetzt kommen Sie! Wo ist denn Ihr Humor geblieben?«

»Was haben Machosprüche mit Humor zu tun?« Sie wollte gar nicht wissen, was für Sprüche er über sie riss, wenn sie nicht im Raum war.

»Ist ja gut.« Ewald rollte mit den Augen. »Frau Sommer sitzt gerade in einem Meeting mit den Kollegen von der Organisierten Kriminalität. Mit diesen Einzellern zu kommunizieren ist einfach nicht mein Ding.«

»Vielleicht ist genau das das Problem?«, fragte Lena, teils ernst gemeint, teils um ihn ein wenig zu provozieren.

»Wieso?«

»Na ja, vernetztes Denken, Informationen teilen – das soll manchmal bei der Aufklärung von Fällen helfen, habe ich gehört.«

Ewald verschränkte seine Arme. Verteidigungshaltung. Ihre Provokation schien auf fruchtbaren Boden gefallen zu sein. »Dazu müssten die Leute, mit denen man sich vernetzt, aber denken können und …« Ihr schien, als wollte er noch etwas weiteres Abwertendes sagen, was er sich jedoch verkniff. »Und ganz ehrlich. Ich habe doch Sie. Mehr vernetztes Denken, ist das überhaupt möglich?« Ein breites falsches Grinsen zog sich über sein Gesicht. »Sie sagten am Telefon, Sie hätten eine Idee? Dann mal los!«

Lena erzählte von den Wölfen und welcher Einfall ihr gekommen war.

»Verstehe.« Ewald wirkte alles andere als begeistert. »Sie schlagen also vor, dass wir uns in den Clan einschleichen, indem ein Agent mit einer der Clanfrauen anbändelt?«

»So in der Art«, bestätigte Lena.

»Hm.« Ewald sah zu Locke, dann wieder zu ihr. »Die altbewährte Romeo-Falle. Nichts wirklich Neues.«

Entweder wollte er sich für ihre Kritik rächen, oder er hatte tatsächlich den entscheidenden Vorteil dieses Vorgehens noch nicht begriffen. »Mir geht es auch nicht um einen möglichst *neuen* Ansatz, sondern einen, der Erfolge verspricht, und das möglichst *schnell*. Ich halte dieses Vorgehen, insbesondere was die Geschwindigkeit betrifft, Ihrem derzeitigen Omega-Ansatz deutlich überlegen.«

Lena sah zu Locke, der heute um einiges interessierter und wacher wirkte als am Vortag, dann wieder zu Ewald.

»Und warum bitte?«, fragte Ewald missmutig.

»Diese Methode hätte einen entscheidenden Beschleuniger: Hormone.«

»Schon klar«. Für einen Moment wirkte Ewald ein wenig abwesend, als ob er über eine Zeit nachdenken würde, als bei ihm selbst noch die Hormone zugeschlagen hatten. Lena befürchtete, dass dies schon sehr lange her war.

»Wenn ich Sie richtig verstanden habe, haben Sie keine Zeit mehr. Wenn also schon ein Risiko eingehen, warum dann nicht auf diesem Weg?«

»Weil man an die Clanfrauen nicht rankommt. Die werden verkuppelt. Wenn man sich denen nur nähert, gibt es Ärger. Stimmt's, Locke?« Locke nickte. »Und ganz abgesehen davon … Selbst wenn es einem von unseren Jungs gelingen würde, einer dieser Clanmiezen den Kopf zu verdrehen – die Mädels von denen haben doch null Ahnung, was da läuft. Die werden aus den schmutzigen Geschäften rausgehalten. Wie sollte uns das also wichtige Insider-Informationen verschaffen?«

»Sind Sie sich da so sicher?«, fragte Lena. Ihr war klar, dass Frauen in anderen Kulturen nicht immer dieselben Rechte hatten wie westliche Frauen. Aber dass sie deshalb weniger wussten, was die Geschäfte ihrer Männer betraf, das musste damit nicht zwangsläufig einhergehen.

»Vielleicht ist die Idee gar nicht so blöd.«

Die Unterstützung kam von einer Seite, von der sie Lena eher nicht erwartet hatte. Eigentlich hatte sie Locke für jemanden gehalten, der darauf bedacht war, seinem Chef nicht zu widersprechen, und das nicht, weil er immer seiner Meinung war, sondern aus reiner Bequemlichkeit. Er war der Typ Mann, der Konflikte scheute, weil sie »Stress« bedeuteten. Solche Männer konnten durchaus Adrenalinjunkies sein, Fallschirmspringen lieben, die waghalsigsten Sprünge beim Skifahren vollführen und sich mit Surfbrettern in die höchsten Wellen stürzen. Aber im beruflichen Alltag mochten sie es lieber »cool« und »relaxt«.

Locke strich sich seine langen, blonden Haare hinter die Ohren und legte eine Akte auf den Glastisch, die er bis zu diesem Zeitpunkt auf dem Schoß geparkt hatte. Er blätterte ein wenig darin herum. Dann zog er eine Fotografie einer Frau von etwa Ende zwanzig hervor und legte sie vor Lena auf den Tisch. Sie war keine klassische Schönheit, dazu hatte sie zu markante Gesichtszüge, doch Lena gefiel sie. Sie hatte etwas Gutmütiges im Blick und wirkte trotzdem nicht naiv oder machte den Eindruck, als würde sie sich kampflos unterwerfen.

»Leila Aziz. Die älteste Tochter von Vahid Aziz, dem Chef des Clans. Unverheiratet und solo.«

Ewald verzog sein Gesicht zu einer dummen Grimasse. »Ach, kommen Sie, Locke. Dieses Aschenbrödel soll über den Anschlag Bescheid wissen?!«

»Vielleicht nicht direkt. Aber sie könnte den Türöffner spielen und uns den Zugang zu den Aziz ermöglichen, womöglich sogar im buchstäblichen Sinne Zugang zur Wohnung«, verteidigte sich Locke.

Ewald lachte. »Ne, Locke. Überzeugt mich leider überhaupt nicht.«

Locke sah Hilfe suchend zu Lena, der auf die Schnelle nicht einfiel, wie sie ihn unterstützen könnte.

»Auf jeden Fall ist sie ein leichteres Ziel als dieser Tarek«, versuchte es Locke erneut. Er beugte sich zu Lena. »Tarek ist der dritte Sohn von Vahid Aziz und nach Fallenders Analyse das Omega-Tier.« Dann wandte er sich wieder an Ewald. »Der Typ mag ein Kauz sein und von den anderen ein wenig unterdrückt werden. Aber er ist blitzgescheit. Und er ist skrupellos.

Wenn wir da die Katze aus dem Sack lassen und er nicht mitspielt, dann gibt es Tote.«

Die Tür sprang auf. »Entschuldigung!« Sommer betrat den Raum. Sie wirkte abgehetzt. »Ich war noch …« Sie holte Atem.

»… in der Besprechung mit den Einzellern«, ergänzte Ewald. »Ich weiß. Setzen.«

Sommer sah sich unsicher im Raum um, in dem sich kein weiterer freier Stuhl befand. Das schien auch Ewald zu bemerken. »In der Teeküche gibt es noch Stühle.«

Sommer lehnte sich gegen die Wand. »Ich sitze eh zu viel. Was habe ich verpasst?«

Ewald holte sie kurz ab.

»Was meinen Sie?«, fragte Lena. Sie konnte Sommer noch nicht wirklich einschätzen, da sie bisher kaum zu Wort gekommen war. Der Umstand jedoch, dass Ewald sie für seinen engeren Kreis ausgewählt hatte, sprach dafür, dass sie durchaus was auf dem Kasten hatte.

Sommer sah auf die Akte in Lockes Hand. »Riskant. Aber ich finde die Idee gut. Leila Aziz steckt gerade in einer Krise. Das könnte den Zugang vereinfachen.«

»Krise?« Ewald wie auch Locke sahen Sommer fragend an.

»Ja. Sie hatte eine Beziehung, doch die ist vor rund einem halben Jahr in die Brüche gegangen. Wir gehen davon aus, dass das damit zusammenhing, dass sie wahrscheinlich keine Kinder bekommen kann. Zumindest ging sie mit ihrem ehemaligen Freund häufig zu einem entsprechenden Spezialisten.«

»Und Sie meinen jetzt, sterile Stuten sind unter Clanleuten schwer vermittelbar?« Ewald grinste dreckig.

»Ich meinte, dass sie in einer Krise steckt.«

Lena kam sich vor wie während einer Operation, in der die Narkose nicht richtig wirkt und der Patient mitbekommt, wie das gesamte OP-Team über seinen Körperbau lästert. Sie kannte diese Leila nicht, doch hatte sie schon jetzt Mitleid mit ihr. Leila Aziz hatte wahrscheinlich wirklich wenig Ahnung von den Geschäften, die ihr Vater betrieb. Sie war verlassen worden, hatte gerade erfahren, dass sie keine Kinder bekommen konnte. Und früher oder später würde sie herausfinden, dass sie benutzt wurde. Lena hätte der Frau in dieser Situation ein positiveres Erlebnis gewünscht. »Vielleicht ist die Idee doch nicht so gut.«

»Moment!« Ewald bekam glänzende Augen. »Die Idee gefällt mir immer besser. Was meinen Sie, Locke?«

Der blätterte in seiner Akte. »Sie arbeitet in einem Reisebüro, das sich auf Flüge und Gruppenreisen in den Nahen Osten spezialisiert hat. Über das Reisebüro könnte man unkompliziert an sie rankommen. Das würde ebenfalls dafür sprechen.«

»Das Büro gehört einem guten Freund von Vahid Aziz. Wahrscheinlich eine Geldwaschanlage«, ergänzte Sommer.

»Woher wissen Sie das?«, fragte Ewald erstaunt.

»Tja.« Sommer zuckte mit den Schultern. »Weil ich ab und zu mit den ›Einzellern‹ kommuniziere.« Sie zwinkerte Lena unauffällig zu. Ihr Gesicht blieb insgesamt jedoch eher teilnahmslos. Keine Spur von Schadenfreude oder Triumph.

»Gut. Zurück zur Sache.« Ewald ließ die Spitze unkommentiert. »Nehmen wir an, wir würden es versuchen. Wen haben wir, der das übernehmen könnte?«

»Da gibt es einen jungen Libanesen bei der Kripo«, schlug Sommer vor. »Den könnten wir vielleicht dafür gewinnen.«

»Auf keinen Fall!« Ewald schüttelte mehrfach den Kopf. »Niemand von der Kripo. Sie wissen, warum.«

»War nur eine Idee«, verteidigte sich Sommer.

»Rahim?« Der Vorschlag kam von Locke.

Ewald überlegte. »Ich weiß nicht. Ich schätze Rahim. Aber er ist nicht gerade ein Womanizer.«

»Locke.« Der Vorschlag kam von Sommer.

»Ich?«, fragte Locke überrascht.

»Ein blonder Deutscher, der kein Arabisch spricht und null Erfahrung in Sachen verdeckter Ermittlung hat?« Auf Ewalds Stirn bildeten sich Falten.

»Null Erfahrung macht authentisch. Locke wäre zudem so auffällig, dass er schon wieder unauffällig wäre. Und …« Sommer zeigte auf die Akte, die Locke in der Hand hielt. »Haben Sie ihr Profil mal studiert? Leila Aziz steht auf diese ›coolen‹ Sportarten, mit denen sich auch unser Kollege seine Freizeit vertreibt. Wellenreiten, Bouldern, Wasserski. Als Jugendliche hatte sie in einem Urlaub mal etwas mit einem Schweden. Das wurde natürlich sofort vom Clan unterbunden. Aber jetzt, mit diesem medizinischen Hintergrund …« Sie zog ihre sorgfältig gezupften Augenbrauen nach oben.

Lena betrachtete Locke. Sie hatte gewisse Vorurteile gegenüber Männern mit langen Haaren. Doch wenn sie die versuchte auszublenden, musste sie zugeben, dass er etwas hatte. Mit seinen stechend blauen Augen, dem braunen Teint und dem sicherlich gut trainierten Körper war er durchaus attraktiv. Aber das war es nicht allein. Er war vor allem auch der Typ Mann, der einen für den Moment vergessen ließ, dass die Welt voller Probleme war. Wäre Lena Single und würde auf blonde Männer mit langen Haaren stehen … er wäre sicherlich nicht die schlechteste Wahl.

Auch Ewald betrachtete Locke für eine Weile. »Vielleicht wirklich gar keine so schlechte Idee. Locke, Sie könnten die Planung einer Reise vortäuschen. Vielleicht springt der Funke ja über. Lassen Sie mal Ihren gesamten Charme spielen. Dann

Nummer austauschen und so. Aber damit kennen Sie sich sicherlich besser aus als ich. Und lassen Sie sich in jedem Fall von der Strategischen briefen. Wir können das auch noch mal in Ruhe besprechen. Dann schauen wir weiter.«

9 Tage
bis zur Wahl

12

Die Parteizentrale der »Neuen bürgerlichen Mitte« sollte Aufbruchstimmung vermitteln. Das war ihnen von Anfang an wichtig gewesen. Sie hatten daher noch während ihres raketenhaften Aufstiegs direkt nach der Corona-Krise eine »hippe« alte Fabrikhalle von einem insolventen Diskothekenbetreiber erworben. Überall gab es sogenannte Kommunikationsecken, die die Kreativität und den Austausch der Angestellten und Parteimitglieder anregen sollten. Abgetrennte Büros gab es nicht, nur Tische, abschließbare Container und Trennwände, die jederzeit umgestellt werden konnten. Flexibilität und Offenheit, darum sollte es gehen. In dem ehemaligen Büro der Lagerhallenaufsicht – einem Glaskasten, der in rund vier Metern Höhe auf dünnen Stahlträgern über dem sonstigen Hallenbereich schwebte – residierte Berger. Neben den Glaskasten hatte man auf dieser »zweiten Ebene« noch ein paar weitere Räume hinzugebaut, vor allem Besprechungsräume.

Berger war immer noch begeistert, wie schnell sie es so weit gebracht hatten. Die Mischung war's. Sie standen für eine knallharte moderne Wirtschaftspolitik, die mit dem Parteifilz und der Bürokratie aufräumen wollte und damit das glaubhafte Versprechen lieferte, Deutschland aus der immer noch vorhandenen Rezession zu führen, die sich nur teilweise durch die unterschiedlichen Formen der Staatshilfen verstecken ließ. Aber die NbM nahm auch die Ängste einer zunehmenden Anzahl von Wählern ernst, die von den alten Parteien und von der Presse gerne etwas voreilig als zu links, zu rechts oder als Verschwörungstheoretiker diffamiert worden waren. Neben Wählern aus der Mitte war es ihnen damit gelungen, auch jede Menge Nicht- und Protestwähler zu mobilisieren. Das letzte i-Tüpfelchen – obwohl umstritten – war die Forderung nach mehr Macht für den Kanzler gewesen. Klar, die Menschen wollten keinen Diktator. Aber ganz tief in ihren Herzen schrien sie nach einer starken Hand, die sie aus dem ganzen Schlamassel führen konnte.

Berger begrüßte das Sicherheitspersonal. Dann marschierte er an all den Schreibtischen, Trennwänden und Sitzecken vorbei bis zur Stahltreppe, die zu seinem Büro führte. Der ein oder andere Mitarbeiter nickte ihm freundlich zu, doch es gab auch solche, die den Blickkontakt lieber mieden. Seine neue Sekretärin, Sabine Heimeck, kam ihm noch auf der Treppe entgegen. Ihr ansprechendes Dekolleté lud dezent zum Hinsehen ein, allerdings ohne dass man direkt hineinfiel. Entgegen allen Klischees über Blondinen hatte sich herausgestellt, dass sie durchaus etwas im Köpfchen hatte. Und fleißig war sie noch dazu. Sie war ein echter Glücksgriff.

»Hi, Sabine. Siehst mal wieder toll aus.«

Berger konnte nicht anders, als seinen Blick auch noch über ihre langen Beinen schweifen zu lassen. Bisher war er standhaft geblieben. Allerdings fragte er sich, wie lange noch.

»Danke, Jan. Du auch. Thorsten wartet übrigens oben auf dich.«

»Thorsten? Der ist schon da?«

Thorsten Keimling war Bergers Wahlkampfleiter. Er war noch nicht sonderlich erfahren, dafür doppelt motiviert. Die ersten Mails bekam Berger von Keimling meistens schon um kurz nach sechs. Allerdings arbeitete Keimling am Vormittag am liebsten von zu Hause aus. Wenn er vor zehn Uhr in der Parteizentrale auftauchte, verhieß das meistens nichts Gutes.

Berger spurtete die Treppe hinauf. Oben angekommen, rannte er Keimling, der auf der letzten Stufe auf ihn wartete, fast über den Haufen.

»Hi, Thorsten. Jemand gestorben?«

Der sonst immer gut gelaunte Kollege sah aus, als wollte er sich in einem Bestattungsinstitut bewerben. »Die neuen Zahlen sind da.«

Mit Zahlen meinte er die Wahlprognosen. Neun Tage vor der Wahl kamen die Ergebnisse eines Instituts heraus, die als relativ verlässlich galten.

»Und?«

»Na ja.«

»Geht das auch in Prozentpunkten?«, fragte Berger genervt.

»Vier Prozentpunkte gegenüber der Vorwoche. Minus.«

Vier Prozent in einer Woche? Berger hielt sich am Geländer fest. Das war ein halber Erdrutsch. Was verdammt noch mal war schiefgelaufen?

»Rein da!« Berger zeigte auf den Besprechungsraum. Dann warf er Sabine Heimeck noch ein paar Namen von Mitarbeitern zu. »Alle hoch zu mir. Und zwar sofort. Notfallsitzung.«

Nach zwei Stunden Diskussion, wilden Telefonaten und Auswertungen der ersten Pressemeldungen war man sich halbwegs sicher, wie der Einbruch zustande gekommen war.

»Fassen wir zusammen«, sagte Berger. »Die Presse ist nicht nur gegen uns, die macht uns seit ein paar Tagen regelrecht fertig. Die letzten Interviews waren nur der Auftakt. In jeder zweiten Karikatur werde ich als machtgeiler kleiner Napoleon dargestellt. Man wirft uns immer wieder vor, die Demokratie unterwandern zu wollen, um langsam, aber sicher eine Diktatur zu gründen.«

»Sie schneiden sich deine Interviews so zurecht, wie sie es gerade brauchen«, merkte eine Kollegin an.

Diese Schweinebacken von der Lügenpresse. Von Anfang an hatten sie es der NbM nicht leicht gemacht. Doch jetzt übertrieben sie es. Was Berger forderte, war dringend notwendig, um Deutschland aus der wirtschaftlichen Krise zu helfen.

»Und jetzt?«, fragte Keimling. Er wirkte sehr nervös.

»Ganz genau! Was jetzt, Keimling?«, schoss Berger in dessen Richtung. Diese Frage zu beantworten wäre eigentlich genau seine Aufgabe. Nicht auszudenken, wenn er von dem drohenden Anschlag wüsste – dann würde er wahrscheinlich sofort in eine Schockstarre fallen. Keimling war der lebende Beweis dafür, warum Menschen wie Berger mehr Macht bekommen mussten. Sobald es mal anders lief als sonst, traten bei den »Keimlings« dieser Welt nämlich Lähmungserscheinungen auf, und sie hörten auf zu denken. Nicht jeder war für Krisensituationen geschaffen.

Berger zeigte auf Keimling. »Was schlägst du vor?«

»Äh …« Sein Wahlkampfleiter rieb sich nervös die Hände. »Ich denke … also … soziale Medien! Wir müssen noch mehr auf die sozialen Medien setzen.«

Eine schwere Geburt für wenig Inhalt. »Ach, wirklich?« Berger wackelte mit dem Kopf hin und her wie ein Zombie, der auf den finalen Todesschuss wartete. Alle Anwesenden fingen an zu kichern, mit Ausnahme von Keimling. »Mir scheint, du hast dir da richtig den Kopf drüber zerbrochen.« Er sah in die Runde. Wieder Gekicher. »Soziale Medien also. Machen wir nur schon die ganze Zeit. Und kurzfristig werden wir damit leider nur die Leute erreichen, die uns eh schon gut finden. Ihr kennt die Algorithmen. Das wird nicht reichen.

Aber …« Berger hob eine Grafik hoch, die Keimling mitgebracht hatte. Auf dem Blatt waren die Zahlen des Instituts zusammengefasst. »Hier!« Er tippte dreimal mit dem Finger auf eine Zahl. »Die Zahl der Unentschlossenen. Sie ist wieder angestiegen.« Alle sahen ihn gespannt an. »Die wollen wir! Und die können wir auch bekommen!«

»Aber wie?« Eine gute und richtige Frage, nur einmal mehr von der falschen Person, nämlich Keimling.

»Angst!«, erklärte Berger. »Nur Angst bewegt Fred und Frida aus ihrem Sessel. Nur mit Angst bekommen wir die Unentschlossenen hinter die Urne.«

»Angst wovor?«, fragte ein Kollege.

»Vor der gelben Bedrohung!« Berger musste an das Wochenende mit seinen Jungs denken. »Wir müssen den Wählern immer wieder klarmachen, dass wir das Römische Reich sind, das kurz davor ist, von China überrannt zu werden. Wir stecken immer noch in der Krise. Andere sind schon raus. Das lahmarschige, zerstrittene Europa mit unklaren Kompetenzen ist einfach nicht mehr konkurrenzfähig. Wir müssen die Wähler davon überzeugen, dass wir keine Zeit mehr haben. Die Schlitzaugen klopfen nicht nur an unsere Tür, die stehen bereits im Flur. Und dann? Rente, Wohlstand, Sozialhilfe – alles weg!«

»Aber die Geschichte erzählen wir doch schon seit Monaten«, wendete Keimling ein.

»Stimmt.« Berger nickte. »Aber die hier«, er tippte wieder auf die Grafik mit der Zahl der Unentschlossenen, »haben es noch nicht verstanden. Wir müssen hier noch deutlicher werden. Keine langen Erklärungen mehr. Unsere Ideen von protektionistischen Handelsverträgen, mit denen wir die chinesischen Investitionen nach Afrika und Südamerika auffangen und uns zu eigen machen, kapiert da draußen eh keiner. Und das soll auch keiner kapieren. Ich will Geschichten, die viral gehen, die in zwei Tagen jeder auf seinem Handy hat.« Er sah kampfeslustig in die Runde. »Ich will Videos mit Kranken, die in überfüllten Kliniken verrecken, mit Alten, die bettelnd auf der Straße liegen, ausgemergelten Müttern, die mit zwei Kindern auf dem Rücken Spargel für den Export stechen. Ich will die Dritte Welt, nur hier in Deutschland.« In manchen Gesichtern konnte er neue Hoffnung aufsteigen sehen. »Und Leute, wenn wir von diesen 55 Prozent der Unentschlossenen nur die Hälfte erreichen, dann scheiße ich auf die vier Prozent, die wir verloren haben!« Er schlug mit beiden Händen auf den Tisch. »Also, in drei Stunden wieder hier oben. Und dann will ich einen Masterplan für den Endspurt sehen, der sich gewaschen hat. Um das Geld kümmere ich mich. Und ab!«

Alle verließen den Besprechungsraum, mit Ausnahme von Berger. Er blieb noch einige Zeit auf seinem Stuhl sitzen und starrte auf die Ausdrucke mit den Prognosen.

So eine verdammte Scheiße!

Vor seinen Mitarbeitern musste er Optimismus mimen. Aber ob sich das Ruder wirklich herumreißen ließ, da war er sich alles andere als sicher. Und wenn es wirklich zu diesem Anschlag käme!

Er griff zu seinem Handy.

»Berger, big boy.« Zum Glück ging Saum sofort ran. »Ist gerade schlecht. Können wir vielleicht morgen?«

»Nein!«, sagte Berger bestimmt.

»Was denn?«

»Unsere Partei. Wir schmieren komplett ab.«

»Sorry, Berger. Ich bin in Guangzhou, da bekomme ich nichts mit. So schlimm?«

»Ja. So schlimm. Wir brauchen dringend Geld.«

»Wie viel?«

»Sehr viel!«

»Derzeit schwierig«, sagte Saum.

»Wie schwierig?«

»Schwierig eben.«

»Hör mir auf mit schwierig. Wenn wir nichts tun, *dann* wird es schwierig!«

»Jetzt bleib doch mal ruhig.«

»Verdammt noch mal, Sebastian! Es ist wirklich ernst. Meinst du, ich würde dich sonst anrufen?« Berger sah ihn vor sich, wie er gerade einen tropischen Cocktail schlürfte, während er windigen chinesischen Investoren unverständliche Bankpapiere andrehte.

»Ich melde mich später, okay?«

»Nein! Uns bleiben nur noch neun Tage bis zur Wahl. Da zählt jede Sekunde.« Wie schnell, meinte Saum eigentlich, konnte man eine halbwegs brauchbare Kampagne hochziehen?

Es wurde kurz ruhig am anderen Ende der Leitung. »Jan. Vertrau einfach unserem Programm und deinem Charisma. Wir werden so hoch gewinnen, wie wir es nicht mal in unseren kühnsten Träumen zu träumen gewagt haben.«

»Sagt wer?«

»Ich. Vertrau mir.«

Berger wollte Saum seine Kompetenz in Sachen Geldgeschäfte nicht absprechen, sein Erfolg gab ihm recht. Doch Berger war sich zunehmend unsicher darüber, ob er auch die Politik verstand. Zudem hatte er einmal mehr das Gefühl, dass Saum die NbM kaum noch interessierte. Dabei hatte er die Partei doch mitgegründet. Damals war er Feuer und Flamme für Bergers Ideen gewesen.

»Kann ich leider nicht«, sagte Berger.

»Okay.« Es war für einen Moment still. »Eine Million?«

»Damit bekomme ich gerade mal ein paar Spots im Fernsehen. Wir brauchen mehr. Viel mehr.«

Saum lachte. »Du hast mich falsch verstanden. Ich wette eine Million Euro auf deinen Sieg.«

»Den du wie definierst?«

»Mindestens vierzig Prozent.«

Berger starrte erneut auf das Blatt mit den Prognosen. Sie waren auf unter dreißig Prozent abgestürzt. Das Geld konnte Saum direkt überweisen. »Willst du mich verarschen?« Zu der Enttäuschung, dass Saum ihn abwimmeln wollte, machte er sich jetzt anscheinend auch noch über ihn lustig. »Hörst du mir überhaupt zu?«

»Ich meine es ernst. Und um es dir noch leichter zu machen: No money for me, wenn ich gewinne. Mir reicht der Dalí bei dir im Flur, die nackte Frau, der Kupferstich, you know?«

Das Bild war höchstens zehntausend Euro wert, da es etliche Abdrucke davon gab. Und Berger hing nicht mal an dem Dalí. Doch darum ging es jetzt nicht. »Du hast doch Milliarden auf deinen Konten. Wo ist das Problem?«

»Nicht in Cash. Und es gibt in der Tat ein Problem. Aber darüber kann ich gerade nicht sprechen.« Er atmete tief durch. »Willst du die Wette jetzt annehmen?«

»Von mir aus. Aber …«

»Check!«, unterbrach ihn Saum. »Call you later.«

Bevor Berger noch etwas sagen konnte, hatte Saum schon aufgelegt.

Berger haute sein Handy auf den Tisch. Sein Freund verstand den Ernst der Lage nicht, anders konnte sich Berger das Verhalten nicht erklären. Und was um alles in der Welt sprach dagegen, dass er ein wenig von seinem Vermögen flüssigmachte?

Nur eines war wirklich seltsam: die Wette. Auf den Dalí war Saum schon immer scharf gewesen. Aber warum stellte er den gegen eine Million? Saum war zwar milliardenschwer, doch das hatte nichts an seinem grundsätzlichen Geiz geändert. Wenn sie zusammen mit Wittkowski und Coppenfeld essen gingen, lud er sie jedes vierte Mal ein, kein einziges Mal mehr. Was bezweckte er also mit dieser Wette?

13

»Michael, so funktioniert das nicht.«

Sie saßen im Wohnzimmer, Michael in seinem Sesselungetüm, Lena auf der Ledercouch. Sie hatte Jean gerade ins Bett gebracht. Natürlich sie! Wie es auch sie gewesen war, die ihn die letzten drei Tage von der Kita abgeholt hatte. Und weil sie deswegen kaum Zeit gehabt hatte, war sie den Wölfen kein einziges Mal mehr begegnet.

Michael spielte an seinem Handy, legte es jetzt aber zur Seite. »Was?«

»Unsere Arbeitsaufteilung.«

Seit Jeans Geburt war es im Wesentlichen sie gewesen, die sich um ihn kümmerte. Darüber wollte sie sich auch gar nicht beschweren. Sie hatte sich ein Kind gewünscht, und sie war nicht so naiv, dass sie nicht gewusst hätte, dass ein Kind auch eine Menge Arbeit und Verzicht bedeutete. Aber langsam war es an der Zeit, dass auch sie wieder mit ihrer Arbeit vorankam. Das hatte ihr einmal mehr der Termin bei Ewald gezeigt. Die Reaktionen von Fallender, aber auch von Ewald und seinen Kollegen hatten ihr die Augen geöffnet. Sich ewig als Einzelkämpferin durchzuschlagen funktionierte in dieser Welt nicht, und das wollte sie eigentlich auch nicht. Daher musste sie ihre Beobachtungen endlich mit einer Veröffentlichung abschließen, die ihr hoffentlich wieder neue Türen an Universitäten und Forschungseinrichtungen öffnen würde. »Ich brauche dringend mehr Zeit für die Wölfe.«

»Ich habe Jean doch am Montag von der Kita abgeholt.«

Das war jetzt hoffentlich nicht sein Ernst. »Das ist erstens vier Tage her und zweitens eine Ausnahme gewesen. Die Zeit bis drei Uhr reicht mir einfach nicht!«

Die Paarungszeit begann. Da ihre Wölfe keine Sender trugen, war es gerade jetzt von elementarer Bedeutung, dass sie täglich draußen war und sie im Blick behielt. Sie musste unbedingt herausfinden, wo die Fähe ihre Geburtshöhle grub. Sobald die Fähe das getan hatte und sich darin zurückzog, um ihre Jungen zu bekommen, wäre sie kaum noch zu sehen, und Lena würde im schlimmsten Fall ein ganzes Jahr verlieren.

Michael setzte sich auf. »Ist das der Grund für deine Laune? Gibt es bei den Beobachtungen Probleme?«

Hatte sie gesagt, dass sie gerade *Probleme* hatte?

»Nein. Ich habe da keine *Probleme*. Ich brauche nur mehr Zeit. Alles bleibt an mir hängen. So hatten wir das nicht vereinbart.«

Michael überlegte. »Gib mir zwei Wochen. Dann ist hoffentlich die Entscheidung mit dem Umzug gefällt. Und dann wird es wieder ruhiger.«

»Dann wird es ruhiger?!« Das glaubte er doch wohl selbst nicht. »Und an wem meinst du bleibt die ganze Koordination des Umzuges hängen? Etwa an Natasha?«

Wenn sie wollte, dass sich wirklich etwas änderte, dann musste sie jetzt hart bleiben. Ein neues Rollenverhalten ergab sich nicht von selbst. Sie musste Lücken schaffen, und Michael musste sie füllen.

»Es geht mir darum, neue Regeln einzuführen, damit wir endlich die Betreuungsarbeit so verteilen, wie wir es geplant hatten. Sofort!«

»Lena.«

»Ja?«

»Was ist los?«

»Nichts ist los.«

»Kann es sein, dass du in der letzten Zeit zu wenig Schlaf bekommen hast?«

»Nein, das kann nicht sein«, sagte sie, obwohl das natürlich nicht stimmte. Seit dreieinhalb Jahren bekam sie zu wenig Schlaf. Mit kleinen Kindern war das leider so. Doch das hatte nichts damit zu tun, dass sie mit ihrem Projekt nicht vorankam. Das würde allerdings nur gelingen, wenn sich Michael dazu bereit erklärte, Jean an mindestens zwei bis drei Tagen von der Kita abzuholen und sich anschließend um ihn zu kümmern. »Du musst mit Natasha reden.«

Ihr Festnetztelefon klingelte. Wahrscheinlich ihre Mutter, mit der sie sich vor einer Stunde gestritten hatte und die sich darüber beschweren wollte, dass Lena einfach aufgelegt hatte.

Lena nahm ab. »Ja?«

»Ewald hier.«

»Herr Ewald! Ist gerade ganz schlecht. Könnten wir vielleicht morgen …«

»Locke«, sagte Ewald mit trockener Stimme. »Es hat nicht funktioniert.«

»Was hat nicht funktioniert?« Lena musste sich erst sortieren. Seit ihrem letzten Treffen in Berlin vor vier Tagen hatte sie nichts mehr von Ewald gehört. »Was ist passiert?«

»Erst lief noch alles nach Plan.« Sie hörte Ewald schlucken. »Er hat sie im Reisebüro aufgesucht, sie gab ihm seine Nummer, sie hatten zwei Dates. Doch dann ist irgendetwas schiefgelaufen.«

Lena wurde plötzlich ganz anders. Ihr war warm und kalt zur gleichen Zeit. »Was heißt schiefgelaufen?«, fragte sie, obwohl sie meinte zu wissen, was er damit andeuten wollte.

Stille am anderen Ende der Leitung.

»Herr Ewald?«

Ein tiefer Seufzer. »Sie haben ihn in die Charité gebracht. Er konnte reanimiert werden, schwebt aber noch in Lebensgefahr. Er liegt im künstlichen Koma.«

Locke, der Sunnyboy! Und das alles war zum Teil ihre Schuld. Warum nur hatte sie Ewald diesen Vorschlag mit der »Romeo-Falle« unterbreiten müssen?

»Er muss schlimm aussehen … total entstellt … wenn er das nicht überlebt …«

Lena konnte Ewalds Sorge förmlich spüren. Sie hatte ihn noch nie so fertig erlebt. Was war mit dem alten Macho los, den sonst alles kaltließ? Die Situation war schrecklich. Sie konnte sich allerdings nicht vorstellen, dass Ewald so etwas das erste Mal erlebte. Und warum rief er gerade sie an?

»Kann ich Ihnen irgendwie helfen?«

Stille.

»Herr Ewald?«

»Ja.«

Sie wiederholte ihre Frage.

»Nein.«

»Sicher?«

Ewald wirkte komplett durch den Wind.

»Was halten Sie davon, wenn ich mit Ihnen in die Klinik komme?«

Zunächst wieder Stille. »Das würden Sie tun?«

»Selbstverständlich.« Heute war es dafür zu spät. »Morgen ist Samstag, da muss Michael nicht arbeiten. Um zehn Uhr am Haupteingang der Charité?«

»Sehr gern.« Sie hörte ihn tief ausatmen, als hätte sie durch ihr Angebot eine gewisse Last von ihm genommen. »Na, dann … bis morgen.« Er legte auf.

14

»Klasse, dass ihr so kurzfristig ein Treffen möglich gemacht habt.«

Sie hatten sich bei Coppenfeld verabredet, in seiner kleinen, schmucken Altbauwohnung im Berliner Westen. Eigentlich wohnte er mit seiner Familie in Köln, wo der Verfassungsschutz seinen Hauptsitz hatte. Doch die Koordination der Berliner Einheiten sowie der ständige Kontakt mit der Politik – vor allem dem Innenministerium – sorgten dafür, dass Coppenfeld mehr Zeit in Berlin als in Köln verbrachte. Außerdem war von hier aus sein Landsitz in Oberfranken besser zu erreichen, wo er ohnehin lieber ohne seine Familie hinfuhr.

»Ist doch selbstverständlich.« Coppenfeld ließ Berger eintreten und zeigte in Richtung seines Arbeitszimmers am Ende des Flurs.

»Wittkowski schon da?«

»Wartet schon.«

Den ganzen Tag über hatte sich Berger den Kopf darüber zerbrochen, wie man an mehr Geld kommen könnte. Außer ein paar kleineren Spenden war in der Parteikasse nicht viel zu finden. Doch jetzt war nicht die Zeit zum Kleckern. Man musste riesige Kampagnen fahren, im Fernsehen, auf Plakatwänden, in den sozialen Medien, einfach überall. Der Wähler durfte gar nichts anderes mehr wahrnehmen als die »Neue bürgerliche Mitte«. So funktionierte Marketing. Diese einmalige Chance, Deutschland zu regieren und nachhaltig zu verändern, würde sich wahrscheinlich nie wieder ergeben.

Coppenfeld öffnete Berger die Tür zum Arbeitszimmer. In dem in Brauntönen tapezierten Raum standen neben einem antiken Schreibtisch vier alte englische Ledersessel um einen kleinen Tisch herum, in den ein Schachbrettmosaik eingearbeitet war. Auf dem Tisch stand eine Flasche Whiskey und zwei bereits gefüllte Gläser. In einem der Sessel lümmelte der dürre Wittkowski mangels Körperspannung wie ein in der Mitte durchgeknickter Strohhalm.

»Hi, Berger!«

»Hi.«

»Auch einen Whiskey?«, fragte Coppenfeld.

Berger lehnte ab.

»Saum kommt nicht?« Wittkowski warf Berger einen fragenden Blick zu.

»Nein. Ist mal wieder in China unterwegs.«

»Unser Geld arbeiten lassen«, fügte Coppenfeld amüsiert hinzu. Er spielte damit auf die diversen Bankprodukte an, mit denen Saums Leute dafür sorgten, dass sich das Geld, das er für Coppenfeld und Berger verwaltete, wie von Geisterhand vermehrte. Geld für sich »arbeiten« zu lassen – eine wirklich schöne Beschreibung für die ominösen Vorgänge in Banken, von denen Berger gar nicht jedes Detail kennen wollte und zum Glück auch nicht musste.

»Er legte mir neulich nahe, mir einige Put-Options ins Depot zu mischen«, sagte Wittkowski mit wichtiger Miene. Er nippte an seinem Whiskeyglas. »Bei euch wollte er Ähnliches machen.«

»Ja, und?« Coppenfeld sah Wittkowski an, als hätte er angefangen, über Geranien zu dozieren. Auch Berger hatte keine Lust, auf Wittis Andeutung einzusteigen. Seinen Depotbestand prüfte er höchstens alle vier Monate. Ansonsten vertraute er ganz auf Saums Leute.

»Na ja. Er geht anscheinend von fallenden Kursen aus.«

Coppenfeld und Berger sahen sich an. Dann prusteten sie los.

»Was ist?«, fragte Wittkowski verunsichert.

Coppenfeld war der Erste, der sich wieder beruhigt hatte. »Mensch, Witti. Weißt du eigentlich, wie sehr uns interessiert, wovon Saums Leute da gerade ausgehen?« Als Antwort hielt Coppenfeld nur Daumen und Zeigefinger in einem kaum wahrnehmbaren Spalt aneinander. »Ich hoffe, du wolltest uns jetzt nicht mit Erklärungen zu deinem neuesten Modell langweilen.«

Wittkowski zuckte mit den Schultern. Er liebte seine Arbeit und versuchte es immer wieder, seine Freunde für die Berechnungen, die er für seine Bank anstellte, zu begeistern. »Es ist schon spannend, was da gerade auf den Märkten los ist. Die Blase ist größer denn je, vor allem vor dem Hintergrund der wirtschaftlichen Entwicklung. Die Anleger sind maximal nervös. Vielleicht aber auch kein Wunder bei dem ganzen Geld, das die Regierungen …«

»Er will es tatsächlich«, unterbrach ihn Coppenfeld und sah zu Berger. Beide mussten erneut lachen. Dann klopfte er Wittkowski aufs Knie. »Lass gut sein, Witti. Saum macht das schon.« Er drehte sich zu Berger. »Viel wichtiger: Was hast du auf dem Herzen?«

»Ihr habt es noch nicht mitbekommen?« Berger konnte es kaum glauben. War er der Einzige, der sich noch für ihre Partei interessierte? Auch wenn Wittkowski kein Amt innehatte, so hätte er zumindest erwartet, dass er als Parteimitglied über die aktuellsten Ereignisse informiert war.

»Sorry, stressiger Tag heute. Was ist passiert?«, fragte Wittkowski.

»Die NbM hat gegenüber letzter Woche vier Prozent verloren.« Berger schloss die Augen. »Wenn es jetzt auch noch zu dem Anschlag kommt …«, er öffnete die Augen wieder und sah zu Coppenfeld, »dann können wir das mit der Wahl vergessen. Dann bekommen die anderen locker wieder ihre Mehrheit hin.«

»Verstehe.« Coppenfeld holte ein weiteres Glas aus einem antiken Schrank hinter seinem Schreibtisch. »Ich glaube, jetzt brauchst du doch einen.« Er goss Berger großzügig ein.

»Saum weiß Bescheid?«, fragte Wittkowski.

»Klar. Den habe ich heute Morgen angerufen und um Geld gebeten. Doch der will nichts rausrücken. Warum, will er mir noch erklären.« Berger wandte sich an Coppenfeld. »Gibt es bezüglich des Anschlags schon was Neues?« Ohne den hätte er zumindest ein Problem weniger.

Coppenfeld schüttelte den Kopf. »Leider nein. Wir versuchen es derzeit mit einem neuen verdeckten Ermittler, aber ganz ehrlich …«

»Und die Konferenz absagen? Wäre das keine Alternative?«, schlug Wittkowski vor.

»Absagen?« Coppenfeld verdrehte die Augen. »Du kennst doch den Innenminister. Eingestehen, dass wir unser Land nicht im Griff haben und uns von einem Clan die Termine diktieren lassen? Auf dem Ohr ist er taub.«

Berger hatte noch eine andere Idee. »Wie wäre ein kleiner Skandal, in den Politiker der anderen Parteien verwickelt sind?« Er sah zu Coppenfeld, der eine Pfeife und Tabak aus der obersten Schublade des kleinen Schachtischs zog und sie zu stopfen begann. »Du sitzt doch an der Quelle. Gibt es da nichts?«

Coppenfeld leckte sich über seine dicken Lippen. Er stopfte die Pfeife zu Ende und steckte sie sich in den Mund. »Ich weiß nicht.«

»Ach komm, Coppi. Da gibt es doch bestimmt was«, hakte Berger nach.

Coppenfeld zündete sich die Pfeife an. Dann blies er ein paar Rauchkringel in Richtung Decke. Das mit dem Pfeifenrauchen hatte er sich in London angewöhnt. Damals hatte es Berger noch gefallen. Jetzt fand er dieses anachronistische Accessoire einfach nur albern. Pfeifenrauchen war für ihn etwas für farblose Gestalten, die versuchten, sich ein wenig Unverwechselbarkeit zu geben. Dass sein Freund das nötig hatte, ärgerte ihn.

»Immer.«

»Prima!« Genau das hatte Berger gehofft. Netzwerke waren das halbe Leben. Wenn die anderen Parteien ihre Kontakte zu der Presse und den öffentlich-rechtlichen Sendern nutzten, dann musste er eben auf seine Art zurückschlagen. »Am besten, ihr leitet das direkt über eure Kanäle weiter. Wenn das über uns läuft, riecht die Presse den Braten.«

»Moment!« Coppenfeld nahm die Pfeife aus dem Mund. »So was kann schnell nach hinten losgehen.«

»Mensch, Coppi!« Berger faltete die Hände wie zum Gebet. »Verstehst du denn nicht, worum es geht? Unsere Partei! Deutschland!«

»Eure Partei«, korrigierte Coppenfeld. »Nicht vergessen, ich bin da nicht Mitglied. Und es geht um meinen Kopf.«

Seinen Kopf? Was war nur aus ihrer Freundschaft geworden? Damals hatten sie ihm seinen verdammten Arsch gerettet. Und jetzt war er nicht mal mehr bereit, ein paar schmierige Politiker über die Wupper gehen zu lassen?

»Mensch, Frederick! Wenn ich gewinne, kannst du dir jeden Job in dieser Republik aussuchen.«

»*Wenn* du gewinnst.«

Berger sprang auf. »Du glaubst nicht mehr dran?«

»Immer mit der Ruhe. Natürlich glaube ich noch dran.«

»Dann tu was!«

»Ist ja gut.« Coppenfeld machte eine paar neue Rauchkringel. »Ich sage ja nicht, dass ich nicht dazu bereit wäre. Aber vielleicht solltest du auch einfach einen Gang runterschalten. Gib der NbM noch vier Jahre?«, schlug er vor.

»Vier Jahre?« Berger konnte nicht glauben, was sein Freund da gerade laberte. »Vier Jahre, in denen sich die anderen Parteien wieder fangen können? Die kopieren unser Programm, und dann verschwinden wir in der Bedeutungslosigkeit.«

»Glaube ich nicht«, sagte Wittkowski lapidar.

Berger fühlte sich von seinen Freunden völlig im Regen stehen gelassen. Hatten die denn überhaupt keine Ahnung, worum es hier ging? Wittkowski, obwohl er seit der Gründung dabei war, hatte die Mechanismen in der Politik noch immer nicht verstanden. Und was Coppenfeld mit seinem Vorschlag geritten hatte, wollte sich Berger auch nicht erschließen. »Ich sag euch, wie es laufen wird, wenn wir diese Chance jetzt ziehen lassen: Die klauen uns die Ideen, die bei den Wählern gut ankommen. Da die anderen Parteien die meisten Medien auf ihrer Seite haben – ich sage nur Staatsfernsehen –, wird es schon bald kaum noch Berichte über uns geben. Dagegen kommen wir nicht an! Wir müssen dieses Mal zugreifen. Jetzt oder nie!«

»Ist ja gut«, sagte Coppenfeld. »Ich werde sehen, was ich tun kann.«

Später, auf dem Weg nach Hause, stellte sich Berger immer wieder die gleiche Frage: Was war verdammt noch mal aus ihren Plänen geworden? Während des Studiums hatten sie alle davon geträumt, Deutschland umzugestalten. Sie wollten sich und einer neuen Elite an die Macht verhelfen, um ein »neues« Deutschland aufzubauen, eine neue Weltmacht, die sich hinter den USA und China nicht mehr verstecken musste. Zugegeben, dieser Traum war nach dem Studium ein wenig eingeschlafen, doch vergessen hatte zumindest Berger ihn nie.

Dann, in der Corona-Krise, waren sie wieder aufgewacht. Sofort waren sie sich einig gewesen, dass jetzt der richtige Zeitpunkt gekommen war, ihren Plan in die Realität umzusetzen. Krisen waren nicht nur der optimale Zeitpunkt, um Vermögen zu schaffen, sondern vor allem auch, um neue Parteien zu gründen. Und ihr Plan war aufgegangen.

Aber jetzt?

Dass Saum – nachdem seine Geschäfte wieder blendend liefen – einmal mehr sein eigenes Ding drehte, enttäuschte Berger zwar, wunderte ihn aber nicht wirklich. Saum hatte schon immer unabhängig von ihnen entschieden, wann er auf eine Party ging und wann er sie verließ. Wittkowski war zu einem gutmütigen Waschlappen verkommen, wenn er das nicht schon immer gewesen war. Von ihm hatte Berger daher auch nicht viel erwartet. Aber dass jetzt auch Coppenfeld den Schwanz einziehen wollte? Nach all dem, was sie damals für ihn getan hatten?

8 Tage
bis zur Wahl

15

Die langen, kargen Gänge, die Plastikpflanzen, das Licht der Leuchtstoffröhren, das alles fand Lena schon schwer erträglich. Doch der Anblick von Locke übertraf die triste Umgebung um Längen. Sein Kopf war komplett verbunden und steckte in einem Eisengestell, das dafür sorgte, dass er ihn keinen Millimeter bewegen konnte. Ein Arm und ein Bein waren eingegipst. Seine Augen waren so zugeschwollen, dass er sie wahrscheinlich nicht öffnen konnte. Überall kamen Schläuche und Kabel aus ihm heraus.

Gemeinsam mit Ewald blickte sie auf ihn herab. Der Sunnyboy. Sie verspürte eine unglaubliche Wut. »Wie können Menschen so etwas tun?«

Ewald antwortete nicht, starrte nur auf seinen Mitarbeiter.

»Und wie konnte er so schnell auffliegen?«, fragte sie nach einer Weile.

Ewald setzte sich auf einen Stuhl, der in der Ecke stand. Er atmete tief durch. »Wenn wir das wüssten.« So bedrückt hatte sie ihn noch nie erlebt. Nach einem tiefen Seufzer begann er zu erzählen.

Anfangs war wohl noch alles perfekt gelaufen. Locke hatte mit Leila Aziz im Reisebüro ein wenig geschäkert und es so am Ende tatsächlich geschafft, ihre Nummer zu bekommen. Schon am nächsten Nachmittag trafen sie sich im Tiergarten. Einen Tag drauf wieder. »Ein Date in einer Kletterhalle. War Lockes Idee aufgrund der Informationen, die wir über Leila hatten. Genial, oder?« Sein Blick klarte für einen Moment auf.

»Und dann?«, fragte Lena.

Sofort verfinsterte sich Ewalds Miene wieder. »Sie lebt noch bei ihren Eltern. Darin sahen wir natürlich unsere Chance.« Er erzählte, dass Locke Leila davon überzeugen wollte, ihn mit nach Hause zu nehmen. »Vielleicht hat sie das misstrauisch gemacht? Welcher Mann lernt schon gern die Eltern seiner Freundin kennen?«

»Aber deshalb macht man doch nicht gleich das hier!« Lena zeigte auf Locke. »Die müssen rausgefunden haben, dass Locke für den Verfassungsschutz arbeitet, zumindest irgendeine Art Spitzel ist.«

Ewald rieb sich die Augen. Er sah wirklich schlecht aus und noch müder als bei ihrem ersten Treffen. »Frau Bondroit, ich weiß es nicht. Vieles spricht dafür. Vielleicht hat ihnen aber auch einfach sein Gesicht nicht gepasst. Ich traue diesem Clan alles zu.«

Beide starrten sie eine Zeit lang auf Locke. Er wirkte wie tot. Nicht einmal sein Brustkorb schien sich zu bewegen. Nur an dem Gerät, das den Herzschlag prüfte, sah man, dass er noch lebte.

»Und jetzt?«, fragte Lena. Die »Romeo-Falle« war ein letzter Versuch gewesen. Hatte der Verfassungsschutz jetzt überhaupt noch eine Chance, den Anschlag zu verhindern?

Ewald erhob sich keuchend vom Stuhl und stellte sich neben sie. »Keine Ahnung. Wir observieren derzeit zusammen mit den Jungs von der Organisierten Kriminalität so viele Familienmitglieder wie noch nie. Aber das wissen die vom Clan natürlich. Sie sind extrem vorsichtig. Vielleicht schreckt sie das ab. Frau Sommer konnte berichten, dass ein von den Kollegen eingefädelter Sprengstoffdeal geplatzt ist, weil den Aziz die Sache zu heiß wurde. Aber wer weiß schon, ob sie das Zeug nicht woanders herbekommen. Oder schon haben.«

Ewald rieb sich die Hände über das Gesicht. »Wir können jetzt nichts mehr tun.«

»Gab es neue Drohungen gegen die Journalisten?«

»Nein.« Er sah sie kraftlos an. »Und auch der BND tappt bezüglich der Hintermänner weiter im Dunkeln. Alles ist still.« Ewald atmete schwer. »Viel zu still. Kein gutes Zeichen. Die Ruhe vor dem Sturm. Da braut sich was zusammen, ohne dass wir auch nur das Geringste davon mitbekommen. Und dann plötzlich … dann wird die Bombe explodieren, ohne dass wir uns dagegen wehren können.«

Noch acht Tage bis zur Wahl. Noch fünf bis zu dem geplanten Anschlag.

»Nehmen Sie den kompletten Clan fest. Stellen Sie alles auf den Kopf!«

»Bei der bisherigen Beweislage?«

»Tun Sie es trotzdem«, schlug Lena vor.

Ewald starrte sie mit toten Augen an. »Das würde kein Staatsanwalt, kein Polizeipräsident und kein Innenminister absegnen. Das letzte Mal, als ich mich über die Regeln hinweggesetzt und einfach selbst so einen Befehl gegeben habe, hat man mir den Sessel unter dem Arsch weggezogen, bevor ich auch nur den Hauch einer Chance hatte, ein letztes Mal hineinzufurzen. Warum, meinen Sie eigentlich, hat dieser Coppenfeld jetzt meinen Job?«

Lena verstand.

Es klopfte. Kurz darauf betrat die »Stasi-Statistin«, den Raum. Sie war heute ganz in Schwarz gekleidet, was sie noch trauriger aussehen ließ als in ihrem grauen Kostüm.

»Tag, Frau Sommer«, nuschelte Ewald.

Sommer hatte ein Kruzifix dabei, das sie neben Locke auf den Nachttisch legte. Sie schloss kurz die Augen. Dann ging sie auf Ewald zu.

»Kann ich mit Ihnen kurz unter vier Augen sprechen?«

»Sprechen Sie ruhig.« Ewald nickte in Lenas Richtung. »Vor dieser Frau habe ich keine Geheimnisse.«

»Also gut.« Sommer setzte im leiseren Tonfall fort. »Ich konnte doch die Abhörung des *Beirut-Palace* durchsetzen. Wir haben ein Telefonat abgefangen. Jemand rief dort an und bat um einen großen Tisch. Der Stimme nach könnte es sich um Galib Aziz, also den ältesten Sohn von Vahid, handeln. Sie treffen sich in einer Stunde«, flüsterte sie.

»Prima!« Ewald wirkte sofort wieder ein wenig lebendiger. »Übersetzer schon organisiert?«

»Übersetzer?«

»Ja. Das Restaurant ist doch hoffentlich verwanzt?«

»Ich habe die Info gerade erst bekommen.«

»Also nicht?« Ewald warf den Kopf in den Nacken. »Verdammt! Warum haben Sie da nicht dran gedacht? Das wäre unsere Chance gewesen?«

»Wir könnten Rahim reinschicken«, schlug Sommer vor.

»Ihr Ernst?«

»Warum nicht?«

»Solange wir nicht wissen, warum Locke aufgeflogen ist … Sie wissen schon.« Ewald überlegte. »Schicken Sie ein paar Leute los, die den Laden zumindest von außen im Blick behalten.«

»Bereits organisiert.«

»Gut. Noch was?«

Sommer schüttelte den Kopf. Dann trat sie erneut zu Locke ans Bett. Von hinten wirkte sie, als würde sie beten. Ohne sich ein weiteres Mal zu Ewald oder Lena umzusehen, verließ sie schließlich den Raum.

»Was heißt, ›Sie wissen schon‹?«, fragte Lena Ewald, nachdem Sommer gegangen war.

»Ihnen entgeht aber auch gar nichts.«

»Maulwürfe in den eigenen Reihen?«

Ewald seufzte. »Ich gehe eher von Maulwürfen bei den Kollegen von der Organisierten Kriminalität aus. Aber wir müssen leider alles in Betracht ziehen.«

16

»Wir Menschen vergessen gerne, dass es nicht nur die Sprache gibt, über die man kommunizieren kann.« Van Dahlen, Lenas Lieblingsprofessor, hatte während ihres Studiums eine Vorlesung über »Die Kommunikation der Tiere« gehalten, an die sich Lena immer wieder zurückerinnerte. »Kommunikation ist der Austausch von Informationen«, führte van Dahlen weiter aus. »Und die lassen sich auf unterschiedlichste Weise austauschen, wie ich gerne an folgendem Beispiel verdeutlichen möchte: Ihr Partner möchte Ihnen vermitteln, dass er Sie sehr gerne hat. Variante eins, er sagt es Ihnen. Variante zwei, er nimmt Sie in den Arm und drückt Sie fest an sich.« Er sah die Ränge entlang. »Welche Kommunikationsart erscheint Ihnen effizienter?« Er machte eine lange Pause, um seine Frage wirken zu lassen, die er allerdings gar nicht vorhatte zu beantworten, da die Antwort jeder kannte. »Tiere kommunizieren zwar auch über Laute, aber vor allem über ihren Körper. Es könnte daher der Eindruck entstehen, sie kommunizieren weniger oder gar nicht. Die Frage, die Sie sich aber stellen sollten, ist: Tun sie es nicht einfach nur sehr viel effizienter? Wie viele Worte verschwenden wir, um jemandem klarzumachen, dass wir bestimmen wollen? Wie viel effizienter ist dagegen ein Biss? Wie viele Worte brauchen wir, um unsere Liebe auszudrücken, und schaffen es am Ende doch nie ganz? Und …« Im Hörsaal wurde gekichert. Ein Bild von einem sich zum Abschied küssenden, eher konservativ wirkenden Ehepaar war auf der großen Leinwand erschienen, sie gegen die Haustür gelehnt, er mit seinem Aktenkoffer in der Hand, bereit, das Haus zu verlassen. »Und was bewirkt ein ernst gemeinter, zärtlicher Kuss?« Er zeigte auf das Bild mit dem Ehepaar. »Aber auf diesem Bild geht es nicht nur um den Kuss. Was wir hier sehen, ist ein sich wiederholendes Ritual. Jeden Morgen, jeden Abend gibt es bei vielen Paaren diese Zeremonie. Und diejenigen von Ihnen, die Erfahrungen mit Beziehungen über Internet-Dates hinaus haben, wissen auch, warum. Man will dem scheidenden oder wiederkommenden Partner seine Zuneigung und Verbundenheit ausdrücken. Ein einfaches Ritual statt langer Worte.« Er machte wieder eine kurze Pause. »Rituale bestimmen unseren Alltag mehr, als wir meinen.« Das Bild wechselte, und ein Laien-Kirchenchor war zu sehen. Van Dahlen zeigte auf das Bild. »Sicherlich sind die hier abgebildeten Menschen auch alle sehr musikalisch. Aber um was geht es ihnen vor allem an ihrem wöchentlichen Donnerstagabendtreffen?«

Eine übereifrige Studentin hatte sich gemeldet. »Um Gemeinschaftsgefühle.«

»Ganz genau.« Van Dahlen nickte. Auf der Leinwand war nun ein Bild von heulenden Wölfen aufgetaucht. »Wie das gemeinschaftliche Heulen der Wölfe. Es ist ein mächtiges Ritual mit unterschiedlichen Funktionen. Man nimmt an, dass es der Gebietsmarkierung dient, aber eben auch der Stärkung des Gemeinschaftsgefühls. Bestimmte Dinge wirken fast lächerlich, wenn man sie ausspricht«, erklärte Van Dahlen weiter. »Wir sind eine Familie! Wir sind eine Gemeinschaft! Das sind ausgesprochen doch eher leere Behauptungen. Über Rituale, wie das gemeinsame Singen oder gemeinsames Essen, den gemeinsamen Sommerurlaub, gemeinsame Feste und Feiertage lässt sich diese Aussage erlebbar machen. Man spart sich damit unglaublich viele Worte, die es bräuchte, um Vertrauen aufzubauen oder den anderen Menschen zu sagen, wie nahe man ihnen steht. Im Zweifel reichen Worte dafür gar nicht aus.«

An diese Vorlesung musste Lena jetzt im *Beirut-Palace* denken, als sie die Männer im hinteren Teil des Restaurants beobachtete. Sie wusste selbst nicht, was in sie gefahren war und vor allem woher sie den Mut genommen hatte. Aber sie hatte nicht eine Sekunde darüber nachgedacht, als sie die Charité verlassen hatte. Sie war einfach in ihr Auto gestiegen und direkt hierhergefahren. Vielleicht war es das eher langweilige Leben auf dem Land, die unterschätzte Eintönigkeit oder die reduzierten Sozialkontakte, die ihre Abenteuerlust geweckt hatten. Vielleicht war es aber auch das schlechte Gewissen gegenüber Locke und Ewald und das Gefühl, etwas wiedergutmachen zu müssen und Ewald an einer Stelle zu helfen, an der er Hilfe gerade dringend benötigte. Und jetzt war sie hier, in einem kleinen arabischen Lokal, in dem sich einer der berüchtigtsten Clans Berlins traf. Adrenalin pumpte durch ihre Adern.

Sie hatte sich an einen Tisch im vorderen Teil des Restaurants gesetzt, einem Platz, von dem aus man das Treiben im hinteren Teil gut beobachten konnte. Dort hatte man aus einzelnen Tischen eine lange Tafel zusammengestellt. An ihr saßen eine Handvoll arabisch aussehender Männer. Immer mehr kamen hinzu. Man küsste sich, sie fassten sich lange an den Händen, man nahm sich in den Arm.

Obwohl Lena von ihrem Tisch aus nur wenig von dem, was gesprochen wurde, hören konnte, hatte sie das Gefühl, alles zu verstehen. Diese Männer waren eine Gruppe, die sich gut kannte und zusammenhielt, eine eingeschworene Gemeinschaft. Und sie ließen keine Gelegenheit aus, dies nonverbal zum Ausdruck zu bringen.

Einer der Männer war besonders auffallend. Er war Ende dreißig, durchaus gut aussehend und saß in der Mitte des Tischs. Wenn er etwas sagte, verstummte der Rest. Wenn er lachte, gab es keinen, der nicht lachte. Lena war so fasziniert von ihm und seiner Ausstrahlung, dass sie für einen Moment vergaß, dass es sich bei den Männern, die sie gerade beobachtete, um diejenigen handelte, die Locke zusammengeschlagen und einen V-Mann getötet hatten, ganz zu schweigen von dem Anschlag, den sie planten, also Schwerkriminelle, die vor nichts zurückschreckten. Als sie einmal mehr zum Tisch hinübersah, bemerkte sie, wie der Mann in der Mitte sie beobachtete. Er sprach jetzt nicht mehr, sondern sah sie einfach nur an. Ihre Blicke trafen sich.

Die Sekunden vergingen, als wären sie Minuten. Sollte sie wegsehen, oder würde gerade das auffällig wirken?

Bevor sie eine Entscheidung treffen konnte, hatte ihr Körper das schon für sie getan. Ihr Blick senkte sich, und sie sah hinab auf das Essen, das sie bestellt hatte; ein paar Falafel-Bällchen mit Hummus, Salat und dünnen Fladenbroten.

Wer war dieser Mann? War er Galib Aziz, der Sohn des Clanchefs, von dem Sommer gesprochen hatte? Lena konnte nicht anders, als einen weiteren Blick zu riskieren. Und wieder trafen sich ihre Blicke.

Sie schluckte. Sofort schlug sie die Augen nieder, zwang sich, auf ihren Teller zu starren. Als Agentin wäre sie die letzte Null. Sie konnte nur hoffen, dass er sich jetzt nicht beobachtet fühlte und daraus die falschen – beziehungsweise richtigen – Schlüsse zog. Lena wurde ganz anders. Diese Männer schreckten vor nichts zurück, wenn sie in einem Menschen eine Gefahr für ihren Clan sahen, das hatte sie gerade erst mit eigenen Augen im Krankenhaus sehen können. Was war das nur für eine Schnapsidee gewesen, hierherzukommen? Das Beste wäre es, zu zahlen und möglichst schnell zu verschwinden. Mit ihrem in die Jahre gekommenen Mini auf der über mehrere Kilometer vereinsamten Landstraße zurück nach Hause wäre sie ein einfaches Opfer.

»Tee?«

Lena schrak zusammen. Dabei war nur der Kellner mit der Rechnung neben ihr aufgetaucht, um die sie gebeten hatte. Er stellte ein kleines Glas mit Schwarztee neben ihr auf den Tisch.

Lena sah zu dem Kellner auf, einem dünnen, hochgewachsenen Mann mit leichten Segelohren. »Danke, nein. Ich muss leider los.« Sie reichte ihm das Geld.

»Der Tee geht aufs Haus. Tut gut nach dem Essen. Machen Sie etwas Zucker rein«, riet er ihr. »Schmeckt besser.«

»Okay, danke.« Sie nahm das Glas, ließ einen der beiliegenden Zuckerwürfel hineinfallen und trank.

Kaum war der Kellner verschwunden, ergriff sie ihr Handy und ihre Jacke. Doch noch bevor sie aufstehen konnte, sah sie aus dem Augenwinkel, wie sich jemand auf ihren Tisch zubewegte. Es war der charismatische Typ.

»Ich darf doch?« Er setzte sich, ohne ihre Antwort abzuwarten. Dann grinste er frech. »Galib«, stellte er sich vor. Anstatt ihr seine Hand zu reichen, führte er sie an sein Herz. Gleichzeitig neigte er kurz den Kopf.

»Lena«, sagte Lena, die merkte, wie ihr Puls zu rasen begann. Er hatte sie durchschaut. Er tat freundlich, damit sie nicht floh. Doch gleich würde er sie in irgendein Hinterzimmer des Restaurants zerren.

»Du bist mir aufgefallen.«

»Ach.« Lena bekam kaum ein Wort über die Lippen. Sie hoffte, dass Ewalds Leute in der Nähc waren und notfalls eingreifen konnten.

»Und ich glaube, ich dir auch. Oder?«

Lena wusste nicht, was sie entgegnen sollte. Sie spürte, wie sie vor innerer Anspannung fast das Teeglas zerdrückte.

»Ibrar, bring mir auch einen Tee!«, rief er dem Kellner zu.

Lena zwang sich, ihre Atmung zu beruhigen und ihren Blick zu konzentrieren. Sie sah ihn an. Galib hatte dunkle freundliche Augen, volle Lippen und eine große Nase, die ihn jedoch nicht entstellte, sondern ihm einen markanten Charakter verlieh. Er war breit gebaut und wirkte gut trainiert. Als Guide eines Dschungel- oder Wüstentracks hätte sie sich sicherlich über jemanden wie ihn gefreut.

»Was machst du hier?«, fragte er, eher neugierig als vorwurfsvoll.

»Essen«, antwortete Lena einsilbig. »Was dagegen?«

Galib ließ seinen Blick über ihr Gesicht schweifen. Dann über ihre Hände. »Warum sollte ich?« Er sah auf ihren Teller. »War es gut?«

Lena nickte. »Okay.«

»Okay?« Er lachte, drehte sich um und winkte dem Kellner. »Ibrar!« Dann sagte er etwas auf Arabisch. Der Kellner nickte unterwürfig. Kurz darauf hatte Lena einen kleinen Teller mit zwei Hähnchenschenkeln vor sich stehen.

»Eigentlich bin ich satt.«

»Nur probieren.«

Lena ergriff einen der Schenkel am Knochen, führte ihn zum Mund und biss hinein. Das Fleisch war saftig. Es schmeckte nach orientalischen Gewürzen und überraschend süß.

Galib musste ihre Überraschung bemerkt haben. »Es ist süß von den Datteln«, erklärte er. »Auch nur okay?«

Jetzt hatte er es doch geschafft, ihr ein Lächeln abzuringen. »Nein. Sehr gut.«

»Touristin?«

»Ich?« Hielt er sie wirklich für eine Touristin, oder tat er nur so? Seine Frage beruhigte Lena zumindest ein wenig. Oder war das genau seine Absicht?

»Wer sonst?« Er sah sich um. Außer ihnen beiden saß niemand im vorderen Teil des Restaurants.

Lena lächelte zaghaft, bemüht. Die ganze Situation machte sie völlig unsicher. Was wollte er von ihr? Es gelang ihr nicht, ihn zu durchschauen. Und wenn ihn tatsächlich nur der Blickkontakt angelockt hatte?

»Und?«, hakte Galib nach.

»Nein, ich bin keine Touristin. Ich habe früher in Berlin gewohnt. Jetzt lebe ich ein ganzes Stück außerhalb.« Sie wollte noch anfügen »mit meiner Familie«, aber ihr Instinkt hielt sie davon ab. »Da gehe ich ganz gerne mal essen, wenn ich in der Stadt bin. Was Besonderes. Was man auf dem Land nicht bekommt.«

»Also doch eine Touristin«, sagte Galib lachend. Irgendwie hatte er recht. Er nippte an seinem Tee. Dann sah er sie einfach nur an.

Lena senkte verlegen ihren Blick, starrte auf ihren Tee. Sie leerte ihn mit einem großen Schluck. »Ich glaube, ich muss dann mal.«

»Schade.«

»Danke für das Hühnchen.«

»War mir eine Ehre.« Er hielt sich wieder die Hand ans Herz und verneigte sich leicht.

»Tschüss.« Sie stand auf und ging langsam Richtung Ausgang. Dabei schielte sie ein letztes Mal in den hinteren Bereich. An dem Tisch war es auffällig still geworden. Fast alle Männer sahen ihr hinterher.

Nur raus hier, dachte Lena. Sie hatte die Tür schon halb geöffnet, als sie spürte, wie jemand ihren Arm ergriff.

»Moment!«

Galib war hinter ihr aufgetaucht. Sie drehte sich zu ihm um.

»Hey?«, beschwerte sich Lena mit dünner Stimme, in der kein bisschen wirkliche Entrüstung mitschwang, sondern nur Angst. War es das jetzt?

Er zeigte auf ihr Handy, das sie in der Hand hielt. »Entsperre mal.«

»Was? Warum?« Wieder spürte Lena, wie es ihren Puls hochtrieb. Wollte er etwa prüfen, ob sie das Gespräch aufgezeichnet hatte? Sie sah aus dem Fenster auf die Straße. Sommer hatte doch gesagt, dass sie ein paar Leute herschicken wollte. Wo waren die? Sie durchsuchte mit hektischem Blick die parkenden Autos, aber Fehlanzeige, alle waren leer.

»Warum nicht?«, fragte Galib.

»Willst du es mir klauen?« Die Frage rutschte ihr vor lauter Aufregung einfach so heraus.

Galib lachte laut los. »Sehe ich aus wie ein Dieb?« Dann sah er sie freundlich an. »Wahrscheinlich schon. Nein, keine Angst. Ich will dir nur meine Nummer geben. Für den Fall, dass du mal wieder in Berlin bist und nach gutem Essen suchst.«

Lena entsperrte ihr Handy und reichte es ihm. Während er seine Nummer eingab, sah sie ein weiteres Mal aus dem Fenster. Wo waren nur Ewalds Leute?

»Hier!« Galib gab ihr das Handy zurück.

»Danke. Jetzt muss ich aber wirklich«

Galib öffnete ihr die Tür. »War schön, dich kennenzulernen. Vielleicht bis bald.«

Sein Gesicht hatte etwas Liebenswürdiges und passte einfach nicht zu ihrer Vorstellung von einem Mann, der Drogengeschäfte machte und Polizisten fast totschlug. Sie versuchte die beiden Bilder von ihm zusammenzubringen: das brutale Clanmitglied und den selbstsicheren, vielleicht ein wenig machohaften, aber durchaus charismatischen Mann, der sie angesprochen hatte. »Mal sehen.«

Jetzt, wo sie mit einem Bein auf der Straße stand, kam ihr Mut wieder zurück. Wahrscheinlich hatte sie sich vollkommen unnötig Sorgen gemacht. Warum sollte er sie auch verdächtigen? Schließlich konnte er sie weder mit Ewald noch mit dem Verfassungsschutz in Zusammenhang bringen, und streng genommen gab es diesen nicht einmal. Vielleicht gefiel sie ihm wirklich einfach nur. Und sein spontanes Auftauchen am Tisch hätte ihr unter anderen Umständen bestimmt imponiert. Eigentlich mochte sie Männer, die wussten, was sie wollten. Gerne hätte sie ihm deshalb noch ein paar Fragen gestellt, um mehr über ihn zu erfahren. Denn so froh sie auch war, gleich wieder in ihrem Auto zu sitzen – seine dunkle Seite hatte sie begonnen zu faszinieren.

17

Als sie am frühen Nachmittag zu Hause ankam, war sie immer noch voller Adrenalin. Jean wollte mit ihr spielen, doch sie merkte, dass sie ihm nicht gerecht wurde. Ihre Gedanken glitten ständig zu dem zurück, was sie im Restaurant erlebt hatte. Erst als Jean im Bett lag, konnte sie endlich Michael von Locke und ihrem Besuch im *Beirut Palace* erzählen.

»Bist du total verrückt geworden?«, schimpfte Michael entrüstet. Sie hatte eher damit gerechnet, dass er sie für ihren Mut loben würde. »Mal eben kurz einem Clan nachstellen? Die weitere Arbeit überlässt du gefälligst dem Verfassungsschutz.«

»Sagt wer?«, fragte Lena, die es ärgerte, dass Michael meinte, ihr Vorgaben machen zu können. Wollte ausgerechnet er ihr sagen, was sie zu tun oder zu lassen hatte, er, der sich selbst ständig das Recht nahm zu tun, was er wollte? Oder wer kümmerte sich um ihr gemeinsames Kind und den Haushalt? Egal wie sehr sie ihm eigentlich zustimmen wollte, so würde die Sache nicht laufen. Über sie bestimmte niemand.

»Lena, du hast Familie!«

»Ach?«

»Hältst du es da für sinnvoll, dich einem unnötigen Risiko auszusetzen? Mit diesem Clan ist nicht zu spaßen.«

»Habe ich gesagt, dass ich denen weiter hinterherspionieren möchte?«

Michael antwortete nicht.

»Nein, das habe ich nicht«, sagte Lena. »Aber wenn ich es wollte, dann wäre das meine Sache.«

»Falsch!«, sagte Michael schroff. »Du hast einen Sohn, oder hast du das schon vergessen? Du trägst Verantwortung!«

»So wie du!« Verantwortung zu tragen hieß schließlich nicht nur, dafür zu sorgen, sich nicht unnötigen Gefahren auszusetzen. Es hieß vor allem, sich regelmäßig um sein Kind zu kümmern und Aufgaben zu übernehmen, die wenig spektakulär und dankbar waren. »Ich will, dass du am Montag mit Natasha sprichst.«

»Du *willst* das also? Aber wenn andere was *wollen*, dann regst du dich auf.«

Ihr Handy begann zu vibrieren.

»Jetzt nicht!«, drohte Michael.

Lena nahm ihr Telefon vom Tisch. Ein anonymer Anrufer. Sie hielt ihm das Display hin, und er verdrehte nur die Augen. »Geh schon ran.«

»Frau Bondroit.« Es war Ewald, wie sie es sich schon gedacht hatte. »Was verdammt noch mal hatten Sie im *Beirut Palace* zu suchen?!«

»Ich hatte Hunger.«

Schallendes Gelächter. »Wenn Sie ein kaltes Bier im Kühlschrank hätten, wäre das toll.« Ewald legte auf.

»Ewald?«, fragte Michael, und Lena nickte. »Er weiß von deiner Aktion?«

»Davon gehe ich aus. Sie wollten Leute zu dem Laden schicken, um den Clan zu beobachten.«

»Und?«

»Wenn ich seine letzten Worte richtig deute, wird er gleich hier auftauchen.«

Michael sah auf die im Wohnzimmer verstreuten Spielsachen.

»Keine Sorge. Ich räume das schon weg.« Sie hielt inne. »Andererseits …«

»Ist ja gut«, sagte Michael genervt. Er stand auf, holte sich eine der großen Kisten aus der Ecke und begann das Spielzeug hineinzuschmeißen. »Ich werde mit Natasha sprechen. Aber du wirst dich da nicht weiter reinziehen lassen!«

Sie setzte sich zu ihm auf den Boden und half. »Wie kommst du überhaupt darauf, dass ich das will?«

»Weil ich Ewald kenne. Wenn du ihm erzählst, dass dieser Galib dich angesprochen hat, wird er keine Sekunde zögern, das auszunutzen.«

»Gemütlich.« Ewald sah sich im Wohnzimmer um und rümpfte ein wenig die Nase. Sicherlich roch es noch nach den Bratkartoffeln, die sie gegessen hatten. Dann lichtete sich sein Blick. »So einen Sessel will ich schon seit Jahren.« Er zeigte auf Michaels hässliches Ungetüm, setzte sich dann jedoch auf die Ledercouch. Wahrscheinlich ahnte er, dass es eine stillschweigende Regel gab, wer diesen Sessel benutzen durfte. Und es stimmte. Michael duldete zwar andere Menschen auf »seinem« Platz, aber nicht wirklich gerne und nur weil er gut erzogen war.

»Nicht wahr!« Michael kam gerade aus der Küche und brachte Ewald ein Bier. »Ein wirklich tolles Ding. Sehr gemütlich. Und kommt vor allem bei Frauen gut an.« Er zwinkerte Lena zu, die jedoch nicht darauf reagierte. »Was verschafft uns die Ehre, Herr Ewald? Ich dachte, Sie müssten alles in abhörsicheren Räumen besprechen.«

Ewald winkte ab und nahm einen Schluck Bier. Dann wandte er sich an Lena. »Was ist da in Sie gefahren?«

»Ich hatte wirklich Hunger«, sagte Lena todernst. Aber sie wusste, dass sie Ewald nichts vormachen konnte. Und prompt zeigte er ihr einen Vogel.

»Wissen Sie überhaupt, mit wem Sie sich da unterhalten haben?«

»Galib Aziz nehme ich an.«

»Ganz genau.« Ewald zog ein Foto aus einer Mappe hervor, die er vor sich auf den Couchtisch gelegt hatte. Er zeigte Lena und Michael ein Porträt von dem Mann, der sich an Lenas Tisch gesetzt hatte. »Galib Aziz«, erklärter er. »Nach unseren Informationen der zweitwichtigste Mann nach seinem Vater Vahid. Unglaublich geschickt und vorsichtig. Während seine beiden jüngeren Brüder schon mal im Knast saßen, haben wir gegen ihn nie etwas Gerichtsfestes ermitteln können. Er ist der planende Kopf im Hintergrund, der Mann mit den Kontakten. Über ihn liefen zwei der Immobilien, die der Clan vor ein paar Wochen verkauft hat. Auf ihn laufen auch die Bankkonten. Bisher konnten wir ihm noch nichts nachweisen. Wir nehmen an, dass der Clan ihn sauber halten möchte, damit er die Geldwäsche organisieren kann. Aber wir sind da dran. Früher oder später wird er einen Fehler machen. Und dann sitzt auch er im Knast.«

»Nicht unattraktiv«, kommentierte Michael, wofür er einen bösen Blick von Lena erntete, da sie wusste, dass er sie damit ärgern wollte.

»Also, warum sind Sie da rein?«

»Na ja.« Lena zuckte mit den Schultern. »Ich habe Ihr Gespräch mit Sommer im Krankenhaus mitbekommen. Und wie Sie sie dafür angeraunzt haben, weil keine Wanzen in dem Laden angebracht wurden. Da dachte ich mir, mich kennen die nicht. Warum nicht einen Versuch wagen, Ihnen zu helfen.«

»Sie sind verrückt«, kommentierte Ewald. »Was konnten Sie herausfinden?«

»Leider nichts. Ich hatte schon versucht, Sie zu erreichen. Leider erfolglos.«

»Ich war in einem Termin. Wirklich gar nichts?«

Lena überlegte. »Sie legen viel Wert auf dicke goldene Uhren. Tätowierungen scheinen beliebt. Und Lederjacken sind ganz hoch im Kurs.«

»Das ist alles?«, fragte Ewald enttäuscht.

»Ich saß zu weit weg. Außerdem haben sie fast nur arabisch miteinander gesprochen. Das bisschen, was ich verstehen konnte, war eher lapidar. Es ging um Essen, Sportwetten.«

»Und Galib Aziz? Wie kam es zu dem Gespräch?«, fragte Ewald.

Lena erzählte, wie Galib plötzlich vor ihr gestanden und sich zu ihr gesetzt hatte. Den vorausgehenden Blickkontakt ließ sie lieber weg.

»Er hat dich durchschaut«, kommentierte Michael. Lena merkte, wie er sich wieder innerlich aufregte.

»Meinen Sie?« Ewald sah zu Michael, der in seinem Sessel saß. Auch er hatte sich ein Bier geholt. Nur Lena saß da mit einem Glas Wasser. »Er könnte Ihre Frau auch einfach nur attraktiv gefunden haben. Und dann …«, mutmaßte Ewald.

»Moment!« Michael richtete sich auf. »Sie ist Deutsche und keine Muslimin. Sie hat die falschen Wertvorstellungen.«

Ewald hob die Hände. »Bitte werfen Sie diese libanesischen Clanmitglieder nicht mit strengen Muslimen oder Salafisten in einen Topf. Sie akzeptieren vielleicht unseren Rechtsstaat und unsere Gesetze nicht. Aber ansonsten sind diese Leute westlicher als mancher von uns. Sie mögen schnelle Autos, Uhren, Schmuck, schöne Frauen. Dafür sind sie bereit, etliche Regeln des Islam zu brechen.«

»Ja, und?« Michael sah Ewald verständnislos an. »Eine deutsche Frau würden sie trotzdem nicht heiraten?«

Ewald runzelte die Stirn. »Wer spricht von heiraten?«

»Von mir aus«, gab ihm Michael recht. »Entweder der Typ ahnt, dass Lena mit der Polizei zusammenarbeitet. Oder er will mit ihr in die Kiste.« Er warf Lena einen bösen Seitenblick zu. »In jedem Fall sollte sie ihn nie wieder treffen.«

Ewald schmunzelte. »Wie kommen Sie auf die Idee, dass ich das von Ihrer Frau verlangen würde?«

»Hallo?!« Lena wedelte mit den Armen. Die beiden redeten, als wäre sie ein Kind oder gar nicht im Raum, jedenfalls nicht wie mit einer erwachsenen Frau mit einem eigenen Willen. Was war nur mit Michael los? Sein protektionistisches Verhalten ging Lena mächtig auf die Nerven. »Und wenn ich mit ihm in die Kiste wollte? Hat einer der beiden Herren schon mal darüber nachgedacht?«

Ewald grinste dreckig. Michael hingegen stand verärgert auf.

»Willst du wirklich das Kanonenfutter spielen?«, polterte er jetzt los. »Verstehst du denn gar nicht, worum es mir geht?« Er zeigte mit vorwurfsvollem Blick an die Decke, nicht weil die Decke so spannend war, sondern weil sich über ihnen das Kinderzimmer befand. »Wir sind eine Familie! Wir haben Verantwortung!«

»Ist ja gut.« Vielleicht hatte sie jetzt doch etwas über die Stränge geschlagen. So aufgewühlt kannte sie Michael gar nicht. »Aber lass Herrn Ewald doch erst mal ausreden.«

»Danke.« Ewald holte tief Luft. »Eines müssen Sie mir glauben. Ich würde Ihre Frau nie einer unkontrollierten Gefahr aussetzen.«

»Was wollen Sie dann?«, fragte Michael schroff.

»Sagen wir mal so: Es ist nicht auszuschließen, dass Galib Aziz Ihre Frau einfach nur attraktiv findet«, er betrachtete Lena von oben bis unten, »oder was meinen Sie?«

»Natürlich nicht. Aber das beantwortet nicht meine Frage.«

»Was würde daher gegen ein zweites Treffen sprechen? Ganz unverfänglich natürlich. Öffentlich. In einem Lokal, in dem ich meine Leute positionieren kann. Wir hätten die ganze Zeit ein Auge auf sie, könnten vorher alles verwanzen.«

»Hab ich es doch gewusst!« Michael sah zu Lena. »Damit du dann auch noch einem dritten Treffen zustimmst. Und einem vierten! Bis dann irgendetwas schiefläuft. So wie bei Ewalds Mitarbeiter.«

Ewald fuhr sich über seinen Igelhaarschnitt. Dann stand er auf. »Einen Versuch war es wert.« Er reichte Michael die Hand und atmete tief durch. »Wir haben nur noch fünf Tage. Ich bitte Menschen nur äußerst ungern um Hilfe. Aber ich will diesen Anschlag verhindern. Und seit gestern will ich auch noch was anderes.« Er hielt inne und straffte die Schultern, als bräuchte er Kraft für das, was er jetzt sagen wollte. »Rache für das, was sie meinem Neffen angetan haben.«

»Locke ist Ihr Neffe?«, fragte Lena überrascht.

Ewald nickte.

»Warum haben Sie das nie erwähnt?«

»Von unserem Verwandtschaftsverhältnis weiß beim Verfassungsschutz nur die Personalabteilung. Und das soll auch so bleiben. Florian wollte das so. Er will nicht als der Neffe gelten, der irgendwelche Sonderwünsche erfüllt bekommt. Ich finde das ebenfalls gut.« Er wandte sich an Michael. »Danke fürs Bier. Auf Wiedersehen.«

Michael nickte nur.

Lena brachte Ewald noch zur Tür.

»Warum haben Sie das Leben Ihres Neffen aufs Spiel gesetzt?« Jetzt verstand sie auch, warum Ewald so durch den Wind gewesen war.

»Weil er keinen Sonderstatus haben sollte, nur weil wir verwandt sind. Sagte ich doch schon.«

»Sie haben also Geschwister?«

»Hatte. Eine Schwester.« Ewald drückte ihr auffällig lange die Hand. »Ich möchte diese Schweine bluten sehen. Verstehen Sie?«

Lena sah ihn länger an. »Sie passen auf mich auf?«, fragte sie ihn dann. Michael mit seiner Angst und seinem Besitzdenken, wo auch immer das auf einmal herkam, konnte sie mal. Was war schon gegen ein weiteres Treffen einzuwenden, bei dem Ewalds Leute auf sie aufpassten? Das Risiko wäre minimal. Auch sie wollte, dass derjenige, der Locke so zugerichtet hatte, möglichst schnell hinter Gitter kam. Und sie wollte, dass der Anschlag verhindert wurde.

In Ewalds Augen sah sie ein Blitzen. »Höchstpersönlich, wenn es sein muss.«

»Ich melde mich bei Ihnen.«

7 Tage
bis zur Wahl

18

Michael war ein wenig überrascht, dass Lena den Sonntag schon wieder für ihre Wolfsbeobachtungen nutzen wollte. »Zumindest kommst du so nicht auf dumme Gedanken«, hatte er dann gesagt und versucht, es in Anspielung auf Ewalds Bitte wie einen Scherz klingen zu lassen. Was ihm aber nur halbwegs gelungen war.

Neben ihr im Auto lag die Tasche mit der Bluse, der engen Jeans und den Pumps. Auch ihr Schminktäschchen und Parfüm hatte sie dabei. Ein wenig schlecht fühlte sie sich schon, dass sie Michael belogen hatte. Doch eine Diskussion hätte nichts gebracht. Besser war es, wenn sie es einfach durchzog, ohne dass er etwas davon erfuhr.

Noch auf der Landstraße schrieb sie Galib eine Nachricht. Sollte er keine Zeit haben, würde sie tatsächlich nach den Wölfen suchen.

»Hi Galib. Ging gestern alles ein wenig schnell. Sorry. Vielleicht heute ganz spontan einen Kaffee? Nur wenn du magst. LG Lena«

Die Antwort ließ nicht lange auf sich warten.

»Klar, gerne. Wann bist du in Berlin?«
»Gegen elf, denke ich. Ich melde mich noch mal.«
»Super. Bis später.«

Nachdem sie sich auf der Toilette einer Autobahnraststätte umgezogen und ihren Fleecepullover, die GoreTex-Jacke und die anderen »Waldklamotten« im Kofferraum verstaut hatte, rief sie Ewald an.

»Fantastisch, dass Sie uns noch einmal helfen wollen.« Er klang ehrlich euphorisch.

»Nur dieses eine Mal. Mein Mann weiß nichts davon.«

»Vielleicht auch besser so. Ich weiß das sehr zu schätzen.«

»Also, was soll ich tun?«

»So kenne ich die Frau Bondroit! Kein langer Small Talk. Direkt zur Sache.« Ewald lachte. »Ja, was sollen Sie tun? … Verabreden Sie sich mit ihm im Einstein Stammhaus. Da haben wir gute Kontakte. Wir werden den Raum noch vor Ihrer Ankunft so gut wie möglich mit Wanzen ausstatten. Bleiben Sie vor allem unauffällig. Riskieren Sie nichts. Bleiben Sie einfach Sie selbst. Darüber hinaus wäre es wichtig, das Treffen möglichst in die Länge zu ziehen, auch wenn es schwerfällt. Wahrscheinlich haben wir nur diesen einen Schuss.« Ewald bat sie, trotz der Wanzen und seiner Leute vor Ort auf alles zu achten, was Galib tun oder sagen würde. Vielleicht gab es Anrufe, die interessant wären. Namen. »Gut wäre es, viel zu trinken.«

»Warum viel trinken?«

»Wenn er auf die Toilette geht, könnte sich die Möglichkeit ergeben, seine Jackentaschen zu durchsuchen.«

»Ich soll seine Jackentaschen durchsuchen?« Das verstand er also unter »nichts riskieren«? Lena glaubte nicht, dass sie dazu in der Lage sein würde. Die ganze Situation machte sie schon nervös genug.

»Nein, keine Sorge. Das machen unsere Leute vor Ort, wenn es sich anbietet. Wenn er sein Handy liegen lässt, werden wir versuchen, einen Virus draufzuspielen.«

»Ich habe seine Nummer.«

»Danke, aber der Typ hat mindestens zehn Handys, das können Sie mir glauben. Die Nummer, die er Ihnen gegeben hat, dürfte für uns uninteressant sein. Sorgen Sie am besten einfach dafür, dass er sich wohlfühlt. Dann macht er Fehler.«

»Geht klar.«

»Und bestehen Sie auf einem Treffen im Einstein. Kein Ortswechsel, verstanden?«

»Ich bin doch nicht blöd.«

»Na, dann. Viel Glück.«

»Danke.«

»Frau Bondroit!«

Lena hatte schon auflegen wollen. »Ja?«

»Sie sind eine außergewöhnliche Frau, wissen Sie das?«

»Erzählen Sie das mal meiner Mutter.«

Ewald lachte. »Und immer dran denken: auf keinen Fall nach meinen Leuten umsehen. Wir sind da. Vertrauen Sie einfach darauf.«

Kurz vor Berlin rief sie Galib an. Daran, dass sie sich drei Mal dabei vertippte, während sie seinen Namen eingab, merkte Lena, wie nervös sie war.

»Hi, Lena.« Er hatte ihre Nummer also schon gespeichert. »Du bist heiß auf noch so ein paar Hähnchenschenkel. Gibt es zu!«

»Eher weniger.« Lena suchte nach einer möglichst witzigen Erwiderung. »Ich dachte nur … Ich dachte, ich melde mich noch mal, bevor ich die Nummer lösche.«

Galib lachte.

»Ich bin heute Nachmittag in Berlin mit einer Freundin verabredet«, log sie, um die erneute Fahrt nach Berlin besser zu rechtfertigen. »Das Einstein Stammhaus läge bei ihr um die Ecke. Wäre das okay für dich?«

Stille.

»Nicht?«

Die Stille kam Lena wie eine Ewigkeit vor. Dann endlich: »Warum nicht. Gib mir 'ne halbe Stunde.«

Sie wartete jetzt bereits seit fast einer Stunde in der alten Jugendstilvilla in Berlin-Tiergarten, in der das Café untergebracht war. Zwei Tische weiter war ihr ein Pärchen aufgefallen, das sich auffällig intensiv miteinander unterhielt. Wahrscheinlich Ewalds Leute, mutmaßte sie, denn die übrigen Pärchen fummelten an ihren Handys, ganz so, wie es Pärchen heute eher taten, wenn sie sich trafen.

Dann endlich, eine halbe Stunde zu spät, erschien er am Eingang. Er betrat den großen mit Holzwänden verzierten Saal, als wäre er der König persönlich, sah sich dann jedoch, nachdem ihm niemand auch nur die geringste Aufmerksamkeit schenkte, um wie ein Tier, das man in ein neues Gehege gesetzt hatte. Erst als er Lena entdeckte, klarten sich seine Gesichtszüge wieder auf. Er rückte sich seine Lederjacke zurecht und ging auf sie zu. Am Tisch angekommen, gab er ihr ein Küsschen rechts und links auf die Wange. Dann setzte er sich.

»Interessanter Laden. Kannte ich noch gar nicht.«

»Nicht schön?«

Er zuckte mit den Schultern. »So museumsmäßig. Aber voll okay.«

Nach ein wenig oberflächlichem Geplauder über Cafés in Berlin wurde ihr Gespräch durch einen ersten Anruf unterbrochen. Auch wenn Lena, weil er arabisch sprach, kein Wort verstand, war ihr klar, dass er gerade den wichtigen Mann mimte und jemandem Ansagen erteilte. Sie versuchte Namen oder Örtlichkeiten aufzuschnappen, aber leider ohne Erfolg. Allerdings bezweifelte sie auch, dass sich Galib so lautstark über Geheimnisse austauschte, Arabisch hin oder her.

»Entschuldige. Ein alter Freund«, sagte Galib, nachdem er wieder aufgelegt hatte. Das Handy legte er neben sich auf den Tisch. »Will sich Geld leihen.«

Lena lächelte, ohne auf diese Angeberei einzugehen.

Galib sah sie lange an. Für einen Moment sagte keiner etwas.

»Schön, dass das mit dem Treffen geklappt hat.« Lena war die Stille unangenehm geworden.

»Auf jeden Fall.« Galib sah sich um. »Was machst du eigentlich so? Ich meine, wenn du nicht in Cafés rumhängst. So beruflich.«

»Ich bin Biologin.«

»Genmanipulierter Mais, geklonte Schafe oder was?«

Was für Vorstellungen Menschen oft von Biologen hatten. »Nein, Wölfe.«

Galib pfiff anerkennend durch die Zähne. »Cool. Ich mag Wölfe.«

»Aus Horrorfilmen?«, fragte Lena, um ihn ein wenig aus der Reserve zu locken.

»Schwachsinn! Sind einfach coole Tiere. Da kämpft jeder für jeden. Ist wie bei uns.«

»Bei euch?« Vielleicht ließ sich ja jetzt etwas Interessantes für Ewald in Erfahrung bringen.

»Ja. Meine Familie kommt aus dem Libanon. Da hält man noch zusammen. Nicht so wie hier in Deutschland.«

»Wie meinst du das?«, fragte Lena interessiert.

»Sieh dich um. Eltern werden ins Altersheim abgeschoben. Sterbende ins Hospiz. Welcher Bruder achtet noch auf seine

Schwestern?« Er schüttelte den Kopf, als würde er es wirklich nicht verstehen. »Hier kümmert sich doch keiner mehr um seine Familie. Alles wird auf den Staat abgeschoben. Ich halte da nichts von.«

»Gehörst du einem Clan an?«, fragte Lena. Sie bemühte sich um einen unschuldigen Ton, so als ob sie daran überhaupt nichts stören würde.

Galibs Blick verdunkelte sich, wurde ernst, fast ein wenig böse, und Lena bereute ihren Vorstoß. »Kennst du bestimmt aus den neuen Serien und Nachrichten. Alles Verbrecher.«

»Das hast du gesagt.«

»Und du gedacht.«

Kurze Stille.

»Egal.« Er sah sie jetzt wieder freundlicher an. »Wölfe finde ich jedenfalls cool. Jagst du auch?«

»Jagen?« Wie kam er jetzt darauf? »Nein. Ich jage nicht. Ich beobachte die Wölfe nur.«

»Schon klar. Aber Rehe und so?«

»Nein. Warum?«

»Ich wollte immer schon mal jagen. In der Natur sitzen, Rehe beobachten und das Tier, das man isst, selber erlegen und ausnehmen.«

»Ich weiß nicht.« Lena musste an Michael denken, der einen Jagdschein besaß. Er kam aus einer Jägerfamilie, und sein Vater hatte immer noch eine kleine Pacht. Doch Michael selbst hatte, zumindest seit sie sich kannten, nie ein Tier erlegt. Das war Lena nur recht. Sie stand eher weniger auf aufgehängte Rehe im Keller, die noch ausbluten mussten.

Das weitere Gespräch entwickelte sich unterhaltsamer, als Lena befürchtet hatte. Sie redeten zwar nur über Belanglosigkeiten – vor allem Filme und neue Serien –, doch was Galib sagte, war nicht dumm. Und er hatte durchaus eine humorvolle Seite, die Lena gefiel. Um Ewald zumindest etwas bieten zu können, versuchte Lena immer mal wieder auf seine Familie zu sprechen zu kommen. Doch hier hielt sich Galib eher bedeckt. Weitere Anrufe bekam er auch keine mehr, nur ein paar Nachrichten, die er aber nicht groß kommentierte.

»Sag mal, hast du eigentlich einen künstlichen Ausgang?«

Lena verstand nicht. »Bitte?«

»Na ja. Wir haben jetzt schon drei Kaffee intus. Mir drückt die Blase bis zum Magen. Und du … Du sitzt da so ruhig wie beim Zahnarzt.« Er grinste.

Lena musste lachen. »Tu dir keinen Zwang an. Ich renn nicht weg.«

»Wo?« Er sah sich um.

»Richtung Eingang, glaube ich«, erklärte Lena.

Galib klopfte zweimal auf den Tisch. »Bin gleich wieder da.«

Lena sah ihm hinterher. Dann starrte sie auf das Handy, das er tatsächlich liegen gelassen hatte. Obwohl ihr Ewald geraten hatte, sich nicht nach seinen Leuten umzusehen, versuchte sie Blickkontakt zu dem turtelnden Pärchen aufzubauen. Doch die beiden schienen sie überhaupt nicht zu bemerken. Lena wurde immer unruhiger. Wenn Ewalds Leute diese Chance nicht nutzten … eine weitere würde es sicherlich nicht geben.

Sie räusperte sich.

Immer noch keine Reaktion.

Am liebsten wäre sie aufgestanden, hätte das Handy genommen und es den beiden auf den Tisch geknallt. Lena nahm ihren Kaffeelöffel von der Untertasse und ließ ihn auf den Boden fallen. Vielleicht würde das ja ihre Aufmerksamkeit erregen?

Als sie sich wieder aufrichtete, merkte sie, dass jemand neben ihr aufgetaucht war. Endlich! Doch statt einer von Ewalds Leuten war es Galib, der nach seinem Handy griff.

»Sorry. Hatte ich vergessen.«

Dann war er auch schon wieder verschwunden. Zum Glück, denn Lena merkte, wie sie den Atem angehalten und sich versteift hatte. Sie starrte ihm irritiert hinterher und brauchte ein paar Sekunden, um sich wieder zu fangen. Vollständig gelang es ihr erst, als er um die Ecke verschwunden war. Nun schaltete sich langsam ihr Gehirn wieder ein. Chance vertan, ging es ihr durch den Kopf. Zwei Stunden Small Talk, umsonst. Danke, Ewald!

Dann fiel ihr Blick auf seine Lederjacke, die über der Stuhllehne hing. Ein kurzer Griff in die Innentasche? Die Hand wäre schneller wieder bei ihr, als jemand gucken könnte.

Lena sah Richtung Eingang. Sie brauchte einen Moment. Dann gab sie sich einen Ruck. Die zwei Stunden sollten schließlich nicht umsonst gewesen sein. Sie lehnte sich über den Tisch und versuchte in die Innentasche der Jacke zu greifen, doch ihr Arm war nicht lang genug. Den Eingang nicht aus den Augen lassend, stand sie auf und machte einen Schritt hin zu seinem Stuhl. Dann fuhr sie blitzschnell mit ihrer Hand in die Tasche. Ihre Finger ertasteten etwas aus Metall. Vorsichtig zog sie den Gegenstand ein wenig heraus – ein Springmesser. Sie ließ es zurückgleiten und untersuchte die Seitentaschen. In einer war ein Zettel.

».338 Fitch and Sons.«

Was sollte das bedeuten? Lena nahm aus dem Augenwinkel wahr, wie das Pärchen aufstand und Richtung Tür ging. Galib kam gerade um die Ecke, musste aber kurz warten, da das Pärchen ihm den Weg verstellte.

Schnell steckte Lena den Zettel in die Tasche zurück und ließ sich wieder auf ihren Platz fallen. Keine Sekunde zu früh, wie sie merkte, denn Galib hatte sich bereits an dem Pärchen vorbeigedrängt und bewegte sich auf sie zu.

Lena griff sofort nach ihrem Handy und tat so, als ob sie Nachrichten prüfte. Kurz darauf hatte sich Galib wieder zu ihr gesetzt.

»Sorry. Hab gerade einen Anruf erhalten. Ich muss los«, sagte er. »Aber wir wär's, wenn du mir mal welche zeigst?«

»Was?« Lena stand total auf dem Schlauch. Ihr Herz schlug ihr von der Aktion gerade bis zum Hals. Das Pärchen hatte ihr eindeutig den Hintern gerettet.

»Na, die Wölfe.«

»Ach, so!« Natürlich meinte er die Wölfe. Wen sonst. »Ich weiß nicht.«

»Warum nicht? Bist du gar keine Biologin?« Er zwinkerte ihr zu. »Wolltest dich nur wichtigmachen, was?«

Lena zwang sich ein Lächeln auf die Lippen. Absagen konnte man immer noch. »Okay. Man sieht sie leider nicht immer. Aber wir können es versuchen. Ich melde mich.«

19

Obwohl Lena nicht den Eindruck hatte, dass sie Ewald viel berichten konnte, hielt sie ein paar Ecken weiter an und wählte seine Handynummer. Es klingelte nicht einmal, da war er schon dran.

»Danke für Ihr Durchhaltevermögen. Wir konnten ihr gesamtes Gespräch gut mithören. Was war in den Taschen?«

»Am Telefon?«, fragte Lena der Sicherheit halber.

»Ja, ja. Wird schon nicht so kritisch sein. Schießen Sie los!«

Ewald schien es wirklich nicht abwarten zu können. Viel konnte sie ihm allerdings nicht bieten. »Ein Springmesser und ein Zettel.«

»Auf dem was stand?«

»Eine Zahl und ein Modelabel. Fitch & Sons.«

»Das ist kein Modelabel. Das ist ein Waffenhersteller. Welche Zahl?«

»Was mit dreihundert. 333, 338, vielleicht auch 335. Können Sie damit etwas anfangen?«

»Wird das Kaliber sein.«

»Und hilft Ihnen das weiter?«

Es war für einen Moment ruhig in der Leitung. »Weiß ich noch nicht. Ich gebe das an die Kollegen von der Waffenkunde durch. Auf jeden Fall schon mal Danke!«

»Na ja. War wahrscheinlich keine wirklich große Hilfe.«

»Mehr konnten wir nicht erwarten.« Die Enttäuschung in Ewalds Stimme war nicht zu überhören. Sie übertrug sich direkt auf Lena.

»Warum haben sich Ihre Kollegen eigentlich das Handy nicht geschnappt?«

»Zu riskant.«

Das hatte sich Lena schon fast gedacht. So schnell, wie Galib wieder aufgetaucht war, hätte es für sie ein handfestes Problem werden können.

»Es gibt dafür an anderer Stelle gute Nachrichten«, sagte Ewald nach einer Weile. »Meinem Neffen scheint es etwas besser zu gehen.«

»Das freut mich sehr.« Das waren wirklich gute Nachrichten.

»Na, dann.«

Lena wusste nicht, was sie noch sagen sollte. Sich jetzt von Ewald zu verabschieden fühlte sich an, wie einem Menschen Lebewohl zu sagen, von dem man wusste, dass er sich sehenden Auges auf einen Abhang zubewegte. Es waren noch drei Tage bis zum Anschlag. Wenn der Clan nicht seine Pläne verwarf, hatten sie keine Chance mehr. »Machen Sie es gut, Herr Ewald.«

»Sie auch.« Stille. »Frau Bondroit …«

»Ja?«

»Galib Aziz will Sie noch mal treffen?«

»Nein, das kommt nicht infrage«, sagte Lena, um direkt einen Riegel vor die Bitte zu schieben, die zwischen den Zeilen stand.

Sie schwiegen beide einen Moment. Zum Glück war es Ewald, der den Absprung fand. »Na ja, war nur so eine Idee. Machen Sie es auch gut. Und Danke noch mal.«

20

Sommer kam Ewald bereits auf dem Flur entgegen. Sie hatte ihn kurz nach dem Gespräch mit Bondroit angerufen und vorgewarnt. Sein Chef, Frederick von Coppenfeld, sei im Büro aufgetaucht und wolle ihn sprechen.

»Wo ist er?«, fragte Ewald.

»Im Besprechungszimmer.« Sommer zeigte auf die Tür ein paar Meter weiter.

»Und was will er? Der lässt sich doch sonntags nie hier blicken!«

Sommer zuckte mit den Schultern und öffnete ihm die Tür zu dem abhörsicheren Raum.

Da saß er am Ende des großen Besprechungstischs und putzte seine Brille, Frederick von Coppenfeld. Er trug, wie immer, einen Anzug mit Glencheck-Muster samt Weste und Fliege. Zwanzig Jahre jünger und mit der richtigen Barttracht wäre er mit seinem Kleidungsstil vielleicht als smarter Hipster durchgegangen. Jetzt erinnerte er Ewald eher an einen Statisten aus dem letzten Poirot-Film.

»Welche Ehre. Der Chef persönlich. Und das am Sonntag«, sagte Ewald gespielt freundlich. In Wirklichkeit konnte er Coppenfeld nicht ausstehen.

Der Präsident des Verfassungsschutzes erhob sich und hielt Ewald seine Hand entgegen. »Herr Ewald. Schön, dass Sie es möglich machen konnten.«

Nachdem sie Platz genommen hatten, übernahm Coppenfeld sofort das Wort. »Was mich herführt … der Bericht von heute

Mittag, Fall ›Gobi‹. Was ist da los? Sie nutzen eine Biologin zur verdeckten Ermittlung, und vor zwei Tagen hat es einen unserer Männer erwischt. Letzte Woche wollten Sie mir noch erzählen, dass Herr Locke unsere große Hoffnung ist. Alles lief nach Plan. Und jetzt liegt er halb tot im Krankenhaus?!«

»Anders wäre es mir auch lieber«, gab Ewald kleinlaut zu.

»Dieser Anschlag muss verhindert werden!« Coppenfeld betonte jedes Wort einzeln.

Ewald nickte. Wie er das hasste. Chefs, die meinten, indem man Selbstverständlichkeiten wiederholte, würde man die damit verbundenen Probleme lösen.

»Was hat diese Biologin herausbekommen?« Coppenfeld sah Ewald ernst an. »Und warum erfahre ich von ihrem Treffen mit diesem Galib Aziz erst heute Morgen?«

Ewald atmete tief durch. Die Frage war vielmehr, warum Coppenfeld überhaupt schon von der Aktion mit Bondroit wusste. »Es hat sich spontan eine Möglichkeit ergeben. Ich konnte Sie leider nicht mehr im Vorfeld informieren.«

»Und?«

»Frau Bondroit gelang es, die Taschen von Galib Aziz zu durchsuchen. Sie fand einen Zettel, auf dem ein Waffentyp notiert war. Die Kollegen von der Waffenkunde sind noch dran.«

»Sind bereits fertig«, korrigierte ihn Sommer. »Wir gehen davon aus, dass die Notiz auf eine Fitch & Sons Kaliber .338 hindeutet. Das ist ein sehr gutes Jagdgewehr.« Sie drückte auf den Knopf einer Fernbedienung, und einer der Screens sprang an. Nach dem Scrollen durch ein paar Menüs hatte sie ein Foto eines halbautomatischen Gewehrs gefunden. »Trifft selbst über größere Entfernungen präzise. Frau Bondroit konnte sich zwar nicht mehr genau an die Nummer erinnern, die auf dem Zettel stand, aber .338 würde passen.«

»Ein Scharfschützengewehr?«, fragte Coppenfeld Sommer.

»Zumindest als solches einsetzbar.«

»Was eventuell dafür sprechen könnte, dass die Aziz es nicht mit einer Bombe versuchen wollen, sondern über ein gezieltes Attentat. Was meinen Sie?«

Auch diese Frage war wieder an Sommer gerichtet, was Ewald gar nicht passte. »Durchaus möglich«, antwortete sie, bevor es Ewald tun konnte.

»Das heißt, es könnte ausreichen, wenn wir uns am Tag der Konferenz auf den Schutz der vier bedrohten Journalisten konzentrieren.«

»Auch richtig«, gab Sommer Coppenfeld recht. Sie sah zu Ewald, der innerlich bereits kochte. »Oder was meinen Sie?«

Vor allem meinte er, dass sie dringend ihre Klappe halten sollte. Ihr erhöhter Redeanteil war überhaupt nicht angemessen. Und dass Coppenfeld ihre Einschätzung seiner vorzog, erst recht nicht. »Ich persönlich glaube weiterhin an eine Bombe.«

»Wieso?« Coppenfeld spickte interessiert über den Rand seiner Brille.

»Warum sonst der Versuch, an Sprengstoff zu kommen?«

»Ich dachte, der Deal, den die Kollegen von der Organisierten eingetütet hatten, wäre gescheitert?«

»Was aber nicht bedeutet, dass sie das Zeug nicht woanders herbekommen, selbst herstellen oder schon haben«, hielt Ewald dagegen. Die Eindimensionalität von Coppenfelds Denkweise war wirklich schwer zu ertragen. »Zudem ist ein gezieltes Attentat viel zu riskant. Die wissen doch, dass wir die meisten von ihnen fast rund um die Uhr beobachten. Und die werden auch ahnen, dass wir während des Kongresses alles überwachen. Vielleicht gelingt ihnen ein Schuss, aber für den Schützen wird es schwierig zu entkommen. Das Risiko ist viel zu groß.

Sprengstoff lässt sich dagegen vorher platzieren und aus der Ferne zünden.«

»Verstehe.« Coppenfeld rückte sich seine Brille zurecht. »Was machen unsere anderen Ansatzpunkte: was Neues vom BND zu den Hintermännern, vor allem diesem arabischen Berater?«

Ewald sah genervt zu Sommer, die bezüglich des Ermittlungsstands des BND immer einen Tick besser informiert war als er, was ihm jetzt besonders übel aufstieß. Hätte er früher von Coppenfelds Besuch gewusst, hätte er sich noch auf den aktuellen Stand bringen lassen können. Doch wahrscheinlich hatte Sommer genau das verhindern wollen und ihm deshalb erst im letzten Moment davon berichtet. Warum sonst hatte sie Coppenfeld heute Morgen den Bericht zukommen lassen?

»Issams dritter Sohn und Vahids jüngste Tochter wollen heiraten«, begann Sommer. »Die beiden haben sich, wie Sie ja sicherlich wissen, in Berlin kennengelernt. Issams Sohn studiert hier Betriebswirtschaftslehre. Was vor diesem Hintergrund äußerst seltsam ist, dass wir seit dem abgehörten Telefonat keinen weiteren Kontakt zwischen Vahid Aziz und Issam bin Hisham Al-Tayer feststellen konnten.«

»Was dafür sprechen könnte, dass das abgefangene Gespräch nur gestellt war und sie eigentlich über andere Kanäle kommunizieren?«, fragte Coppenfeld.

Es war unerträglich, dass sie jetzt wertvolle Zeit damit verschwenden mussten, Coppenfelds hirnverbrannte Thesen zu entkräften.

»Nein!«, sagte Ewald bestimmt. »Der Kontakt über das Handy, das wir abhören konnten, brach erst nach einer Vernehmung von Kollegen vom LKA ab. Die haben das verbockt.« Ewald schenkte Sommer einen bösen Blick. Sie hatte von ihm einen mächtigen Anschiss dafür bekommen, an dieser Stelle unabgesprochen Infos an das LKA weitergegeben zu haben. Es hatte sich einmal mehr gezeigt, was dabei rauskam, wenn man anderen Stellen Informationen gab, mit denen sie nicht umgehen konnten. »Für ›gestellt‹ war das Telefonat viel zu kryptisch. Sie wären dann konkreter geworden. In dem Gespräch ist weder von einer bestimmten Tat noch einem bestimmten Ort oder Opfer die Rede. Nur durch unsere Zusatzinformationen konnten wir auf einen möglichen Anschlag schließen. Aber bezüglich der anderen Kommunikationswege haben Sie natürlich recht.«

»Also ständig neue Handys?«, fragte Coppenfeld.

»Das. Und zwischengeschaltete Mittelsmänner.«

»Verstehe. Haben Sie es bezüglich der Handys schon mit einen CMT versucht?«

»Wir kommen nicht nah genug ran. Der ganze Clan agiert extrem vorsichtig.«

»Aber die Biologin, sie war doch an seiner Jacke.«

»Schon klar. Aber einen CMT hätte er früher oder später gefunden. Galib wäre sofort klar gewesen, wer ihm das Ding in die Jacke gesteckt hat. Das Gefährdungspotenzial war zu hoch.«

»Und was ist mit dem Geld aus den verkauften Immobilien? Für irgendwas haben sie ja anscheinend Mittel lockergemacht?«

Ewald musste sich ein Seufzen verkneifen. Natürlich versuchten Ewalds Leute, allen voran Sommer, die Geldbewegungen auf den Konten der Aziz zu beobachten. Doch für den Anschlag war das eher irrelevant. Auf keinen Fall würden die Aziz ihr mühsam gewaschenes Geld dafür nutzen.

»Wir könnten versuchen, das Geld zu beschlagnahmen, und sie damit weiter unter Druck setzen«, schlug Coppenfeld vor, nachdem Ewald nicht sofort antwortete. »Wir brauchen Ergebnisse! Und Sie sind immer noch keinen Schritt weiter!«

»Mit dem Geld ist Ihr Ernst?«

»Natürlich mein Ernst.« Coppenfeld wirkte brüskiert. »Das würde zumindest zu unserer Strategie passen, den Clan maximal zu verunsichern. V-Leute. Verdeckte Ermittler. Pausenlose Überwachung. Fangschaltungen. Und dann auch noch das Geld weg.«

»Uns fehlen aber die für eine Pfändung der Konten notwendigen Beweise«, warf Sommer ein.

»Machen Sie es trotzdem. Lassen Sie Ihre Kontakte spielen. Gefahr im Verzug, was weiß ich. Dann heben wir die Pfändungen eben später wieder auf. Aber für den Moment hätten wir sie geschwächt.«

»Damit sie uns in aller Öffentlichkeit bezichtigen können, unsere eigenen Regeln zu brechen?«, fragte Ewald. Das waren ganz neue Töne, die er von Coppenfeld so gar nicht kannte. Er war eigentlich einer von denen, die sich akribisch an die Regeln hielten. Ewald konnte sich nicht mal vorstellen, dass er bei Rot über die Ampel ging.

Coppenfeld zuckte mit den Schultern. Er sah Ewald länger an. »Ich dachte, Sie hätten da weniger Probleme mit.«

Früher war das in der Tat so gewesen. Doch dafür hatte er mit seiner Degradierung bezahlt. So etwas passierte ihm kein zweites Mal. »Ich darf das also als Weisung verstehen?«

Coppenfeld lachte hohl. »Nein, Herr Ewald. Es sind Ihre Ermittlungen. Die Verhinderung des Anschlags liegt in Ihrer Verantwortung. Ich werde Ihnen da keine Entscheidungen abnehmen. Das war ein inoffizieller Rat. Jetzt ist es an Ihnen zu prüfen, was davon umsetzbar ist.«

Das war wieder der Coppenfeld, wie er ihn kannte. Diese rotwangige, bebrillte, dicklippige Kröte war in der Sportart

»Cover your ass« einfach nicht zu übertreffen. Es hätte Ewald auch sehr gewundert. Hätte er ähnliches Geschick bewiesen, säße er jetzt noch auf seinem Platz.

»Denken Sie mal drüber nach.« Coppenfeld begann seine Unterlagen zusammenzupacken. »Und bringen Sie in Erfahrung, wie Vahid Aziz mit diesem arabischen Berater kommuniziert. Lassen Sie sich was einfallen. Vielleicht versuchen Sie es noch mal über die Biologin. Auf jeden Fall möchte ich ab jetzt alle sechs Stunden einen Bericht.« Er stand auf. »Und wenn Sie den Eindruck haben, dass Ihnen der Fall über den Kopf wächst ... Es ist nicht so, dass wir hier beim Verfassungsschutz nicht noch andere Tätigkeiten für Sie finden würden.« Er ging in Richtung Tür. »Ich darf mich entschuldigen.«

Nachdem Coppenfeld das Zimmer verlassen hatte, nahm sich Ewald noch für einen Moment zusammen. Dann rastete er aus.

»Dieser adelige Pisser!«, fluchte er. »Macht einen auf dicke Hose, dabei hat er seine Eier auf dem Klo vergessen!« Er schnaufte vor Wut. »Schon sein Aufzug. Diese lächerlichen karierten Anzüge. In welchem Jahrhundert leben wir eigentlich. Dem fehlt nur noch die Pickelhaube!«

Sommer sah Ewald stumm an. Nie ließ sie sich dazu verleiten, irgendeine Regung zu zeigen, geschweige denn mal auszurasten, diese verkniffene Kuh.

»Und wenn wir Bondroit dafür gewinnen, Galib Aziz doch noch einen CMT zuzustecken?«, schlug sie vor.

»Nur über meine Leiche«, fuhr Ewald Sommer an. »Das mit Locke reicht mir. Wenn Galib das Ding findet, und das wird er, machen die mit Bondroit kurzen Prozess.«

»Und was halten sie von Coppenfelds These, dass die Aziz doch nur ein gezieltes Attentat vorhaben könnten?«, fragte

Sommer vorsichtig. »Damit könnte er recht haben. Wegen des Gewehrs. Sie wissen schon?«

»Ja, ich weiß!« Für wie dumm hielt ihn die Tante eigentlich? »Und genau deshalb will ich von Ihnen heute noch wissen, wie viele Waffen es von diesem Typ in Deutschland gibt, wer sie gekauft hat und ob diese Personen sie noch besitzen. Verstanden?«

Sommer nickte.

Ewald ging langsam auf sie zu. Er war noch nicht fertig mit ihr. »Frau Sommer«, säuselte er gespielt freundlich. »Eine Frage hätte ich da noch.« Sommer sah ängstlich zu ihm auf. Sie ahnte wahrscheinlich, was jetzt kommen würde. Er konnte beinahe schon ihren Angstschweiß riechen. »Haben Sie eigentlich eine Erklärung dafür, warum der liebe Herr Coppenfeld bereits heute Mittag einen Bericht auf dem Tisch hatte, den er frühestens am Montag bekommen sollte?«

Sommer senkte den Kopf. »Es ist Sonntag. Ich hatte nicht damit gerechnet, dass er … Sie kennen ihn doch … Ich dachte …«

»Und genau das sollten Sie nicht tun«, unterbrach Ewald ihr elendes Gestotter und fuhr immer noch gespielt freundlich fort: »Zumindest dann nicht, wenn ich klare Anweisungen erteilt habe.« Dann polterte er los. »Was bilden Sie sich eigentlich ein?! Sägen Sie an meinem Stuhl, oder was!?« Sommer schloss die Augen, was Ewald nur noch wütender machte. »Verdammte Scheiße!«, schrie er. »Dieser ganze Fall ist ein einziger Horror. Massenweise potenzielle Opfer, null Fortschritte bei den Ermittlungen und dann auch noch Mitarbeiter, die sich einen Spaß daraus machen, meine Informationsstrategie zu untergraben.« Er beugte sich näher an ihr Ohr. »Wenn Sie meinen, Sie können hier Ihr eigenes Ding drehen, dann haben Sie sich geschnitten«, flüsterte er. Dann holte er tief Luft: »UND JETZT RAUS!«

21

Es war bereits später Nachmittag. Nach ihrer Ankunft zu Hause hatte Lena mit Jean und Michael zusammen Kuchen gegessen. Jetzt stand sie in der Küche und spülte die Teller. Draußen wurde es langsam dunkel. Ein paar vereinzelte Schneeflocken tanzten an der Scheibe vorbei.

Das Treffen mit Galib ging Lena nicht aus dem Kopf. Vor allem sein plötzlicher Aufbruch hatte sie irritiert. Hatte er vielleicht doch gesehen, wie sie an seiner Tasche gewesen war? Sie sah aus dem Fenster.

Da! Was war das? Ein Schatten war hinter ihrem Auto vorbeigehuscht. Oder war es nur eine Spiegelung im Fenster gewesen? Lena drückte ihr Gesicht an die Scheibe, um besser sehen zu können. Da sie nichts Ungewöhnliches erkennen konnte, spülte sie weiter, allerdings ohne den Hof draußen aus den Augen zu lassen. Und dann, plötzlich, war es wieder da, etwas Dunkles, das vom Auto aus zur Scheune schlich.

»Michael!«

»Was denn?«

»Komm mal bitte.«

»Warum?«

»Da ist jemand. Draußen an der Scheune.«

»Wer soll da sein?« Michael kam in die Küche.

»Mach das Licht aus«, bat ihn Lena.

Er betätigte den Schalter neben der Tür. Ohne die Spiegelung von innen konnte man den Hof draußen besser erkennen, auch wenn es schon ziemlich düster war. Da standen ihre beiden

Autos, Spuren konnte sie jedoch keine ausmachen. Und die Person, die sie meinte neben der Scheune gesehen zu haben, war verschwunden.

Michael stellte sich neben sie ans Fenster. »Also ich sehe nichts.«

»Aber da war was.« Lena trocknete sich die Hände ab. Sie hatte ein ungutes Gefühl. Was, wenn Galib das Treffen argwöhnisch gemacht hatte und er ihr gefolgt war? Oder vielleicht einen seiner Leute geschickt hatte, der ihr auf den Zahn fühlen sollte?

»Vielleicht ein Reh«, mutmaßte Michael.

»Quatsch. Ich hole das Gewehr.«

»Das Gewehr?«

Ohne weitere Erklärungen verließ Lena die Küche und ging den schmalen Flur bis zur Kellertür. Das kommt vom Lügen, ging es ihr durch den Kopf. Jetzt hält er mich für paranoid. Sie öffnete die alte Holztür und stieg die abgewetzten Steinstufen hinab. Im Vorratskeller, direkt neben dem Regal mit dem Werkzeug stand der abschließbare Waffenschrank. Den Schlüssel hatte Michael unter einer Dose mit Holzöl versteckt. Lena hob die Dose an, nahm den Schlüssel und schloss den Schrank auf. Dann ergriff sie eines von Michaels Jagdgewehren und einen kleinen Pappkarton mit Munition. Sie nahm vier Patronen heraus. Anschließend stieg sie die Treppen wieder hinauf und ging zurück in die Küche. Michael stand immer noch am Fenster.

»Und?«, flüsterte Lena, obwohl das überhaupt nicht nötig war, da man sie draußen nicht würde hören können.

»Du hast recht. Da war was. Aber bestimmt nur ein Spaziergänger, der sich verlaufen hat.« Er drehte sich um und sah das Gewehr in ihrer Hand. »Nicht dein Ernst!«

»Sicher ist sicher. Dass sich ein Spaziergänger um diese Uhrzeit zu uns verirrte, ist doch eher ungewöhnlich.« Am liebsten hätte sie ihm das Treffen in Berlin gebeichtet. Doch dann wäre ein Streit unausweichlich, und darauf hatte sie keine Lust. Lena blickte auf die Waffe in ihrer Hand. »Unser Haus steht hier draußen sehr einsam.«

Michael betrachtete sie skeptisch. »Du wolltest aufs Land.«

Sie zuckte mit den Schultern. »Trotzdem.«

»Ich schau mal nach.« Er verließ die Küche und ging in den Flur.

»Moment!« Lena eilte ihm hinterher. »Willst du wirklich?«

»Warum denn nicht? Schon allein damit du wieder ruhig schlafen kannst.« Er öffnete im Flur eine Schublade und kramte seine große Taschenlampe heraus. Dann zog er seine Bergstiefel an und seinen langen Mantel.

»Hier!« Lena reichte ihm die Waffe, doch Michael lehnte ab. Sie folgte ihm bis zur Haustür. Von dort aus beobachtete sie, wie er den Hof abging. Das Licht seiner Taschenlampe tanzte über den Schnee. Dann blieb es an einer Stelle hängen.

»Hier sind tatsächlich Fußspuren.«

Alles andere hätte Lena auch sehr gewundert.

»Mami!« Jean war hinter ihr im Flur aufgetaucht. In seiner Hand hielt er eines seiner vielen Spielzeugautos.

»Jean, mein Süßer. Geh zurück ins Wohnzimmer und spiel weiter. Ich bin gleich bei dir.«

»Warum hast du ein Gewehr in der Hand?« Jean wirkte fasziniert und verängstigt zugleich.

Erst überlegte Lena, das Gewehr wegzustellen. Doch wenn es wirklich Galibs Leute waren? Lieber wäre es ihr gewesen, wenn Michael es mitgenommen hätte.

Sie sah zurück in den Hof hinaus. Das Licht der Taschenlampe war jetzt verschwunden. »Michael?«

Keine Antwort.

»Michael?!«

»Mami!«, quengelte Jean hinter ihr.

»Geh bitte ins Wohnzimmer!«

»Nein. Arm!«

»Michael?!«

Da tauchte er auf der anderen Seite der Scheune wieder auf. »Was denn?«

»Ist da was?«

»Ja, weitere Spuren. Aber sonst nichts.«

»Arm!«

»Dann komm bitte zurück!«

»Arm!«

»Die führen zur Straße«, hörte sie Michael rufen. »Ich folge denen mal.«

Obwohl Lena das für keine gute Idee hielt, widersprach sie ihm nicht, da Jean zu weinen begann. »Mir ist kalt. Arm!« Sie lehnte das Gewehr gegen die Wand, hob ihn hoch und ging zusammen mit ihm ins Wohnzimmer. Kurze Zeit später hörte sie, wie die Haustür ins Schloss fiel.

»Und?«, rief sie. Jean saß auf ihrem Schoß und hatte sich an sie gekuschelt. Er war müde und musste dringend ins Bett.

»Niemand.«

Dumpfes Gepolter. Das Geräusch, wenn Michael seine Stiefel in die Ecke fallen ließ. Dann kam er ins Wohnzimmer. »Die Spuren führten zur Landstraße. Wie ich mir schon dachte: Sicherlich nur ein Spaziergänger, der sich verlaufen hat.« Er gab ihr einen Kuss. Es war ein kurzer Kuss, ein leichtes Berühren ihrer Lippen. Es war die Art Kuss, wie er ihn ihr zur Begrüßung oder zum Abschied gab. Ein flüchtiger, trockener Kontakt ohne jegliche Sinnlichkeit. Heute kam er ihr sogar noch oberflächlicher vor als sonst. Er war ein trauriges Relikt der Küsse, die sie am Anfang ihrer Beziehung ausgetauscht hatten.

Ein leeres Ritual?

22

Van Dahlen hatte damals ein Bild an die Wand geworfen, das eine Kirchengemeinde beim Beten zeigte.

»Fällt Ihnen etwas auf?«, hatte er die Studenten gefragt.

Auf dem Foto hielten die Gemeindemitglieder die Hände fast ausnahmslos gefaltet. Ein ganz normales Bild einer betenden Gemeinde, dachte Lena. Auffälligkeiten konnte sie nicht erkennen.

»Sehen Sie genau hin!«, forderte van Dahlen die Studenten auf. »Sie dürfen sich beim Beobachten von Tieren wie auch von Menschen nicht von dem oberflächlichen Eindruck täuschen lassen. Versuchen Sie sich in die Menschen hineinzuversetzen, die Sie hier sehen, und zunächst nichts in das Verhalten hineinzuinterpretieren. Bleiben Sie so lange wie möglich objektiv. Vielleicht passiert hier etwas ganz anderes.«

Endlich meldete sich eine Studentin. »Die meisten beten gar nicht?« Ihre Feststellung klang eher wie eine Frage als eine Antwort.

»Sehr gut!« Van Dahlen klatschte in die Hände. »Sie falten ihre Hände. Aber mit dem, was Beten eigentlich ausmacht, hat das, was viele auf diesem Foto hier gerade machen, wenig zu tun.« Er zeigte auf einen Mann, der eine Frau eine Reihe vor sich zu beobachten schien. Überhaupt hatten auffällig viele Gemeindemitglieder ihre Augen geöffnet. »Beten. Das ist der Versuch der Kontaktaufnahme mit einem wie auch immer gearteten transzendentalen Wesen, bei uns zumeist Gott. Es ist eine Art Meditation, ein Vorgang, der uns in einen Zustand versetzen soll, in dem wir mehr zu uns und zu Gott finden. Liebe Zuhörer, sind wir mal ganz ehrlich, ist es wirklich das, was wir hier beobachten können?« Er zeigte wieder auf den Mann, der offensichtlich die Kommunikation zu jemand ganz anderem suchte als zu Gott. »Dieser Mann versucht erst gar nicht zu beten. Er hat seine Hände gefaltet, aber mit seinen Gedanken ist er doch hier.« Er zeigte auf die Frau, die der Mann betrachtete. Dann zeigte er auf die Frau, die neben dem Mann stand und die keinen besonders glücklichen Eindruck machte. »Und diese Frau? Auch ihr sieht man an, dass sie sich mit ganz anderen Dingen beschäftigt als mit Gott oder der Meditation. Vielleicht ärgert sie sich gerade über ihren Mann.« Van Dahlen zeigte jetzt auf eine ältere Dame in der letzten Reihe, die sich eine Fluse von ihrem Pullover zupfte. »Und diese Frau hier. Wir wissen nicht, an was sie gerade denkt, aber bei Gott scheint sie mir ebenfalls nicht zu sein.«

Van Dahlen drückte auf die Fernbedienung in seiner Hand und ein Chart mit einem Kreis tauchte auf. In dem Kreis stand »Rituale«. Neben dem Kreis stand »leere Rituale«.

»Ein Ritual ist, wie wir schon gelernt haben, ein mächtiges Kommunikationsmittel. Es kann Botschaften vermitteln wie Gemeinschaft, Anerkennung, Liebe. Es kann aber auch dazu dienen, uns selbst näherzukommen, wie das Gebet oder die Meditation. Solche Rituale haben die Aufgabe, unsere Bedürfnisse nach Transzendenz, Flow-Zuständen und Ausgeglichenheit zu bedienen. Aber was ist, wenn solche Rituale diese Bedürfnisse nicht mehr befriedigen?« Er zeigte auf das Chart. »In diesen Fällen sprechen wir von ›leeren Ritualen‹. Das Gebet ist inzwischen für sehr viele Menschen ein leeres Ritual geworden. Sie sprechen zu einem Gott, an den sie gar nicht glauben. Und mit ihren Gedanken sind sie ganz woanders. Ihre spirituellen und meditativen Bedürfnisse befriedigen sie schon lange nicht mehr im Gottesdienst, sondern vielleicht in einem Yogakurs oder beim Achtsamkeitstraining.«

An mehreren Stellen im Hörsaal wurde getuschelt. Ein Student meldete sich.

»Ja, bitte?«

»Ist das schlimm?«

Van Dahlen schmunzelte. »Schlimm? Nein, schlimm ist das nicht. Aber ein leeres Ritual ist sinnlos. Und was sinnlos ist, hat auf Dauer keinen Bestand. Was meinen Sie, warum immer weniger Menschen in die Kirche gehen? Viele der Rituale, die in früheren Zeiten gewirkt haben mögen, sind für uns heute leer geworden. Und man hat vergessen, sie durch neue zu ersetzen. Doch der Mensch hat weiter seine Bedürfnisse. Er holt sich das, was er nicht erfüllt bekommt, woanders, in unserem Fall etwa bei anderen Religionen oder – wie schon gesagt – in Kursen, die mit Meditation und Transzendenz zu tun haben, im schlimmsten Fall bei selbst ernannten Gurus oder Sekten.«

»Und dann?«, fragte der Student.

»Wenn das neue Ritual das Bedürfnis befriedigen kann, wird es ins Sortiment der eigenen Rituale aufgenommen.«

»Und wenn es das doch nicht leisten kann und sich ebenfalls als leer herausstellt?« Dieses Mal kam die Frage von Lena.

Van Dahlen ging ein paar Schritte auf sie zu. Sie saß in der ersten Reihe, und er blieb genau vor ihr stehen. »Eine gute Frage. Gerade im Bereich der spirituellen Bedürfnisse ist das sicherlich nicht selten. Viele Menschen sind hier dauerhaft auf der Suche, ohne ihr Bedürfnis befriedigt zu bekommen. Ein großes Problem heutzutage, wie ich finde. Bei anderen wird die Suche selbst zum Ritual.«

23

Ein Geräusch riss sie aus dem Schlaf. Es war stockdunkel. Doch auch ohne dass sie etwas sehen konnte, spürte sie, dass jemand im Raum stand. Sie tastete nach ihrem Handy, das sie jedoch nicht fand.

»Michael?«, flüsterte Lena. Zeitgleich drückte sie den Schalter für die Nachttischlampe.

Da stand er vor ihr, am Ende des Betts: Galib. Er grinste, als wäre es das Natürlichste auf der Welt, mitten in der Nacht in fremden Schlafzimmern aufzutauchen. Langsam bewegte er sich auf das Bett zu und setzte sich neben sie.

»Psst!« Er legte einen Finger auf seine Lippen.

Lena sah neben sich. Wo eigentlich Michael hätte liegen müssen, war das Bett leer. Plötzlich war es wieder dunkel. Galib musste das Licht gelöscht haben.

»Hey«, zischte ihn Lena an.

Dieses Mal legte er seinen Finger auf *ihre* Lippen. Lena wollte schreien, doch ihre Stimme versagte. Der Finger, der gerade noch auf ihren Lippen gewesen war, begann an ihrem Hals nach unten zu fahren. Er erreichte ihr Schlüsselbein, dann legte sich seine große Hand um ihre Brust. Erst drückte er sie sanft, dann fester, bis sie leicht zu schmerzen begann.

Wieder wollte Lena schreien, doch alles, was ihr entfuhr, war ein leises »Nein«.

Er hob die Hand, Lena war wie gelähmt. Sie hatte Angst, wollte das alles nicht. Gleichzeitig merkte sie, wie seine Berührung sie erregt hatte. Und schon spürte sie sie wieder, seine

Hand, diesmal an ihrem Bein. Langsam wanderte sie nach oben und schob sich unter ihr Nachthemd. Zwei Finger fuhren ihre Leisten entlang, fanden sich zwischen ihren Beinen.

»Nein.« Sie merkte, wie sie das »Nein« eher stöhnte, als schrie.

Seine andere Hand legte sich jetzt um ihren Hals. Lena bekam Panik.

»Nein!« Dieses Mal war es lauter gewesen. Ihre Stimme schien zurückzukommen. Und dann wieder und noch lauter: »NEEEIIIN!«

»Lena!« Das Licht sprang an. Michael beugte sich über sie, rüttelte sanft an ihrer Schulter und strich ihr über die Stirn. »Du hast geträumt.«

Lena sah sich erschrocken um. Sie brauchte einen Moment, um zu verstehen, was passiert war.

»Alles gut?«, fragte Michael.

»Ja«, sagte Lena, obwohl das nicht stimmte. Ihr Herz schlug wie verrückt.

»Wo kommst du her?«, fragte Lena, obwohl ihr im selben Moment klar war, dass er nie weg gewesen war.

»Ich liege hier schon die ganze Nacht.«

»Wie spät ist es?«

Michael sah auf die Uhr. »Drei. Was hast du geträumt?«

»Ein Mann stand plötzlich vor dem Bett«, begann sie. Dann stockte sie. Vertrauen war das, was eine Familie ausmachte, das war es, was sie immer predigte. In einer Familie gab es keine Geheimnisse. Bedingungsloses Vertrauen, wie bei den Wölfen.

»Und?«

»Ein fremder Mann. Ein Einbrecher.«

24

Michael war schnell wieder eingeschlafen. Sie jedoch war hellwach. An schlafen war nicht mehr zu denken. Sie ging in die Küche, setzte sich an den Küchentisch und trank etwas. Dann nahm sie ihr Handy. Sie sah, dass sie eine Nachricht bekommen hatte. Die Nachricht war von Galib.

»Hallo, schöne Frau. War sehr nett mit dir. Und ich bin echt scharf auf die Wölfe. Wann nimmst du mich mit?«

Lena las die Nachricht mehrmals hintereinander. Sie erleichterte sie. Und sie schmeichelte ihr sogar ein wenig, da sie den Eindruck hatte, dass Galib sie wirklich attraktiv fand und nach einem Vorwand suchte, sie noch einmal zu treffen. Zumindest schien er nicht argwöhnisch geworden zu sein. Sie hatte sich wahrscheinlich vollkommen unnötig Sorgen gemacht.

Nun stellte sich allerdings die Frage, wie sie ihn wieder loswurde. Auf keinen Fall wollte sie ihn verärgern. Ihrer – zugegebenermaßen nicht sonderlich umfangreichen – Erfahrung nach, war es in solchen Fällen nicht die schlechteste Idee, die Strategie des langsamen Rückzugs anzutreten: also die eine oder andere Nachricht eher einsilbig zu beantworten, bis man die Kommunikation langsam ganz einschlafen ließ. Die meisten Männer verstanden das und verloren von sich aus das Interesse, oder sie traten gesichtswahrend den Rückzug an. Sie beschloss daher, die Nachricht zunächst unbeantwortet zu lassen.

Auf dem Weg zurück ins Bett ging Lena noch bei Jean vorbei. Die Bettdecke hatte er halb von sich gestrampelt. Sie deckte ihn zu, doch dann überkam Lena das dringende Bedürfnis, ihn auf den Arm zu nehmen und zu drücken. Sie hob ihn hoch, trug ihn in ihr Schlafzimmer und legte ihn zwischen Michael und sich.

»Mama?« Er war aufgewacht und sah sie durch halb geöffnete Augen müde an.

»Alles gut. Schlaf weiter.« Sie strich ihm über den Kopf.

»Mama!«

»Was denn?«

»Ich glaube, ich kann ganz groß denken.«

Sie gab ihm lächelnd einen Kuss. »Das kannst du bestimmt.«

»Ich hab geträumt, ich bin ein König.«

»Das ist ein guter Traum.« Sie drückte sich eng an ihn. »Träum weiter.«

Für eine Weile lag sie mit offenen Augen da. Sie roch an seinen Haaren, an seiner Haut. Die Hand, die sie auf seinen Bauch gelegt hatte, hob und senkte sich leicht. Sie lauschte dem beruhigenden Geräusch seines leisen Atems. Und dann, irgendwann, schlief sie ein.

6 Tage
bis zur Wahl

25

Ein kalter Wind fegte durch die Straßen, sodass sich Berger selbst für die paar Meter vom Taxi zum Club den Schal enger um den Hals band. Er wusste gar nicht, wann er das das letzte Mal erlebt hatte, einen weißen Winter in Berlin. Auf den Straßen hatte sich der Schnee allerdings bereits in das typische grauschmutzige Gemisch verwandelt, wie es in Großstädten üblicherweise zu finden war.

Im *Capital Club*, einem der renommiertesten Business-Privatclubs Berlins, war um diese Uhrzeit wenig Betrieb. Coppenfeld hatte einen Tisch in der Nähe des Fensters reserviert, von dem aus man einen hervorragenden Blick auf den Deutschen Dom hatte. Er saß vor einer Tasse Tee mit einer Zeitung in der Hand, die er jedoch zur Seite legte, als er Berger bemerkte.

»Und?«, fragte Berger gespannt, nachdem er sich gesetzt hatte. Coppenfeld hatte ihn angerufen und um das Treffen gebeten.

»Es gibt Neuigkeiten. Ich dachte, die würdest du gern gleich erfahren.«

»Schieß los.« Berger sah sich noch einmal im Club um, um sicherzugehen, dass sich niemand in Hörweite befand. Er war gespannt, was für ein »Skandälchen« Coppenfeld ausgebuddelt hatte.

»Der Clan hat sich den aktuellsten Informationen nach ein Scharfschützengewehr zugelegt.«

»Und das heißt?« Berger verstand nicht, was an dieser Information so bahnbrechend war, dass sie sich direkt treffen mussten.

»Dass es möglicherweise gar keinen Sprengstoffanschlag geben wird. Sondern nur ein gezieltes Attentat. Du musst dir also keine großen Sorgen mehr machen.«

Das waren in der Tat gute Nachrichten, denn ein gezielter Angriff auf ein paar Journalisten war natürlich etwas ganz anderes als eine Bombe, die etliche unbeteiligte Bürger mit in den Tod reißen konnte. Davon würde die PdH nicht sonderlich profitieren. Trotzdem hielt Berger es für noch entscheidender, ob Coppenfeld etwas »Unschönes« über ein paar Konkurrenten hatte ausgraben können. »Und bezüglich der Skandale?«

»Na ja.« Coppenfeld wich seinem Blick aus. »Ich bin da ein paar Fälle durchgegangen. Was wirklich Brauchbares gibt es nicht.«

»Ach, komm!« Coppenfeld wollte ihm doch nicht ernsthaft weismachen, dass es nichts Verwertbares gab. Irgendwelche abgefangenen E-Mails nach Russland, an chinesische Investoren, geheime Treffen mit Lobbyisten, aus denen sich etwas zaubern ließ.

»Nein, wirklich.« Coppenfeld lächelte gequält.

»Dann such was!«

Coppenfeld reagierte nicht, sondern sah einfach nur aus dem Fenster.

»Mensch, Frederick. Du musst da was finden! Dieses Mal geht es um alles. Das wird mir mit jedem Tag deutlicher.«

»Leiser!«, mahnte Coppenfeld.

»Entschuldige.« Berger sah sich um. Noch immer war der Club so gut wie leer. Nur ein älterer Herr hatte es sich ein paar Tische weiter bequem gemacht. »Aber ich meine es ernst.«

»Ich schau mal.«

Coppenfelds Ausdrucksweise gefiel Berger gar nicht. In den auf Arbeitsvermeidung angelegten behördlichen Strukturen der Bundesrepublik hieß »mal schauen« möglichst viele Argumente zusammenzutragen, um es am Ende doch nicht tun zu müssen. »Nicht nur schauen, Frederick!«

»Garantieren kann ich nichts.«

»Und wieso nicht?«, zischte Berger Coppenfeld an. »Du bist der Präsident des Verfassungsschutzes!«

Coppenfeld atmete tief durch. »Sorry, Jan. Aber ich muss da vorsichtig bleiben.«

»Nicht dein Ernst?«

»Doch.« Coppenfelds Stirn kräuselte sich, er zog seine rechte Augenbraue nach oben. »Ich war in meinem Leben zwei Mal unvorsichtig. Einmal mit dem Geld meiner Eltern und dann zugekokst am Steuer. Sorry, aber ich setze hier nicht meine Karriere für ein paar Stimmen aufs Spiel.« Er griff zu der Zeitung, die neben ihm lag, und zeigte auf die erste Seite. Auf ihr waren die neuesten Wahlprognosen abgebildet. »Außerdem haben sich eure Zahlen doch stabilisiert.«

Stabilisiert schon. Aber nicht erholt. Verstand Coppenfeld denn immer noch nicht, dass es hier um alles oder nichts ging? Dieses Mal würde er sich nicht mit dem Spatz in der Hand zufriedengeben. Er hatte schließlich schon Kurs auf die Taube genommen. »Ich hatte mehr von dir erwartet. Von euch allen.«

»So? Hattest du?« Coppenfeld verschränkte die Arme. »Für dich gibt es aber auch nichts zu verlieren! Selbst wenn du nicht die Mehrheit holst, ist dir ein Sitz im Parlament garantiert. Wenn ich hingegen auf meiner Position Mist baue, dann habe ich ein Kainsmal für den Rest meines Lebens auf der Stirn. Ich habe Familie, eine Frau, Kinder.«

Die dich die meiste Zeit nicht interessieren, dachte Berger verbittert, sprach es aber nicht aus. Früher hatte er gedacht, mit Freunden könne man die Welt erobern. Sie hatten Pläne geschmiedet, wollten alles besser machen. Das mit den Freunden war eine Fehleinschätzung gewesen. Den meisten kam etwas in die Quere, der Verlust ihrer Ideale, die eigene Karriere, die Familie. Oder, wie im Fall Coppenfeld, auch einfach nur der mangelnde Mut.

26

An dem Vibrieren in ihrer Tasche merkte Lena, dass sich ihr Handy in das heimische WLAN eingeloggt hatte. Sie kam gerade von ihren Wolfsbeobachtungen zurück. Einmal mehr war Lena den Wölfen an der Stelle am Fluss begegnet. Dass sie die Wölfe hier so häufig antraf, sprach dafür, dass die Fähe in der Nähe einen Platz für ihre Geburtshöhle gefunden haben könnte. Und das wiederum bedeutete, dass sie trächtig war. Noch konnte man das nicht sehen, und ganz sicher war sich Lena nicht, denn die Paarungszeit war noch nicht zu Ende, doch auszuschließen war es nicht. Die Auswahl des Ortes für die Geburtshöhle war kein einfaches Unterfangen. Er musste Schutz bieten, aber durfte auch nicht zu weit vom Wasser entfernt sein, damit die Fähe die Jungen nicht lange allein lassen musste, wenn sie trank.

Heute hatte Lena allerdings nicht das Glück gehabt, die Wölfe länger beobachten zu können. Bereits kurz nach ihrer Ankunft waren sie im angrenzenden Wald verschwunden.

Lena zog das Handy aus der Tasche und sah auf das Display. Jemand hatte versucht, sie zu erreichen. Als sie die Nummer zurückrief, meldete sich Sommer.

»Frau Bondroit, vielen Dank, dass Sie sich melden.«

Mit einem Anruf von ihr hatte sie am wenigsten gerechnet. »Wie kann ich helfen?«

»Unsere Ermittlungen haben ergeben, dass im letzten halben Jahr im Großraum Berlin zwei Gewehre der Marke Fitch & Sons mit dem Kaliber .338 gekauft wurden. Eines ging an einen sehr angesehenen Jäger aus dem Berliner Umland, der uns die

Waffe auch zeigen konnte. Die andere Waffe ging an einen Mann, der uns – als wir bei ihm auftauchten – beichtete, dass sie gestohlen wurde. Interessant dabei ist, dass die Auswertung seiner Handydaten ergab, dass er Leute kennt, die wiederum sehr eng mit dem Aziz-Clan zusammenarbeiten.«

Lena verstand nicht, warum Sommer meinte, sie auf den aktuellen Stand der Ermittlungen bringen zu müssen. Sie war raus – es sei denn … »Sollen Sie mich etwa zu einem weiteren Treffen mit Galib überreden?«

Für einen Moment hörte Lena nur Rauschen in der Leitung.

»Es wird kein weiteres Treffen geben!« Lena reichte es langsam. Warum wollte Ewald das nicht verstehen?

»Natürlich nicht.« Sommer räusperte sich. »Aber wir haben da so ein neues, kleines Gerät, einen Continuous Movement Tracker, kurz CMT. Sie müssten es nur unauffällig in seine Jackentasche fallen lassen. Wir wissen nicht, wie uns das sonst gelingen könnte.«

»Und dieses Gerät bewirkt was?«

»Es ist so groß wie eine Wanze und kann das Bewegungsprofil aufgreifen und übermitteln. Durch den Abgleich mit dem Bewegungsprofil von Handydaten könnten wir so herausfinden, welche neuen Handys Galib nutzt, und ihn dann wieder abhören. Zudem vereinfacht es eine Personenüberwachung.«

»Und warum sollte ich ihm das Ding nicht schon im Einstein unterjubeln?« Sommer antwortete nicht, und Lena war auch klar, warum. »Weil er das Gerät früher oder später entdecken wird«, beantwortete Lena ihre eigene Frage. »Und dann ist klar, wer es ihm in die Jacke gesteckt hat.«

»Frau Bondroit. Sie bekämen natürlich ab sofort Personenschutz.«

»Personenschutz?!« Lena konnte nicht glauben, dass Ewald wirklich dazu bereit war, sie diesen gewaltbereiten Verbrechern zum Fraß vorzuwerfen. »Wie lange denn? Ein, zwei oder sogar drei Jahre? Eine neue Identität wäre wohl besser. Aber nein, danke. Das ist mir ein zu hoher Preis.«

Wieder nur das Rauschen der Leitung.

»Ganz abgesehen von meiner Familie! Ich fasse nicht, dass Sie das wirklich von mir verlangen wollen.«

»Sie haben ja recht. Es war nur eine Idee.«

»Dann richten Sie Ihrem Chef bitte aus, dass er mich mit solchen Ideen in Ruhe lassen soll. Ich helfe gerne, aber nicht, wenn ich das Leben meiner Familie damit aufs Spiel setze.«

»Verstanden. Entschuldigen Sie die Störung.«

Lena legte auf. Wie konnte Ewald nur denken, dass sie einem solchen Plan zustimmen würde? Erst opferte er seinen Neffen und jetzt sie? Ihr war klar, dass er gerade enorm unter Druck stand. Zudem trieben ihn seine Rachegelüste wegen dem, was der Clan Locke angetan hatte. Doch deswegen weitere Leben riskieren? Das ging einfach zu weit.

5 Tage
bis zur Wahl

27

Ewald saß mit einer Tasse Kaffee an seinem Schreibtisch und starrte Löcher in die Luft. Er hatte nicht sonderlich gut geschlafen – doch wann tat er das überhaupt noch? Die Geschichte mit diesem verdammten Anschlag kostete ihn den letzten Nerv. Sommer, die sich einfach nicht an seine Vorgaben hielt. Der ständige Verdacht, einen Maulwurf in den eigenen Reihen zu haben. Der verlorene V-Mann, Florian, der immer noch im Krankenhaus lag. Und es ging einfach nicht vorwärts. Es war, als drückte er das Gaspedal, ohne zu wissen, dass er auf der Hebebühne stand.

Vielleicht machte er es sich aber auch zu einfach, seine Schlafprobleme auf den Fall zu schieben. Seine Rastlosigkeit, gekoppelt mit einer immer stärker werdenden Müdigkeit, dazu das Gefühl, den Instinkt und die Lust verloren zu haben – Ewald hatte die Befürchtung, dass dies Symptome eines grundsätzlicheren Problems sein könnten. Aber damit konnte er sich jetzt nicht beschäftigen.

Er nahm einen Schluck Kaffee und versuchte sich zu konzentrieren. Hatte er etwas übersehen?

Abgesehen von dem Gewehr, das sich die Aziz vor ein paar Tagen besorgt hatten, verhielt sich der Clan weiterhin ruhig. Auffällig ruhig. Ein Anschlag, egal ob mit Gewehr oder Bombe, musste gut vorbereitet werden. Eine Fitch & Sohns .338 ließ sich nicht auseinanderbauen und einfach verstecken und transportieren. Es war eine auffällige Langwaffe, die am besten schon Tage vor dem Anschlag an dem Ort platziert wurde, wo sie genutzt werden sollte. Dann musste die Flucht geplant werden. Den Schützen zu opfern mochte zu manch einer Mafiaorganisation passen, doch nicht zu den Aziz. Sie hatten bisher für jedes Mitglied gekämpft, als wäre es ihr eigenes Kind. Und einen Auftragskiller anzuheuern widersprach der Ehre des Clans und dessen grundsätzlichem Misstrauen jedem gegenüber, der nicht zur »Familie« gehörte.

Es klopfte.

»Bitte!«

Sommer betrat den Raum. »Guten Morgen, Herr Ewald. Hätten Sie fünf Minuten?«

Sie wirkte ebenfalls übermüdet. Ihre Glupschaugen fielen fast aus den Höhlen.

»Geht es um den Fall ›Gobi‹?«

»Ja.«

»Reinkommen, setzen.«

Sommer nahm auf dem Stuhl ihm gegenüber Platz. »Wir haben Neuigkeiten bezüglich des Geldes. Sie wissen schon, die drei Millionen aus den Immobilienverkäufen.«

»Und?«, fragte Ewald.

»Wie Sie wissen, befand es sich lange Zeit auf einem Konto in Luxemburg. Leider erfuhren wir erst mit einigen Tagen Verspätung, dass es dort inzwischen nicht mehr liegt. Aber keine Sorge. Ich habe es wiedergefunden.« Sommer legte ihm sichtlich stolz einen DIN-A3-Ausdruck mit einer Art Flussdiagramm auf den Schreibtisch. »Die Jungs sind gut. Ich habe für die Aufarbeitung fast die ganze Nacht gebraucht.« Sie fuhr mit dem Finger über einzelne Punkte des Diagramms. »Interessieren Sie die Details oder nur das Ergebnis?«

»Das Ergebnis.« Ewald fand die Geldgeschäfte der Aziz zwar nicht uninteressant, doch selbst wenn sie sich hier etwas zuschulden kommen hatten lassen, würde eine Aufklärung an dieser Stelle nicht den Anschlag verhindern.

»Das Geld ist jetzt auf einem Konto auf den Cayman Islands. Dort wurde es in unterschiedliche Hebelprodukte investiert.«

»Sie versuchen also an der Börse reich zu werden?«

»Sieht ganz danach aus.«

»Und? Gibt es einen Zusammenhang zum Anschlag?«

Sommer ließ die Schultern hängen. »Genau darüber zerbreche ich mir schon die ganze Zeit den Kopf. Ich hatte die Hoffnung, dass Sie vielleicht einen Einfall hätten.«

Ewald blickte auf das Diagramm, das ihm Sommer vorgelegt hatte. Dass der Clan gerade jetzt seine Geldbestände investierte, war in der Tat seltsam. Nach dem Anschlag wäre Cash von Vorteil. Leute mussten verschwinden, Anwälte bezahlt werden. Vielleicht wollten sie das Geld einfach nur vor einer drohenden Vermögensabschöpfung sichern. Vielleicht aber auch nicht. Etwas anderes bereitete ihm bei der Betrachtung der Skizze viel mehr Sorgen. Die Verschiebungen, die Sommer aufgezeichnet hatte, waren höchst komplex. Wenn sie daher behauptete, sie hätte für die Nachverfolgung eine ganze Nacht gebraucht, dann war das eine Lüge. Für eine solche Analyse brauchte man mindestens ein paar Tage. Mehrere Tage, die sie jetzt dringend für die Verhinderung des Anschlags benötigten.

»Frau Sommer?«

»Ja?«

Ganz langsam zerriss er vor ihren Augen das Blatt. »Warum konzentrieren Sie sich eigentlich nicht auf den Anschlag? Warum dieser Nebenkriegsschauplatz? Ist das Strategie? Wollen Sie, dass wir scheitern?«

»Aber …«

»Nichts aber! RAUS!«

4 Tage
bis zur Wahl

28

Berger starrte wie paralysiert auf die Umfragewerte. Gegen die Kopfschmerzen hatte er sich bereits die zweite Aspirin eingeworfen. Noch gestern hatte er Hoffnung geschöpft: Ihre Maßnahmen schienen Wirkung zu zeigen, und Berger hatte erste Tendenzen erkannt, dass sie Stimmen zurückgewannen. Doch die neueste Umfrage sprach wieder eine andere Sprache.

Verzweifelt fuhr er sich übers Gesicht. Er musste an all die Parteien denken, die es in den letzten zwanzig Jahren wie aus dem Nichts ins Parlament geschafft hatten, um dann bald wieder in der Bedeutungslosigkeit zu versinken. Die verdammten Medien! Ohne sie konnte man Stimmen gewinnen, aber keine Wahl. Die Öffentlich-Rechtlichen schwiegen die Neue bürgerliche Mitte einfach tot, während die linke Lügenpresse gegen sie schoss. Dagegen kamen ihm ihre Online-Kampagnen vor wie ein Tropfen auf den heißen Stein.

»Darf man dich wieder stören?« Die Tür hatte sich geöffnet, und Sabine Heimeck schaute herein.

»Was denn?«, fragte Berger genervt.

»Da ist ein Herr Hübner vom Fernsehen für dich in der Leitung.«

Endlich, Hübner rief zurück! »Sofort durchstellen.«

Berger kannte Hübner noch aus der Schule. Sie waren keine Freunde gewesen, aber man kannte sich. Und Hübner war ein hohes Tier bei einem öffentlichen Sender, mit erheblichem Einfluss auf das Programm und sogar einer eigenen Sendung. Es dauerte einen Moment, dann war Hübner in der Leitung.

»Mensch, Mirko. Schön, deine Stimme zu hören. Ewig nichts gehört«, trällerte Berger. Er hatte nicht vor, sich anmerken zu lassen, wie beschissen es ihm eigentlich ging.

»Hallo, Jan. Sorry, dass ich mich jetzt erst melde.«

»Ist doch gar kein Problem«, log Berger. In Wirklichkeit hatte es ihn wahnsinnig gemacht, dass Hübner ihn so lange zappeln ließ.

»So kurz vor der Wahl ist bei uns einfach die Hölle los.«

»Ist doch klar, Mirko. Bei uns auch.« Er lachte. »Wie geht's denn so? Was machen Frau und Kinder?«

»Jan, nimm es mir nicht übel, aber ich habe wirklich wenig Zeit. Gibt's was Wichtiges?«

Obwohl es ihm eigentlich nur recht sein konnte, das Gespräch nicht mit sinnlosem Small Talk in die Länge zu ziehen, merkte Berger, wie ihn Hübners Forderung nach Gesprächseffizienz irritierte. Natürlich interessierte ihn Hübners Familienleben nicht im Geringsten, und Berger fühlte sich durchschaut. Außerdem hätte er sich ein bisschen mehr Respekt erwartet.

»Sorry, klar.« Er hätte seine Bitte lieber anders eingeleitet. »Am Donnerstag, da hast du doch deine Talkshow.«

»Ja, und?«

»Ich habe gehört, es soll über innovative demokratische Konzepte gehen. Wäre es nicht möglich …«

»Ich glaube, das können wir abkürzen, Jan«, unterbrach ihn Hübner. »Alle Plätze belegt.«

»Aber gerade wir mit der NbM …«

»Tut mir leid, Jan. Wir haben schon drei Politiker.«

»Wie, schon drei Politiker?« Berger wäre am liebsten durchs Telefon gesprungen, hätte Hübner am Nacken gepackt und mit ihm den Boden gewischt. »Und niemanden von der NbM? Was haben denn die anderen Parteien mit Innovation am Hut? Neue demokratische Konzepte, dafür stehen doch genau wir!«

»Jan, es tut mir leid.«

»Es tut dir leid? Das hilft mir leider nicht die Bohne.«

»Jan, die Sendung …«

»Jetzt hör doch mit deinem *Jan* auf.« Berger merkte, wie er die Kontrolle verlor, ohne dass er etwas dagegen unternehmen konnte. »Ihr macht uns fertig. Und ihr gebt uns keine Plattform. Das ist Manipulation!«

»Nein«, kam es bestimmt durch den Hörer. »Manipulation wäre es, wenn wir dich schon wieder eingeladen hätten. Du hattest ein Exklusivinterview bei uns vor genau zwei Wochen!«

»Vor zwei Wochen! Das ist ewig her! Und in dem Interview habt ihr versucht, mich fertigzumachen.«

»Wir müssen als Presse kritisch bleiben!«

»Aber dann bitte in jede Richtung!«

»Keine Sorge.«

»Gibt es denn gar keine Möglichkeit?« Berger versuchte, so gut es ihm eben gelang, wieder einen milderen Tonfall anzuschlagen.

»Jan, es tut mir leid. Am Sonntagabend bist du dann ja wieder dabei.«

Am Sonntagabend! Was sollte denn jetzt die Bemerkung? Man hatte ihn zur Acht-Uhr-Sendung eingeladen, *nach* den ersten Wahlprognosen! Da war der Drop längst gelutscht.

»Ich muss jetzt leider auflegen«, sagte Hübner.

»Ich auch.« Berger knallte das Telefon auf den Tisch. Wütend sprang er auf, verließ sein Büro und warf sich seinen Mantel über.

»Jan, alles okay?« Sabine Heimeck sah ihm besorgt hinterher.

»Alles super.«

Er stürmte aus der Parteizentrale. Von dort aus marschierte er zum nahe gelegenen Volkspark. Erst als er dort angekommen war, merkte er, dass er Mütze und Handschuhe vergessen hatte. Doch die beißende Kälte war ihm jetzt egal. Die betäubende Wirkung war ihm sogar recht. Er nahm etwas Schnee und formte daraus einen Ball. Den drückte er so lange, bis ihm das Wasser die Hände hinunterlief. Dann fuhr er sich mit den nassen, kalten Händen durchs Gesicht.

Nichts war super! Das alles war zum Kotzen. Sie waren ihrem Ziel so nahe gewesen. Klar, man konnte sich einreden, dass knappe dreißig Prozent ein tolles Ergebnis für eine Partei waren, die erst so kurz existierte. Doch dreißig Prozent halfen ihnen nicht weiter. Nach dieser Wahl würden sich die alten Parteien einigen und eine Koalition bilden. Erneute Neuwahlen würde es nicht geben.

Und selbst wenn sich jemand auf eine Koalition mit ihnen einlassen würde: Mit einem Koalitionspartner machte man Politik wie eine Kuh mit Hyänen am Arsch. Stillstand der Rechtspflege! Ständige Angst davor, dass einem der »Partner« fette Filets aus den Rippen riss. Gespräche bis spät in die Nacht und faule Kompromisse. Das wäre nichts anderes als eine Fortsetzung der beschissenen Politik der letzten Jahre.

Von wegen, agile Republik!

Von wegen, Kanzlerdemokratie!

Von wegen, Deutschland als Vorbild für die Welt!

Das einzige Trostpflaster: eine Million Euro.

3 Tage
bis zur Wahl

29

Auf Lenas Küchentisch sah es aus wie auf einem Flohmarkt für Elektroartikel. Kaum hatte Michael mit Jean zusammen das Haus verlassen, hatte Lena die Plastikkisten mit ihrer Beobachtungsausrüstung aus dem Keller geholt und den Inhalt auf dem Küchentisch ausgebreitet. Je eher sie damit anfing, das Gebiet am Fluss mit Kameras und Mikrofonen auszustatten, umso besser standen die Chancen, dass sich das Rudel nicht gestört fühlte und nicht einen anderen Platz suchte. In ein paar Wochen schon würde die Fähe den Ort kaum mehr verlassen. Dann wäre Lena auf die Beobachtung aus der Ferne angewiesen. Michael hatte versprochen, Jean abzuholen, und so würde es ihr hoffentlich gelingen, ihre Arbeit noch heute abzuschließen.

Es war der Tag des vermeintlichen Anschlags. Während Lena die notwendigen Dinge zusammenpackte, musste sie immer wieder an Ewald denken. Seit dem Anruf von Sommer vor drei Tagen hatte sie nichts mehr gehört. Ob sie wegen des Gewehrs noch irgendwelche Hinweise ermitteln konnten? Auch wenn sie nicht daran glaubte, hoffte sie, dass dieser Hinweis Ewald und seinen Leuten vielleicht doch noch weitergeholfen hatte. Und Galib? Sie hatte sich nicht mehr bei ihm gemeldet, aber auch nichts mehr von ihm gehört. Hatten sie ihn am Ende in Gewahrsam genommen? Wohl eher nicht, glaubte Lena, denn das hätte ihr Ewald doch hoffentlich erzählt. Wahrscheinlicher war, dass Lenas Strategie aufgegangen war, und Galib gesichtswahrend den Rückzug angetreten hatte. Lena erwischte sich dabei, dass sie das fast ein wenig schade fand.

Die Aufmerksamkeit des attraktiven Libanesen hatte ihr geschmeichelt und irgendwie gutgetan. Doch am Ende war es besser so, denn sie wollte nicht wissen, wie schnell sein Interesse an ihr in eiskalte Brutalität umschlagen konnte, wenn etwas am Ende nicht so lief, wie er wollte.

Lenas Gedanken gingen wieder zurück zu Ewald und dem Anschlag. Berlin glich sicherlich gerade einem Hochsicherheitstrakt. Überall Polizisten. Wie sie Ewald kannte, würde dieser halb wahnsinnig in seinem Büro sitzen und sich die Fingernägel abkauen, wohl wissend, dass es jetzt nichts mehr gab, was er noch tun konnte.

Es fühlte sich seltsam an, hier draußen in Sicherheit zu sein, während genau an diesem Tag Menschen sterben würden. Sie hatte sich häufig gewünscht, in die Zukunft sehen zu können. Doch in die Zukunft zu sehen, ohne die Möglichkeit, sie beeinflussen zu können, war nur belastend. Ihr wäre es lieber gewesen, sie hätte von alldem nichts gewusst. Aber sie würde sich auch nicht von ihrem Wissen lähmen lassen.

Lena versuchte sich wieder aufs Packen zu konzentrieren. Sie benötigte vor allem die auf Bewegung reagierenden Infrarotkameras mit der Funkschnittstelle, deren Aufnahmen auch aus größerer Entfernung abgerufen werden konnten. Dann ein paar kleine UKW-Sender, die sich aufgrund ihrer Größe – sie waren nicht viel größer als ein Würfel – gut verstecken ließen, vielleicht sogar in der Höhle selbst. Zum Befestigen legte sie noch Schnüre, Riemen und Klebeband zur Seite sowie ein Teppichmesser, mit dem sie alles in der richtigen Größe abschneiden konnte. Abgesehen von den kleinen UKW-Sendern, die sie in ihrer Jackentasche verstaute, packte sie alles in ihren Rucksack. Nachdem sie sich auch noch eine Thermoskanne mit Tee vorbereitet hatte, verließ sie endlich das Haus.

In den letzten Tagen war es noch einmal deutlich kälter geworden. Lena war noch keine drei Meter gegangen, da verspürte sie bereits das Bedürfnis, den Schal enger zu schnüren und sich die Handschuhe anzuziehen. Die Wettervorhersage hatte für den Nachmittag starken Schneefall angekündigt, was Lena jedoch nicht unrecht war. So würden sich die Wölfe in den Wald zurückziehen, und sie konnte ungestört arbeiten.

Auf dem Weg zur Weide musste Lena an den nächtlichen Besucher vor ein paar Tagen denken. Einer inneren Stimme folgend beschloss sie, sich die Spuren selbst noch einmal genauer anzusehen. Es hatte die letzten Tage kaum geschneit, und die Spuren mussten daher noch gut sichtbar sein. Sie ging zur Scheune, vor der sie vor allem die Spuren von Michaels großen Bergstiefeln fand, die aufgrund ihres tiefen Profils gut zu identifizieren waren. Daneben gab es noch etliche Spuren von Kinderschuhen – Jean spielte gern vor der Scheune. Weitere Spuren konnte sie zunächst nicht entdecken, was aber gut daran liegen konnte, dass sie von Michaels und Jeans Herumgetrampel zerstört worden waren. Doch hatte Michael nicht gesagt, dass die Spuren hinter die Scheune geführt hatten? Lena ging ein paar Meter weiter. Und tatsächlich, bereits neben der Scheune war noch eine andere Spur zu sehen, allerdings eine, die sich Lena komplett anders vorgestellt hatte. Es waren spitze Damenstiefel mit hohem Absatz.

Natasha!, ging es ihr sofort durch den Kopf. Sie wollte Michael besuchen und hatte dann Lena in der Küche entdeckt. Nur so ließ sich erklären, warum Michael nicht erwähnt hatte, dass es sich um Spuren von Damenschuhen gehandelt hatte. »Wahrscheinlich nur ein Spaziergänger«, hatte er gesagt. Und war er nicht auffällig lange hinter der Scheune gewesen? Jetzt kam es ihr zumindest so vor. Hatte am Ende Natasha vielleicht sogar dort auf ihn gewartet, während Lena mit dem Gewehr ängstlich an der Haustür gestanden hatte? Und dann später Michaels emotionslos hingehauchter Kuss. Alles machte plötzlich Sinn.

Lena war stinksauer. Am liebsten hätte sie Michael sofort angerufen und zur Rede gestellt. Nur ihr Plan, heute mit dem Aufbau ihrer Geräte zu beginnen, hielt sie davon ab. Sie stampfte wütend um die Scheune herum und auf das Gatter zu, durch das man die große Weide betreten konnte. Noch bevor sie das Gatter erreicht hatte, sah sie jedoch, wie ein Taxi in den Zufahrtsweg einbog.

Sie blieb stehen. Die einzige Person, die sie kannte, die hier auf dem Land ein Taxi nutzte, war ihre Mutter. Aber warum hatte die sich nicht angekündigt?

Lena wartete, bis der Wagen ein paar Meter vor ihr zum Stehen kam. Die Beifahrertür öffnete sich, und ein großer, dunkelhaariger Mann stieg aus. Er hatte eine dicke, leicht glänzende, schwarze Jacke an, eine Armeehose in Tarnfarben und mittelhohe Bundeswehrstiefel.

»Überraschung!«

»Galib«, grüßte Lena mit beinahe tonloser Stimme. »Was machst denn du hier?« Eine Überraschung, das war es in der Tat, allerdings eine von der schlechten Sorte. Lenas Magen krampfte sich zusammen. Instinktiv griff sie nach ihrem Handy in der rechten Vordertasche ihrer Funktionsjacke. Doch sie griff ins Leere, da waren nur die kleinen UKW-Sender. Sie musste es im Haus vergessen haben. Warum tauchte er hier auf, in Armeemontur? Und woher kannte er ihre Adresse? Sie überlegte, wie sie an ihm vorbei ins Haus kommen könnte, um Hilfe zu rufen.

»Freust du dich nicht?«

Lena versuchte sich zu beruhigen. Vielleicht hatte sie gar nichts zu befürchten? Sicherlich war Galib einfach nur einer von der hartnäckigen Sorte, einer, der nicht so schnell lockerließ?

Oder hatte er sie durchschaut?

Galib sah sich um. Dann kam er auf sie zu. Er strahlte, als wären sie alte Freunde, die sich seit Jahren nicht gesehen hatten. Bei ihr angekommen, küsste er sie auf die linke und rechte Wange. »Scheiße, ist das kalt!« Er zog sich eine dicke Wollmütze über den Kopf. »Ich dachte, ich schaue mal nach, ob du dich nicht langweilst. Und was mit den Wölfen so los ist. Du hast dich gar nicht mehr gemeldet.«

»Na ja.« Nichts deutete darauf hin, dass er sie durchschaut hatte. Dennoch wäre es Lena lieber gewesen, wenn er wieder verschwand. »Ich habe heute leider keine Zeit. Warum hast du nicht vorher angerufen?«

Galib grinste breit. »Ich stehe auf spontan. So wie du. Deine Aktion am Sonntag fand ich echt gut. Und nachdem du mir gar keinen Termin zum Wölfe-Beobachten mehr geschickt hast, dachte ich, ich komm einfach vorbei!«

»Woher hast du meine Adresse?« Im Telefonbuch stand sie zumindest nicht.

»Internet. Steht da auf der Seite eines Naturschutzvereins. Mit Name und Anschrift, falls jemand Fragen zu deinem Wolfsprojekt hat.«

Das stimmte. Sie hatte ihren Förderern erlaubt, ihre Adresse anzugeben, um ihrem Projekt und sich selbst Seriosität zu verleihen, gewissermaßen einen offiziellen Status. Wie dumm von ihr. Doch so ganz kaufte sie ihm seine Geschichte noch nicht ab. Vor allem: Heute war der Tag des Anschlags. Sollte er da nicht in Berlin sein? Und dann die lange Fahrt mit dem

Taxi, nur um mal spontan zu schauen? Sie bekam das alles nicht zusammen.

»Der Taxifahrer ist übrigens ein guter Kumpel«, sagte Galib, als hätte er ihre Gedanken gelesen. »Wo geht's denn hin?« Er betrachtete sie von oben bis unten. »Etwa Wölfe beobachten, ohne mich?« Er drohte spielerisch mit dem Finger.

Leugnen machte wohl wenig Sinn. »So in der Art.«

»Was heißt, so in der Art?«

»Ich muss Kameras installieren. Rund um den Ort, wo ich die zukünftige Geburtshöhle vermute.«

»Cool, bin dabei.«

Auf keinen Fall, entschied Lena. »Wir werden keine Wölfe sehen. Und die Arbeit ist kleinteilig und langwierig. Das ist wirklich kein guter Tag.«

»Egal. Jetzt bin ich hier.«

Allein mit einem gewaltbereiten Clanmitglied im Wald. Genau das hatte sie sich immer gewünscht. Sie musste versuchen, ihn von seinem Plan abzubringen.

»Galib!« Sie sah ihn ernst an. »Ganz ehrlich. Lass uns einen anderen Termin ausmachen. Das wird für dich stinklangweilig.« Sie zeigte in den Himmel. »Und es soll stark schneien. Wir werden kaum etwas sehen. Ich denke, es wäre besser …«

»Scheißegal!«, unterbrach sie Galib mit einem Unterton in der Stimme, der keinen Widerspruch duldete. Auch sein Gesichtsausdruck hatte sich verändert. »Ich komme mit!«

Lena überlegte. Vielleicht war es besser, ihm einfach nicht zu widersprechen. Sie würde mit ihm zusammen die Kameras installieren, anschließend aber unmissverständlich klarmachen, dass sie kein weitergehendes Interesse an ihm hatte. »Okay, gut. Wenn du meinst.«

»Prima.« Jetzt grinste er wieder. »Muss nur noch kurz was holen.« Er ging die paar Meter zum Taxi zurück und klopfte an die Fahrerscheibe, die daraufhin langsam nach unten fuhr. Er sagte etwas auf Arabisch. Kurz darauf öffnete sich automatisch die Kofferraumhaube. Nachdem er sich von dem Fahrer per Handschlag verabschiedet hatte, ging er zur Rückseite des Wagens und holte etwas heraus.

»Schau mal!«

Auch das noch. »Was willst du denn damit?« Lena verfluchte Ewald und sich selbst dafür, dass sie sich jemals mit diesem Menschen getroffen hatte. Das, was er mit beiden Händen über seinen Kopf hielt, war ein Gewehr.

»Dich erschießen«, sagte Galib lachend.

Der Witz blieb Lena im Hals stecken.

»Jetzt schau nicht so böse.« Galib warf sich den Riemen des Gewehrs über die Schulter. Dann ging er auf sie zu. »Zum Schutz vor dir natürlich!«

»Bitte?«

»Wo ist denn dein Humor geblieben?« Er schlug ihr freundschaftlich auf die Schultern. »Wegen der Wölfe.«

»Da brauchst du die aber nicht«, sagte Lena harsch.

»Ist mir trotzdem lieber.«

Der Typ war komplett durchgeknallt. Wahrscheinlich hatte er vor, einen der Wölfe zu erlegen, um sich später den Kopf als Trophäe über sein Bett zu hängen.

»Hast du überhaupt einen Waffenschein?«

Galib verdrehte die Augen. »Ich kann schießen. Das sollte reichen.«

30

Gefühlt hatte die Berliner Polizei die halbe Stadt abgesichert. An etlichen Stellen waren Straßensperren errichtet worden, Bereitschaftspolizei, wo man nur hinsah. Mehrere SEK-Einheiten standen für den sofortigen Einsatz bereit. In der Nähe des Kongresshotels in Berlin-Mitte, das von mehreren Sondereinheiten bewacht wurde, hatten sie sogar zwei Bürogebäude durchsucht. Den bedrohten Journalisten standen jeweils zwei Bodyguards zur Seite. Trotzdem wusste Ewald, dass, wenn man die Journalisten töten wollte, dies auch gelingen würde. Man konnte seine Augen nicht überall haben. Gegen einen Attentäter in der Menge, der im richtigen Moment seine Waffe zog, hatte man ebenso wenig eine Chance wie gegen einen Scharfschützen hinter einem Fenster oder eine explodierende Bombe in einem Rucksack. Es gab zwar Beamte, die mit Sprengstoffspürhunden unterwegs waren, doch von diesen Hunden gab es in ganz Berlin gerade mal drei. Wenn man den Kampf gegen einen Anschlag gewinnen wollte, dann musste einem dies im Vorfeld gelingen. Das wäre seine Aufgabe gewesen, und er hatte versagt. Jetzt war es zu spät. Der Fall lag nicht mehr in seinen Händen.

Ewald fühlte sich wie eine Luftmatratze, aus der man die Luft gelassen hatte – leer, schlapp, lustlos, wertlos, fertig zum Absinken. Alles kam ihm plötzlich sinnlos vor. Er hatte sein Gefühl dafür verloren, was richtig und was falsch war. Der ganze Aufwand, um die Aziz im Griff zu behalten. Seine Nachtschichten seit Wochen. Die Absicherung einer halben Stadt. Wofür das alles?

Erst jetzt bemerkte er Sommer. Wie lange mochte sie bereits im Türrahmen gestanden haben und ihn beobachten?

»Bitte keine Hiobsbotschaften«, mahnte Ewald kraftlos.

»Doch. Leider.« Sommer trat an seinen Schreibtisch. »Galib Aziz ist verschwunden.«

Normalerweise wäre er jetzt ausgerastet. Doch selbst dafür fehlte ihm die Kraft. »Wie konnte das passieren?«

»Die von der Organisierten Kriminalität haben gepatzt. Gestern früh ist er zu seinen Eltern. Seitdem ist er nicht mehr aufgetaucht. Rein theoretisch ist es möglich, dass er sich immer noch in der Wohnung seiner Eltern aufhält, aber das wäre eher untypisch. Außerdem sind die heute Morgen zum Flughafen gefahren.«

»Zum Flughafen?« Was um alles in der Welt hatte das jetzt wieder zu bedeuten.

»Sie sitzen in einem Flieger nach Beirut.«

»Seit wann wissen wir das?«

»Seit ein paar Stunden. Sie müssen kurzfristig gebucht haben.«

»Und keiner hat sie aufgehalten?«

»Auf welcher rechtlichen Grundlage? Außerdem, wer im Flugzeug sitzt, kann keine Kommandos geben.«

Die Kommandos waren längst erteilt. Die Aziz wollten sich absetzen, solange es noch ging, das war doch klar. Wenn man nicht alles selbst machte. »Das bleibt unter uns. Verstanden?«

»Natürlich.«

»Und Galib Aziz? Seit wann vermissen wir ihn?«

»Wir gehen davon aus, dass er die Wohnung seiner Eltern gestern gar nicht erst betreten hat, sondern über irgendeinen Weg unauffällig das Haus sofort wieder verließ.«

»Handyüberwachung?«, fragte Ewald.

»Läuft. Aber Sie kennen das Problem. Das Handy, das wir überwachen, liegt bei ihm zu Hause.«

»Sein Auto?«

»Steht noch vor der Wohnung seiner Eltern.«

Ewald ließ sich zurück in seinen Sitz fallen. Dann starrte er an die Decke. »Okay. Zusammenfassend lässt sich feststellen, Herr Ewald, Sie haben mal wieder auf ganzer Linie versagt«, äffte er Coppenfeld und dessen monotonen Sprachstil nach. Er musste lachen, allerdings nicht, weil er irgendetwas an der Situation witzig fand. Im Gegenteil. Er lachte immer lauter.

»Herr Ewald, alles in Ordnung?«

»Alles bestens.« Er hörte wieder auf zu lachen. Wenn er so weitermachte, würde Sommer ihn am Ende noch dem psychologischen Dienst melden. Oder ihn gleich einweisen lassen. Darauf wartete sie doch nur, endlich das Ruder zu übernehmen. »Merken Sie doch. Läuft wie am Schnürchen.«

»Herr Ewald? Wir haben alles versucht.«

»Alles versucht? Galib Aziz ist weg. Seine Eltern auf dem Weg nach Beirut. Und in den nächsten Stunden wird irgendwo in Berlin eine Bombe in die Luft gehen. Wir haben versagt, Frau Sommer, auf ganzer Linie.«

Sommer sah ihn mitleidig an. Doch diesen Blick konnte sie sich sparen. Er wusste, dass sie kein Mitleid für ihn empfand. Und er wusste auch, dass dieser ehrgeizigen Ziege sein Versagen nur recht war.

»Hat Galib am Ende auch ein Ticket nach Beirut, von dem ich noch nichts weiß?«

»Wir sind dran.«

Ewald zog seine Schuhe an und stand auf. Dann trat er seinen Mülleimer durch den Raum. »Mensch, Frau Sommer, was ist denn los mit Ihnen? Wechseljahre, Hitze oder was?«

Er sah, wie Sommer vor Entrüstung die Augen aufriss. Ihre Glupschaugen traten ein wenig weiter aus den Höhlen. Zumindest kam das Ewald so vor.

»Sofort!«, schrie Ewald.

Sommer zog ihr Handy aus ihrer Gesäßtasche und gab die entsprechenden Instruktionen.

»So eine verdammte Hurenscheiße!« Ewald ging zum Mülleimer und trat ihn ein weiteres Mal durch den Raum. »Wir sind dran?« Er stellte sich so eng vor sie, dass sie seinen Atem spüren musste. »Was ist in diesem Laden eigentlich los? Denkt hier keiner mit?« Sommer sah zu Boden. »Ich will Polizisten an allen größeren Straßen, die aus Berlin herausführen. Ich will, dass der Flughafen überwacht wird. Der Bahnhof auch! Wenn dieses Arschloch meint, er könnte Journalisten abschlachten, dann werde ich ihn wohl leider nicht davon abhalten können. Aber wenn er dazu auch noch meint, er käme ungeschoren davon, dann täuscht er sich!«

Sommer nickte. »Er wird Berlin nicht verlassen. Versprochen!«

31

Berger sah auf den Fernseher in der Ecke seines Büros. Er hatte auf einen Nachrichtensender geschaltet, der dauerhaft die aktuellsten Ereignisse übertrug. Die starke Überwachung der Journalistenkonferenz in Berlin durch die Polizei wurde kommentiert wie auch der Umstand, dass die Presse in den letzten Jahren immer mehr von Extremisten jeglicher Couleur bedroht wurde. Bisher waren jedoch alle Veranstaltungen ohne Zwischenfälle verlaufen.

»Jan?« Sabine Heimeck steckte ihr hübsches Köpfchen durch die Tür. »Herr Saum ist hier.«

Saum? War der nicht gestern noch in London gewesen? Berger sprang auf. Heimeck öffnete die Tür und gab den Blick auf seinen Freund frei. Er sah mal wieder top aus; hellblaue Chino, dunkelblaues Hemd, dazu ein hellblaues Sakko, das farblich auf die Chino abgestimmt war. Der bordeauxrote Gürtel passte zu den farbgleichen Schuhen.

»Sebastian!«

»Berger, du alter Hosenscheißer.« Sie umarmten sich. »Hast mir mit deinem Paniktelefonat vor ein paar Tagen fast die Nummer in China versaut. Du kennst doch die Chinesen, die warten nicht gern.«

»Komm rein.«

Berger zeigte auf die Sitzecke in seinem Büro. Er wandte sich an seine Assistentin, die noch in der Tür stand. »Sabine, bringst du uns bitte zwei Latte?«

Sie setzten sich.

Saum nickte in Richtung Fernseher. »Schon Tote?«. Er fragte das mit einem Gesichtsausdruck, als ginge es um ein Spiel in der dritten Liga.

»Dir geht das alles am Arsch vorbei, was?« Es war nicht so, dass Berger über ein paar tote Journalisten in Tränen ausbrechen würde. Doch darüber hinwegzulächeln fand er auch nicht wirklich angemessen. Ganz abgesehen davon, dass der Erfolg seiner Partei auf dem Spiel stand.

Saums Blick wurde ernst. »Don't get me wrong. Es ist nur ...« Er stockte. »Es fühlt sich alles so irreal an.«

»In der Tat«, stimmte ihm Berger zu. Sie sahen jetzt beide zum Fernseher. »Nein, noch keine Toten. Ich könnte mir bei dem Polizeiaufgebot auch gut vorstellen, dass es sich die Aziz-Leute noch einmal anders überlegt haben.«

»Was sagt Coppi?«

»Nicht erreichbar. Der steht gerade mächtig unter Strom.«

»Weswegen ich eigentlich ...« Saum hielt inne, als Bergers Assistentin wieder den Raum betrat und die beiden Latte brachte. Saums Blick galt, wie Berger nicht entging, ihrem Hintern, der gefühlt noch mehr hin und her schwang als sonst.

»Es dankt«, sagte Saum.

»Gerne. Kann ich noch was tun?«, trällerte Heimeck. »Kekse? Schokolade?« So freundlich hatte Berger sie selten erlebt.

»Och ...« Saum sah Heimeck lange in die Augen. »Noch was zum Naschen?« Er warf Berger einen dreckigen Blick zu.

Heimeck sah unsicher zu ihrem Chef.

»Nein, Sabine«, sagte er schnell. »Alles gut.«

Bevor sie das Büro verließ, zwinkerte ihr Saum doch tatsächlich noch mal zu. Dieser ewige Jäger. Berger konnte nicht verhehlen, dass Sabine in dem einen oder anderen seiner Tagträume keine unwesentliche Rolle spielte. Er wartete daher schon seit Längerem auf eine unverfängliche Gelegenheit, in der sie sich näherkommen konnten. Allerdings bezweifelte er, ob Saum hier ähnlich zurückhaltend geblieben wäre.

»Neu?«, fragte Saum, nachdem die Tür geschlossen war.

»Relativ.« Berger überlegte. »Sie arbeitet jetzt seit fast zwei Monaten für mich.«

Saum trank von seinem Kaffee. »Nice.«

»Ich nehme an, du meinst nicht den Kaffee.«

Saum lachte. »Doch nichts dagegen, wenn ich es mal bei der versuche? Wir haben uns draußen gerade schon sehr nett unterhalten.«

So war er. Keinen Respekt vor dem Sandkasten anderer. Dafür hatte Berger ihn schon immer gehasst. Mit den eigenen Förmchen konnte Saum gern machen, was er wollte, doch in Bergers Sandkasten hatte er gefälligst still zu sitzen und abzuwarten, welches Förmchen man ihm gab.

Berger zuckte gespielt gleichgültig mit den Schultern. »Tu, was du für richtig hältst«, sagte er, aber dachte das Gegenteil.

Saum verneigte sich leicht. »Ich weiß deine Großzügigkeit zu schätzen, my friend. Und ich werde natürlich berichten.«

»Stell es einfach ins Internet.« Berger presste sich ein Lächeln auf die Lippen. »Aber ich nehme an, du bist nicht wegen meiner Sekretärin hier. Was verschafft mir die Ehre?« Er lehnte sich in seinem Sessel zurück.

Saum rieb sich zufrieden die Hände. »Du hast es mal wieder erraten. Ich wollte dich einladen. Heute Abend. Zusammen mit Coppi und Wittkowski.«

»Anlass?«

»Überraschung.«

»Komm schon!«

»Bring vielleicht schon mal den Dalí mit.«

32

Sie waren jetzt seit fast zwei Stunden unterwegs. Anfangs noch hatte Galib versucht, ein Gespräch mit ihr zu führen. Er hatte ihr viele Fragen gestellt und sie auf eine Art aufgezogen, über die sie eigentlich hätte lachen müssen, wenn die Situation nicht so undurchsichtig gewesen wäre. Sie war ohne Handy unterwegs, mit einem berüchtigten Verbrecher, der ein Jagdgewehr geschultert und dessen Motive sie noch nicht durchschaut hatte. Und dann hatte sie sich auch noch darauf eingelassen, mit ihm in den Wald zu gehen – weil ihr das in dem Moment als die beste Idee erschienen war! War sie übergeschnappt? Sic hoffte nur, dass ihre Sorge unbegründet war und das Ganze glimpflich für sie ausging.

»Wie weit ist es denn noch?«, keuchte es hinter ihr. »Onkel Galib hat Hunger und ihm ist kalt.«

Das Stapfen durch den Schnee schien ihn zunehmend anzustrengen. Nur Muckibude, das musste er jetzt wohl feststellen, war bei einer Schneewanderung nicht wirklich förderlich. Und eine Jacke, die zwar cool aussah, aber den Schweiß nicht ableitete, ebenfalls nicht. Vielleicht war das zu ihrem Vorteil?

»Noch eine Stunde«, log Lena, damit er vielleicht doch noch aufgab. In Wirklichkeit waren es keine dreißig Minuten. Es hatte angefangen zu schneien, und der Wind nahm zu. Ein weiteres Argument, das ihn zur Umkehr motivieren könnte. »Mal ganz ehrlich. Das sieht nicht gut aus.« Lena zeigte in den dunkler werdenden Himmel. »Wir sollten besser umdrehen.«

»Was sagt denn die Wetter-App?« Galib zog sich seine Handschuhe aus und holte sein überdimensioniertes Handy aus der Tasche. »Scheiße. Kein Empfang.«

Obwohl sie stehen geblieben waren, war Galib immer noch außer Atem. Seine Stirn spiegelte vor Schweiß, und die Hitze dampfte von seinem Körper.

»Also umkehren?«, fragte Lena.

Galib überlegte kurz. »Nein.«

»Wie du meinst.«

Sie gingen weiter. Nachdem sie eine ganze Weile durch den schützenden Wald marschiert waren, mussten sie jetzt ein Feld überqueren. Der Schnee ging Lena bis zum Knie, was sie, abgesehen davon, dass es das Gehen beschwerlich machte, nur bedingt störte, denn sie trug wasserdichte Gamaschen. Galib hingegen nicht. Ihm rutschte nun der Schnee in die Schuhe und durchnässte die Füße. Als sie das Feld überquert hatten, bat er um eine Pause.

»Sag mal. Hast du in deinem tollen Rucksack eigentlich auch was zu trinken dabei?«

Lena zog sich den Rucksack von den Schultern, holte die Thermosflasche heraus und schenkte ihm in die abdrehbare Tasse etwas Tee ein. Während er trank, sahen sich beide schweigend an.

»Wo hast du die eigentlich her?« Lena nickte in Richtung der Waffe. »Du bist doch kein Jäger?«

Er hatte das Gewehr neben sich an einen Baumstamm gelehnt. »Sagen wir mal so.« Galib machte ein verschwörerisches Gesicht. »Ein Freund von einem Freund von mir schuldete mir noch einen Gefallen. Kaliber .338, Fitch & Sons. Halbautomatik. Ein echt geiles Teil. Damit kannst du selbst auf hundert Meter gut treffen – wenn du es draufhast.«

Lena erinnerte sich an das, was auf dem Zettel in seiner Tasche gestanden hatte. Das war genau die Waffe, von der Ewald vermutet hatte, dass sie beim Anschlag zur Anwendung kommen sollte. Wie passte das damit zusammen, dass er jetzt damit hier durch die Wälder Brandenburgs stapfte? Sie musste Ewald so schnell wie möglich informieren. Doch weder hatte sie ihr Handy dabei, noch hätte es ihr hier bei der Netzqualität etwas genutzt. Sie musste Galib irgendwie dazu bewegen, umzudrehen. Und vielleicht konnte sie in der Zwischenzeit mehr über die Waffe herausfinden?

»Und du hast es drauf, nehme ich an?« Lena hatte ihre Frage mit einem gewissen Unterton in der Stimme gestellt, mit dem sie möglichst unschuldig oder zumindest imponiert klingen wollte.

Das traf ins Schwarze. Galib nickte stolz. »Könnte man so sagen.«

»Hast du da mehrere von?«

Jetzt sah er sie etwas länger an, ein wenig zu lang, fand Lena. Irgendwas hatte sich in seinem Gesichtsausdruck verändert, etwas, das Lena nicht wirklich gefiel.

»Komm, weiter!« Er wirkte plötzlich gar nicht mehr so freundlich. Oder kam ihr das nur so vor? Er schulterte sein Gewehr und zeigte in den Wald. »Geht's da lang?«

Lena nickte. »Ja. Aber ich würde gerne umkehren.« Galib wurde ihr immer unheimlicher. Sie musste irgendwie mit ihm zurück.

»Auf keinen Fall! Da lang, hab ich gesagt!«

Keine zwanzig Minuten später kamen sie am Fluss an. Sie hatten kein Wort mehr miteinander gewechselt. Lena hatte das Tempo ein wenig angezogen. Galib sollte sich ruhig weiter verausgaben, umso schneller würde er bereit sein umzudrehen.

»Hier sind sie oft.« Lena zeigte auf die kleine Anhöhe, auf der sie das letzte Mal das Leitwolfpärchen gesehen hatte. »Aber bei dem Wetter verziehen sich Wölfe gerne in den Wald.« Sie suchte mit ihrem Fernglas das umliegende Gebiet nach Spuren ab. »Wir haben leider Pech. Keine Wölfe und auch keine frischen Spuren.« Dann drehte sie sich zu ihm um.

Galib war ein paar Meter hinter ihr zum Stehen gekommen. Die Waffe hatte er von der Schulter genommen. Er hatte sie nicht angelegt, doch der Lauf zeigte in ihre Richtung.

»Kannst du vielleicht mit deiner Waffe in eine andere Richtung zielen?«, sagte Lena betont verärgert. Jetzt bloß keine Schwäche zeigen. Doch das Zittern in ihrer Stimme konnte sie nicht ganz unterdrücken.

»Klar könnte ich das.« Galibs Blick wurde ernst. »Aber nur, wenn du mir verrätst, warum du mir nachspionierst.«

Lena spürte, wie sich ihr Brustkorb zusammenzog und sie kaum noch Luft bekam. Ihre Glieder versteiften sich, ihr Herz begann schneller zu schlagen. Er hatte sie also doch durchschaut. Galibs anfängliche Freundlichkeit und sein Interesse waren nur gespielt gewesen. Der ganze Aufwand, den er betrieben hatte. Das Gewehr. Und sie hatte gehofft, dass er einfach nur etwas von ihr wollte. Sie war so naiv. Michael hatte mit all seinen Vorwürfen recht gehabt. Sie hatte sich selbst und ihre Familie in Gefahr gebracht.

»Ich?« Sie spürte, wie ihr Mund trocken wurde. »Warum sollte ich?«

Galib senkte die Waffe leicht, doch der Lauf zeigte immer noch auf sie. »Spiel bloß nicht die Dumme!« Sein Ton war jetzt ein ganz anderer.

»Du wolltest mich treffen und die Wölfe sehen, und hier sind wir!«, versuchte es Lena. Auf keinen Fall durfte sie zugeben, dass sie für die Polizei gespitzelt hatte, sonst war ihr Schicksal besiegelt. Locke war eine Warnung gewesen. Mit ihr würden sie sofort kurzen Prozess machen. Die Tatsache, dass er das noch nicht getan hatte, überhaupt diese ganze Aktion veranstaltete, und das am Tag des Anschlags, sprach dafür, dass seine These auf einer reinen Vermutung basierte. Es musste ihr gelingen, seine Vermutung zu erschüttern. Nur so hatte sie eine Chance.

Galib atmete tief durch. Dann hob er die Waffe an. Dieses Mal fixierte er sie durch das Zielfernrohr. »Du bist hübsch, genau mein Typ. Dein Glück. Sonst hätte ich Tarek geschickt.«

Wer war Tarek? Sein Bruder? Der Vollstrecker des Clans?

»Steck das Gewehr weg! Bitte!« Sie durfte sich nicht verunsichern lassen, so schwer ihr das auch fiel. Sie musste weiter ihre Nummer durchziehen, das war ihre einzige Chance. »Du machst mir Angst.«

»Warum werden wir auf Schritt und Tritt beobachtet? Und was solltest du herausfinden?« Er kam langsam auf sie zu. Bei ihr angekommen, bohrte er ihr den Lauf der Waffe in die Brust und sah sie mit eiskalten Augen an. »Meinst du, ich schnall nicht, dass ihr mich verarscht! Du arbeitest für die Bullen!«

»Ich, für die Polizei? Wie kommst du denn darauf! Ich bin Biologin. Das kannst du im Internet recherchieren. Meinst du, ich würde hier sonst draußen in der Pampa wohnen und Wölfe beobachten?« Sie musste bei ihrer Geschichte bleiben, durfte sich auf keinen Fall in Widersprüche verstricken.

Galib ließ den Lauf der Waffe langsam über ihren Köper wandern, bis er die Träger des Rucksacks erreicht hatte. »Runter damit und zeig mir, was da drin ist.«

Lena nahm den Rucksack von den Schultern, öffnete ihn und begann langsam ein Teil nach dem anderen vor ihn in den Schnee zu legen, zuletzt das Teppichmesser.

Er zeigte darauf. »Wofür?«

»Um die Schnüre und Bänder in der richtigen Länge abzuschneiden. Das andere sind die Kameras zur Beobachtung der Wölfe.«

Galib gab ihr mit einer Geste zu verstehen, dass sie die Sachen wieder einpacken konnte.

»Warum machst du das?« Lena sah zu ihm auf. Wenn sie doch wenigstens herausfinden könnte, was er wusste!

Während sie die Sachen einpackte, sah sich Galib um. »Und wo wolltest du die Kameras anbringen?«

Lena stand auf und setzte den Rucksack wieder auf. Sie zeigte zu den Birken, die am Flussufer standen. Galib nahm die Waffe herunter. Das ließ Lena ein wenig aufatmen. Vielleicht glaubte er ihr ja. Vielleicht hatte ihn ihr Material davon überzeugt, dass sie tatsächlich »nur« eine Biologin und keine Mitarbeiterin des Verfassungsschutzes war. »Komm. Lass uns zurückgehen, ich kann die Kameras auch ein anderes Mal anbringen.« Sie musste versuchen so zu tun, als ob es für sie keinen Grund geben würde, wirklich Angst vor ihm zu haben. »Oder willst du immer noch nach Spuren suchen?«

»Vergiss die Wölfe!« Galib drückte ihr erneut die Waffe auf den Körper. Sein Blick wurde wieder eisig, berechnend und unnahbar. Er bohrte den Lauf des Gewehrs so stark in ihre Brust, dass es wehtat. »Hör auf mit dem Theater! Warum arbeitest du als Biologin für den Verfassungsschutz?«

Er hatte sich also kein bisschen von ihr täuschen lassen. Und plötzlich wurde Lena auch klar, warum. Sommer, sie hatte darauf angespielt – der Maulwurf in den eigenen Reihen. Deshalb auch erst jetzt der Besuch. Bis der Maulwurf mehr über sie hatte in Erfahrung bringen können, waren ein paar Tage vergangen. Ihr ganzes Theater war umsonst gewesen. Galib wusste, dass sie dem Verfassungsschutz geholfen hatte. Und auch sein Plan wurde ihr immer klarer. Er wollte sie zuerst aushorchen und dann erschießen, an einer Stelle, an der niemand den Schuss hörte. Dafür würden früher oder später die Wölfe auftauchen und sich über das frische Fleisch freuen. Sie sah schon die Schlagzeilen in der Zeitung: »Wolfsforscherin von Wölfen gefressen«. Um keine Spuren mit seinem Auto zu hinterlassen, hatte er sich von einem Freund bringen lassen.

»Wie kommst du nur darauf?«, versuchte sie es ein letztes Mal. Sie konnte nicht anders.

»Für wie dumm haltet ihr uns eigentlich?« Galib schüttelte den Kopf. »Du, allein, im *Beirut Palace*. Das roch verdammt nach Bullerei. Und der Wunsch nach einem schnellen Wiedersehen. Denkst du, ich bin bescheuert?« Er sah sie böse an. »Dann der offene Kontakt auf deinem Handy, als ich meine Nummer eingeben wollte. Stefan Ewald, Leiter der Terroreinheit des Verfassungsschutzes, wie ich einfach im Netz herausfinden konnte. Und zum Schluss auch noch der Zettel in meiner Jacke.« Galib tippte sich an den Kopf. »Oder willst du mir erzählen, es war Zufall, dass genau einen Tag nach unserem Treffen die Polizei bei einem Bekannten von mir vor der Tür stand und nach der hier fragte?«

Von wegen Maulwurf … Sie hatte es selbst versaut, als sie ihm ihr Handy entsperrt hatte. Sie und Ewalds Leute, die wegen der Waffe ermittelt hatten. Lena musste an Locke denken, den sie für weniger halb totgeschlagen hatten. Sobald er wusste, was er wissen wollte, würde Galib sie erschießen.

Er kam jetzt mit seinem Gesicht ganz nah an ihres. Um sie herum wurde alles still. »WAS WISSEN DIE? Und was wollen die uns anhängen?«, schrie er aus vollem Hals, als ob sich die letzte Zurückhaltung in ihm gelöst hatte.

Lena musste an Jean denken und an Michaels warnende Worte. Warum hatte sie nicht auf ihn gehört?

»Ich arbeite nicht für die Polizei«, sagte Lena so bestimmt, wie es ihr gerade noch gelang. Vielleicht würde er sie verschonen, wenn sie ihm glaubhaft machen konnte, dass sie nur zur falschen Zeit am falschen Ort gewesen war. »Ich bin Biologin. Aber du hast recht. Ich kenne diesen Stefan Ewald. Und …«

»Und was?«, fragte Galib harsch.

Lena blickte zu Boden. Sie versuchte sich zu konzentrieren. Ihr musste eine Geschichte einfallen, die es ihm möglich machte, ihr zu glauben und zu verzeihen. Doch gab es die überhaupt? Konnte er sie jetzt noch laufen lassen, nachdem er sie mit einem Gewehr bedroht hatte? »Ich sollte ihm helfen. Ihn beraten.«

»So? Beraten, bei was?«

Der Lauf des Gewehrs drückte plötzlich gegen ihre Stirn. Würde er es jetzt einfach tun, ohne Vorwarnung?

Tränen schossen Lena in die Augen. Jean. Ihn nicht mehr lachen hören, ihn nicht mehr riechen, ihn nicht mehr in den Arm nehmen können. Er war noch so klein. Am liebsten hätte sie sich fallen gelassen und geheult. Doch kampflos würde sie sich nicht ergeben, zu oft schon hatte sie in ihrem Leben kämpfen müssen. Diese Kämpfe würden nicht sinnlos gewesen sein. Zudem war sie es Jean schuldig. Er brauchte seine Mutter.

Wenn sie Glück hatte, war das Überraschungsmoment auf ihrer Seite. Lena holte tief Luft. Dann ergriff sie mit einer schnellen Bewegung den Lauf der Waffe und riss ihn zur Seite. Ohne weiter Zeit zu verlieren, rannte sie los.

Schau nicht zurück, renn!, sagte sie sich immer wieder. Wenn ich es bis in den Wald schaffe, dann habe ich eine Chance.

Sie schlug ein paar Haken, weil sie wusste, dass es so schwerer war, sie zu treffen. Nur bis zum Wald. Er ist langsamer. Und erschöpft. Und er kennt sich hier nicht aus.

Dann plötzlich. Ein scharfer Schmerz durchfuhr ihr rechtes Bein. Es sackte weg, und sie fiel zu Boden. War sie getroffen? Sie hatte keinen Schuss gehört. Aber eine Kugel war auch schneller als der Schall, und ihr Puls dröhnte in ihren Ohren. Sofort versucht sie sich aufzurichten, sah hinter sich. Galib stand immer noch an derselben Stelle. Das Gewehr hatte er nicht mehr auf sie angesetzt. Jetzt lief er los.

Denk nicht an den Schmerz! Aufstehen, weiterrennen, nicht wieder umsehen!

Doch sie konnte nicht, ihr rechter Fuß steckte unter dem Schnee in einem Loch fest. Sie versuchte ihn zu befreien, sah wieder hinter sich. Galib war fast bei ihr angekommen. Sie zog und wand ihr Bein mit aller Kraft, und plötzlich befreite er sich aus dem Loch. Sie stand auf, wollte losrennen, aber der Schmerz lähmte sie augenblicklich. Es war, als hätte man ihr einen Nagel in die Ferse gerammt. Etwas stimmte nicht. Sie versuchte weiterzuhumpeln, den Schmerz zu unterdrücken, irgendwie davonzukommen.

»Bleib stehen!«, hörte sie ihn rufen. Er war nur noch wenige Meter von ihr entfernt.

Wegen des hohen Schnees kam sie kaum voran. Es war, als würde sie auf Treibsand laufen – ein Traum, den sie häufig gehabt hatte und der nun zur Realität wurde. Ein schwacher Trost: Galib musste es ähnlich gehen.

Sie versuchte es mit größeren Schritten, stürzte erneut, versuchte sich keuchend aufzurichten, brach wieder zusammen. Um sie herum der weiche Schnee. Die Kraft verließ sie, und auch der Mut.

Sie musste erneut an Jean denken und an Michael. Sie sah sie vor sich, lachend, in der Sonne, am Strand. Doch das Bild war eine Lüge. In ihrem letzten Sommerurlaub hatte es fast durchgängig geregnet, und Jean hatte ständig gequengelt und geweint. Doch jetzt erschien ihr diese Zeit wie die beste ihres Lebens.

33

Es war bereits Nachmittag. Ewald saß immer noch in seinem Büro. Nach seinem kurzen Wutausbruch gegenüber Sommer war er zurück in seine Lethargie verfallen. Er hatte die letzten Stunden nichts anderes gemacht, als den Live-Ticker des Verfassungsschutzes auf neue Nachrichten zu überprüfen. Keine Bombe, keine Spur von einem Attentäter. Bislang war die Tagung ohne Zwischenfälle verlaufen.

Er wusste nicht, warum, aber in ihm verfestigte sich zunehmend der Verdacht, dass sie den ganzen Aufwand womöglich umsonst betrieben hatten. Vielleicht gab es keinen Anschlag. Vielleicht waren sie einer Täuschung aufgesessen. Tausende von Euro an Steuergeldern wurden durch den Schornstein geblasen – vielleicht für nichts und wieder nichts. Und die Aziz-Leute lachten sich gerade halb tot, während sie gemütlich an ihren Wasserpfeifen nuckelten und einen neuen Plan ausheckten.

Ewald verließ sein Büro und ging zur Kaffeeküche am Ende des Gangs. Auf dem Rückweg schaute er bei Sommer vorbei. Ihre Bürotür war leicht angelehnt, er klopfte. Nachdem keine Antwort kam, betrat er ihr Zimmer. Sommer war nicht da. Ewald sah sich um. Und er war beeindruckt. Vielleicht sollte er seine Mitarbeiter zukünftig häufiger besuchen, anstatt sie immer zu sich ins Büro zu bitten. Sommers Büro war komplett mit Informationen über den Clan tapeziert: Profile, Aufstellungen, Analysen, Querverbindungen. Überall Skizzen, Fotos und Pfeile. Eine halbe Wand war allein den Geldströmen gewidmet.

Sie hatte sich hier ihre eigene kleine Ermittlungszentrale eingerichtet! Was zum Teufel heckte sie aus?

Ewald ging zum Fenster. Sein Büro war aus Sicherheitsgründen ein nach innen liegendes mit Blick in den tristen, dunklen Innenhof. Im Winter bekam er oft das Tageslicht gar nicht zu sehen. Vor den ersten Sonnenstrahlen ins Büro, nach den letzten wieder raus.

Er schob den Sichtschutz zur Seite. Draußen tobten dicke Flocken. Die gegenüberliegende Straßenseite war kaum zu sehen.

»Herr Ewald!«, kam es scharf von der Tür.

Erschrocken drehte er sich um. Sommer stand da, mit entrüstetem Blick, und starrte ihn an.

»Ich hatte Sie gesucht«, versuchte Ewald von seinem Eindringen in ihr Büro abzulenken. »Was Neues aus Beirut?«

Sommer ging an ihm vorbei, sie wirkte irgendwie nervös. Sie hatte eine Akte dabei, die sie sofort in einer ihrer abschließbaren Schubladen verschwinden ließ.

»Ein Kollege vom Bundesnachrichtendienst ist an Vahid Aziz und seiner Frau dran. Sie haben gerade den Flughafen verlassen. Von Galib weiter keine Spur.«

Ewald drehte sich wieder um und sah erneut aus dem Fenster. Es schien ein ziemlicher Wind zu wüten, denn er hatte den Eindruck, dass die Flocken gar nicht zu Boden fielen, sondern zurück in den Himmel gewirbelt wurden.

Er holte einen Schokoriegel aus seiner Sakkotasche und riss die Verpackung auf. »Sie auch was?«

Sommer lehnte ab.

Er sah wieder auf die Straße hinaus. »Wahrscheinlich viel Lärm um nichts. Oder was meinen Sie?«

»Möglich. Aber wer weiß, was ohne den Lärm passiert wäre.«

»Stimmt.« Ewald biss in den Riegel. Eine Tüte Chips wäre ihm lieber gewesen.

»Und jetzt?«, fragte Sommer. »Ich meine, wenn nichts passiert?«

»Dann haben wir Zeit gewonnen, um ein wenig aufzuholen. Die Jungs sind uns immer ein paar Schritte voraus.«

Für eine Weile sagten sie beide nichts.

»Wie geht es eigentlich Ihrem Neffen?«

Ewald fuhr herum. Woher wusste Sommer, dass Locke sein Neffe war?

»Alle wissen es«, sagte sie entschuldigend.

Der Verfassungsschutz war eine verdammte Gossip-Bude. In dieser Behörde ließ sich einfach nichts geheim halten. Von wegen Datenschutz und Privatsphäre.

»Besser.« Ewald hatte ihn das letzte Mal am Vortag besucht. Er hatte sogar mit ihm sprechen können. »Abgesehen von den Narben wird er hoffentlich keine bleibenden Schäden haben.«

»Das freut mich. Er ist ein lieber Kerl.«

Das stimmte. Einmal mehr bereute Ewald, ihn auf die Tochter von Vahid Aziz angesetzt zu haben. Er war einfach zu grün hinter den Ohren, hatte noch kein Gefühl dafür, wo Gefahren lauerten.

»Apropos Locke. Was ist eigentlich mit dieser Clan-Mieze passiert?«

Sommer schenkte ihm einen bösen Blick. »Bin ich eigentlich auch Ihre Verfassungsschutz-Mieze?«

Ewald rollte mit den Augen. »Mein Gott! Können Sie mir heute nicht einfach mal politisch unkorrekte Formulierungen durchgehen lassen?«

»Ganz sicher nicht«, sagte Sommer bestimmt.

»Stellen Sie sich doch nicht so an. An meinem Vokabular wird sich nichts mehr ändern«, entgegnete Ewald mürrisch. »Also, was ist mit dieser …«

»Leila«, half Sommer nach.

»Genau.«

»Hat, seitdem Locke aufgeflogen ist, das Haus ihres Bruders Tarek nicht mehr verlassen. Vielleicht sollte ich besser sagen: verlassen dürfen.«

»Das kommt davon, wenn man sich auf blonde deutsche Jünglinge einlässt«, sagte Ewald trocken.

Sein Handy vibrierte. Er zog es aus der Hosentasche. Es war eine interne Nummer mit drei Nullen am Ende; das Vorzimmer von Coppenfeld. Der hatte ihm gerade noch gefehlt. Wenn der erfahren hatte, dass die Aziz das Land verlassen hatten, konnte er einpacken.

Ewald sah zu Sommer, die linkisch zu ihm herüberschielte. Wehe, die trockene Gans hatte sich wieder nicht an seine Anweisungen gehalten und Coppenfeld erneut über seinen Kopf hinweg informiert.

Bevor er abnahm, schob er sich noch das letzte Stück Schokoriegel in den Mund. Zumindest das konnte ihm jetzt keiner mehr nehmen.

34

Als sie aufblickte, starrte sie in die Mündung des Gewehrs. Er stand neben ihr und sah zu ihr herab. An einen weiteren Fluchtversuch war nicht zu denken.

Sie schloss die Augen. Bilder und Erinnerungen von Jean liefen vor ihr ab. Der Gedanke daran, dass ihr Sohn ohne seine Mutter aufwachsen würde, machte sie fast wahnsinnig. Dabei war Jean noch zu klein, um zu verstehen, was der Tod überhaupt bedeutete. Er würde sie vermissen und dann vergessen – und das für immer. An was konnte sie sich erinnern, als sie drei Jahre alt war? Nichts. Von ihr würde für ihren Sohn nicht viel mehr bleiben als das Foto einer Frau, die ihn geboren, die er jedoch nie wirklich kennengelernt hatte.

»Sie haben mich angerufen und wollten Rat, wie man einen Clan unterwandert«, begann sie. Obwohl sie wusste, dass es nichts bringen würde, hatte sie das Bedürfnis, es ihm zu erklären. »Ich kenne Ewald noch von früher. Da hatte ich ihm bei einem Fall helfen können. Seine Hoffnung war, dass man aus meinen Forschungen über Wölfe und Familien etwas ableiten können würde. Wolfsrudel und Clanfamilien … er meinte, das ist doch das Gleiche. So ein Schwachsinn.« Lena musste fast ein wenig lachen. »Und was weiß ich schon über Familien. Nichts weiß ich über Familien. Meine Eltern haben sich scheiden lassen, da war ich sechs. Meinen Vater kenne ich kaum. Mit meiner Mutter hatte ich immer nur Probleme. Und mein Bruder ist ein selbstverliebter, arroganter Sack, der sich für den größten Architekten des Jahrhunderts hält. Leider ein verkannter. Deshalb baut er Reihenhäuser und langweilige Bürogebäude.« Sie atmete tief durch. Warum erzählte sie ihm das alles? Vielleicht weil es ohnehin zu spät war. Auf jeden Fall musste es aus ihr raus, alles, worüber sie sonst nur schwieg. »Und meine eigene Familie … Ich wollte alles besser machen. Ich habe einen Sohn, Jean, er ist drei. Um ein Haar wäre ich bei der Geburt gestorben, so viel Blut habe ich verloren. Er hat mich fast umgebracht. Und hätte er es getan, ich hätte es ihm sofort verziehen.« Tränen flossen ihre Wangen herunter. »Ich liebe ihn so sehr, dass es manchmal wehtut.«

»Und dein Mann?«

Lena atmete tief durch. Sie sah ihn vor sich, Michael. Von Anfang an hatte er ihr gut gefallen, äußerlich, aber vor allem sein Charakter und Intellekt. Sie hatten sich immer etwas zu sagen. Und das, was Michael sagte, gefiel ihr. Mit ihm konnte man diskutieren, lachen. Sie stritten sich wenig und hatten fast immer dieselben Ansichten, wenn es um die Erziehung von Jean ging. Nichtsdestotrotz machten sie gerade eine schwierigere Phase durch. »Es ist nicht immer leicht, aber ich liebe ihn. Er ist kein fauler Kompromiss, mit dem ich zusammengekommen bin, weil ich das Gefühl hatte, dass es an der Zeit ist, sich fest zu binden, oder weil mich meine Familie oder Freundinnen unter Druck gesetzt haben. Ich liebe ihn immer noch … Das glaube ich zumindest.«

Sie wischte sich die Tränen aus den Augen und sah wieder zu Galib auf. Der Lauf seines Gewehrs hatte sich gesenkt und zeigte jetzt in den Schnee.

»Du kannst das nicht wissen, weil du keine Kinder hast, aber sie sind nicht nur so großartig, wie alle behaupten. Anfangs saugen sie dir die Milch, dann bald so viel Liebe aus deinem Körper, dass immer weniger für deinen Partner übrig bleibt. Und dann betritt die Routine das Schlachtfeld, um all den Familienwahnsinn zu organisieren, und tritt tot, was noch lebend auf dem Feld liegt.« Sie spürte, wie ihr wieder Tränen in die Augen schossen. »Manchmal, da wache ich auf und fühle mich, als würde ich über mir schweben, als wäre ich tot. Das sind Tage, da ist alles grau in grau, und ich frage mich, wofür die ganze Anstrengung? Warum ein Kind großziehen? Es gibt doch genügend von ihnen auf der Welt? Und warum die Forschung? Lass die Wölfe machen, was sie machen wollen, und stör sie nicht dabei.« Sie schluckte. »Und dann sehe ich meinen Sohn an, und alles macht wieder Sinn.«

Sie brach zusammen, ihre Schultern sackten nach vorn, alle Kraft wich aus ihrem Körper. Der Gedanke, Jean nie wieder zu sehen, fühlte sich an, als würde man ihr das Herz aus dem Leib reißen. Sie weinte, wie sie selten geweint hatte.

Nach einer Weile spürte sie eine Hand auf ihrer Schulter. Als sie die Augen öffnete, sah sie, dass er sich neben sie in den Schnee gehockt hatte.

»Und dein Mann, liebt er dich auch?«

Durch ihre verweinten Augen nahm sie ihn nur verschwommen wahr.

»Ich glaube, er hat eine Affäre«, sagte sie, ohne darüber nachzudenken. Alles musste raus. Einfach alles. Wieder brachen Tränen aus ihr heraus.

»Lena.« Seine Hand drückte ihre Schulter. »Hör auf zu weinen.«

Aber sie konnte nicht, sie wimmerte und schüttelte den Kopf.

»Du musst.« Er zeigte in den Himmel. Es war dunkel geworden und ein regelrechter Schneesturm hatte zu toben begonnen. Das hatte sie gar nicht mitbekommen. »Wir müssen nach Hause«, sprach er eindringlich auf sie ein. »Meine Füße sind nass und kalt. Mein Körper auch. Ich bin komplett falsch angezogen.«

Lena erkannte jetzt erst, dass sich Galibs Tonfall geändert hatte. »Willst du mich nicht töten?«

Er sah sie an, als wäre ihre Frage vollkommen aus der Luft gegriffen. »Nein!«

»Was willst du dann? Wieso hast du mich bedroht? Und verfolgt?«

»Ich wollte nur die Wahrheit wissen.«

»Und dann?«

»Nichts dann. Mädchen, wenn ich dich hätte töten wollen, dann hätte ich das direkt vor deiner Haustür erledigt und mich von meinem Kumpel wieder mitnehmen lassen. Auch wenn es Stimmen in meiner Familie gibt, die das gefordert haben. Ich bin doch kein Idiot! Für das Abknallen einer kleinen Informantin riskiere ich nicht den Knast. Und du scheinst uns tatsächlich weniger gefährlich zu sein, als wir dachten. Das hatte ich schon vermutet. Was auch immer die Bullen diesmal von uns wollen, dass sie gleich den Verfassungsschutz auf uns hetzen … Aber das werden wir auch noch herausfinden.« Er sah sie mit einem schiefen Lächeln an.

Galibs Worte beruhigten Lena ein wenig, wobei sie von der plötzlichen Wendung der Dinge überrascht war. Er selbst hatte den Anschlag nicht erwähnt, sie würde es ganz sicher auch nicht tun, damit würde sie ihm nur einen Grund liefern, dass er sie vielleicht doch ausschalten musste. Aber warum er die Aktion des Verfassungsschutzes jetzt so locker nahm, war ihr ein Rätsel. Für ihn und seine Familie stand schließlich alles auf dem Spiel. Sie versuchte sich nichts anmerken zu lassen und wollte aufstehen, merkte aber, dass sie ihren rechten Fuß kaum mehr belasten konnte. Sie hatte nicht den Eindruck, dass etwas gebrochen war, aber wahrscheinlich waren Bänder gerissen, die Ferse gestaucht.

»Es geht nicht«, jammerte sie.

»Sicher?« Galib sah zu ihr herab und dann in die Richtung, aus der sie gekommen waren. Nicht mal den nahe gelegenen Wald hinter der Wiese konnte man mehr sehen. Der Schnee war wie eine Wand.

»Du musst Hilfe holen!«, sagte Lena.

»Wie denn? Ich würde nie zurückfinden. Erst recht nicht bei dem Wetter.«

Galib nahm sein Handy aus der Tasche und prüfte den Empfang. Seine Hände zitterten. Unter seiner Jacke war er sicherlich klatschnass, und jetzt, wo sie sich nicht mehr bewegten, wurde dies zunehmend zum Problem.

»So eine verdammte Riesenscheiße!«, fluchte er. »Gibt es denn hier in der Nähe keine Straße? Oder ein Dorf oder einen Hof?«

Lena schüttelte den Kopf. Das Einzige, was es in der Nähe gab, war eine kleine Forsthütte, die die Waldarbeiter gebaut hatten. Sie musste etwa einen Kilometer entfernt sein, wenn man den direkten Weg durch den Wald nahm. »Es gibt eine Hütte.«

Galib überlegte. »Und dein Bein?«

»Du musst mich stützen.«

»Moment.« Er ging zu einer der Birken und riss einen größeren Ast ab.

»Hier, wir schienen es. Hol die Riemen aus dem Rucksack.«

»Ich glaube, das wird nicht viel bringen.«

Galib beugte sich über ihr Bein. Er tastete an ihren Knochen. »Wo tut es denn weh?«

Lena zeigte auf ihren Fuß.

»Okay.« Er warf den Ast wieder weg, schulterte die Waffe und griff ihr unter die Achsel. »Dann eben so.«

Nach einer gefühlten Ewigkeit erreichten sie endlich die Hütte. Es war sehr anstrengend gewesen, für sie beide, und schmerzhaft. In ihrem verletzten Bein pochte es, und wenn sie den Fuß auf den Boden aufsetzte, stieß ihr ein unangenehmer Schmerz von der Ferse bis zum Knie. Vielleicht war doch etwas gebrochen.

Der Eingang der Hütte war mit einem dicken Vorhängeschloss gesichert. Galib zog ein Messer aus seiner Jacke und brach kurzerhand den gesamten Riegel aus dem Holz. »Hereinspaziert!«

Lena lehnte noch an einem der Bäume vor der Hütte. »Wärst du so freundlich?«

»Sorry, klar.« Er griff ihr erneut unter die Arme und half ihr, in die Hütte zu humpeln.

Sie bestand nur aus einem Raum, und es war duster. Durch das wenige Licht, das durch die Tür einfiel, erkannte Lena nur schemenhaft einen langen Tisch und zwei Bänke. Es roch nach Holz, Schimmel und alter Asche.

»Eine Taschenlampe hast du nicht dabei?«, fragte Galib. Lena schüttelte den Kopf. Daraufhin begann er sich durch die Hütte zu tasten. Auf einem kleinen Brett, das als Regal an der Rückwand befestigt war, fand er ein paar Kerzen sowie ein Feuerzeug. Mithilfe von etwas Wachs befestigte er die Kerzen auf dem Tisch und zündete sie an. Dann half er Lena, die in der Zwischenzeit am Türrahmen lehnte, sich auf eine der Bänke zu setzen.

Lenas Augen brauchten einen Augenblick, bis sie sich an das schummrige Licht gewöhnt hatten. In der Hütte gab es außer dem Tisch und der zwei Bänke noch eine kleinere Holztruhe und einen alten gusseisernen Ofen. Auf dem Ofen stand eine Emaillekanne. Daneben lag etwas Holz.

Sie zeigte drauf. »Schau mal.« Galib verstand sofort. Er kniete sich auf den Boden und machte sich daran, den Ofen anzuheizen. Kurz darauf hörte sie das angenehme Knistern. Der Geruch von verbranntem Harz stieg ihr in die Nase. Sie sah zu Galib, der vor der Ofentür kauerte und in das Feuer sah.

»Hast du auch was zu essen dabei?«

Lena zeigte auf den Rucksack, den sie neben die Tür gestellt hatte. »Einen Apfel und eine Tafel Schokolade.«

»Besser als nichts.«

Er stand auf, holte den Rucksack und stellte ihn auf den Tisch. Lena leerte den gesamten Inhalt aus. Die Kameras und das Befestigungsmaterial legte sie auf eine Seite, das Essen auf die andere. Als Letztes holte sie die Thermosflasche aus der Seitentasche.

»Was dagegen, wenn ich mir ein Stück nehme?« Galib zeigte auf die Schokolade. Sie schüttelte den Kopf. Nachdem er das Papier und die darunterliegende Alufolie aufgerissen hatte, brach er sich und ihr einen Riegel ab. »Was würde ich jetzt für ein Essen im *Beirut Palace* geben.« Er grinste. »Ach, was sage ich. Jede beschissene Frittenbude würde mich glücklich machen.« Er zog sich die Schuhe aus und stellte sie vor den Ofen. »Scheiße, ist das kalt.«

In der Hütte waren sie zwar vor dem beißenden Wind geschützt, doch viel wärmer als draußen war es nicht. Bis der Ofen die Hütte aufgewärmt hätte, würde wohl noch ein wenig Zeit vergehen.

Galib zog sich seine Jacke aus. Dann seinen dicken Wollpullover und das darunterliegende T-Shirt. »Ich muss aus dem nassen Zeug raus«, kommentierte er.

Er hatte einen gut trainierten Körper, etwas, was Lena bei Michael immer ein wenig vermisst hatte. Wirklich viel machte sie sich nicht aus Muskeln. Daher war sie auch froh, dass Michael die wenige gemeinsame Zeit nicht im Fitnessstudio verbrachte. Job und Familie unter einen Hut zu bringen forderte seinen Tribut. Doch wenn sein Körper ein kleines bisschen definierter gewesen wäre, dann hätte sie das auch nicht gestört.

Nachdem Galib den Pullover und das T-Shirt über den Ofen gehängt hatte, zog er seine Jacke wieder an. Er zeigte zu der Truhe an der Wand. »Wollen wir doch mal sehen, was für Schätze hier versteckt sind.«

Die Truhe war durch ein kleines Schloss gesichert, das Galib mit seinem Messer samt Ösen aus dem Holz hebelte. Dann begann er zu kramen.

»Ein Auto-Notfallkoffer, eine Taschenlampe …« Er untersuchte sie. »Keine Batterien. Mehrere Decken, eine Flasche Schnaps, etwas Besteck und Geschirr.«

Er kam mit den Decken und der Schnapsflasche zum Tisch zurück. Zwei der Decken reichte er Lena, mit einer wickelte er sich seine Füße ein, mit der letzten seinen Körper.

»Ab wann werden sie nach dir suchen?«

Lena sah auf die Uhr. Es war jetzt kurz vor fünf. Michael hatte Jean um drei aus der Kita abgeholt und war sicherlich schon zu Hause. Doch ob er sie sofort vermissen würde, war eher fraglich. Er würde vermuten, dass sie sich wegen des Wetters verspätete. Und Ewalds Leute? Galib war eine Schlüsselfigur und wurde rund um die Uhr beobachtet. Ihm musste es daher gelungen sein, seine Beobachter abzuhängen, sonst wären die schon längst aufgetaucht. Allerdings fahndeten sie jetzt sicherlich nach ihm. Ob Ewald allerdings auf die Idee gekommen war, dass Galib sie aufgesucht hatte, hielt Lena eher für fraglich. Egal. Zumindest Michael würde nach ihr suchen.

»Hoffentlich bald«, sagte sie. »Warum?«

Galib sah sich in der Hütte um. »Na ja. Hattest du vor, hier zu übernachten?«

Vor hatte sie das nicht gehabt. Sie hatte auch nicht vorgehabt, sich ihren Fuß zu verletzen. Und sich von Galib bedrohen zu lassen schon erst recht nicht.

»Viel Holz haben wir nicht.« Er nickte in Richtung des Ofens, neben dem gerade noch drei größere Holzscheite lagen. »Das wird ganz schön kalt werden.«

Er öffnete die Schnapsflasche, setzte sie an den Mund und nahm einen großen Schluck.

»Auch was?«

35

Ewald hatte an dem Besprechungstisch in Coppenfelds Büro Platz genommen. Vor jedem von ihnen stand ein Glas Wasser.

»Sieht ganz danach aus, als hätten wir die Aziz so nervös gemacht, dass sie sich das mit dem Anschlag anders überlegt haben. Was meinen Sie?«, fragte Coppenfeld. Er wirkte sehr zufrieden.

»Könnte sein«, murmelte Ewald.

»Selbst die letzte Veranstaltung im Kongresshotel am Gendarmenmarkt verlief ohne Vorfälle. Die bedrohten Journalisten sind jetzt wieder zurück in ihrem Hotel, mit Personenschutz und unter strengster Bewachung. Es müsste schon mit dem Teufel zugehen.«

»Ganz Ihrer Meinung.« Ewald sah sich gelangweilt im Raum um.

»Alles okay mit Ihnen, Herr Ewald?«

So viel Empathie hatte er Coppenfeld gar nicht zugetraut. Oder war seine Krise so offensichtlich? Wahrscheinlich war eher Letzteres der Fall. »Natürlich.«

»Gut. Es freut mich, dass es so gelaufen ist. Ein Anschlag wäre schon allein wegen der anstehenden Wahl eine Katastrophe gewesen. Aber Herr Ewald, das nächste Mal müssen wir das mit weniger Aufwand hinbekommen. Ich höre den Innensenator jetzt schon toben, was der ganze Zirkus gekostet hat.«

Dann schreiben Sie doch das nächste Mal in Ihr Briefing, dass das Risiko minimal ist und man sich den »Zirkus« schenken kann, dachte Ewald. Doch dafür hatte Coppenfeld zu wenig

Eier in der Hose. Er wollte sich nicht vorwerfen lassen müssen, er hätte zu wenig gewarnt. Am Ende ging es ihm nämlich nicht um das Leben der Journalisten und ein paar unschuldiger Bürger. Am Ende ging es ihm immer nur um seinen fetten Arsch.

»Noch was?«, fragte Ewald. Dieser Termin war eine einzige Farce.

Coppenfeld stand auf. »Nein, alles gut. Danke.«

Auf dem Weg zurück in sein Büro, überlegte er, Bondroit anzurufen, um mit ihr über den glücklichen Ausgang des Tages zu sprechen. Sie, als eine der wenigen, die überhaupt von der realen Gefahr gewusst hatte, würde sicherlich sehr erleichtert sein.

Gerade wollte er ihre Nummer wählen, da tauchte diese schon in seinem Display auf.

»Frau Bondroit. Gedankenübertragung. Gerade wollte ich mich bei Ihnen melden.«

Schnaufen am anderen Ende. »Wenn diese Typen meiner Frau auch nur ein Haar krümmen, Ewald, dann sind Sie dran! Ich werde Sie fertigmachen. Ich werde Sie verklagen, ich werde …« Plötzlich Stille am anderen Ende, nicht einmal mehr das Schnaufen war zu hören. »Sie elendes, egoistisches RIESENARSCHLOCH!« Zum Glück hatte Ewald den Hörer nicht zu nah am Ohr gehabt, so laut hatte Michael Degenhart gebrüllt. Dann hatte er aufgelegt.

36

Der Ofen war in der Zwischenzeit so heiß, dass die nassen Sachen langsam zu trocknen begannen. In der Hütte breitete sich eine angenehme Wärme aus. Auch Lena öffnete daher ihre Jacke und zog ihre Schuhe aus. In ihrem rechten Fuß pochte es immer noch, und er war extrem angeschwollen, aber solange sie ihn nicht bewegen musste, tat er zum Glück nicht weh.

Galib war sehr zuvorkommend gewesen. Er hatte ihren Fuß untersucht und brachte ihr immer wieder etwas zusammengepressten Schnee, mit dem sie die schmerzenden Stellen kühlen konnte. Angst davor, er könnte ihr noch etwas antun, hatte Lena nicht mehr wirklich. Er hatte seine Möglichkeiten gehabt. Zudem wirkte er jetzt sehr ruhig. Trotzdem fragte sie sich, wie er sich vorstellte, wie die Geschichte enden sollte. Er hatte sie schließlich mit einem Gewehr bedroht.

»Hast du keine Angst, dass ich dich anzeige?« Das hatte sie nicht vor, aber sie hielt den Moment für günstig, klare Verhältnisse zu schaffen.

»Du wirst mich nicht anzeigen.«

Die selbstzufriedene Art, mit der er das behauptete, ärgerte Lena. »Und warum nicht?«

»Weil ich ein netter Kerl bin.« Er grinste charmant.

Klar. Ein netter Kerl, der Frauen mit einem Gewehr bedrohte, der mit Drogen handelte, illegale Geschäfte machte, der Locke so zugerichtet hatte und der wahrscheinlich hinter einem Anschlag stand, der inzwischen längst passiert sein musste. Lena lief es eiskalt den Rücken hinunter. Nein, Galib war kein netter Kerl.

»Außerdem ist ja nichts wirklich passiert«, sagte Galib nach einer Weile.

So sah er das also. Jemanden mit einem Gewehr zu bedrohen war keine große Sache! Menschen an den Punkt zu bringen, wo sie glaubten, dass alles aus war, stellte für ihn ein »Nichts« dar?

»Hat dir schon mal jemand ein geladenes Gewehr an den Kopf gehalten?«

Galib stand auf. Er ging ein wenig auf und ab. »Mal ganz ehrlich«, er räusperte sich. »Findest du nicht, dass die Bedrohung eine gerechte Strafe für das war, was du getan hast? Du hast mich verarscht! Du arbeitest vielleicht nicht für den Verfassungsschutz, aber du hast ihnen geholfen, mich auszuhorchen. Du hast mir etwas vorgemacht.« Er hielt inne und sah sie ernst an. »Warum warst du im *Beirut Palace?*«

Lena wich seinem Blick dieses Mal nicht aus. Er sollte ruhig erfahren, was sie von ihm und seinem Clan hielt. »Ihr habt vor ein paar Wochen einen V-Mann getötet. Dann habt ihr einen Mitarbeiter des Verfassungsschutzes fast totgeschlagen. Ich wollte wissen, wie Menschen aussehen, die zu so etwas fähig sind.«

»Das waren Verräter, die versucht haben, meine Familie zu unterwandern.«

»Und die man deshalb töten darf?«

Galib antwortete nicht. Er prüfte noch einmal das Feuer. Dann setzte er sich ihr gegenüber. »Was hast du damit zu tun?«

Lena seufzte. »Dass der Mitarbeiter vom Verfassungsschutz sich an deine Schwester rangemacht hat, das ist zum Teil meine Schuld. Ich habe ihnen dazu geraten. Bei den Wölfen kommt man nur über die Weibchen temporär dem Rudel näher. Die

Rüden wandern fast immer ab. Ich glaube, bei menschlichen Familien ist es ähnlich. Es gibt doch auch diesen Spruch: ›Ein Sohn ist ein verlorenes Kind. Eine Tochter eine dazugewonnene Familie.‹«

»Und das Treffen im Café. Wofür? Warum hast du meine Tasche durchsucht?«

»Der Verfassungsschutz sah darin die letzte Chance, noch rechtzeitig an Informationen zu kommen. Ich gebe es zu, vielleicht kein besonders durchdachter Plan. Aber sie haben nach jedem Strohhalm gegriffen. Wenn es nach denen gegangen wäre, hätte ich dich sogar noch ein weiteres Mal treffen sollen.«

Galib sah interessiert auf. »Wieso letzte Chance, um noch rechtzeitig an Informationen zu kommen? Informationen wofür?«

Lena versuchte in seinen Augen zu erkennen, ob seine Unwissenheit gespielt war oder ob er die Frage ernst meinte. Er konnte doch nicht so naiv sein zu glauben, dass von ihren Anschlagsplänen nichts durchgesickert war? Warum denn sonst das ganze Polizeiaufgebot in Berlin? »Jetzt komm!«, ätzte sie.

»Sie wissen also von der Sache.«

»Natürlich! Was denkst du denn?«

Galib rieb sich über die Wangen. Er setzte sich zurück an den Tisch. Dann griff er nach seinem Handy und prüfte die Netzqualität, obwohl er das schon mindestens drei Mal getan hatte. Er wollte jetzt natürlich wissen, wie es in Berlin gelaufen war und ob es Festnahmen gab. Er starrte eine Weile auf sein Handy. Was jetzt nur in seinem Kopf vor sich ging? Wahrscheinlich war ihm nun erst richtig klar geworden, was für ein Wahnsinn der Anschlag gewesen war und wie nah die Polizei und der Verfassungsschutz tatsächlich an ihnen dran waren.

»Ihr habt es also wirklich durchgezogen?« Lena hatte es immer noch für möglich gehalten, dass der Clan sich von seinem Plan distanziert hatte. Doch die Reaktion von Galib legte das Gegenteil nah.

»Ganz ehrlich, ich fühle mich deswegen nicht wirklich schuldig. Sind dir Drogendeals lieber?«

»Was hat das denn jetzt mit Drogendeals zu tun?« Lena verstand Galibs Argumentation nicht.

»Na ja. Die Alternative …«

»Du findest es also in Ordnung, Journalisten umzubringen?«, unterbrach Lena Galib entrüstet. Sie konnte nicht glauben, dass er das wirklich gesagt hatte. »Was für ein Mensch bist du eigentlich?«

Galib erhob sich so abrupt, dass die Bierbank, auf der er saß, umflog. »Journalisten umbringen?« Er hob verärgert die Bank wieder auf. »Wovon, verdammt noch mal, redest du?« Er wirkte aufrichtig beleidigt. Seine Reaktion irritierte sie. Wollte er sie jetzt täuschen?

»Euer geplanter Anschlag!«

»Anschlag?« Galib sah sie verwirrt an. Sein Mund stand offen. Er schüttelte wild den Kopf. Dann ging er um den Tisch und setzte sich neben sie. Er ergriff ihre Hand und sah sie durchdringend an. »Dass über uns Gerüchte kursieren, ist klar. Jeder Scheiß wird uns angehängt. Überfälle. Raub von Kunstobjekten. Morde an Dealern. Anfangs hat mich das noch geärgert. Aber dann hat mir mein Vater erklärt, dass es auch hilft. Respekt – du verstehst! Ist für das ein oder andere Geschäft nicht unwichtig. Aber dass so viel Scheiße über uns im Umlauf ist! Wir sind doch keine lebensmüden Salafistenidioten! Ein Anschlag? Wie kommen die denn auf so etwas?«

»Über den V-Mann. Und ein abgehörtes Telefonat.«

»Bitte?«

Obwohl Lena klar war, dass Galib ihr gegenüber nicht zugeben konnte, was seine Familie genau geplant hatte, hatte sie das Gefühl, dass er von ihrer Anschuldigung aufrichtig überrascht war. Doch das konnte nicht sein. Oder war er am Ende gar nicht eingeweiht?

»Weißt du denn nichts von euren Morddrohungen an vier Journalisten?«

»Doch, klar. Und falls dich meine Meinung interessiert: Die haben es verdient, sich ein wenig in die Hosen zu scheißen. Deren Berichterstattung geht gar nicht, die verbreiten nur Lügen über uns. Aber geplant haben wir da nie was.«

»Und dass ihr versucht habt, Sprengstoff zu besorgen?«

Er seufzte, schien abzuwägen, was genau er sagen sollte. Dann lehnte er sich zurück. »Also gut. Für den Bandenkrieg in Frankfurt. Die Russen haben uns einen Laden auseinandergenommen. Da müssen wir reagieren. Sonst tanzen die einem auf der Nase rum.«

Lena war über die Offenheit erstaunt. Jedenfalls schien Galib für alles eine Erklärung zu haben. Für das abgehörte Telefonat würde ihm das jedoch nicht gelingen.

»Dein Vater hat mit einem arabischen Freund telefoniert, einem Investor. Er ist der Vater des zukünftigen Ehemanns deiner jüngsten Schwester. Den Namen habe ich leider vergessen.«

»Issam?«

»Kann sein. Es ging um einen Anschlag, der genau heute stattfinden sollte.«

Galib verengte die Augen. »Und was haben sie da über einen Anschlag genau gesagt?«

»Na, dass er heute stattfinden soll.«

Galib sah sie länger an. Für einen Moment wirkte es, als ob er ihr antworten wollte. Dann überlegte er es sich doch anders. »Kann ich leider nicht drüber reden.«

»Also doch!«, sagte Lena aufgebracht.

Er schüttelte mehrfach den Kopf. »Hör zu. Ich kann nicht drüber reden, aber eines kann ich dir versichern: Einen Anschlag hatten wir nie vor.«

»Sondern?«, versuchte es Lena noch einmal.

Galib schüttelte nur den Kopf. »Sorry.«

Lena sah auf ihre Uhr. Es war fast sieben. Selbst wenn Ewald nicht auf die Idee gekommen war, dass Galib Lena aufgesucht hatte – spätestens jetzt würde Michael ihn informieren. Obwohl! Er wusste ja gar nichts von Lenas zweitem Treffen mit Galib. Er würde daher wohl eher von einem Unfall ausgehen. In jedem Fall würde er jedoch spätestens jetzt die Polizei informieren oder sich selbst mit ein paar Nachbarn auf den Weg machen. Bei diesem Schneesturm musste er davon ausgehen, dass ihr etwas passiert war. Sie konnte nur hoffen, dass ihre Fußspuren noch nachzuverfolgen waren. Doch der viele Neuschnee!

Sie sah in das flackernde Licht der Kerzen. Hoffentlich würden sie sie trotzdem bald finden. Es war kalt. Sie war müde. Und sie wollte einfach nur nach Hause.

37

Die 280-Quadratmeter-Wohnung in Berlin-Mitte, die sich Saum von einem der besten Innenarchitekten Deutschlands hatte einrichten lassen, war die Art Wohnung, die man gerne in Hollywoodfilmen sah und sich dann fragte, ob es so etwas auch in der Realität gab. Riesige Panoramafenster, keine Vorhänge, überhaupt wenig Stoff, ausgewählte großflächige Bilder von den angesagtesten Künstlern, wenige Möbel, dafür nur von Top-Designern, viel Lack, nicht ein Staubkörnchen. Berger mochte es auch gerne modern, doch Saums Wohnung war ihm eindeutig zu steril.

Auf einem exquisiten schwarzen Metalltisch, der zwischen zwei weißen Lederloungesofas und dazu passenden Sesseln stand, befand sich eine Vase mit dem einzigen organischen Objekt im Zimmer: drei Strelitzien, die wie tote Kraniche in den Raum starrten.

»Die anderen müssten auch gleich da sein«, klärte Saum Berger auf. »Tsching Honisch?«

»Gern.« Berger musste grinsen. Tsching Honisch, ihre Bezeichnung für Gin Tonic, war ein Überbleibsel aus einer Nacht während ihres Studiums, in der sie sich bis zum Verlust der Muttersprache betrunken hatten.

Er setzte sich auf eines der Sofas, holte sein Handy aus dem Sakko und öffnete eine News-App. Bezüglich des potenziellen Anschlags gab es keine Neuigkeiten. Coppenfeld war es also tatsächlich gelungen, den Anschlag zu verhindern. Zumindest an dieser Front war Ruhe.

Kurze Zeit später waren sie zu viert, jeder mit einem Longdrink in der Hand. Zudem hatte Saum noch ein paar ungewöhnliche Snacks um die Vase mit den Strelitzien herum platziert.

»Warum ich euch heute Abend eingeladen habe …« Er sah bedeutungsschwanger in die Runde.

»Kein Anschlag«, rief Coppenfeld enthusiastisch. »Darauf müssen wir anstoßen!«

»Auch.« Saum nickte. »Unser Coppi ist einfach der Beste!« Er streichelte Coppenfeld über seine immer größer werdenden Geheimratsecken. »Aber noch etwas anderes.«

»Ein Megadeal mit den Chinesen?«, riet Berger.

»Absolutely! Aber«, er schüttelte den Kopf, »das ist es auch nicht. One more guess?«

Keinem fiel etwas ein. Saum griff zu seinem Handy und drückte darauf herum. Ein leichtes Summen war zu vernehmen, und drei Meter vom Tisch entfernt fuhr eine Leinwand von der Decke. Dann sprang ein gut versteckter Beamer an, das Licht im Raum wurde gedimmt. Kurz darauf sah man auf der Leinwand die Übertragung eines Nachrichtenkanals. Aus irgendwelchen Boxen, die nirgends zu entdecken waren, ertönte die Stimme des Sprechers.

»Angeber«, kommentierte Coppenfeld. »Deshalb lädst du uns ein?«

Saum lachte. »Bullshit. Aber Bilder sagen manchmal mehr als Worte.« Er zeigte auf Berger. »Auf was ich heute nämlich trinken möchte, ist unser neuer Kanzler!«

Wittkowski wie auch Coppenfeld sahen Berger verwundert an, der über Saums Äußerung mindestens ebenso überrascht war.

»Gibt es was, von dem ich noch nichts weiß?«, fragte Coppenfeld.

»Sehr witzig!«, schimpfte Berger genervt in Richtung Saum. Langsam wurde es ihm zu bunt, wie lässig der mit dem ganzen Wahlkampf umging. Wollte er sich über ihn lustig machen? Solche Scherze waren jedenfalls alles andere als angebracht. Berger fand sie geschmacklos. Saum wusste doch, wie wichtig ihm die Wahl war. Und er wusste auch, dass die Mehrheit der NbM gerade dahinbröckelte, wie Knäckebrot, auf das man sich gesetzt hatte. Am liebsten wäre er einfach aufgestanden und gegangen.

»Du lachst! But …« Saum zeigte auf die Leinwand. Er hatte den Sender umgeschaltet. Man sah nun einen Journalisten, der vor dem Hintergrund der New Yorker Börse stand und aufgeregt in sein Mikro sprach.

Berger starrte auf die Leinwand. Er konnte nichts Ungewöhnliches erkennen und erst recht nichts, was Saums Toast auf ihn rechtfertigen könnte. »Was denn?«, fragte er geladen.

Saum sah kurz auf seine Uhr. »Gleich.«

Dann, als hätte es Saum geahnt, entwickelte sich der Bericht aus New York langsam, aber stetig zu einem wirklichen Live-Krimi. Der Kommentator suchte ständig nach Worten, um das zu beschreiben, was gerade passierte, Worte, die er sich hätte sparen können, denn die Bilder aus der großen Halle der New Yorker Börse brachten das Drama viel besser auf den Punkt.

Normalerweise sah man in dem Saal ein paar Dutzend Männer herumsitzen oder auf und ab marschieren. Sie telefonierten, starrten auf Monitore oder tippten gelangweilt auf den Tastaturen ihrer Computer herum. Doch heute ging es unruhiger zu als sonst. Dann wurden die Bewegungen immer hektischer. Es wurde geschrien. Viele der Börsenmakler hielten vier Telefone und zwei Handys gleichzeitig in der Hand. Das ganze Szenario glich einem Wespennest, in das man einen Stock gebohrt hatte.

Berger sah zu seinen Freunden, die wie gebannt auf die Leinwand starrten. Im Newsticker wurden die Kursverluste der einzelnen Firmen gezeigt. Innerhalb weniger Minuten hatte sich der Marktwert vieler Firmen um bis zu zehn Prozent reduziert. Und die Kurse fielen weiter.

»Was verdammt noch mal ist da los?« Es war Coppenfeld, der als Erster die Stille brach.

»Der Super-Gau«, kommentierte Saum. »Das, worauf die Welt schon lange wartet. Jeder, der derzeit an der Börse investiert, ist sich bewusst, dass er sein Geld einem mit Drogen aufgepumpten Junkie in die Hand drückt, der als seriöser Geschäftsmann getarnt ist. Solange man sich darüber einig ist, dass es kein Junkie, sondern ein Geschäftsmann ist, hat es auch funktioniert. Jetzt ist man gemeinsam dabei, dem Junkie die Maske vom Gesicht zu reißen.«

Das Bild im Hintergrund machte plötzlich eine interessante Wendung. Ein Klingeln ertönte, dann machte jemand eine Durchsage. Das wilde Treiben war von einer auf die nächste Sekunde eingefroren. Telefone wurde zurückgehängt. Makler ließen sich auf ihre Sitze fallen und rauften sich die Haare, andere setzten sich auf den Boden und starrten in den Raum oder an die Decke.

»Was ist passiert?«, fragte Berger. Er zeigte auf die Leinwand. »Haben wir etwas verpasst?«

Saum grinste. »Der erste Cireste Breaker. Der Handel wird für fünfzehn Minuten ausgesetzt, wenn die Kurse zu stark fallen. Gleich wird der zweite Breaker kommen, wenn sie den Handel nicht direkt vollständig einstellen.«

»Und dann?« Coppenfeld sah ihn fragend an. »Ich verstehe es immer noch nicht?«

»Ich dachte, wir hätten in London gemeinsam ein paar volkswirtschaftliche Seminare besucht?« Saum lachte. »Witti, magst du unserem Freund erklären, was hier gerade passiert?«

»Sehr gerne.« Wittkowski leckte sich über die Lippen, als hätte man ihm einen ganz besonderen Happen zugeworfen. Das waren genau die Momente, die er liebte: den anderen etwas erklären. Nur leider übertrieb er das gerne. Berger machte sich auf ein paar langweilige Minuten gefasst.

»Also …« Wittkowski holte mit beiden Armen aus. »Die seit Jahren anhaltende Geldschwemme der Notenbanken hatte einen unangenehmen Nebeneffekt. Eine sehr hohe Inflation.«

»Moment!« Bergers Spezialgebiet war sicherlich nicht die Volkswirtschaftslehre. Aber von einer starken Inflation konnte ja nun wirklich nicht die Rede sein. Die Preise waren erstaunlich stabil geblieben, und die Inflationsrate, soweit Berger wusste, daher auch eher niedrig. »Was redest du von hoher Inflation. Das stimmt doch nicht!«

Wittkowski lächelte überlegen. »Weil du der offiziell berechneten Inflationsrate glaubst. In die sind aber Preissteigerungen von Immobilien und Aktien nicht eingerechnet. Die ganze Kohle, die gedruckt wurde, musste ja irgendwohin. Sie einfach nur aufs Konto zu legen ist bei den Zinsen, die man seit Jahren bekommt, nicht sonderlich interessant. Also, wo ist sie gelandet?« Er sah von Berger zu Coppenfeld.

»In Immobilien und Aktien«, beantwortete der die Frage. »Du hast es doch schon gesagt.«

»Ganz genau.« Wittkowski stand auf. »Hinzu kommt der klassische Blaseneffekt. Man einigt sich darauf, dass eine Firma eine Million wert ist. Den nächsten Monat schon zwei. Dann drei. Aber macht damit die Firma mehr Umsätze oder Gewinn? Wird sie doppelt so produktiv? Oder häuft sie anderes Vermögen an? Natürlich nicht. Durch Krisen wie die Bankenkrise 2008 und die Corona-Krise 2020 wurde immer mal wieder ein wenig Druck aus dem Kessel gelassen. Das allerdings, wie wir gesehen haben, nur kurzfristig. Die Aktien schwankten, haben sich aber zum großen Teil schnell wieder erholt.« Wittkowski hob einen Finger. Jetzt würde es gleich besonders belehrend werden. »Wir Menschen lernen nur ungerne dazu. Und daher ist es einmal mehr passiert: Das Märchen der wundersamen Geldvermehrung nahm seinen Lauf. Es ist wie ein Zaubertrick. Alle werden gefühlt immer reicher. Der eine bekommt das Geld, der andere hält eine Aktie, die einen unglaublichen Wert zu haben scheint. Den Aktien steht zwar kein entsprechender Wert mehr gegenüber, aber das stört niemanden. Es gibt Modelle, mit denen sich der Wert einer Firma berechnen lässt, doch die finden schon lange keine Anwendung mehr. Oder sie werden mit Zukunftsprognosen gefüttert, die schlicht und einfach komplett unrealistisch sind.«

»Exactly«, stimmte Saum zu. »Und alle wissen es. Doch sie spielen mit, weil es so schön ist, sich reich zu fühlen. Und weil keiner die Chance verpassen möchte, noch reicher zu werden. Der Corona-Einbruch in 2020 hat zwar zu einer kurzfristigen Neubewertung geführt, doch eben nur kurzfristig. Dank der politischen Maßnahmen waren wir nach kurzer Zeit schon wieder auf einem Niveau, das noch über dem von Ende 2019 lag. Nichts gegen die Politiker und ihre Geldgießkannen. Sie wollen häufig nur den kleinen Mann schützen. Doch früher oder später landet das Geld wieder bei den reichen Jungs am Pokertisch.«

»Aber wenn das so ist und es jeder weiß, warum dann jetzt das hier? Warum spielen sie nicht einfach weiter?«, fragte Coppenfeld.

»Psychologie, Coppi, Massenpanik! Die Investoren haben begriffen, dass gerade der Stöpsel aus der Wanne gezogen wird.«

»Aber sie halten es auf«, mutmaßte Coppenfeld. »Sie haben die Börse geschlossen.«

Saum wackelte mit dem Zeigefinger. »Hier kann man nichts mehr aufhalten. Der Virus ist aus dem Labor. In sechs Stunden öffnet die Börse in Tokio. Zudem gibt es den Handel, der gar nicht über die Börsen läuft.«

»Mit welchen Auswirkungen?« Langsam begriff Berger, dass hier etwas passierte, über das es sich vielleicht doch lohnte Gedanken zu machen.

»Freier Fall!«, sagte Saum grinsend. »Sommerschlussverkauf vom Feinsten. Anfangs sind es nur ein paar nervöse Anleger. Dann greifen die Automatismen des elektronischen Handels. Wenn hier Werte unter eine bestimmte Marke fallen, werden automatisch Millionen von Aktien verkauft. Dann sinkt die Eigenkapitalquote der Firmen so stark, dass institutionelle Anleger aussteigen müssen, um sich nicht haftbar zu machen. Domino vom Feinsten!«

Die Banken- und Corona-Krise hatte Deutschland noch halbwegs gut verkraftet. Doch würde das auch für diesen Crash gelten? Hatten die Staaten nicht langsam all ihre Mittel ausgeschöpft? Berger musste an die Weltwirtschaftskrise nach 1929 denken. Und damals kam nach dem Einbruch der Aktienmärkte …

»Betrifft das hier nur die Börse? Oder besteht die Gefahr, dass die Realwirtschaft betroffen sein wird? Wird es Firmenpleiten in größerem Ausmaß geben? Massenarbeitslosigkeit?«, fragte Berger nervös. Wenn dem so wäre, würden die politischen Zeiten einmal mehr sehr anstrengend werden.

Saum stand auf und setzte sich neben ihn. Dann legte er ihm seinen Arm über die Schultern. Er zeigte auf Wittkowski. »Magst du?«

»Gern.« Wittkowski hatte wieder seine Klugscheißermiene aufgesetzt. Der sonst eher buckelige Freund saß jetzt so aufrecht da wie ein Schüler einer Yogaschule. Es gab Momente, da tat ihm Wittkowski leid, weil es immer er war, der die Sprüche kassierte. Doch wenn er mit seinem Bankenwissen prahlte, dann hätte Berger ihn am liebsten zum Mond geschossen.

»Go for it, Cowboy.« Saum schnippte mit dem Finger.

Wittkowski räusperte sich. »Die Meinungen gehen für solch ein Szenario auseinander. Ganz genau weiß das niemand. Vieles hängt von dem Verhalten der Menschen ab, das sich nie zu hundert Prozent vorhersehen lässt. Es könnte sein, dass wir alle, wie bei den letzten Krisen, mit einem blauen Auge davonkommen. Viel Geld hat sich in nichts aufgelöst, okay, aber vieles ist auch weiterhin da, nur in anderen Händen. Und dieses Geld wird bald wieder auf dem Aktienmarkt landen.«

»Genau«, bestätigte Saum. »Die Einkaufswagen sind leer, die Taschen jedoch voll. Und in den Regalen liegen massenweise Sonderangebote.«

Wittkowski nickte. »Es könnte sich alles schnell normalisieren. Aber es könnte auch eine Massenpanik ausbrechen. Die kleinen Leute plündern ihre Konten. Banken kommen ins Wanken. Rentenversicherer gehen pleite. Lebensmittelhändler werden leer gekauft. Und dann geht es los mit der wirklichen Inflation!«

»Scheiße Mann, in drei Tagen ist Wahl!« Berger versuchte die Dimension dessen zu erfassen, was der Crash diesbezüglich bedeutete.

Saum schlug ihm erneut auf die Schultern. »You got it, my friend!«

»Was?« Berger begriff es noch nicht.

»Der Boden für ein Beben ist geschaffen, für einen wirklichen Change. Die Presse wird dafür sorgen, dass den Leuten in spätestens vierundzwanzig Stunden der Arsch auf Grundeis geht. Und genau das ist der Moment, wo sie sich endlich aus ihren Sesseln erheben und für einen Neuanfang stimmen.«

»Du meinst …«

»Was kam nach der Weltwirtschaftskrise 1929?«

»Massenarmut.«

»Richtig. Und die Machtübernahme durch Hitler«, sagte Wittkowski grinsend.

»Hitler!« Berger hätte Wittkowski am liebsten eine gescheuert. »Willst du mich mit …«

Saum unterbrach Berger, indem er mehrfach in die Hände klatschte. »Nein! Will er nicht. Es geht darum, die Mechanismen der Geschichte zu verstehen. Du bist kein Hitler, Berger. Und die Neue bürgerliche Mitte ist keine NSDAP. Das wissen wir alle. Du bist einer, der mit uns zusammen dieses Land in eine Richtung treiben wird, in die es schon längst hätte getrieben werden müssen. Und die NbM ist die einzige Partei, der man zutraut, Deutschland aus diesem Schlamassel herauszuführen. Denn sind wir mal ganz ehrlich: Wer hat uns diese ganze Scheiße eingebrockt?«

»Die alten Parteien!«, sprachen sie wie im Chor.

Über Saums Wangen spannte sich ein breites Grinsen. »Ganz genau, boys!«

»Aber …« Berger ließ eine Frage nicht los.

»Ja?« Saum schenkte ihm einen Blick, als wäre Berger ein kleines Kind, das immer noch nicht verstanden hatte. »Was aber?«

»Woher wusstest du, dass es heute losgeht?«

»Genial, oder?«, gluckste Saum. Er breitete beide Arme aus. »Verstehst du jetzt, warum ich nicht wollte, dass ihr die Strategie wechselt?« Er machte große Augen. »Euer alter Kumpel Saumi hatte da nämlich längst eine Suppe am Köcheln. Jungs, und jetzt …« Er hob sein Glas in die Luft. »Cheers! Denn ich habe noch eine andere kleine Überraschung für euch.«

Er sah auf die Uhr. Im selben Augenblick klingelte es.

38

Es hatte eine halbe Ewigkeit gedauert, bis sie endlich Bondroits Hof erreichten. Auf den Straßen in und um Berlin herrschte aufgrund des Schneefalls Chaos, sodass sie selbst mit aufgesetzten Blaulichtern nur langsam vorankamen. Außerdem waren viele der kleineren Straßen hier draußen inzwischen nur noch schwer passierbar, da der Winterdienst bei diesen Verhältnissen nicht mit dem Räumen hinterherkam.

»Na, endlich!« Bondroits Mann öffnete ihnen mit seinem Sohn auf dem Arm die Tür. »Gibt es Neuigkeiten?«

»Leider nein.«

Nachdem Michael Degenhart so abrupt aufgelegt hatte, hatte Ewald ihn sofort zurückgerufen. Degenhart hatte ihm dann erzählt, dass er seine Frau vermisste. Als er mit seinem Sohn am Nachmittag nach Hause gekommen war, war Bondroit nicht da gewesen. Zu diesem Zeitpunkt hatte er sich noch keine Gedanken gemacht. Doch dann, als sie um sechs immer noch nicht aufgetaucht war, begann er sich Sorgen zu machen, schließlich war es schon dunkel. Außerdem entdeckte er ihr Handy in der Küche, was er seltsam fand, da sie es eigentlich immer bei sich trug.

»Und warum meinen Sie, dass die Leute vom Clan Ihre Frau entführt haben?«

»Ich bin raus vors Haus und habe jede Menge Spuren auf der Weide entdeckt, die nicht von Lena stammen können, und dazu noch Spuren eines fremden Wagens. Doch hier steht kein fremdes Auto. Haben Sie eine bessere Erklärung?«

Eine bessere Erklärung hatte Ewald leider in der Tat nicht. Ganz im Gegenteil. So ließ sich auch Galibs Verschwinden erklären. Warum hatte er nicht früher daran gedacht, dass er hinter Lena her sein könnte? Irgendwie musste der Clan Wind davon bekommen haben, dass Bondroit für den Verfassungsschutz gearbeitet hatte. Nach dem, was sie mit Locke gemacht hatten, standen ihre Chancen nicht gut.

Ewald betrachtete Bondroits Sohn, einen wirklich süßen Fratz mit dunklen dichten Haaren, so wie Bondroit.

»Vielleicht könnten wir kurz sprechen, ohne dass Ihr Sohn dabei ist?«, sagte Ewald zu Degenhart.

»Ich könnte ihm etwas vorlesen«, bot sich Sommer an.

Degenhart nickte. Er nahm seinen Sohn vom Arm und erklärte ihm, dass die »nette« Dame von der »Polizei« ihm eine Geschichte vorlesen würde. Zum Glück war der Junge ganz begeistert. Dann führte Degenhart Ewald in die Küche.

»Und dass jemand anderes Ihre Frau besucht hat und sie dann später in den Wald ist und deswegen vielleicht einfach noch nicht zurück, könnte keine Erklärung sein?«, fragte Ewald.

Degenhart saß vor ihm wie eine Häufchen Elend – die Ellenbogen auf den Tisch gestützt, die Hände über den Ohren. »Sie wäre schon lange wieder da. Sie ist im Dunkeln nie im Wald, das ist viel zu gefährlich«, wandte er ein.

»Auch richtig«, murmelte Ewald. Trotzdem würden sie das gesamte Gebiet mit Wärmebildkameras absuchen lassen, sobald das Wetter es zuließ. Zunächst machte es jedoch Sinn, sich auf die Verfolgung des Autos und die Aziz zu konzentrieren.

»Wieso haben Sie meine Frau da reingezogen?« Degenhart funkelte Ewald mit wütenden Augen an.

»Sie wollte es«, sagte Ewald. »Und wir hatten kaum eine andere Chance, die Zeit drängte«, ergänzte er noch, da er ein schlechtes Gewissen bekam, dass er Bondroit allein verantwortlich machen wollte.

»Wenn ihr was passiert«, sagte Degenhart drohend, »dann …« Er richtete sich auf und ballte seine Faust.

»Immer mit der Ruhe!« Ewald rückte ein wenig vom Tisch ab, nur für den Fall der Fälle. »Wir werden alles unternehmen, damit ihr nichts passiert. Wirklich alles. Das können Sie mir glauben. Nachbarn schon informiert?«

»Klar. Habe ich alle abtelefoniert.«

Ewald ging zurück ins Wohnzimmer. Degenhart folgte ihm. Sommer hatte es sich auf der großen Ledercouch mit Bondroits Sohn bequem gemacht.

»Frau Sommer!«

»Bitte?« Sie ließ das Buch in ihren Schoß sinken.

»Sobald das Wetter es zulässt, möchte ich, dass Hubschrauber die Gegend absuchen. Alles im Umkreis von zwanzig Kilometern. Geben Sie den Kollegen von der Polizei durch, dass die Straßenkontrollen noch verstärkt werden sollen. Und ich will in einer Stunde wissen, wo sich sämtliche Angehörige von Galib Aziz rumtreiben, Schwestern, Brüder, Cousins, Eltern …« Er hielt inne. »Was ist eigentlich mit den Eltern, gibt es da was Neues?«

»Die sind auf einer Hochzeit.«

»Weiterlesen!«, beschwerte sich Bondroits Sohn. Degenhart nahm ihn auf den Arm und verschwand mit ihm im Flur. Kurz darauf hörte Ewald das Knarren einer Treppe.

»Hochzeit?«, fragte Ewald. Sommer hatte das so dahingesagt, als ob es das Natürlichste auf der Welt wäre. »Die sind doch nicht einfach nur auf einer Hochzeit!«

»Entschuldigung, Herr Ewald. Ich bin dran, aber leider nicht vor Ort. Ich kann Ihnen nur das weitergeben, was die BND-Kollegen mir berichten.«

»*Was mir die BND-Kollegen berichten*«, äffte Ewald sie nach. »Hier läuft doch irgendeine Riesenscheiße, merken Sie das denn nicht!«

Sommer starrte ihn kalt an. Dann verschränkte sie die Arme vor der Brust und wandte sich von ihm ab.

»Los, rufen Sie an, wen auch immer Sie anrufen müssen! Ich will wissen, wer da heiratet und mit wem sie auf der Hochzeit sprechen, und zwar sofort!«

Sommer hatte anscheinend auf Durchzug geschaltet.

»Mensch Sommer! Muss ich denn alles selbst machen?«, schrie Ewald. Er entdeckte einen Turm aus Duplo-Legosteinen vor sich auf dem Boden und wollte schon dagegentreten, konnte sich jedoch im letzten Augenblick zusammenreißen. »Ich will wissen, was da in Beirut abgeht. Wer sind die Gäste, wem gehört die Location, wer hat das Fest bezahlt, wann geht wer mit wem auf die Toilette, wer pisst im Stehen und wer im Sitzen? Einfach alles! Machen Sie den Kollegen vom BND Dampf unterm Hintern, und zwar ordentlich! Schluss mit hoch bezahltem Urlaub im Ausland!« Jetzt sah sie ihn wieder an. »Und glotzen Sie mich nicht an wie ein behindertes Pferd!« Den letzten Satz hätte er sich vielleicht sparen können, aber nun war er raus. Und es stimmte doch: diese riesigen Glotzaugen und der dämliche Ponyhaarschnitt.

39

Lena lauschte den Geräuschen um sie herum. Ab und an hörte man es im Ofen knacken. Aber vor allem hörte man die Laute des Schneesturms, der draußen immer heftiger wütete: das Pfeifen des Windes, das Krachen von Ästen, die unter der Schneelast brachen, und immer wieder ein Scheppern, wenn etwas auf das Wellblechdach der Hütte schlug.

»Bist du müde?«, fragte Galib.

»Schon. Und du?«

Die letzte noch brennende Kerze vor ihr auf dem Tisch spendete gerade noch genug Licht, um Gegenstände und Umrisse in der Hütte erkennen zu können, aber der hintere Teil war bereits in Dunkelheit getaucht.

Galib hatte sich neben den Ofen gehockt, er schien noch immer zu frieren. »Auch. Aber ich werde nicht schlafen.«

»Weil du Angst hast, dass ich dich dann mit deinem Gewehr erschießen könnte?«, fragte Lena so ernst wie möglich.

Er sah zu ihr rüber. Dem kaum sichtbaren Lächeln, das seine Augen umspielte, konnte sie entnehmen, dass er ihre Drohung nicht ernst nahm. »Nein. Aber ich habe Angst, dass das Feuer ausgeht und wir erfrieren.«

»Draußen ist genug Holz.«

»Das ist doch alles nass.«

»Wir werden trotzdem nicht erfrieren«, sagte Lena. Doch wirklich sicher war sie sich nicht. Was, wenn das bisschen Restwärme des Ofens nicht ausreichte? Wenn man erfror, dann schlief man einfach ein, hatte sie einmal gelesen. Und wenn man bereits schlief, merkte man dann, dass der Tod neben einem lauerte? »Außerdem werden sie uns bald finden.«

»Sicher?«

»Michael wird längst die Polizei informiert haben. Und wenn nicht, dann geht er mit ein paar Freunden los.«

»Wenn du meinst.«

Das hoffte sie zumindest. Ob sie in dem Sturm aber überhaupt in der Lage waren, sie zu finden, das war eine ganz andere Frage.

Galib öffnete den Ofen und schob das letzte Scheit Holz nach. Sie sah ihm dabei zu, dachte dann daran, wie er sie gestützt und ihren Fuß untersucht hatte. Irgendwie bekam Lena die beiden Galibs immer noch nicht unter einen Hut. Er konnte charmant, hilfsbereit und witzig sein. Und auf der anderen Seite war er in der Lage, Menschen umzubringen, zusammenzuschlagen oder sie mit einem Gewehr zu bedrohen. »Wie kannst du das eigentlich?«, platzte es aus ihr heraus. »Menschen zusammenschlagen, umbringen. Was passiert da mit dir? Siehst du dann nur noch dich und deine Familie?« Anders konnte sie es sich nicht erklären. »Ist dir das Leben von anderen Menschen dann plötzlich vollkommen egal?«

»Ich habe noch nie einen Menschen umgebracht.« Galib stand auf und setzte sich wieder an den Tisch. »Oder zusammengeschlagen. Einmal. Aber das war in Notwehr.«

»Dann lässt du das eben Leute für dich machen. Macht es nicht wirklich besser.«

»Nein!« Er sah ihr lange in die Augen. »Ich halte davon gar nichts. Und ich glaube auch, dass es andere Wege gibt. Früher oder später muss man lernen sich anzupassen.«

»Das sind doch jetzt dumme Sprüche«, sagte Lena. »Wo hast du dich denn angepasst?«

»Ich habe in Immobilien investiert, die wir mit viel Gewinn verkauft haben. Ich mache es jetzt wie die Deutschen.«

»Und der Sprengstoff für euren Bandenkrieg? Und der tote V-Mann und der zusammengeschlagene Mitarbeiter vom Verfassungsschutz?«

»Tja …« Galib hob und senkte seine Augenbrauen. »Nicht jeder in meiner Familie tickt so wie ich. Insbesondere mein Bruder Tarek, er ist ein kleiner Psychopath. Der dreht leider ganz gerne mal durch.« Er legte seine Hand auf sein Herz. »Ehrlich. Ich finde das nicht gut. Und ich glaube, dass ich meinen Vater bald so weit habe, dass er das auch nicht mehr toleriert. Drogen sind was für Verlierer. Menschen zusammenschlagen auch. Das ist meine ganz ehrliche Meinung.«

Wer es glaubte. »Und das mit dem Gewehr an meinem Kopf, das warst du auch nicht?«

Ein schweres Schnaufen. »Kannst du das denn nicht verstehen?«

»Wie man einen Menschen mit einem Gewehr bedrohen kann?« Lena schüttelte energisch den Kopf. »Nein, wirklich nicht.«

»Es ging um meine Familie. Und eine andere Sache, über die ich leider nicht mit dir sprechen kann. Wir hatten Angst, der Verfassungsschutz weiß da mehr. Und Tarek meinte, du wärst diejenige, die am ehesten auspacken würde. Aber ich kenne ja Tarek. Ich wollte auf keinen Fall, dass *er* zu dir rausfährt. Deswegen habe ich das übernommen.«

»Soll ich dir also auch noch dankbar sein? Sorry, aber dafür habe ich kein Verständnis.«

Er atmete erneut tief durch. »Klar. Wenn ich du wäre, dann hätte ich das wahrscheinlich auch nicht. Aber du hattest einen ganz anderen Start ins Leben. Du musstest nicht in einem fremden Land aufwachsen. Du hast einen Staat, auf den du dich verlassen kannst. Du hast eine gute Ausbildung. Du hast Freunde, die hier verwurzelt sind und die dir helfen. Du hast einen Arbeitgeber, der dich schätzt. Wenn dich die Polizei festnimmt, musst du nicht buchstäblich die Hose runterlassen, damit sie in deinem Hintern nach versteckten Drogen suchen können. Als meine Eltern nach Berlin gekommen sind, hatten sie nichts. Man hielt uns am Leben, ja, aber der Kuchen da draußen, den ihr alle esst, den wolltet ihr nicht mit uns teilen.«

»Und deswegen darf man mit Drogen handeln, Menschen bedrohen?«

»Ich will das nicht mehr. Das sagte ich doch schon!«, sagte Galib erregt. »Aber für uns ist das nicht so leicht. Weißt du, wie lange es gedauert hat, bis meine Eltern eine Arbeitsgenehmigung bekommen haben?«

Lena wusste, dass er damit recht hatte. Das Entstehen von mafiösen Strukturen war meistens die immer selbe Geschichte. Menschen, die ihr Land aufgrund von Armut oder Krieg verließen, stießen auf eine Gesellschaft, die nur bedingt dazu bereit war, sie zu integrieren und ihnen eine faire Chance zu geben. Da kamen junge Männer schnell auf die schiefe Bahn. Den Italienern und Iren, die im vorigen Jahrhundert nach Amerika ausgewandert waren, war es nicht anders gegangen. Aus ihnen waren italienische oder irische Gangs hervorgegangen, die sich später immer mehr assimilierten. Das Abwandern in die Kriminalität war für Lena durchaus nachvollziehbar – aber deswegen noch lange nicht entschuldbar. »Ich halte nichts davon, wenn man die Abkürzung nimmt und es einem scheißegal ist, ob dabei andere auf der Strecke bleiben.«

Galib atmete tief durch. »Ihr Deutschen könnt einfach nicht verstehen, wie eine Familie alles für einen sein kann. Dass man sie verteidigen muss, bis in den Tod. Wir sind wie Wölfe.« Er schlug auf den Tisch. »Ja. Mit den Drogen, das ist scheiße, verstanden. Aber darum geht es hier doch gar nicht. Man will uns ständig was anhängen, um möglichst viele von uns abzuschieben. Seit Monaten beobachten die Bullen jeden meiner Schritte. Du kannst dir nicht vorstellen, was das für ein Aufwand war, hier zu dir rauszukommen, ohne dass die mir gefolgt sind.«

»Wir verstehen das mit der Familie sehr wohl«, protestierte Lena, obwohl sie zugeben musste, dass er vielleicht sogar ein wenig recht hatte. Familie, das war in Deutschland in vielen Fällen nur eine romantische Vorstellung von etwas, das nicht mehr wirklich existierte.

»Du würdest dich also für deine Eltern opfern?«, fragte Galib.

Leider fragte er hier die Falsche. Für ihren Vater sicherlich nicht. Was sie von ihm kannte, kotzte sie einfach nur an. Und ihre Mutter … Nein, für ihre Eltern würde sie sich nicht opfern. »Für meinen Sohn. Sofort!«

»Das war nicht die Frage!«

Sie sah auf die flackernde Kerze, die kurz davor war auszugehen. »Ich bin da ein schlechtes Beispiel.«

»Und dein Mann? Er betrügt dich!«

»Das vermute ich.« Lena schossen unvermittelt Tränen in die Augen. Ja, sie kam aus einer kaputten Familie. Und vielleicht war die Familie, die sie selbst gegründet hatte, auch nicht viel besser. Sie wischte sich übers Gesicht und versuchte mit dem Weinen aufzuhören, was ihr jedoch nicht gelang.

»Hey!« Seine Hand lag plötzlich auf ihrem Bein, er hatte sich neben sie gesetzt. »Tut mir leid, jetzt habe ich dich schon wieder zum Weinen gebracht.« Er nahm die Flasche mit dem

Schnaps und drehte den Verschluss auf. »Komm, nimm einen Schluck. Und vergiss, was ich gesagt habe. Ich habe es nicht so gemeint.«

Lena ergriff die Flasche und trank. Sie spürte, wie sich der Alkohol seinen Weg durch die Speiseröhre bis in ihren leeren Magen bahnte. Nicht wirklich lecker, aber es tat gut. Ein wenig Alkohol war vielleicht wirklich das, was sie jetzt brauchte. Sie nahm einen zweiten Schluck. Dann sah sie zu Galib. »Du verstehst das auch nicht.«

»Was?«

»Eine Partnerschaft.«

»Was gibt es da zu verstehen? Glaubst du, ich hatte noch nie eine Freundin?«

»Aber eine Partnerschaft, die auf ein ganzes Leben angelegt ist, ist etwas anders. Erst recht, wenn Kinder dazukommen.«

Galib fuhr sich durch die Haare. »Was ist da anders?«

»Na ja.« Lena rieb sich die Tränen von der Backe. »Im Film, da erzählen sie immer von der großen Liebe. Wenn sich da zwei Menschen verlieben, dann stimmt einfach alles: Sie reden gerne miteinander, sie achten und vertrauen sich, haben leidenschaftlichen Sex. Sie nennen es dann Liebe. Und zumindest ich bin diesem Ideal immer hinterhergerannt.« Sie spürte, wie ihre Augen wieder feucht wurden, doch dieses Mal bekam sie sich in den Griff. »Was sie einem in den Filmen allerdings nicht erzählen, ist, dass Liebe so nicht ist, zumindest, dass sie so nicht bleibt. Sie verändert sich. Ständig.«

Galib griff nun ebenfalls zur Flasche und nahm einen ordentlichen Schluck. »Du meinst weniger Sex, oder was?«

»Männer!«, stöhnte Lena. Sie schüttelte den Kopf. Dabei spürte sie, wie der Alkohol ihr langsam ins Gehirn stieg. Es war, als hätte jemand einen Dimmer betätigt, kein unangenehmes Gefühl, wie sie zugeben musste. Seit ihrer Schwangerschaft hatte sie kaum noch getrunken. Und jetzt auf nüchternen Magen. Sie nahm Galib die Flasche aus der Hand und gönnte sich einen weiteren Schluck.

»Vielleicht auch weniger Sex. Aber darum geht es nicht, zumindest mir. Man lernt sich immer besser kennen. Das hat nicht nur Vorteile, auch beim Sex. Ich liebe zum Beispiel Schokoladeneis, und ich werde es mein ganzes Leben lang lieben, aber ab und an bestelle ich mir trotzdem eine Kugel Vanille oder ...«

»Oder was?«

»Chai-Tee-Latte-Nugat mit echtem Meersalz aus Hawaii.«

Sie mussten beide lachen.

»Und Experimente?«, fragte Galib.

»Mit meinem Mann?«

»Warum nicht?«

Experimente! Sie sah Michael vor sich, in einem Lederanzug, und sich selbst mit Peitsche und Handschellen in der Hand. Abgesehen davon, dass sie darauf nicht stand, kam ihr dieses Bild komplett absurd vor. »Du meinst einfach mal ganz verrückt sein? Vanillesoße über das Schokoeis?« Sie verdrehte die Augen. »Wie aufregend, wo man doch genau weiß, was sich unter der Soße befindet.«

Galib nahm ihr die Flasche ab.

»Hey«, beschwerte sich Lena. Ruck, zuck hatte sie sie sich wieder zurückerobert. »Meine.« Sie trank erneut. »Nein, ich glaube nicht an Experimente in der Partnerschaft. Und mit Fremden brauche ich keine Experimente. Sie sind bereits das Experiment.« Sie waren ein wenig vom eigentlichen Thema abgekommen. »Aber es geht nicht nur um Sex. Die Liebe verändert sich auf so vielen Ebenen. Die Unterhaltungen, das Miteinander, die Rituale.«

»Rituale?«

»Am Anfang steigern sie das Bindungsgefühl. Sie machen einem selbst und der Umwelt gegenüber klar, dass man ein Paar ist. Man hält pausenlos Händchen, steckt sich ständig gegenseitig die Zunge in den Mund. Im Schwimmbad, im Laden, sogar vor Freunden. Und dann, irgendwann, funktionieren diese Rituale nicht mehr. Sie kommen einem lächerlich vor.« Lena stellte sich vor, wie dämlich sie sich fühlen würde, wenn sie bei ihrer Mutter mit Michael auf der Couch säße und immer noch Händchen halten würde. Erst bei alten Menschen fand sie diese Geste wieder rührend und passend. Und Zungenküsse in der Öffentlichkeit kämen ihr erst recht nicht mehr in den Sinn. Sie fragte sich, wann sie Michael überhaupt das letzte Mal wirklich leidenschaftlich geküsst hatte.

»Und was kommt dann?«, fragte Galib.

»Na ja.« Lena betrachtete die Schnapsflasche in ihrer Hand, die schon halb leer war. »Man kann bei Paaren, die sich lange kennen, Neckereien, Insiderwitze erkennen. Ihre Beziehung hat eine andere Ebene erreicht. Sie zeigen das ihrer Umwelt, indem sie beweisen, dass ihre Beziehung auch kleinere Beleidigungen aushält. Ein ehemaliger Kollege von mir kokettiert zum Beispiel gerne mit den schlechten Zähnen seiner Frau. Er behauptet dann, sie nur ihrer ›krummen Beißerchen‹ wegen geheiratet zu haben. Das ist natürlich kompletter Blödsinn, aber es zeigt, dass er – wie auch sie – es auf ein Beziehungsniveau gebracht haben, wo es auf gerade Zähne nicht mehr ankommt. Man kann sich drüber lustig machen, offen über alles sprechen, sogar vor anderen.«

Galib lachte und zeigte auf die Flasche in Lenas Hand. »Bekomme ich jetzt auch noch einen Schluck?«

Lena reichte ihm die Flasche. Im selben Augenblick erlosch die Kerze.

»Ups.«

Sie mussten beide kichern.

Lena hörte, wie Galib einen weiteren Schluck nahm und die Flasche wieder auf den Tisch stellte.

Dann war es ruhig. Die Stimmung war durch die Dunkelheit plötzlich eine ganz andere. Hinzu kam der Alkohol. Und das Gespräch über Sex.

Die Stille wurde unangenehm. Die Bank begann leicht zu wackeln. Seine Hand berührte kurz ihr Bein.

Jetzt spürte sie seine beiden Hände, zunächst an ihren Schultern, dann, wie sie langsam zu ihrem Kopf wanderten und ihn festhielten. Er küsste sie. Er hatte weiche, volle Lippen, ganz anders als die von Michael. Obwohl etwas in ihr »Nein« schrie, wehrte sie sich nicht. Im Gegenteil. Ihre Lippen gaben nach, und sie spürte, wie seine Zunge langsam in sie eindrang. Er schmeckte nach dem Himbeergeist, den sie gerade getrunken hatten. Während sie sich küssten, fuhren seine Hände über ihren Hals. Dann rückte er näher an sie heran. Sie spürte seine Brust an ihrer. Sein Körper fühlte sich gut an, fest und stark. Und er küsste gut, nicht hektisch, sondern ruhig, aber bestimmt.

Nein, ging es ihr wieder durch den Kopf. Sie rutschte ein wenig von ihm ab. Und auch wenn es ihr schwerfiel, löste sie ihre Lippen von seinen. »Das geht nicht«, flüsterte sie. Aber ein Ziehen im Unterleib sagte ihr deutlich, dass sie mehr wollte.

»Warum?« Ein Arm schob sich unter ihre Achseln, der andere unter ihre Kniekehlen. Mit einem Ruck hatte er sie hochgehoben und trug sie vor den Ofen. Sie hörte, wie er eine der Decken auf dem Boden ausbreitete. Er legte sich zu ihr. Dann wieder seine Lippen auf ihren.

Chai-Tee-Latte-Nugat mit echtem Meersalz aus Hawaii, ging es ihr durch den Kopf. Zumindest keine Schokolade. Ihr Kopf kämpfte mit ihrem Körper, der immer mehr die Oberhand gewann.

Seine Hände waren jetzt überall, fuhren über ihren Rücken, ihre Beine, ihren Bauch, ihre Brüste, erst leicht, dann ein wenig fester. Ohne weiter nachzudenken, bäumte sie sich auf und zog sich den Pullover über den Kopf, dann seinen.

»Lena«, flüsterte er.

Ihr Finger legte sich auf seine Lippen. Sie ließ sich mit ihm auf den Boden gleiten, spürte seine Zunge auf ihrem Hals, seine weiche, warme Haut, seinen Geruch, den starken Griff um ihre Brüste und wieder die Zunge, die über ihren Körper wanderte.

Sie zogen sich ganz aus. Für einen Moment war ihr kalt, doch nur bis er sich an sie drückte.

Dann wieder seine Hände. Sie spürte, wie erregt er war. Das alles kannte sie, hatte es hundertfach erlebt. Und doch war es anders. Sein Gewicht, seine Berührungen, seine Lippen. Der Geruch seiner Haare. Die Art, wie er ihre Schenkel spreizte, in sie eindrang. Ein Zittern durchfuhr ihren Körper, zog sich von den Beinen bis zum Kopf, das Gefühl, für einen Moment schwerelos zu sein, nicht hier, sondern in einer anderen Welt.

40

Sie hatten eine kleine Steuerzentrale im Wohnzimmer aufgebaut. Um den Esstisch, der im hinteren Teil des Zimmers stand, saßen drei weitere Beamte vom Verfassungsschutz, die inzwischen ebenfalls Bondroits Haus erreicht hatten, an ihren Rechnern. Sie waren damit beschäftigt, über die Verkehrsüberwachung Fahrzeuge zu identifizieren, mit denen Galib Aziz Berlin verlassen haben könnte. Im näheren Umkreis gab es natürlich keine einzige Kamera, die letzten auf der Autobahn, von daher war die Arbeit höchst mühsam – und spekulativ. Noch hatten sie nichts Verwertbares gefunden. Auf dem niedrigen Couchtisch lag eine Karte, auf der Ewald alle Straßensperren eingezeichnet hatte.

Es war spät geworden, beinahe schon Mitternacht. Degenhart saß in seinem Sessel und starrte den Fernseher an. Er lief, doch Ewald hatte nicht den Eindruck, dass Degenhart wirklich die laufende Sendung verfolgte. Er wirkte eher, als würde er mit offenen Augen schlafen.

Sommer betrat das Wohnzimmer. Sie hatte sich in die Küche zurückgezogen gehabt. »Sie hatten recht!«

»Womit?«

»Dass es Vahid Aziz wahrscheinlich nicht um die Hochzeit ging. Er hat das Fest sehr früh verlassen. Zuvor hat er sich dort allerdings ausgiebig mit Issam bin Hisham Al-Tayer unterhalten.«

»Mit der Fliege. Und?«

»Mehr wissen wir leider nicht.«

»Wäre ja auch zu viel verlangt. Dazu müssten die Möchtegern-James-Bondler ja mal wirklich arbeiten.«

Ewald schaute zu Degenhart, dann zum Fernseher. Seit Stunden wurde dort über nichts anderes berichtet als den Börsencrash in New York. In ein paar Stunden würde die Börse in Tokio öffnen, und man befürchtete das Schlimmste. Auf den außerbörslichen Märkten war es noch rasanter in die Tiefe gegangen. Immer wieder zeigten sie Bilder von Maklern und Investmentbankern, die auf dem Boden saßen und verzweifelt die Köpfe schüttelten. Das alles wirkte sehr surreal. Wie konnte die Börse innerhalb von Stunden so zusammenbrechen? Soweit Ewald wusste, waren die Märkte zwar schon die letzten Monate sehr nervös gewesen, einen bekannten Auslöser jedoch, wie neueste volkswirtschaftliche Zahlen oder neue Zinsentscheidungen, hatte es nicht gegeben.

Während Ewald weiter auf den Fernseher starrte, schoss ihm aus dem Nichts plötzlich ein Gedanke durch den Kopf. »Und wenn es nie um einen Anschlag ging?«, dachte er laut. Er spürte ein Kribbeln im Nacken. Es war dieses unangenehm-angenehme Kribbeln, das er schon als Kind hatte, wenn er Schularbeiten zurückbekam, bei denen er nicht einschätzen konnte, wie er abgeschnitten hatte. Alles war möglich: von der Eins bis zur Sechs.

Er sah zu Sommer, die ganz Ohr schien. »Der Crash heute. Was, wenn das kein Zufall ist?«, fragte er sie.

Sommer zuckte mit den Schultern und schaute ihn fragend an. Ewald nickte unauffällig in Richtung des Tischs, an dem die anderen drei Mitarbeiter saßen. »Ich brauche einen Kaffee. Sie auch?«

Sommer verstand zum Glück sofort. »Klar.«

In der Küche nahmen sie an dem kleinen Tisch Platz.

»Meinen Sie wirklich, einer von denen könnte ein Maulwurf sein?«, fragte sie mit einem Blick Richtung Wohnzimmer.

Ewald zuckte mit den Schultern. »Ich will auf Nummer sicher gehen. Dieses Mal kommt mir niemand in die Quere.«

Er sah sich in der Küche um. Eine Tüte Chips, das wäre es jetzt. Und dazu eine Tasse Kaffee. Er durchsuchte die Schränke und fand tatsächlich, wonach er suchte. Frisch gebrühter Kaffee stand noch auf der Anrichte.

»So«, sagte er, nachdem er alles auf den Tisch gestellt hatte. »Jetzt sind wir wieder arbeitsfähig.« Er grinste. Die Müdigkeit, die er die letzten Tage verspürt hatte, war wie weggeblasen. Da war er wieder, der Hai, der Blut gerochen hatte. »Also. Warum findet der Crash genau an dem Tag statt, an dem eigentlich der Anschlag stattfinden sollte?«

»Na ja.« Sommer zupfte an ihrer Bluse. »Zumindest ein seltsamer Zufall.«

Ewald langte in die Chipstüte und steckte sich eine Handvoll in den Mund. Sommer war gut, keine Frage, aber wenn es darum ging, drei Ecken weiter zu denken, dann blieb sie spätestens an der zweiten hängen. Das war genau der Grund, warum er hier der Chef war. »Kennen Sie den Spruch: Die Ratten verlassen das sinkende Schiff?« Er wusste, wie sie ihn für solche nebulösen Anmerkungen hasste. Umso mehr genoss er ihren blöden Blick.

»Ja, und?«

»Haben sie etwas mit dem Untergang des Schiffs zu tun?«

»Nicht wirklich.«

»Bingo!« Ewald schnippte mit dem Finger.

»Ich verstehe leider immer noch nicht.«

Er genoss es, wenn sie ihn so ansah, als wäre er der Herrgott persönlich, der ihr gleich erklären würde, dass es ihn gar nicht gab. »Die Aziz haben einen Tipp bekommen!«

Langsam begann es in ihr zu rattern. Die ersten Ebenen des Zauberwürfels hatte sie bereits entschlüsselt, die letzte aber fehlte noch.

»Sie hatten doch herausgefunden, dass die Aziz vor wenigen Tagen ihre Geldreserven von dem Konto in Luxemburg abgezogen und in irgendwelche Papiere investiert haben. Ich hatte mich noch gewundert, so kurz vor dem Anschlag die verfügbaren Cashbestände aufzulösen. Das machte irgendwie keinen Sinn. Und dann dieser Kontakt zur Fliege. Die Fliege mag zwar auch der Überbringer von Botschaften sein, aber eigentlich ist er doch vor allem was?«

»Finanzberater«, stellte Sommer fest.

Ein paar weitere Steine hatten nun die richtigen Farben. Jetzt fehlte nur noch die letzte Ecke: das Telefonat.

»Wir waren solche Idioten!« Ewald schlug so stark mit der Hand auf den Tisch, dass seine Tasse fast umfiel. »Das nebulöse Gespräch, das wir abgehört haben … Es ging nie um einen Anschlag. Es ging um einen Börsentipp. Dieser saudische Berater, er wusste von dem Crash heute. Wir haben die Teile einfach falsch zusammengesetzt.«

»Aber wie konnte die Fliege davon wissen?«, fragte Sommer.

Ewald grinste. Zumindest stellte sie die richtigen Fragen. »Sehr gut, Frau Sommer. Das ist genau die Frage, die Sie mir bald beantworten werden. Lassen Sie Ihre Kontakte spielen. Reden Sie mit den Banken.«

»Das wird nicht so leicht werden. Das Bankgeheimnis«, gab Sommer zu bedenken. »Ich habe aber ein paar andere Kontakte. Das wird allerdings ein wenig dauern.«

»Ich scheiße auf das Bankgeheimnis!« Ewald sah Sommer wütend an. Wer hatte Menschen wie ihr eigentlich gesagt, dass sich ein Mitarbeiter dadurch auszeichnete, ständig seine Bedenken vorzutragen? »Lassen Sie sich mit den Direktoren verbinden und machen Sie denen klar, dass sie sich, wenn sie die notwendigen Informationen nicht umgehend herausrücken, zum deutschen Staatsfeind Nummer eins machen. Wenn die das nächste Mal deutschen Boden betreten, und sei es nur der Frankfurter Flughafen, werden wir dafür sorgen, dass sie ihr persönliches Waterloo erleben. Und wenn das nicht ausreicht, dann drohen Sie denen von mir aus mit Krieg. Ist mir scheißegal. Ihnen wird schon was einfallen. Verstanden?«

»Verstanden.« Sommer schluckte.

Ewald stopfte sich zwei Hände voll Chips auf einmal in den Mund und spülte sie mit ordentlich Kaffee die Kehle hinunter. Jetzt war er wieder in Fahrt! »Ich will wissen, wer hinter dem Crash steckt. Und warum gerade jetzt?«

»Aber sollten wir nicht vielleicht, bevor wir die Pferde scheu machen, klären, ob die Aziz überhaupt von dem Crash profitiert haben?«

»Nicht vorher.« Ewald wackelte mit seinem Zeigefinger. »Gleichzeitig. Das passt einfach alles zu gut zusammen. Das abgehörte Telefonat von vor ein paar Wochen. Die verkauften Immobilien. Der Versuch, das Geld vor uns zu verstecken. Dann der Kauf von irgendwelchen Hebelprodukten. Wir reden hier von Clanleuten, keinen Bänkern, also einer Sorte Mensch, die ihr Geld am liebsten in Golduhren anlegt oder es im Garten vergräbt! Und dazu haben sie auch noch Geldprobleme wegen der beschlagnahmten Drogen.«

»Herr Ewald!«

Ewald drehte sich erschrocken um. Degenhart stand im Türrahmen.

»Herr Degenhart. Sie werden begeistert sein. Wir haben eine brandheiße Spur. Alles hängt mit diesem Crash zusammen.«

»Aha.«

Degenhart wirkte nicht wirklich beeindruckt. Aber er konnte ja auch noch nicht verstehen, was für ein schönes Baby Ewald gerade aus der Taufe gehoben hatte. »Ich denke, wir sind hier gerade einer Börsenmanipulation auf der Spur, die alles sprengt, was wir bisher erlebt haben.«

»So?«

Degenhart ließ sich seltsamerweise kein bisschen von Ewalds Euphorie anstecken. Ewald war fast ein wenig beleidigt.

Degenhart schloss für einen Moment die Augen. »Ganz ehrlich, Herr Ewald, ich mische mich nur ungern in die Verteilung Ihrer Ressourcen ein.« Ewald ahnte bereits, dass ihm nicht gefallen würde, was jetzt kam. »Aber die Spur, die Sie da gerade zu verfolgen scheinen, in der geht es um Geld. Und Geld interessiert mich nicht die Bohne. Was *mich* hingegen brennend interessiert, ist …« Er holte Luft, bevor er Ewald ins Gesicht schrie: »WO IST MEINE FRAU?«

41

Die sechs blutjungen Mädels von »Virgin-Escorts« hatten die Wohnung gerade verlassen. Eine wirklich schöne Auswahl hatte ihnen Saum da zusammengestellt, von Latino über Thai bis zu ganz banal europäisch.

»Saumi-Boy! Du bis einfach d'Größte«, grölte Wittkowski mit einem unerträglichen Lallen. Er lag halb nackt auf einem der Ledersofas und schwenkte ein fast leeres Glas mit Eiswürfeln.

»Aber wirklich«, rief Coppenfeld. Er kam gerade mit einem Handtuch um die Hüften aus dem Eingangsbereich zurück. Coppenfeld hatte sich mit der Latina für die gesamte Zeit in eines von Saums Badezimmern eingeschlossen gehabt und sie gerade an der Tür verabschiedet. »Was für eine geile Überraschung. Zum genau richtigen Zeitpunkt. Kein Anschlag. Und Berger wird bald Kanzler.«

Berger war der Einzige, der sich schon wieder angezogen hatte. Er stand in dem offenen Küchenbereich hinter der Kochinsel und suchte im Kühlschrank zwischen dem ganzen Alkohol nach einer Flasche ordinärem Sprudel. In seinem Mund fühlte es sich an, als hätte man ihn mit einem Sandstrahler bearbeitet. »Sag mal, hast du eigentlich nur Schampus kalt?«

Saum, der splitternackt mit einem Glas Whiskey vor der riesigen Fensterfront stand, drehte sich zu ihm um. »Nimm doch einfach den Zapfhahn. Den neben der Spüle.«

Während sich alle mit ihren Mädels in irgendwelche Zimmer zurückgezogen hatten, hatte Saum zwei von ihnen gleichzeitig für alle sichtbar auf dem Sofa vernascht. Jetzt bewegte er sich wie ein Sektenführer kurz vor der Segnung seiner Gemeinde auf Berger zu, um ihm mit der Zapfenlage für das Sprudelwasser zu helfen.

Berger bemerkte, wie er seinen Blick kaum von Saum abwenden konnte. Schon damals in London hatte ihn dessen magische Aura fasziniert. Er war kein Jesus und auch kein Teufel, irgendetwas dazwischen, vor dem man durchaus Angst bekommen konnte. »Ein Börsencrash von diesem Ausmaß. Ich komme immer noch nicht drüber hinweg. Respekt! Wie hast du das angestellt?«

Saum ließ Sprudel in ein Glas fließen und reichte es Berger. Dann schenkte er sich Whiskey nach. Mit dem Glas in der Hand entfernte er sich wieder in Richtung der großen Panoramafenster, die, so wollte Berger hoffen, von außen verspiegelt war.

»Da gibt es eigentlich gar nicht viel zu erzählen.« Er nippte an seinem Whiskey. »Let's put it this way: Ich will doch auch nichts sehnlicher, als dass es mit unserer Partei abgeht. Endlich Deutschland aufräumen. Die ganze Politik der letzten Jahre war ein Trauerspiel. Das konnte ich nicht mehr mit ansehen. Und ich weiß, dass ich mich die letzte Zeit bezüglich meines Engagements für die Partei nicht gerade mit Ruhm bekleckert habe. Dann kam eines zum andern. Ich habe zu den Jungs, mit denen ich das durchgezogen habe, gesagt: ›Leute, wenn ich dabei bin, dann weil ich es für meine Partei und meine Freunde tue. Über den Zeitpunkt lasse ich nicht mit mir verhandeln.‹ Ihr kennt mich, unsere Freundschaft geht mir über alles.«

»Einfach nur großartig!«, lobte Coppenfeld. »Du bist und bleibst ein Genie.«

Auch Berger konnte nicht abstreiten, dass Saums Plan genial gewesen war. Er wollte sich nicht zu früh freuen, zu häufig hatte er schon gute Pläne scheitern sehen. Doch wenn etwas der NbM zum Sieg verhelfen würde, dann tatsächlich dieser Crash.

Wittkowski rollte sich von der Ledercouch und krabbelte auf allen vieren zu Saum.

»Saumi! Du 'is einfach 'er Größte.« Er saß jetzt wie ein kleines Hündchen vor ihm auf dem Boden. »Und die Pill'n, die du mir g'geben hast. A'soluter Oberhammer!«

Mit Ekel sah Berger dabei zu, wie der komplett mit Drogen und Alkohol zugepumpte Wittkowski Saums Füße küsste … Und sich dann über den Marmorboden übergab.

2 Tage
bis zur Wahl

42

Das regelmäßige Rattern eines Hubschraubers weckte Lena aus dem Schlaf. Sie öffnete die Augen. Ihr Kopf lag auf Galibs Brust, ihr linkes Bein hatte sie in seines verschränkt. Trotz der Decken und der Jacken, mit denen sie sich zugedeckt hatten, fror sie, und das vor allem an den Stellen, an denen ihr Körper nicht Galibs berührte.

»Ein Hubschrauber«, flüsterte sie ihm ins Ohr. »Sie haben uns gefunden.« Sicherlich suchte die Polizei mit Wärmebildkameras, die die Restwärme der Hütte erfasst hatten. Keine achthundert Meter entfernt gab es eine größere Lichtung, auf der ein Hubschrauber gut landen konnte.

Auch Galib öffnete die Augen und lauschte. Lena befreite sich aus der Umklammerung. Auf Knien begann sie ihre Kleidungsstücke zusammenzusuchen.

»Und jetzt?«, fragte sie. »Ein Hubschrauber bedeutet, dass Michael die Polizei verständigt hat.

Auch er stand auf und suchte seine Sachen zusammen, die wild verteilt auf dem Boden lagen. Sie merkte, wie er sie beim Anziehen beobachtete. Normalerweise hasste sie das, doch die Art, wie Galib sie ansah, gefiel ihr.

»Na, und? Du wolltest mir Wölfe zeigen. Das ist nicht verboten. Wenn die Beweise hätten, um mich einzubuchten, dann hätten sie das längst getan. Ob es denen passt oder nicht, meine Weste ist sauber. Und das mit dem Anschlag hat sich jetzt hoffentlich auch erledigt.« Er sah sie länger an. »Oder willst du denen etwas anderes erzählen?«

Das hatte sie nicht vor, erst recht nicht nach dieser Nacht. Zudem glaubte sie ihm, dass er sie vor seinem Bruder hatte schützen wollen.

»Aber was ist mit der anderen Sache, die, von der du mir nicht erzählen wolltest?«, fragte sie ihn.

Galib überlegte. Dann schüttelte er den Kopf. »Da kommen die nicht drauf. Die sind viel zu sehr auf unsere Drogengeschäfte konzentriert. Aber die …«, er zeigte auf das Gewehr, das neben der Tür lehnte, »… würde ich gerne behalten.« Er zog sich seine Jacke über und hängte sich das Gewehr über die Schultern. »Ich sollte daher vielleicht lieber doch verschwinden.« Er ging auf Lena zu und drückte sie an sich. »War schön mit dir.« Dann küsste er sie. Sie erwiderte seinen Kuss, allerdings nur kurz. Es fühlte sich heute nicht mehr richtig an. Er versuchte es erneut, doch sie drehte ihren Kopf weg.

»Was?«, fragte Galib.

»Es war falsch.«

»Warum?«

Lena überlegte. Wie konnte etwas falsch sein, was schön gewesen war?

»Vielleicht ist falsch nicht der richtige Ausdruck. Aber dabei wird es bleiben.«

Sie sah Galib lange in die Augen. Dieses Mal war er es, der den Blick als Erster senkte.

Das Hubschraubergeräusch war plötzlich verstummt, was nur bedeuten konnte, dass er gelandet war. Lena zog sich die Schuhe an, den rechten sehr vorsichtig, da der Fuß immer noch stark geschwollen war und schmerzte. Dann humpelte sie zur Tür, was entgegen ihrer Erwartung recht gut funktionierte.

»Hinter der Hütte gibt es einen Weg. Man wird ihn wegen des Schnees nicht richtig erkennen können, aber er geht einfach immer geradeaus. Nach ein paar Kilometern triffst du auf einen schmalen Pfad, der durch einen dichten Tannenwald führt. Nach circa drei Kilometern kommst du auf ein Feld. Dort geht eine Straße vorbei. Ab da müsste dein Handy wieder funktionieren. Wenn nicht, biegst du auf der Straße links ab. Da kommt nach ungefähr fünf Kilometern eine kleine Ortschaft. Ich werde ihnen jetzt entgegengehen.«

Galib ging auf sie zu. Sie drückten sich erneut, und diesmal konnte sie seinem Versuch, sie zu küssen, doch nicht widerstehen.

»Verzeihst du mir?« Er sah ihr tief in die Augen.

»Verzeihen?« In diesem Moment kam es ihr seltsam vor, dass sie jemals wütend auf ihn gewesen war. »Sagen wir mal so, du hast da wieder was gutgemacht.«

Galib grinste zufrieden. »Kann ich mit leben.«

Sie strich ihm über die Wange. Dann stieg sie vorsichtig von dem Absatz vor der Hütte in den Schnee hinab.

»Sehen wir uns wieder?«, fragte er.

Am liebsten hätte sie Ja gesagt. Bei ihr hatte Sex schon immer eine Tür geöffnet, die sich nicht so einfach wieder schließen ließ. Es gab jetzt dieses unsichtbare Band zwischen ihnen. Doch so unschuldig er auch behauptete zu sein, er gehörte einer Welt an, mit der sie nichts zu tun haben wollte. Und sie vermisste Jean und Michael. Sie wollte so schnell wie möglich zurück zu ihnen.

»Ich weiß es nicht.« Sie drehte sich ein letztes Mal zu ihm um und zuckte mit den Schultern. »Ich weiß es wirklich nicht.«

Dann humpelte sie los.

Keine halbe Stunde später landete der Hubschrauber auf dem Feld neben ihrem Hof. Vor der Scheune hatten sich einige

Menschen versammelt. Sie erkannte Ewald und Sommer und vor allem Michael und Jean, die sofort auf den Hubschrauber zuliefen. Beide kniffen die Augen zusammen, um sie vor dem aufgewirbelten Schnee zu schützen. Sie spürte, wie ihr vor Rührung, sie wiederzusehen, Tränen über die Wange flossen.

Kaum waren die Rotoren zum Stillstand gekommen, half ein Beamter Lena beim Aussteigen. Jean juchzte vor Glück. Sie hob ihn auf den Arm und drückte ihn fest an sich.

»Mami, ich hab dich sooo vermisst.«

»Ich dich auch«, sagte Lena, die aufpassen musste, nicht wieder loszuweinen.

Michael umarmte sie und Jean gleichzeitig. Noch nie hatte sie sich so gefreut, ihre beiden Jungs wiederzusehen.

»Wo waren Sie? Wir haben uns mächtig Sorgen gemacht?« Ewald war neben ihr aufgetaucht. Er bemühte sich, besonders streng zu schauen, aber in seinen Augen konnte sie Erleichterung erkennen.

Nur widerwillig erlaubte er ihr, sich zunächst zu duschen und umzuziehen, bevor sie ihm Rede und Antwort stehen sollte. Nachdem sie zumindest für den Augenblick die Erinnerung an letzte Nacht mit viel heißem Wasser weggespült hatte, erzählte sie ihm und Michael, dass sie während des Vorhabens, Kameras für die Beobachtung der Wölfe anzubringen, von einem Baum gestürzt war. Da sie dann von dem Schneesturm überrascht wurde, hatte sie sich in die ihr gut bekannte Hütte zurückgezogen.

»Du hast ganz schön Glück gehabt, dass du so früh in den Wald bist«, sagte Michael.

»Warum?«

»Wahrscheinlich haben ein paar Leute vom Aziz-Clan hier nach dir gesucht.«

»Bitte?« Lena spielte die Überraschte. »Wie kommst du denn da drauf?«

»Es gab massenhaft Spuren im Schnee. Auch von einem Auto«, erklärte Ewald. »Aber die könnten natürlich auch von jemand anderem stammen.«

»Warum hast du diesem Galib deine Nummer gegeben?« Michaels Freude, sie wiederzusehen, wich einem vorwurfsvollen Tonfall. Er musste die Nachrichten auf ihrem Handy gelesen haben. Eigentlich war ihr Telefon für ihn tabu. Allerdings verstand Lena, dass er es durchsucht hatte, nachdem sie gestern nicht mehr aufgetaucht war. Sie hätte es im umgekehrten Fall nicht anders gemacht.

»Er wollte im *Beirut Palace* unbedingt meine Nummer. Es erschien mir zu auffällig, sie ihm nicht zu geben. Ich wollte einfach nur raus da.«

»Und dieser Vorschlag, sich noch mal mit dir zu treffen? Warum hast du das nicht direkt abgelehnt?«

Lena zuckte mit den Schultern. »Ich wollte ihn nicht verärgern.«

Michael sah sie durchdringend an. »Du hattest enormes Glück, dass du schon im Wald warst«, stellte er fest. »Sonst hätte er dich genauso zugerichtet wie diesen Mitarbeiter vom Verfassungsschutz.« Er sah zu Ewald. »Stimmt's?«

»Na ja.« Ewald zuckte mit den Schultern. »Falls er es überhaupt war. Dafür gibt es noch keine Beweise. Und falls er durchschaut hat, dass Ihre Frau uns beraten hat.« Er sah zu Lena. »Wollen Sie Personenschutz?«

Lena sah zu Michael. »Was meinst du?«

Michael überlegte kurz. »Lass uns das später entscheiden.«

Sommer betrat den Raum. Der Pony ihres Pagenschnitts hing ihr platt auf der Stirn. Sie sah, wie alle Anwesenden – mit

Ausnahme von Jean, der draußen mit drei Beamten vom Verfassungsschutz einen Schneemann baute –, ziemlich müde und fertig aus.

»Und?«, fragte Ewald.

»Die Jungs von der BaFin sind jetzt weiter.«

»Sie haben mit diesen Hampelmännern von der Banken- und Finanzaufsicht telefoniert? Ich sagte doch, Sie sollen sich die Chefs der Banken vorknöpfen!«

»Aber …«

»Nichts aber!«

Sommer sah zu Lena, ihr Blick sagte alles. Lena fand es bemerkenswert, wie sie die Ruhe behielt. Sie war nicht darum zu beneiden, für Ewald zu arbeiten. Er konnte ein wirklich unerträglicher Giftzwerg sein. Sommer musste ihren Beruf schon sehr lieben. Oder sie bekam genügend Schmerzensgeld.

»Ist ja gut«, sagte Ewald, der bemerkt hatte, wie ruhig es geworden war. »Was haben die herausgefunden?«

Sommer atmete tief durch. »Es steht wohl fest, dass die Saudis damit angefangen haben, im großen Umfang Aktien abzustoßen. Dann zogen viele nach. Es wird wohl Wochen dauern, bis man aus dem schnell entstandenen Chaos genauere Schlüsse ziehen kann.« Sommer legte ein Blatt Papier vor Ewald auf den Esstisch. »Schauen Sie.« Da standen einige Namen, und es gab etliche Pfeile, die wohl die Bezüge darstellen sollten. »Issam bin Hisham Al-Tayer, der arabische Finanzberater, hatte, wie wir wissen, sehr gute Kontakte zum saudischen Königshaus. Aufgrund dieser Verbindung und dem abgehörten Telefonat können wir wohl mit ziemlicher Sicherheit davon ausgehen, dass er auf jeden Fall von den geplanten Massenverkäufen wusste. Doch die Leute von der BaFin meinten auch, dass die Saudis so etwas kaum allein hätten durchziehen können. Ich habe Ihnen daher mal aufgezeichnet, zu welchen Leuten und Institutionen die Saudis und der Finanzberater sonst noch ausgeprägte Geschäftskontakte pflegten.«

»Jemand aus Deutschland dabei, gegen den man einen Durchsuchungsbeschluss erwirken könnte?«

Sommer zog ein weiteres Blatt Papier hervor. Man sah ihr an, dass sie stolz darauf war, Ewalds nächste Frage vorausgeahnt zu haben. »Sebastian Saum. Einer der international erfolgreichsten Hedgefonds-Manager und wohl *der* erfolgreichste Deutschlands. Er pflegt schon seit vielen Jahren gute Beziehungen zur saudischen Krone und zur Fliege. Ich habe Ihnen ein paar Informationen über ihn auf diesem Blatt zusammengestellt.«

Ewald las interessiert, was ihm Sommer vorgelegt hatte. »Geht doch, Frau Sommer. Wenn Sie wollen …« Er wirkte, als wollte er noch etwas sagen, doch dann schien er plötzlich durch etwas abgelenkt. Er ergriff die Fernbedienung des im Hintergrund laufenden Fernsehers und stellte diesen lauter. Eben noch war von zwei Selbstmorden in Tokio die Rede gewesen, nachdem dort die Börse komplett zusammengebrochen war. Jetzt wurde die Stellungnahme zu den neuesten Entwicklungen des Kanzlerkandidaten der »Neuen bürgerlichen Mitte«, Jan Berger, angekündigt.

43

Wie schnell sich das Blatt manchmal wenden konnte. Obwohl er nur ein paar Stunden geschlafen hatte, fühlte sich Berger wie neugeboren. Er stand auf dem kleinen Vorplatz der Parteizentrale und kniff die Augen zusammen, damit er trotz des blendenden Sonnenlichts etwas erkennen konnte. Mindestens zehn Kameras waren auf ihn gerichtet und noch mal so viele Fotoapparate. Die Welt erschien ihm heute besonders farbenfroh, die Menschen zuvorkommend und freundlich statt wie sonst so häufig hinterhältig und rücksichtslos.

Während Wittkowski und Coppenfeld noch länger bei Saum ausgenüchtert hatten, war Berger vor Mitternacht nach Hause gefahren und hatte sich für seine »Ansprache an die Nation« vorbereitet. Nun lag es an ihm, den Ball, den ihm Saum vors Loch gespielt hatte, einzulochen. All die Arbeit der letzten Jahre würde sich auszahlen, doppelt und dreifach. Endlich bekam er die Aufmerksamkeit, die er verdiente. All die Sender, bei denen er in den letzten Tagen um »Air-Time« gebettelt hatte und die ihn eiskalt hatten abblitzen lassen, hatten Reporter geschickt, um zu erfahren, was er zu dem Crash zu sagen hatte, er als einer der wenigen Politiker in Deutschland, dem man zutraute, zu solch einem Extremszenario eine ernst zu nehmende Meinung zu haben.

Er rückte Mantel und Schal zurecht, atmete noch ein letztes Mal tief durch. »Guten Morgen, meine Damen und Herren.« Er sah nacheinander in jede einzelne der Kameras. Es gab Momente, die musste man genießen. »Liebe Bürgerinnen und Bürger. Ein

Crash – und die Welt geht in die Knie. Wir haben es vorhergesehen!« Er zeigte in die vor ihm stehende Kamera wie Uncle Sam auf dem »We want you«-Plakat. »*Sie* haben es vorhergesehen! Die Börse war ein als feiner Geschäftsmann verkleideter, gedopter Junkie.« Dieses Bild von Saum hatte ihm so gut gefallen, dass er sofort beschlossen hatte, es in seine Rede einzubauen. »Viele Regierungen und die Notenbanken haben ihn am Leben gehalten. Gestern wurde ihm seine dreckige Maske vom Gesicht gerissen!« Berger machte eine kurze Pause. »Es wird Politiker geben, die versuchen werden, dieses Ereignis schönzureden. Sie werden uns einmal mehr erzählen, dass man alles in der Hand habe.« Er schüttelte den Kopf. »Lassen Sie uns ehrlich bleiben. Hier hat niemand mehr etwas in der Hand! Was hier passiert, ist ein kalter Entzug. Und dieser Entzug wird verdammt hart werden. Denn leider haben wir während der Corona-Krise unsere Sparschweine geplündert. Kein Konjunkturprogramm der Welt kann mehr aufhalten, was jetzt geschieht. Die Exporte werden einbrechen, die Importe, der ganze Handel. Unternehmen werden Konkurs anmelden. Zunächst die schwachen, dann die starken. Die Corona-Krise wird uns vorkommen wie eine kleine Welle, wenn dieser riesige Tsunami über uns hereinbricht. Wir werden Zustände erleben wie während der Weltwirtschaftskrise um 1929.« Er sah wieder abwechselnd in jede der Kameras. Wittkowski hatte erklärt, dass man die genauen Folgen des Crashs noch nicht absehen konnte. Doch jetzt war nicht die Zeit für Hoffnung und beruhigende Worte. Jetzt war die Zeit, um Angst zu säen! »Doch!« Berger holte erneut tief Luft. »Dieses Mal werden wir es anders machen. Wir werden den Nährboden für wirkliche Innovationen schaffen. Wir werden unseren bürokratischen Wahnsinn abschaffen und damit in der Lage sein, endlich nachhaltig die Steuern zu senken.

Wir werden uns abkoppeln von einem europäischen Süden, der meint, seine korrupten Beamten und Frührentner von uns mitfinanzieren lassen zu können. Wir werden durch eine Kanzlerdemokratie Geschwindigkeit gewinnen. Und dann werden wir die Welt mit unseren Innovationen vor uns hertreiben wie Wölfe eine Herde blökender Schafe!« Er schloss kurz die Augen. Dann sprach er weiter. »Liebe Wähler, liebe Wählerinnen. Ich verlange von Ihnen nicht, dass Sie mich und meine Partei wählen. Jetzt ist nicht mehr der Zeitpunkt für Parteiegoismen. Wir müssen zusammenhalten. Überlegen Sie sich, wer die Expertise und ein Konzept hat, diese Krise zu bewältigen. Überlegen Sie sich, wer an die Zukunft denkt, an unsere Kinder. Nie wieder sollen sie so etwas erleben müssen. Lassen Sie uns gemeinsam für ein neues, starkes Deutschland kämpfen. Keine Lügen mehr! Kein dilly-dally! Keine Drogen! Lassen Sie uns gemeinsam den Junkie begraben! Für immer!«

Berger blickte noch einmal in jede Kamera. Hinter den Journalisten hatten sich bereits jede Menge Schaulustige versammelt. Einige klatschten, andere jubelten. Berger schob sich an ein paar Fotografen vorbei in Richtung einer vor Begeisterung strahlenden Frau. Er nahm sie in den Arm, hob ihr Kind für alle Kameras gut sichtbar in die Höhe. Die Auslöser der Fotoapparate ratterten wie Maschinengewehre.

Bilder bestimmten die Welt. Heute mehr denn je. Wer das noch nicht kapiert hatte, konnte einpacken!

Sein Wahlkampfleiter Torsten Keimling fing ihn noch am Eingang ab.

»Super, Jan. Aber warum hast du den anderen Parteien nicht deutlicher einen reingewürgt? Das wäre unsere Chance gewesen!«

»Mein lieber Torsten.« Berger legte seinem Mitarbeiter eine Hand auf die Schulter. Es wunderte ihn einmal mehr, wie unerfahren und naiv Keimling war. Nicht mal die dümmsten unter den Wählern konnte man so für sich gewinnen. Man musste einfache Botschaften senden. Und man musste die Menschen sich selbst überzeugen lassen. »Stell dir vor, es stehen zwei Frauen vor dir. Beide sehen gleich gut aus.« Berger musste kurz an die Mädels vom Vorabend denken. »Die eine quatscht dich zu, wie geil sie auf dich ist und was sie für einen tollen Körper hat. Die andere steht einfach nur da und zwinkert dir zu. Für welche würdest du dich entscheiden?«

Keimling überlegte. »Okay, ja, verstehe.«

Berger war sich nicht sicher, ob das wirklich der Fall war. »Die Menschen wollen nicht überzeugt werden. Sie wollen selbst entscheiden. Und das Gefühl, selbst entschieden zu haben, sollten wir ihnen nicht nehmen. Manipulation 4.0. Capito?«

Noch auf dem Weg zu seinem Büro wurde Berger von seiner Assistentin abgefangen, die ihm ihr Diensthandy entgegenhielt. Sie strahlte über beide Wangen.

»Jan, du wirst nicht glauben, wer an der Leitung ist. Mirko Hübner.«

»Hübner?«

»Genau der.« Sie überreichte ihm das Telefon wie einen Pokal. »Der, über den du dich so aufgeregt hast.«

Ein angenehmes Kribbeln durchfuhr seinen gesamten Körper. Es fühlte sich an, als würde man ihm Drogen in die Venen pumpen. Wer behauptete, Erfolg mache nicht glücklich, hatte noch nie einen wirklichen Erfolgsrausch erlebt. Das hier war besser als jeder Orgasmus.

»Her damit!«

Berger ergriff das Telefon. Er war schon drauf und dran, die Stummschalttaste zu entsperren. Dann überlegte er es sich noch einmal anders. Er reichte Heimeck das Handy zurück.

»Sag ihm, ich rufe ihn in einer halben Stunde zurück.«

44

Kaum war das Interview beendet, nahm Ewald Sommer zur Seite und flüsterte ihr etwas zu. Sommers große Augen wurden noch größer.

»Sie haben recht«, murmelte sie.

»Natürlich habe ich recht.« Ein breites Grinsen zog sich über sein Gesicht. »Rufen Sie Coppenfeld an. Wir müssen ihn dringend ins Boot holen. Das Ding ist einfach zu groß, als dass wir ihn außen vor lassen könnten. Und sagen Sie ihm, ich bin in einer halben Stunde in Berlin.«

Dann wandte sich Ewald an Lena. »Entschuldigen Sie. Aber wir müssen sofort zurück.« Er gab seinen Leuten zu verstehen, dass sie zusammenpacken sollten.

Lena verstand gar nichts mehr. Erst der Bericht über den Zusammenbruch der Börse in Tokio, jetzt das Interview von Berger. Beides ließ sich für sie nicht wirklich einordnen. Es schien einen Crash an der Börse gegeben zu haben. Aber warum und mit welchen Konsequenzen? Sie war nur eine Nacht weg gewesen, und schon sollte die Welt eine andere sein?

Ewald ging in den Flur und zog sich seinen Mantel über.

»Was ist denn eigentlich passiert?«, fragte Lena, die ihm gefolgt war.

»Ein Manipulationsskandal ganz nach meinem Geschmack«, säuselte Ewald zufrieden. »Die Details zu erklären würde zu lange dauern. In 48 Stunden wird gewählt.«

Lena sah sich um. Auch Sommer, Michael und Ewalds Leute waren in den Flur gekommen.

»Könnte ich Sie vielleicht trotzdem noch kurz unter vier Augen sprechen?« Sie musste ihm unbedingt erzählen, dass die Aziz nie einen Anschlag geplant hatten. Das war für Ewald bestimmt von erheblicher Bedeutung. Doch das konnte sie natürlich nur tun, wenn Michael nicht dabeistand. Auf keinen Fall wollte sie, dass er mitbekam, dass sie die Nacht mit Galib verbracht hatte.

Ewald zeigte auf seine Uhr. »48 Stunden. Und der Chef wartet.« Er überlegte kurz. »Aber warum kommen Sie nicht einfach mit? Ich könnte Ihnen auf dem Weg von den neuesten Entwicklungen berichten.« Seine Leute drängten sich an ihnen vorbei aus dem Haus. »Der Hubschrauber könnte Sie wieder zurückbringen. In einer Stunde sind Sie wieder hier.«

Lena wusste nicht, ob das eine gute Idee war. Sie war todmüde. Ihr Fuß tat weh. Und sie wollte Zeit mit Jean und Michael verbringen.

»Was?« Michael stand jetzt hinter ihr. »Du sollst schon wieder los?«

»Sie will nicht. Sie muss«, sagte Ewald. Lena merkte, wie er sie unauffällig mit einem Finger in die Seite stach. »Kommen Sie, wir müssen!«

Lena war hin- und hergerissen. Sie interessierte, was Ewald Neues herausgefunden hatte. Vor allem aber musste sie Ewald sagen, was sie wusste. Sie konnte nur schwer einschätzen, wie das Ganze mit den neuen Entwicklungen zusammenhing. Vielleicht würde das ja sogar seine Theorie auf den Kopf stellen. Kurzerhand ergriff sie ihre Jacke an der Garderobe. Was war schon eine Stunde!

»Jetzt ernsthaft?« Michael starrte sie fassungslos an.

»In einer Stunde bin ich wieder da.« Sie gab ihm einen Kuss. »Und dann machen wir es uns gemütlich.« Sie küsste ihn erneut auf seinen vor Entgeisterung leicht geöffneten Mund. Dann humpelte sie Ewald hinterher und verließ das Haus.

Kurz nachdem sie abgehoben hatten, begann sich der Hubschrauber leicht zu neigen und flog über den Hof hinweg in Richtung Berlin.

Lena und Ewald hatten Helme aufgezogen, in denen Kopfhörer und Mikrofone integriert waren, sodass man sich trotz der ohrenbetäubenden Rotorengeräusche unterhalten konnte.

Lena musste schlucken. Selbst vor Ewald war es ihr unangenehm, eingestehen zu müssen, dass sie mit Galib zusammen die Nacht in der Hütte verbracht hatte. Sie gab sich einen Ruck. »Galib Aziz war mit mir im Wald.«

Ewald öffnete den Mund. Es war ihr tatsächlich das erste Mal gelungen, ihn sprachlos zu machen. Aber nur für kurze Zeit. »Und, war es schön?«

»Sehr witzig.« Typisch, dass Ewald eine solche Vorlage nicht ungenutzt lassen konnte.

»Sorry. Aber der musste sein.« Ewald lachte. »Selbst die liebe Frau Bondroit hat ein drittes Gesicht.»

Lena ging auf seinen Kommentar nicht weiter ein. »Er wollte Wölfe sehen. Ich habe ihn deshalb mitgenommen«, log sie stattdessen, um Galib nicht in noch größere Schwierigkeiten zu bringen, als sie ohnehin vorhatte. Das Gewehr würde sie Ewald gegenüber nicht erwähnen. Aber dass es in dem abgehörten Gespräch um etwas ganz anderes gegangen war als den Anschlag, das wollte sie Ewald nicht verheimlichen. Verbrechen gehören unterbunden und aufgeklärt – auch wenn sie Galib jetzt auf eine sehr intime Weise verbunden war. »Aber deswegen wollte ich nicht mit Ihnen sprechen.«

»Schon klar.« Selbst unter seinem Helm konnte Lena sehen, wie sich Ewald amüsierte.

»Es gab gar keinen Anschlag, richtig?«, fragte sie.

»Nein. Hat er Ihnen das erzählt?«

»Ja, er sagte, dass es in dem Gespräch mit diesem arabischen Finanzberater um etwas ganz anderes ging. Was, wollte er mir allerdings nicht verraten. Einen Anschlag hatten sie jedenfalls nie vor.«

Ewald schlug sich zufrieden auf die Schenkel. »Womit einmal mehr belegt wäre, dass wir auf der richtigen Spur sind.«

Lena sah ihn irritiert an, sie verstand nur Bahnhof. Die nächsten Minuten klärte Ewald sie schließlich über die neuesten Entwicklungen des Falls auf. »Wir haben das abgehörte Telefonat die ganze Zeit falsch einsortiert«, beendete er seinen Vortrag. Lena war sprachlos. Das war es also, worüber Galib nicht hatte reden wollen. Ein wenig war sie jetzt doch beruhigt, dass Ewald selbst darauf gekommen war und sie Galib und seine Familie nicht verraten hatte.

Nun wurde ihr auch klar, was Galib mit den Worten, »dass es auch andere Wege gibt, sein Geld zu verdienen« und dass er es jetzt so machen würde wie die Deutschen, gemeint hatte. Er hatte das gesamte Vermögen der Familie an der Börse investiert.

»Werden Sie die Aziz jetzt festnehmen?«

Ewald nickte entschieden. »Insidergeschäfte sind kein Kavaliersdelikt! Und so kommen wir endlich an das Geld, obwohl wir ihnen Geldwäsche nie vorwerfen konnten.«

»Schon. Aber …« Sie spürte den Drang, Galib verteidigen zu müssen, obwohl es natürlich richtig war, was Ewald sagte. Wenn er sich jetzt allerdings nur auf den Clan stürzte, wäre das nicht fair. Galib wollte das Leben seiner Familie verändern.

Fast hätte er es geschafft. Und jetzt führte er sie in einen neuen, vielleicht noch größeren Sumpf. »Wollen Sie nicht eher an die großen Fische ran, die, die das alles eingefädelt haben? Die nicht nur ein paar Millionen, sondern Milliarden dabei abgesahnt haben? Die Aziz sind doch nur kleine Trittbrettfahrer.«

»Keine Sorge.« Ewald zwinkerte ihr zu. »Die dicken Fische sind mir immer die liebsten. Das sollten Sie seit unserem letzten Fall wissen.«

Nach einer Weile tauchte der Stadtrand von Berlin vor ihnen auf. Ewald zeigte aus dem Fenster. »Schauen Sie mal da!« Wenn man genau hinsah, konnte man bereits den Alex erkennen. Lena konnte sich an dem Anblick allerdings nur bedingt erfreuen. Sie musste immer wieder an Galib denken und was jetzt wohl mit ihm und seiner Familie passieren würde. Und sie ließ die Frage nicht in Ruhe, was Ewald mit seiner seltsamen Anspielung gemeint hatte.

»Was wollten Sie mir eigentlich gerade damit sagen, als Sie von meinem ›dritten Gesicht‹ sprachen?«

»Na ja.« Ewald räusperte sich. »Ich hatte mal einen sehr geschätzten japanischen Kollegen, Naruto Watanabe. Er sprach nicht viel, doch wenn er etwas sagte, dann steckte da meistens viel Wahrheit drin. Er behauptete mir gegenüber einmal, dass wir Menschen drei Gesichter haben. Eines der Gesichter zeigen wir im Beruf. Eines zeigen wir unserer Familie. Und dann gibt es da noch ein drittes: Das kennen nur wir selbst.«

»Unsere dunkle Seite«, murmelte Bondroit.

»Dunkel, weiß ich nicht. Das ist mir zu moralisch, zu westlich. Verborgen trifft es mehr. Es gibt einfach Dinge, die sollte man für sich behalten. Sie mit anderen zu teilen macht die Welt nicht besser. Eher das Gegenteil. Glauben Sie mir. Ich weiß, wovon ich spreche.«

45

Coppenfeld erwartete sie bereits auf dem Hubschrauberlandeplatz. Sein rotes, aufgedunsenes Gesicht wirkte heute noch röter als sonst. Zudem hatte er tiefe Ringe unter den Augen. Ewald tippte auf eine ausgelassene Feier.

»Dann will ich mal hoffen, dass es wirklich so wichtig ist, wie Ihre Kollegin gerade behauptete«, begrüßte er Ewald.

»Ist es.« Ewald zeigte auf Bondroit. »Das ist übrigens Frau Dr. Bondroit, die Wolfsforscherin. Sie kennen sie aus den Berichten.«

Coppenfeld und Bondroit gaben sich die Hand.

»Frau Bondroit war so nett, mich noch kurz zu begleiten. Sie hatte weitere Informationen, die sich bestens mit meinen neuesten Thesen decken.«

Ewald wandte sich an Bondroit. »Der Hubschrauber muss noch neu betankt werden. Wenn es Ihnen nicht zu kalt ist, können Sie direkt hier oben warten. Oder Sie kommen noch kurz mit rein.«

Bondroit entschied sich fürs Warten. Daraufhin verabschiedete sich Ewald von ihr und folgte Coppenfeld zum Aufzug, der vom Dach in das Gebäude führte.

»Warum ich Sie so dringend um ein Gespräch bat …« Sie hatten in dem abhörsicheren Besprechungsraum Platz genommen. Ewald war noch ein wenig außer Atem. »Der Börsencrash. Sie haben es mitbekommen?«

»Selbstverständlich.«

Ewald schloss seinen Laptop an dem Übertragungskabel an und drückte auf einen Knopf. Ein arabisch aussehender Mann tauchte auf einem der großen Wandscreens auf. »Issam bin Hisham Al-Tayer, auch genannt ›Die Fliege‹«, erläuterte er. »Sie kennen ihn bereits aus dem Fall ›Gobi‹. Er ist ein arabischer Finanzberater und vor allem dafür bekannt, dass er das saudische Königshaus berät. Aber er pflegt auch gute Beziehungen in andere Länder – traut man den Informationen der CIA, sogar zu Israel. Wenn es um Geld geht, spielen Weltanschauung und Religion eben keine Rolle. Die Analyse des Börsencrashs ist noch in vollem Gange. Was jedoch bereits jetzt festzustehen scheint, ist, dass die Saudis als Erste mit den Massenverkäufen begonnen haben. Ich erspare Ihnen die Details, denn diese Verkäufe hätten wahrscheinlich nicht sonderlich viel bewirkt, wenn andere Investoren nicht bereit gewesen wären, auf den Zug mit aufzuspringen. Und das«, Ewald hob seinen Zeigefinger, »obwohl noch gar nicht feststand, dass der Zug den Bahnhof verlassen würde.«

»Ja. Und?«, fragte Coppenfeld ungeduldig.

Ewald holte tief Luft und zwang sich, Ruhe zu bewahren. Coppenfeld hatte leider die unangenehme Eigenschaft vieler Vorgesetzter, auf den Punkt kommen zu wollen, ohne vorher die Sachlage verstanden zu haben. Ewald drückte erneut auf eine Taste auf seinem Computer, und neben der Fliege war nun noch eine weitere Person zu sehen. Ewald zeigte auf den Mann.

»Vahid Aziz. Das Oberhaupt des Aziz-Clans.«

»Jetzt erzählen Sie mir bitte nicht, dass der Aziz-Clan in diesen Crash verwickelt ist, denn dann verlasse ich sofort den Raum. Für solche Verschwörungstheorien fehlt mir wirklich die Zeit.«

»Keine Sorge.« Warum konnte Coppenfeld nicht einfach zuhören? »Ihm haben wir zu verdanken, dass wir die Fliege mit dem Crash in Verbindung bringen können. Wie Sie wissen, konnten wir vor einigen Wochen ein Gespräch zwischen Vahid Aziz und der Fliege abfangen. Sie kennen das Gespräch.«

»Sie meinen das, in dem von dem geplanten Anschlag die Rede war?«

»Genau. Nur gehe ich jetzt davon aus, dass es in diesem Gespräch nie um einen Anschlag ging. Wir haben es falsch interpretiert. Weder dieser arabische Finanzberater noch die saudische Krone waren auf irgendeine Weise in einen geplanten Anschlag verwickelt. Auch die Aziz nicht.«

»Sondern?«

»Issam bin Hisham Al-Tayer hat den Aziz lediglich einen Tipp bezüglich der richtigen Anlage ihres Geldes gegeben.«

Coppenfeld hob die Augenbrauen. »Und darauf kommen Sie erst jetzt?« Er schüttelte mehrfach den Kopf. »Ihnen ist schon klar, dass wir damit gestern Tausende von Euros an Steuergeldern umsonst verbrannt haben!«

Auch wenn Ewald wusste, dass es Coppenfeld weniger um die Steuergelder als um seine eigene Reputation ging, wäre es ihm anders lieber gewesen. »Ja. Aber die damalige Informationslage sprach für einen Anschlag.«

Coppenfeld schenkte sich ein Glas Wasser ein und trank es mit einem Schluck leer. »Und warum hat dieser Finanzberater gerade den Aziz diesen Tipp gegeben?«

»Verwandtschaftliche Verflechtungen.«

»Und die Aziz haben diesen Tipp genutzt?«

»Ja. Das war es auch, was mir Frau Bondroit gerade noch einmal indirekt bestätigen konnte.«

»Klassischer Insiderhandel.« Coppenfeld betete ein paar Paragrafen runter. »Ich nehme an, die Konten sind schon beschlagnahmt, die Staatsanwaltschaft und die Banken- und

Finanzaufsicht informiert?« Er erhob sich. »Gute Arbeit, Ewald …« Er rückte sein Sakko zurecht. Heute trug er nur ein Hemd ohne die sonst obligatorische Weste und Fliege. »… von dieser Fehlinterpretation des Telefonats einmal abgesehen. Da brauchen wir einen wasserdichten Bericht, der unsere damalige Ansicht mehr als belegt. Verstanden?« Er drückte die Augen zusammen, als müsse er Schmerzen wegdrücken. »Ich darf mich dann entschuldigen.«

»Noch drei Minuten!« Warum konnte Coppenfeld nicht einfach warten, bis er fertig präsentiert hatte?

»Was denn noch?« Coppenfeld wirkte genervt.

Ewald drückte auf eine Taste, und auf dem anderen Screen erschienen zwei weitere Fotos. Ewald zeigte auf das linke. »Sebastian Saum, deutscher Staatsbürger und ein ›Keyplayer‹, wie es so schön heißt, in der weltweiten Finanzbranche. Es ist ein offenes Geheimnis, dass er und Issam bin Hisham Al-Tayer sich sehr gut kennen. Saum hat seinen Aufstieg ein großes Stück weit der saudischen Krone zu verdanken, die ihm am Anfang seiner Karriere große Geschäfte zukommen ließ.«

»Gibt es etwa Geldbewegungen, die darauf hindeuten, dass er ebenfalls mit dem Crash zu tun haben könnte?« Gerade noch hatte Coppenfeld sehr in Eile gewirkt. Jetzt hatte Ewald den Eindruck, dass ihn die Geschichte endlich zu interessieren begann. Er setzte sich sogar wieder hin und goss sich noch ein Glas Wasser ein. »Und der Mann auf dem Foto daneben – Jan Berger, wenn ich mich nicht täusche? Das Bild haben Sie sicherlich nicht ohne Grund herausgesucht.«

Ewald versuchte mit einem Huster sein Grinsen zu überspielen. Klar, wenn es um die großen Köpfe in der Politik ging, dann wurde es auch für diesen »von und zu« spannend.

»Zunächst zu Ihrer Frage zu den Geldbewegungen. Auch Saums Firmen haben reagiert. An der Speerspitze scheinen sie allerdings nicht gestanden zu haben. Das können wir bisher nur sicher über die Saudis sagen. Die ganze Welt hat Aktien und sonstige Wertpapiere verkauft. Wenn der Turm wackelt, kann man keinen dafür verantwortlich machen, wenn er wegläuft. Aber Saum ist eine interessante Verbindung nach Deutschland.«

»Verstehe.« Coppenfeld zeigte auf das andere Foto. »Und Berger?«

»Der 17. Januar.« Ewald schob Coppenfeld eine Kopie des Abhörprotokolls zwischen Vahid Aziz und der Fliege zu. Dort, wo vom 17. Januar die Rede war, hatte er den Text markiert. »Ich habe mich die ganz Zeit gefragt, warum der Crash genau drei Tage vor der Wahl stattfinden musste.«

»Zufall?«, riet Coppenfeld.

»Glaube ich nicht.«

»Sondern?«, fragte Coppenfeld ungeduldig.

»Dieser Sebastian Saum. Er ist nicht nur ein milliardenschwerer, sehr erfolgreicher Hedgefonds-Manager. Er ist auch Gründungsmitglied der ›Neuen bürgerlichen Mitte‹. Er ist dort zwar nicht mehr sonderlich aktiv, aber eines dürfte wohl klar sein: Es gibt in Deutschland keine Partei, die von einem Crash drei Tage vor der Bundestagswahl so sehr profitiert wie die NbM.« Er zeigte auf Jan Berger. »Dieser Mann und seine Partei stellen schon seit Jahren die derzeitige Geldpolitik infrage. Hier hat er seinen Beweis, dass sie falsch war. Und er steht mit seinen drastischen Forderungen für eine schnelle Politik und starke zentrale Kräfte genau für das, was wir nach diesem Crash brauchen werden.«

Coppenfeld nahm seine Brille von der Nase und begann sie ausgiebig zu putzen. »Langsam verstehe ich, worauf Sie hinauswollen.« Auf seiner Stirn bildete sich immer mehr Schweiß. Er zog ein Taschentuch aus der Tasche und tupfte sie sich ab. »Aber sagten Sie nicht gerade, dass Saum und seine Firmen nicht zu den Treibern des Crashs gehörten?«

»Ja, das sagte ich.«

»Gut. Ich denke nämlich, dass Sie hier eine Theorie haben, aber eine ohne irgendeinen Beweis! Wir sollten dringend zwischen dem, was einem nützt, und dem, was man plant, unterscheiden. Am Ende wiederholen Sie den Fehler, den Sie schon bei diesem Telefonat gemacht haben: wilde Spekulation! Oder gibt es noch andere Fakten, die darauf hindeuten, dass Saum hier manipuliert haben könnte?«

Natürlich musste man zwischen dem, was einem nützte, und dem, was man plante, unterscheiden. Für wie dumm hielt Coppenfeld ihn eigentlich. Nur hatte Ewald die Erfahrung gemacht, dass Menschen nun einmal sehr gerne planten, was ihnen nützte. Es war einer der wesentlichen Ansatzpunkte für jede Ermittlung, am Ende nichts anderes als die Suche nach dem Motiv.

»Kein Saum, nicht die Saudis, und auch kein anderer Fonds- oder Investmentmanager wäre allein dazu in der Lage gewesen, diesen Crash auszulösen. Daher bin ich davon überzeugt, dass es Absprachen gab.« Ewald zeigte auf die Kopie des Abhörprotokolls. »So ein Datum ist kein Zufall! So ein Ding zieht man nicht durch, ohne sich sehr genaue Gedanken über den genauen Zeitpunkt zu machen.«

»Aber warum genau dieser Zeitpunkt?«

»Wie schon angedeutet. Wahlmanipulation. Deswegen ist es auch so wichtig, dass wir schnell handeln.«

»Wahlmanipulation?« Coppenfeld zog seine Brille wieder auf. Er rückte seinen Stuhl zurecht. »Eine äußerst gewagte These.«

»Überhaupt nicht«, widersprach ihm Ewald nun deutlich schärfer. Erst ging es Coppenfeld zu langsam, jetzt anscheinend zu schnell. »Für mich stellt sich der Fall so dar«, versuchte es Ewald erneut. »Der sprudelnde Geldhahn der Saudis versiegt seit Jahren immer mehr. Öl wird zwar weiterhin nachgefragt, doch der Bedarf sinkt dank Gas- und Elektroautos sowie alternativer Energien stetig. Dafür gibt es zunehmend Konkurrenz. Die Saudis versuchen schon seit einiger Zeit in andere Industrien einzusteigen, leider nicht mit dem gleichen Erfolg wie die Chinesen. Die Aktienmärkte sind stark überhitzt. Jetzt einzusteigen wäre ein großes Risiko. In der gleichen Situation stecken auch noch andere Länder. Dubai zum Beispiel. Und da kommt dieser Berater ins Spiel. Die Fliege. Wer am Ende auf die Idee mit dem Crash kam, wird sich wahrscheinlich nie herausfinden lassen. Vielleicht hat sich diese Idee erst entwickelt. Aus meiner Sicht jedenfalls begann die Fliege nach Verbündeten zu suchen. Und jetzt kommen wir zu …«

»Saum«, stellte Coppenfeld richtig fest.

»Ganz genau. Er ist einer der einflussreichsten Hedgefonds-Manager der Welt. Wenn ich die Fliege wäre, ich hätte mich an ihn gewandt. Saum war bereit mitzumachen, allerdings unter einer Bedingung: dass man ihm und seiner Partei hilft. Er bestimmte daher das Datum.«

Ewald wartete, ob Coppenfeld wieder etwas zu entgegnen hatte. Da dies nicht der Fall zu sein schien, entschloss Ewald sich dazu, seine letzte Karte auszuspielen. »Haben Sie heute Morgen die Rede von Jan Berger gehört?«

»Selbstverständlich«, bejahte Coppenfeld.

»Und ist Ihnen etwas aufgefallen?«

»Ehrlich gesagt nicht.«

Es war zum Haareraufen. Warum waren die Menschen um ihn herum nur alle so blind? »Seine Worte saßen perfekt. Der Junge wusste, dass das gestern in New York nicht nur ein kleiner ›Ausrutscher‹ nach unten war. Er war der einzige Politiker, der heute Morgen bestens vorbereitet war. Alle anderen – inklusive des noch amtierenden Wirtschaftsministers – haben nur unstrukturiert um den heißen Brei herumgeredet.«

»Das könnte aber auch schlicht daran liegen, dass Berger ein begnadeter Redner ist und die Finanzpolitik sein wichtigstes Anliegen.« Coppenfeld legte die Fingerspitzen zusammen. »Was schlagen Sie vor?«

Ewald tat so, als würde er eine Zitrone mit seiner Hand ausdrücken. »Wir bauen Druck auf. Wir nehmen sie in Untersuchungshaft, Saum, Berger, weitere Politiker der NbM. Wir befragen sie unabhängig voneinander. Einer wird sich verplappern, es wird Widersprüche geben, glauben Sie mir. Aber wir müssen jetzt schnell sein. Sie müssen sich in Sicherheit wiegen. Und vielleicht noch viel wichtiger: bevor die Wahl stattfindet. Denn wenn es blöd läuft, hat ab dann die NbM das Sagen. Nicht aufzuhebende Immunität. Absetzung von Parteigegnern von wichtigen Ämtern. Sie verstehen?«

Coppenfeld überlegte. »Von mir aus.« Er stand auf. »Bevor Sie das allerdings anstoßen, muss ich noch ein paar Dinge wegen der politischen Reichweite klären. Wer weiß über das alles Bescheid?«

»Eigentlich nur ich.« Ewald wollte noch Sommer sagen, doch dann bestand nur wieder die Gefahr, dass er sich die Lorbeeren teilen musste. Und Sommer würde ihren Erfolg auszunutzen wissen, darin war sie geschickt.

»Und diese Biologin, die gerade mit ihnen im Hubschrauber saß?«, fragte Coppenfeld. »Sie sagten, sie hatte ebenfalls Informationen, die ihre Thesen stützen.«

»Sie weiß aber nur in Teilen Bescheid. Außerdem ist sie sehr vertrauensvoll.«

»Alles klar.« Coppenfeld starrte für eine gewisse Zeit in den Raum. Seine Stirn glänzte wieder vor Schweiß. Er rieb sie sich erneut trocken. »Das sollten wir tatsächlich zeitnah in Angriff nehmen. Warten Sie kurz. Ich kläre das sofort.«

46

Die Sonne war verschwunden. Dunkle Wolken hingen am Himmel, und es sah so aus, als würde es bald wieder schneien. Sie überflogen einen längeren Waldabschnitt. Bis zu ihrem Haus konnte es nicht mehr weit sein.

Lena war voller Vorfreude. Bald würde sie wieder zu Hause sein, bei ihren Männern. Jean würde hoffentlich ganz lange mit ihr kuscheln wollen. Sie zumindest hatte ein unglaubliches Bedürfnis danach.

Neben der Vorfreude spürte Lena aber auch eine seltsame Leere aufkommen. Die Anspannung würde erst langsam nachlassen. Das plötzliche Auftauchen von Galib, dann die Bedrohung, der Fluchtversuch, die Verletzung und nicht zuletzt die gemeinsame Nacht mit ihm in der Hütte. Der gestrige Tag kam ihr vor, als wären es drei gewesen, das Erlebte musste sie erst noch verarbeiten.

Lena beugte sich zum Fenster, da sie den rauchenden Schornstein ihres Hauses auftauchen sah. Doch anstatt langsam in einen Tiefflug überzuleiten, drehte der Hubschrauber plötzlich ab in die entgegengesetzte Richtung, wieder nach Berlin.

»Was ist los?«, fragte Lena den Piloten.

»Ansage von oben. Sie werden noch einmal dringend gebraucht.«

»Wie, gebraucht?«

Der Pilot zuckte mit den Schultern. »Mehr weiß ich leider nicht.«

Lena spürte, wie sich ihr Magen verkrampfte und sie sauer wurde. Sie hatte jetzt wirklich genug. Kannte Ewald denn keine Grenzen? Egal wie dringend seine Ermittlungen auch sein mochten, was gab es so Wichtiges, dass er sie noch einmal nach Berlin zurückfliegen ließ?

»Sagen Sie Herrn Ewald bitte, er soll zu mir rauskommen, wenn es so dringend ist.«

»Es tut mir leid. Befehl ist Befehl«, sagte der Pilot. »Man wird sicherlich seine Gründe haben.«

Dieser fanatische Egoist. Natürlich hatte er seine Gründe. Doch sie hatte auch ihre Gründe, warum sie jetzt nach Hause wollte. Der konnte was erleben.

Zurück auf dem Hubschrauberlandeplatz des Verfassungsschutzes, wurde Lena von zwei Männern in Empfang genommen.

»Sie haben Ihr Handy dabei?«

»Klar.« Lena zog es aus der Tasche. Einer der Männer nahm es ihr sofort ab. »Aus Sicherheitsgründen«, erklärte er, bevor sie sich beschweren konnte. »Wir sind hier auf dem Gelände des Verfassungsschutzes.«

»Bisher hat man mir nie mein Handy abgenommen!«

Der Mann zuckte nur mit den Schultern. »Wenn Sie uns bitte folgen würden.«

»Wo ist Herr Ewald?«

Sie bekam keine Antwort. Die Männer führten sie in das Gebäude und dort in einen fensterlosen Raum mit einem Tisch und zwei Stühlen, sonst nichts. Nicht mal ein billiger Kalender hing an der Wand.

»Bitte warten Sie hier. Man wird gleich zu Ihnen kommen«, sagte einer der Männer. Dann verließen sie den Raum.

Lena sah zur Tür, die keine Klinke, sondern nur einen Knauf hatte, daneben an der Wand ein Chipscanner. Sie stand auf und rüttelte an der Tür. Sie hatten sie eingesperrt. Irgendetwas stimmte nicht.

»Hallo?« Keine Antwort. Sie klopfte gegen die Tür, es klang dumpf, als ob man Schläge gegen die Tür von draußen nicht hören konnte. »Hallo?«

In dem Moment öffnete sich die Tür, und Coppenfeld, der Präsident des Verfassungsschutzes, den sie vorhin getroffen hatte, betrat den Raum.

»Frau Dr. Bondroit. Wenn Sie sich bitte kurz setzen möchten.«

»Nein! Das möchte ich nicht!« Lena war ganz außer sich. So behandelte man niemanden, der sich für den Verfassungsschutz eingesetzt hatte. »Was soll das? Ich will nach Hause zu meiner Familie. Sofort!«

Coppenfeld ging an ihr vorbei und nahm auf einem der Stühle Platz. »Setzen!«

Lena blieb stehen.

»Okay. Dann bleiben Sie eben stehen. Ich habe leider keine Zeit für Ihr dilly-dally. Sie sind vorläufig festgenommen. Spionageverdacht.«

»Spionageverdacht?« Lena konnte nicht glauben, was sie da gerade hörte. »Wen soll ich denn ausspioniert haben?«

»Wir vermuten, dass Sie für den Aziz-Clan arbeiten.«

»Wie bitte?« Lena bekam ihren Mund kaum mehr zu. Das behauptete er jetzt doch wohl bitte nicht im Ernst. Hatte Ewald ihm etwa von ihrer Nacht mit Galib erzählt? »Ich möchte mit Herrn Ewald sprechen.«

Coppenfeld stand wieder auf. »Tut mir leid.« Er ging zur Tür. »Ich wollte Ihnen diese Nachricht gerne persönlich überbringen. Vorerst bleiben Sie wegen der Brisanz der Informationen, zu denen Sie Zugang hatten, in unserem Gewahrsam.«

Lena konnte und wollte nicht glauben, was hier gerade passierte. »Das ist doch alles ein schlechter Scherz«, rief sie. »Ich will sofort mit meinem Mann sprechen.«

Ohne dass sie eine Antwort auf ihre Forderung erhielt, fiel die Tür ins Schloss.

»Hey«, schrie Lena. Sie ging die paar Schritte zur Tür, rüttelte wieder daran, vergeblich. »Hey! Das können Sie nicht machen!«

47

Als Berger die Parteizentrale verließ, stand dort bereits der angekündigte schwarze Kleinbus mit den abgedunkelten Scheiben. Die Schiebetür öffnete sich, und Berger sprang in den Wagen.

Der hintere Teil des Busses war von der Fahrerkabine abgetrennt. Von den sechs Sitzen zeigten drei in Fahrt-, drei in die umgekehrte Richtung. Dazwischen war ein Tisch. Berger setzte sich neben Coppenfeld, der eine Fratze zog, als wollte er sie darüber informieren, dass der Dritte Weltkrieg ausgebrochen war. Saum, der ihm gegenübersaß, hatte auch schon eine fröhlichere Ausstrahlung gehabt, aber er nickte ihm wenigstens freundlich zu.

»Mein Gott, was gibt es denn so Dringendes?«, fragte Berger. Coppenfeld hatte ihm am Telefon dazu nichts sagen wollen. Dabei hatte Berger gerade wirklich keine Zeit. Die Telefone standen nicht mehr still. Alle wollten sie Interviews. Und der Parteivorsitzende einer anderen Partei hatte angerufen, um bereits im Vorfeld über eine mögliche Koalition zu sprechen.

Coppenfeld begann zu erzählen. Und was er erzählte, war leider alles andere als erbaulich. Es war eine Katastrophe.

»Und das alles wegen dir!«, raunzte Berger Saum an.

»Hey, hey, hey!« Saum hob abwehrend die Hände. »Not my cup of tea. Was kann ich dafür, wenn Coppenfeld seine Leute nicht im Griff hat?«

Typisch Saum. Ritt sie in den Sumpf, machte dafür aber die Passagiere der Kutsche verantwortlich. Und dass er nicht einen Satz ohne englische Einschübe machen konnte, ging Berger inzwischen auch ziemlich auf den Wecker.

»Ist nicht dein Ernst?« Auch Coppenfeld schien erbost, der sonst eigentlich immer cool blieb. »Meine Leute machen ihre Arbeit. Du hättest vorsichtiger sein müssen!«

»Das sehe ich ganz genauso«, sprang Berger Coppenfeld zur Seite.

»Und außerdem«, schimpfte Coppenfeld weiter, »die ganze verdammte Aufregung wegen des Anschlags! Das kann mich noch den Kopf kosten! Ganz zu schweigen davon, dass die dir jetzt auf der Spur sind! Hättest du uns eingeweiht, hätten wir reagieren können, ohne dass es auffällt! Ich hätte da gleich intern den Deckel draufgemacht! Nun haben die ihre Querverbindungen gezogen, und es ist nur noch eine Frage der Zeit, bis sie Beweise für ihre Theorien finden! Und ich sitze jetzt da, mit dieser Scheiße!«

»Ich konnte euch nicht im Vorfeld informieren.« Saum sah zwischen Berger und Coppenfeld hin und her. »Denn genau das, was jetzt passiert ist, wollte zumindest ich verhindern. Keine auffälligen Insidergeschäfte, zumindest in den Ländern, die einer starken Finanzaufsicht unterliegen. Wir haben nur automatisierte Limits erteilt, die im Bereich dessen lagen, was man als risikobewusstes Anlegen verstehen kann. Ich habe sogar sehr bewusst große Verluste in Kauf genommen, damit selbst meine Mitarbeiter nichts von der Sache mitbekommen. Dass dieser Issam bin Hisham Al-Tayer auf die unsägliche Idee kommt und seine neuen Verwandten informiert – das konnte ich doch nicht ahnen! Und noch schlimmer …«, er zeigte auf Coppenfeld, »dass ihr ihn abhört!«

Berger wie auch Coppenfeld konnten nur die Köpfe schütteln. Berger wusste nicht, was Coppenfeld dachte, aber er für seinen Teil hätte Saum am liebsten aus dem fahrenden Bus geworfen. Wenn rauskam, dass Saum tatsächlich mit dem

Crash zu tun hatte, dann würde sich die Presse wie eine Hyäne auf die NbM stürzen, und sie konnten das mit der Wahl vergessen.

Saum sah zu Coppenfeld. »Außerdem weiß ich gar nicht, warum du dich so aufregst. Du hast doch alles im Griff!« Ihm schien die Situation nicht die Laune verderben zu können. Wo es ein Problem gab, gab es eine Lösung. Das war schon immer so gewesen.

»Im Griff, nennst du das?« Coppenfeld rieb sich verzweifelt seine roten Wangen. »Ich musste den zuständigen Abteilungsleiter von dem Fall abziehen. Ich habe ihn sogar festnehmen lassen. Da spielten mir zum Glück die Anschuldigungen einer seiner Mitarbeiterinnen in die Hände. Aber das ist ein harter Hund. Der wird nicht loslassen, für kein Geld der Welt. Wenn der sich an etwas festgebissen hat …«

»Dann mach ihn kalt«, sagte Saum emotionslos.

»Wie bitte? Wie stellst du dir das denn vor?«

»Was weiß ich. Ein Selbstmord in der Zelle. Damit habt ihr doch sicherlich Erfahrung. Dir wird schon was einfallen.«

Coppenfeld war überhaupt nicht begeistert. »Und diese Wolfsforscherin, die für uns spioniert hat und von der ich dir vorhin auf dem Weg zu Berger erzählt habe.« Er sah zu Saum. »Die etwa auch?«

»Wieso weiß eine Wolfsforscherin von der Sache?«, fragte Berger. Das hier klang in der Tat nach dem Gegenteil von »die Sache im Griff haben«.

»Wer zu viel weiß, muss weg. Das Risiko ist einfach zu groß. Was hattest du denn sonst mit denen vor?«

»Na ja.« Coppenfeld strich sich den Schweiß von der Stirn. »Ich dachte, ich buchte die beiden bis nach der Wahl ein. Ab dann gelten hoffentlich andere Regeln.«

»Bullshit«, blaffte Saum ihn an. »Die müssen weg. Der eine Selbstmord. Und diese Wolfsforscherin …« Er hielt inne. »Du sagtest, die hat für euch bei den Clan-Leuten spioniert. Lässt sich da nicht was drehen?«

Coppenfeld überlegte. Anscheinend hatte Saum ihn schon von seiner Säuberungsaktion überzeugt. »Du meinst, es so zu inszenieren, als ob die es waren.« Er nickte. »Würde passen. Die gehen mit Spitzeln nicht gerade sanft um. Erst vor ein paar Wochen haben die einen V-Mann umgebracht.« Dann schüttelte er den Kopf. »Aber das wird eine Menge Geld kosten.«

Saum winkte ab. »Am Geld soll es nicht scheitern.«

»Und wenn noch andere meiner Leute auf diese Spur kommen? Dieser Abteilungsleiter ist ein Eigenbrötler, mag nicht, wenn jemand mitmischt. Aber wer weiß, wenn er die richtigen Schlüsse zieht, tut das vielleicht noch jemand anderes?«

»Wer denn? Und warum überhaupt?« Saum rollte mit den Augen. »Schließ die Anschlags-Akte. Du bleibst da einfach bei der alten Geschichte. Es sollte einen Anschlag geben, und ihr habt ihn durch eure abschreckenden Maßnahmen verhindert. Und lass das Abhörprotokoll verschwinden. Schon bald wird sich niemand mehr daran erinnern.«

Berger sah zu Coppenfeld. Der Schweiß perlte ihm in einer Tour die Schläfen hinunter. In was für eine Scheiße hatte Saum sie da nur reinmanövriert? Er wollte nichts sehnlicher als diese Wahl gewinnen. Aber wollte er auch, dass Blut an seinen Händen klebte?

»Nein«, sagte Coppenfeld plötzlich bestimmt, scheinbar war ihm das Ganze doch zu heiß. »Ich helfe dir, indem ich die beiden für eine Zeit aus dem Verkehr ziehe. Das kann ich beides rechtfertigen. Aber ab dann kann ich für nichts mehr garantieren. Da musst du dir was anderes ausdenken.«

»Was soll das heißen?« Saums Gesicht mutierte zu einer teuflischen Fratze. So wütend hatte ihn Berger selten gesehen. Saums Augen blitzten, die Augenbrauen hatte er an den Außenseiten hochgezogen. Sein Mund stand offen, als wollte er Coppenfeld beißen. »Höre ich gerade richtig? Du willst deinen Freunden nicht aus der Patsche helfen, den Freunden, die dir in London damals den Arsch gerettet haben?«

»Das ist ewig her«, gab Coppenfeld kleinlaut zurück.

»Na und?!« Saum schlug auf den Tisch. »Was ist aus dir eigentlich für ein Hosenscheißer geworden? Gestern vögelst du noch einer brasilianischen Minderjährigen das Hirn aus dem Schädel, und jetzt diese Mimimi-Nummer?«

»Die war nicht minderjährig«, verteidigte sich Coppenfeld.

»Weißt du's?« Saum lachte hohl. »Und wegen der Geschichte von damals ...« Sein Blick wurde jetzt eiskalt. »Wenn du mich hier über die Klinge springen lässt, dann kommst du mit in den Knast. Dafür werde ich sorgen.«

Coppenfeld wurde weiß im Gesicht und sah zu Berger. Sie wussten beide, dass Saum nicht nur drohte. Wenn er über diesen Crash stolperte, dann würde er keine Sekunde zögern und sie mit ins Verderben reißen.

»Scheiße Mann, Saum. Wie konntest du uns nur so einen Mist einbrocken?«, rief Berger und stampfte vor Wut mit dem Fuß auf.

»*Mist?*«, fauchte Saum. »Jetzt reicht es aber! Wenn du in zwei Tagen die Wahl mit großer Mehrheit gewinnst, dann wird hier keiner mehr von *Mist* reden. Dann bin ich plötzlich euer Held.« Seine Finger formten ein Victory-Zeichen. »Ich habe das doch nicht für mich gemacht. Ich habe das für uns gemacht, für unser Land, für unsere Partei! Da muss man bereit sein, Opfer zu bringen.«

Auch wenn Berger das mit den Morden entschieden zu weit ging, hatte Saum in gewisser Weise recht. Gestern hatten sie ihn noch gefeiert. Er war tatsächlich bereit gewesen, für ihre Partei einiges zu riskieren.

Der Wagen hielt. Berger sah aus dem Fenster. Sie standen vor dem Abflugterminal des neuen Berliner Flughafens.

»Was machen wir denn hier?«, fragte Berger.

Saum machte sich bereit auszusteigen. »Coppi meinte, es wäre besser, wenn ich für ein paar Tage das Land verlasse. Und ich sehe das ganz ähnlich.« Er machte erneut das Victory-Zeichen. »Also, boys. Ich will wieder euren Optimismus sehen. Berger, du konzentrierst dich ab jetzt auf den Endspurt zur Wahl. Und du, Coppi, erledige das mit diesem Abteilungsleiter und der Wolfsforscherin. Ich sorge derweil dafür, dass wir für die nächsten Projekte genügend Geld haben. Schaut in einer Woche doch mal in eure Depots. Adiós amigos!«

48

Dieser schreckliche Geruch! Das war das Erste, was Ewald dachte, als er wieder aufwachte. Und seine Hand tat weh. Er betrachtete die Blutkruste, die sich auf seinen Fingerknöcheln gebildet hatte.

Sommer, diese falsche Schlange!

Zugegeben, er hatte sie nicht immer gut behandelt, er fuhr eben keinen Kuschelkurs, aber angefasst hatte er sie nie. Jetzt nutzte sie seine verbalen Entgleisungen dazu aus, ihn loszuwerden. Wer hätte ahnen können, dass ihr Ehrgeiz so weit ging.

Beleidigung, das ließ er noch durchgehen. Aber psychischer Missbrauch und Vergewaltigung? Wie lächerlich das alles war. Ewald hatte sich nie viel aus Sex gemacht. Und aus Frauen erst recht nicht. Ihre Familienfixierung, die Art, wie sie Kinder vergötterten – vor allem natürlich ihre eigenen –, dass sie bei Gesprächen endlose Diskussionen mehr schätzten als das Ergebnis. Die meisten von ihnen gingen ihm einfach nur auf die Nerven. Wobei er gestehen musste, dass es ihm mit Männern eigentlich ganz ähnlich ging. Ihr Egoismus. Ihre latente Faulheit, die sie versuchten hinter blindem Aktionismus zu verstecken. Ihre Wichtigtuerei.

Wenn er klüger gewesen wäre, dann wäre er Landwirt geworden, irgendwo in Norwegen, Patagonien oder Neuseeland, an einem Ort, an dem es wenig Menschen gab. Stattdessen hatte er es vorgezogen, sich einen Job zu suchen, wo er sie jagen konnte, die Menschen.

Manchmal hatte er damit geliebäugelt, eine Auszeit zu nehmen. Er hatte häufig davon geträumt, andere Länder zu sehen, und gehofft, dass ihm das Reisen einen neuen Zugang zu seinen Mitmenschen und mehr Lebensfreude spenden könnte. Tagelang hatte er im Internet und mit Reiseprospekten zugebracht und doch nie etwas gebucht. Warum, das wusste er selbst nicht so genau. Wahrscheinlich war es die Angst vor der großen Enttäuschung, die Angst davor, am Grand Canyon mit tausend anderen Touristen zu stehen, die er am liebsten allesamt über die Klippe schubsen würde.

Er hasste Menschen. Je älter er wurde, umso mehr. Er hasste den Lärm, den sie machten, die Freude, die sie ausstrahlten, ihren Geruch. Es gab wenige Ausnahmen. Sein japanischer Kollege, Naruto Watanabe, war so eine Ausnahme gewesen. Egal ob er sich auf einer Hochzeit oder einer Beerdigung befand, immer glich sein Gesicht einer wandelnden Totenmaske. Diese Gleichgültigkeit hatte Ewald geliebt. Aber auch Lena Bondroit hatte er zu schätzen gelernt. Kritischen Menschen mit Mut und Neugierde begegnete man heute nur noch selten.

Das Licht ging aus.

»Endlich!«, stöhnte Ewald.

Dann hörte er Schritte auf dem Flur. Sie kamen näher, bis sie direkt vor seiner Zelle verhallten.

49

Endlich öffnete sich die Tür. Sie saß jetzt bereits seit zwei Stunden eingesperrt in dem Raum, ohne dass man es für nötig erachtet hätte, sie über das weitere Vorgehen zu unterrichten. Lena hätte nicht gedacht, dass so etwas im deutschen Rechtsstaat möglich war.

Ein Mann betrat das Zimmer. Er war groß und stämmig. Wegen seiner stark ausgeprägten Wangenknochen, der breiten Nase und der niedrigen Stirn hatte er etwas von einem Steinzeitmenschen. Lena mochte es eigentlich nicht, wenn man vom Äußeren auf das Innere schloss, doch dieser Mann wirkte alles andere als feinsinnig, sondern einfach nur brutal.

»Ich bringe Sie nach Hause.« Er hatte einen starken Akzent. Lena tippte auf Balkan.

»Jetzt auf einmal?« Vorhin noch hatte man ihr Spionage vorgeworfen. Und jetzt durfte sie wieder gehen? Nein, so leicht würde sie es ihnen nicht machen. »Ich möchte mit Herrn Ewald sprechen.«

Der Mann ergriff sie grob am Arm und schob sie aus dem Zimmer. »Seien Sie froh, dass man Sie heute überhaupt noch hier rauslässt.«

»Stopp!« Lena schüttelte seinen Arm ab. »Haben Sie etwa keinen Haftbefehl bekommen? Müssen Sie mich deshalb gehen lassen?«

»Keine Ahnung.« Der Mann ergriff sie wieder am Arm. »Ich habe nur den Auftrag, Sie nach Hause zu bringen. Also los, kommen Sie!«

Lena folgte dem Mann auf dem langen kargen Flur. Vielleicht sollte sie wirklich froh darüber sein, dass sie nach Hause kam. Michael kannte einen guten Anwalt. Den würden sie anrufen. Auf jeden Fall würde sie freiwillig keinen Fuß mehr in dieses Gebäude setzen.

»Mein Handy hätte ich dann noch gerne zurück!«

Der Mann drehte sich zu ihr um. Er sah sie an, als hätte sie um ein Pythonsteak oder etwas ähnlich Exklusives gebeten. »Ihr Handy?«

»Man hat es mir vorhin abgenommen.«

»Wir werden es Ihnen die Tage zukommen lassen.«

Lena blieb stehen und schüttelte sich von seinem Griff frei. »Ich möchte es sofort zurück!« Abgesehen davon, dass sie alles Wichtige auf dem Telefon gespeichert hatte, wollte Lena Michael anrufen. Es war ihr lieber, wenn er sie hier abholte. Und er sollte seinen Anwaltsfreund am besten sofort kontaktieren.

Der Mann packte sie erneut grob am Oberarm. »Mir reicht das langsam mit Ihnen. Los, kommen Sie.« Er zerrte sie weiter.

»Hey!« Lena versuchte sich zu wehren, doch der Mann zog sie einfach hinter sich her. »Lassen Sie mich los!«, rief Lena. Er tat ihr weh.

Der Mann drehte sich erneut um. Er hatte jetzt etwas in der Hand. Einen Taser!

Lena wurde ganz anders. Sie hob die Hände. Wollte er sie jetzt wirklich mit einem Taser ruhigstellen? Jemanden, den man nach Haus bringen sollte, bedrohte man nicht einfach mit einem Taser. Hier stimmte etwas nicht. Und dass Ewald sie so lange hatte warten lassen, ohne sie darüber aufzuklären, warum man sie jetzt plötzlich der Spionage verdächtigte? Er hätte ihr das doch selbst gesagt, nicht Coppenfeld diese Nachricht überbringen lassen. Zumindest wäre er dabei gewesen.

»Was soll das? Ich will sofort mit meinem Mann telefonieren. Er soll mich abholen.«

»Sie kommen jetzt, oder …« Der Mann wackelte mit dem Taser hin und her.

Sie ging weiter, was blieb ihr auch anderes übrig, der Mann jetzt hinter ihr. »Links«, befahl er. Lena bog ab. Am Ende des Gangs befand sich eine Tür, auf der »Tiefgarage« stand. Sie wusste nicht, was der Mann mit ihr vorhatte, aber eines war klar: Nach Hause bringen wollte er sie auf keinen Fall. Doch in dem engen Flur wäre eine Flucht aussichtslos.

Kurz darauf waren sie an der Tür angekommen. Lena drückte den Hebel, doch die Tür war verschlossen. Der Mann begann daraufhin in seiner Tasche zu kramen. Dann steckte er einen Schlüssel ins Schloss.

Ein kurzer Moment der Unaufmerksamkeit war das, worauf Lena gewartet hatte. Blitzschnell drückte sie sich an ihm vorbei und rannte den Gang hinunter. Ihr Fuß schmerzte, doch das war ihr egal. Irgendwo musste es ein Treppenhaus geben. Lena riss die nächstbeste Tür auf. Eine Putzkammer.

»Stehen bleiben!«, schrie es hinter ihr.

Ohne darüber nachzudenken, sprang Lena in die Kammer und zog die Tür hinter sich zu. Der Mann schaffte es allerdings gerade noch rechtzeitig, einen Arm zwischen Tür und Zarge zu pressen. Während er versuchte, mit der anderen Hand die Tür von außen aufzuziehen, riss sie wie eine Wahninnige an der Türklinke. Sie konnte sein wutentbranntes Gesicht durch den Spalt sehen. Und den Taser, den er noch in der Hand hielt, die im Türspalt steckte. Der war ihre Chance.

Sie griff nach dem Taser und versuchte ihn dem Mann aus der Hand zu reißen. Da sie nun allerdings nur noch mit einer Hand an dem Knauf zog, gelang es dem Mann, die Tür weiter aufzuziehen. Ihr blieb nur eine Möglichkeit. Sie beugte sich nach vorne und biss zu. Der Zahnapparat des Menschen wurde zu Unrecht unterschätzt. Mit einer ähnlichen Kraft wie die eines Wolfkiefers wirkten nun ihre Zähne auf den Arm des Mannes ein. Dem Mann gelang es zwar, die Tür weiter aufzureißen, jedoch nicht seinen Arm aus ihrem Mund zu befreien. Ihre Schneidezähne drangen durch seine Haut. Sie schmeckte Blut, spürte, wie ihre Zähne auf seine Armknochen trafen. Der Mann begann zu schreien. Und dann endlich ließ er den Taser los.

Noch ehe der Mann die Tür vollständig aufgerissen hatte, schnappte sich Lena den Taser und schoss. Er machte noch einen Schritt. Dann fiel er ihr zuckend vor die Füße. Lena hielt sich nicht lange auf, sondern stieg über den Mann hinweg. Doch wohin? Die vielen Türen verwirrten sie. Wertvolle Sekunden vergingen. Eigentlich gab es nur eine Möglichkeit: die Tiefgarage.

Lena lief zurück. Wie sie gehofft hatte, steckte in der Tür noch der Schlüsselbund. Sie schloss auf, zog den Schlüssel heraus und schloss von der anderen Seite wieder ab. Das würde ihn aufhalten, wenn er ihr nachkommen sollte.

Direkt hinter der Tür stand ein weißer Lieferwagen, vermutlich gehörte er ihm. Lena hatte Glück. An dem Schlüsselbund war ein Autoschlüssel. Nachdem sie die Türautomatik betätigt hatte, begannen die Lichter des Wagens zu blinken, und die Schlösser öffneten sich. Sie riss die Tür auf und startete den Wagen, der zum Glück auch sofort ansprang. Sie drückte aufs Gas und raste in Richtung Ausfahrt. »4«, stand an der Wand. Also noch vier Geschosse.

Dann drei.

Zwei.

Eins.

Lena sah bereits die Ausfahrtsrampe – gesichert durch eine Schranke und ein Gittertor. Sie gab Vollgas, drückte beide Arme durch. Es machte einen ziemlichen Schlag, doch Schranke und Tor gaben nach. Mit einem Satz landete der Wagen auf der Straße.

Lena bog nach rechts ab. Dann nach links. Nach ein paar Ecken hielt sie am Straßenrand an und sprang heraus. In dem Wagen wäre sie nicht sicher.

Schmerz durchfuhr ihren Knöchel und ihr Bein. Einmal mehr hatte sie das Gefühl, dass ihr jemand etwas in den rechten Fuß gerammt hatte. Lena biss die Zähne zusammen und humpelte los. An der Ecke war ein kleiner Spätkauf. Sie öffnete die Tür.

Ein arabisch aussehender Mann begrüßte sie freundlich. »Suchen Sie was Bestimmtes?«

»Ich müsste dringend telefonieren.«

Der Mann kam hinter seiner Theke hervor. »Alles okay?« Er überlegte einen Moment, dann griff er in seine Tasche und übergab ihr sein Handy. »Hier. Aber nur Inland.«

Lena wählte Michaels Nummer. Besetzt. Dann Ewalds. Es kam ihr vor wie eine Ewigkeit, bis endlich das Freizeichen ertönte.

»Sommer.«

»Frau Sommer?«

»Ja. Herr Ewald hat auf mich umgestellt.«

»Wo ist er?«

»Keine Ahnung. Kann ich Ihnen helfen? Oder ihm was ausrichten?«

»Sie wissen also von nichts?«

»Wie meinen Sie das? Was ist denn passiert?«

Lena spürte, wie alle Kraft aus ihr wich, und sie begann zu weinen. »Sie haben mich festgenommen. Ihre Leute!«

»Unsere Leute? Aber wieso? Wo sind Sie?«

»Ein paar Ecken von Ihnen entfernt, in einem Späti.«

Für einen Moment war es still.

»Frau Bondroit. Ich hole Sie ab. Bewegen Sie sich nicht von der Stelle. Und rufen Sie niemanden an, haben Sie verstanden?«

1 Tag
vor der Wahl

50

Lena öffnete die Augen. Graue Tapete, ein altes Bett, ein Schrank mit vielen Büchern. Neben ihr auf einem Stuhl lagen ihre Anziehsachen, fein säuberlich zusammengelegt. Wo war sie?

Hinter ihren Augen pochte es. Sie ließ ihren Kopf zurück ins Kissen sinken. Jetzt erinnerte sie sich. Sommer hatte sie in dem kleinen Kiosk abgeholt und mit zu sich nach Hause genommen. »Hier sind Sie erst einmal sicher«, hatte sie gesagt.

Lena stand langsam auf und zog sich an. Sie humpelte zur Tür und legte ihre Hand auf die Klinke. Für einen Moment hatte sie Angst davor, eingeschlossen zu sein. Doch ihre Angst war unbegründet.

Vor der Zimmertür fand Lena einen Zettel. Er war in einer kleinen und ordentlichen Handschrift beschrieben.

Liebe Frau Bondroit,
ich bin im Büro, werde aber in ein paar Stunden wieder da sein. Ich hoffe, ich kann bis dahin etwas mehr über die Sache herausfinden.
In der Küche finden Sie frisches Brot. Bedienen Sie sich einfach aus dem Kühlschrank. Kaffee ist noch in der Maschine.
Bitte tun Sie uns, aber vor allem sich selbst (auch wenn es Ihnen schwerfallen wird) den Gefallen, sich bei niemandem zu melden, auch nicht bei Ihrer Familie. Coppenfeld wird genügend Leute darauf abgestellt haben, jeden aus Ihrem Umfeld zu überwachen.

Und verlassen Sie nicht meine Wohnung. Öffnen Sie niemandem die Tür. Ich versuche, mich zu beeilen.
Ihre Martina Sommer

Lena wanderte mit dem Brief in der Hand den schmalen Flur entlang. Am Ende befand sich die Küche. Sie nahm sich von dem Filterkaffee aus der Maschine. Hunger hatte sie keinen. Die Bilder des gestrigen Abends gingen ihr immer noch nicht aus dem Kopf. Der grobe Osteuropäer, der sie abgeführt hatte. Ihr Biss in seinen Arm. Sein zuckender Körper vor ihr auf dem Boden. Ihre Flucht mit dem Bus. Die halbe Nacht hatte sie Albträume gehabt. Immer wieder waren Menschen aufgetaucht und hatten sie hinter sich hergezerrt. Die Nacht mit Galib, obwohl gerade mal vierundzwanzig Stunden her, kam ihr vor, als läge sie schon Wochen zurück.

Zum Glück hatte sie nicht lange auf Sommer warten müssten. Und die hatte sofort verstanden. »Kommen Sie! Wir müssen Sie verstecken.«

»Warum?«, fragte Lena. Sie war fix und fertig, konnte keinen vernünftigen Gedanken mehr fassen.

»Da ist etwas Größeres am Laufen. Die Geschichte mit dem manipulierten Börsencrash – offensichtlich wollen die auf keinen Fall, dass es an die Öffentlichkeit gerät.«

»Wo ist Ewald?«

»In Haft.«

»Wie, in Haft? Wegen was?«

Sommer antwortete zunächst nicht. »Er war auf der richtigen Spur.«

Lena verstand nicht. Aber ihr spukten auch einfach zu viele Gedanken im Kopf herum. Während Sommer sie zu ihrer Wohnung fuhr, starrte Lena nur stumm aus dem Fenster. Erst in Sommers Wohnung, nach einem Glas Cola und einem Brot, war sie wieder fähig, über das Geschehene nachzudenken.

»Wer will, dass das mit dem manipulierten Crash nicht an die Öffentlichkeit gerät?«

Sommer zuckte mit den Schultern. »Keine Ahnung. Ewald meinte, dass dieser Berger von der ›Neuen bürgerlichen Mitte‹ und dieser Hedgefonds-Manager Sebastian Saum was mit dem Crash zu tun haben könnten. Beides sind mächtige Männer. Die vielleicht auch in der Lage wären, Menschen festnehmen oder sogar verschwinden zu lassen. Die Frage ist jedoch, wie sie so schnell davon erfahren konnten, dass Ewald ihnen auf der Spur ist.«

»Ewald sprach doch immer von einem Maulwurf in Ihren Reihen«, merkte Lena an.

Sommer warf den Kopf in den Nacken und stöhnte künstlich. »Ich weiß. Totaler Quatsch. Der Maulwurf ist nichts anderes als ein Hirngespinst, das er braucht, um für seine Fehler jemand anderen verantwortlich machen zu können. So wie Kinder gerne Klabautermänner erfinden, die ihr Zimmer verwüstet haben sollen. Er zieht immer einen Maulwurf aus dem Ärmel, wenn was nicht funktioniert hat. Seit ich ihn kenne.«

»Und wer wusste sonst noch von Ewalds neuester Theorie?«

Sommer überlegte. »Sie, ich und Coppenfeld. Zumindest soweit ich weiß.«

»Coppenfeld …« Er hatte Lena festnehmen lassen. Er war in einer Position, in der er Befehle anordnen konnte, ohne hinterfragt zu werden. Ob er auch den Mann angeheuert hatte, der sie wegbringen sollte, war eine andere Frage, jedoch nicht unwahrscheinlich. »Könnte er dahinterstecken?«

Sommer dachte einen Moment nach. »Er ist ein Machtmensch und vielleicht nicht die beste Führungskraft. Er ist eigentlich sehr vorsichtig und fast ein wenig überkorrekt. Man merkt ihm an, dass er sich auf keinen Fall etwas zuschulden kommen lassen möchte, vielmehr achtet er auf seine weiße Weste. Daher würde es mich eher wundern, wenn er etwas vertuschen wollen würde. Er müsste schon einen sehr guten Grund haben. Oder es gab Befehle von weiter oben.«

»Gibt es vielleicht eine Verbindung zu Saum oder Berger?«, fragte Lena.

Sommer zuckte mit den Schultern. »Nicht dass ich wüsste, zumindest hat er sich bislang nie politisch geäußert. Aber natürlich ist es möglich. Nur, warum sollte er für einen Bekannten seine Karriere aufs Spiel setzen? Es wäre viel zu riskant, dass das rauskommt. Das traue ich ihm nicht zu.«

»Aber wenn es eine Verbindung gäbe, dann wäre das ein Indiz?«

»Ein Ansatz. Ja, ich denke schon. Aber wie kommen Sie drauf?«

Lena war sich auch nicht sicher, ob es überhaupt etwas zu sagen hatte. Aber ihr war etwas aufgefallen. Ein Detail, das in ihrem Kopf genagt hatte, ohne dass sie gleich die Verbindung hätte herstellen können. »Wissen Sie, jeder Wolf heult auf seine eigene Weise. Im Rudel entwickeln die Tiere eine eigene Sprache – man könnte auch sagen einen Dialekt oder Akzent. Auf diese Weise wissen Wölfe immer, wann es ihr Rudel ist, das heult, und wann es fremde Rudel sind, die in ihr Revier eindringen. Das Heulen dient aber nicht nur der Erkennung. Es stärkt auch das Gemeinschaftsgefühl. Die vergleichende Verhaltensforschung hat Ähnliches bei anderen Tieren beobachtet und sogar beim Menschen. Sie kennen das sicherlich, diese ›Insiderwitze‹, die man nur versteht, wenn man Teil einer Gruppe ist. Oder auch Wörter, die nur in einer Familie genutzt werden. Bei uns zu Hause haben wir zum Beispiel immer von Pantoletten gesprochen, wenn es um unsere Hausschuhe ging. Bei Freundinnen von mir hießen Hausschuhe Schlappen oder Schlurfen. Der Soziolekt von Jugendlichen ist ebenfalls ein beliebtes Forschungsgebiet. Eine Freundin erzählte mir neulich von den seltsamen ›sksksk‹-Lauten ihrer Tochter, die sie neuerdings von sich gibt. Das scheint eine sprachliche Besonderheit von sogenannten VSCO-Girls zu sind. Das sind Mädchen, die bestimmte Mode- und Wertetrends vereint.«

»Und was hat das jetzt mit Coppenfeld, Saum und Berger zu tun?«

»Dilly-dally. Haben Sie das schon mal gehört?«

Sommer schüttelte den Kopf. »Klingt englisch.«

»Richtig. Ist es auch. Man nutzt es umgangssprachlich als Wort für ›trödeln‹. Ich kenne allerdings keinen Deutschen, der das benutzt. Außer Berger – und Coppenfeld. Berger sagte es in seiner Rede heute Morgen. Es ist mir aufgefallen, weil es so gar nicht in seine sonstige Rede passte. Coppenfeld hat es ein paar Stunden später fallen gelassen, als er mir offenbarte, dass man mich als Spionin einstufen würde.«

»Interessant.«

»Nicht wahr? Ich weiß nicht, warum sie diesen Begriff nutzten oder wo sie ihn aufgeschnappt haben könnten. Doch dass sie ihn beide nutzen, erscheint mir nicht nur ein Zufall.«

Lena war aufgestanden. Sie war todmüde und wollte einfach nur ins Bett. Sommer hatte ihr daraufhin in ihrem Gästezimmer alles hergerichtet.

»Könnten Sie nicht die Vergangenheit der beiden durchforsten?«, hatte Lena Sommer gefragt, nachdem sie sich für alles noch einmal bedankt hatte. »Vielleicht finden Sie ja was?«

Sommer hatte nur genickt. Wirklich überzeugt und motiviert war sie ihr allerdings nicht erschienen.

51

Sie trafen sich auf einem einsamen Waldweg außerhalb Berlins. »Es ist besser, wenn man uns jetzt erst einmal nicht zusammen sieht«, hatte Coppenfeld gesagt. Selbst wenn ihnen hier Spaziergänger begegneten, würde man sie mit ihren langen Mänteln, den Mützen und dicken Schals wohl kaum erkennen.

»Saum hat das Land verlassen?«, fragte Berger.

»Ja. Liegt jetzt irgendwo in der Sonne auf einer bequemen Liege und lässt sich von einem hübschen Mädchen den Rücken massieren.«

»Den Rücken?«

Sie mussten beide lachen.

»Und dieser Abteilungsleiter und die Wolfsforscherin?«, fragte Berger.

»Alles im Griff.«

»Sicher?« Berger kam es so vor, als hätte Coppenfeld ein wenig zu lange mit seiner Antwort gezögert.

»Die Biologin rennt noch frei rum. Aber es ist nur eine Frage der Zeit, bis wir sie haben. Sie wird sich nicht ewig verstecken können.«

»Und wenn sie zur Presse geht?«

»Was soll sie denen denn sagen?«

»Ich dachte, sie weiß zu viel.«

Coppenfeld blieb stehen. »Aber nichts Bewiesenes. Mit bloßen Behauptungen wird die Presse sich nur bedingt zufriedengeben. Bewiesen ist aufgrund des abgehörten Telefonats bisher nur, dass dieser Berater von den Saudis den Crash wahrscheinlich mit geplant hat. Das Telefonprotokoll habe ich verschwinden lassen. Und eine nachverfolgbare Spur zu Saum und dir gibt es nicht. Saum hat mir zudem noch einmal versichert, dass man ihm aufgrund seiner Geschäfte kein Insiderwissen nachweisen können wird.«

»Aber die Presse wird ihre eigenen Nachforschungen anstellen.«

»Und wenn schon?« Coppenfeld zog die Schultern nach oben. »Hast du den Scheiß geplant?«

»Natürlich nicht. Das weißt du doch.«

»Man wird dir daher auch nichts anderes nachweisen können.«

»Aber vielleicht Saum«, wandte Berger ein. »Und er ist Parteimitglied. Wenn da irgendwas aufkommt ...«

Coppenfeld blieb erneut stehen. »Dann wirfst du ihn raus! Mal ehrlich. Bis die Beweise haben, wenn sie denn überhaupt welche finden, vergehen Wochen.«

Sie gingen weiter bis zu einem kleinen Unterstand für Wanderer. Dort setzten sie sich auf eine Bank.

»Und nun zu den schönen Dingen.« Coppenfeld holte einen Flachmann aus der Tasche. »Ich habe mir heute die Wahlprognosen angesehen. Respekt! Wenn das so weitergeht, könnt ihr sogar auf eine Mehrheit der Sitze im Parlament hoffen. Und dann gelten ab übermorgen sowieso andere Gesetze.« Er nahm einen Schluck aus der silbernen Flasche und bot dann Berger den Flachmann an, der jedoch mit einem Kopfschütteln ablehnte.

»Nur wenn genügend Parteien die Fünf-Prozent-Hürde nicht knacken und dadurch zusammen mit den anderen Splitterparteien bei der Sitzvergabe unberücksichtigt bleiben.«

»Aber so wird es kommen!«

Ganz unwahrscheinlich war es zumindest nicht.

»Du schaust so ernst. Freust du dich nicht?«

»Na ja«, murmelte Berger. Natürlich freute er sich über den Stimmenzuwachs. Doch es blieb ein fahler Beigeschmack. Es war nicht er, der sich den Sieg am Ende auf die Fahnen schreiben konnte. Und noch schlimmer: Es war *mal wieder* Saum. »Der Preis ist hoch.« Zudem war er sich zunehmend unsicher, ob er sich die möglichen Konsequenzen des Crashs für Deutschland wirklich wünschen sollte. »Die nächste Zeit wird für unser Land nicht leicht werden. Zumindest wenn wir wirklich hart durchgreifen. Der Crash wird einiges zerstören.«

Sie beobachteten eine Amsel, die nicht weit von ihnen auf einem Ast gelandet war und interessiert zu ihnen herübersah.

»Er wird das zerstören, was keine Beständigkeit hat«, sagte Coppenfeld nach einer Weile. »Es wird die schwachen Firmen treffen, zumindest wenn ihr euer Programm ernst nehmt. Diese ›Säuberung‹ hast du doch immer gefordert.«

Natürlich hatte Berger das gefordert. Die Politik des offenen Geldhahns konnte nicht für immer gut gehen. Doch er hatte gehofft, dass man den Wandel langsamer und weniger schmerzhaft vollziehen könnte. »Ganz ehrlich. Für die breite Masse habe ich mir dieses Szenario nicht gewünscht.«

»So ein Quatsch!« Berger spürte die Hand von Coppenfeld auf seinem Bein. »Die vier Jahre, die du jetzt als Kanzler vor dir hast, werden in die Geschichte eingehen. Du wirst Deutschland an die Spitze der Welt führen. Keiner wird mehr über uns Deutsche lachen, uns nicht ernst nehmen, uns immer wieder an die zwei verlorenen Kriege erinnern, an unsere Nazivergangenheit. Endlich werden wir auf Augenhöhe mit Amerika und China die Welt mitgestalten können. Das war es doch, was wir immer gewollt haben.«

Berger nickte. Er sah den schneebedeckten Weg vor sich, den sie gerade entlangspaziert waren. Dahinter den Wald. Überall Bäume.

Wandel. Die Welt mitgestalten. Ja, das war es, was er immer gewollt hatte. Doch nun, so kurz vor dem Ziel, bekam er plötzlich Angst. Angst davor, ob seine Maßnahmen wirklich die richtigen sein würden. Es war einfacher, als Oppositionspartei im Nachhinein zu kritisieren, als von Anfang an die richtigen Entscheidungen zu treffen. Verantwortung zu übernehmen, sosehr er sie sich immer gewünscht hatte, kam ihm plötzlich wie ein Irrgarten vor, in dem es nur falsche Wege gab.

52

Als Sommer am frühen Abend das Wohnzimmer betrat, wirkte sie abgeschlagen und müde, aber auch verunsichert. Sie erinnerte Lena an ein kleines Mädchen, das die Eltern vergessen hatten, von der Schule abzuholen. Lena hatte den Eindruck, dass sie sogar geweint hatte.

»Alles okay?« Lena ging auf sie zu.

Sommer starrte Lena nur an.

»Was ist denn los?«, versuchte es Lena erneut.

»Ich habe das nicht gewollt«, stotterte Sommer.

Lena nahm ihr die Handtasche ab. Sie hätte Sommer am liebsten in den Arm genommen, so hilflos wirkte sie, doch dafür kannten sie sich nicht gut genug.

»Was nicht gewollt?«, fragte Lena und berührte Sommer leicht am Arm.

Als hätte sie damit einen Schalter in ihr umgelegt, liefen Sommer plötzlich Tränen über die Wangen. Ihre Schultern begannen zu zittern, dann ihr ganzer Körper. »Ich habe das nicht gewollt«, wimmerte sie.

Lena nahm sie jetzt doch in den Arm und strich ihr sanft über den Kopf. Es dauerte eine Weile, bis Sommer sich wieder beruhigt hatte. Lena machte ihnen beiden einen Pfefferminztee, mit dem sie sich an den kleinen Esstisch im Wohnzimmer setzten.

»Wollen Sie jetzt erzählen, was passiert ist?«, fragte Lena vorsichtig.

Sommer schluckte. »Ewald ist tot.«

Lena sah ihr an, wie sie erneut mit den Tränen kämpfte. Und auch Lena merkte, dass ihr plötzlich ganz anderes wurde. »Tot?«

Sommers Hände zitterten, während sie nach dem Tee griff. Das hier war kein schlechter Scherz. Auch Lena klammerte sich an ihre Tasse, ihre Gedanken kreisten, fanden keinen Halt. Sie setzte die Tasse an den Mund, konnte aber nicht trinken. Alles wirkte plötzlich irreal, die Tasse, dass sie hier mit Sommer saß. »Wirklich tot?« Sie wollte es nicht glauben. »Aber wie? Und warum?«

»Man hat ihn aufgehängt in seiner Zelle gefunden.«

»Selbstmord?«

»Danach sieht es aus. Oder es soll so aussehen.«

Sie hatten ihn also umgebracht? Damit er für immer schwieg. Ob der Typ sie auch hätte umbringen sollen? Ihr wurde eiskalt. Jetzt nahm sie doch einen Schluck vom Tee. Das Gefühl, dass alles um sie herum gar nicht wirklich existierte, verschwand und wich einer unglaublichen Wut. Wie konnten Menschen so etwas tun? Ewald das Leben nehmen, ihm einen Strick um den Hals legen, damit er die Wahrheit für sich behielt!

»Und damit kommen die durch?«

Sommer sah Lena an, ohne dass sie sie wirklich sah. Ihr Blick war auf etwas in weiter Ferne gerichtet, etwas, das es gar nicht gab. »Ich habe Ihnen gestern Abend nicht alles erzählt«, sagte sie nach einer Weile. Sie zog ein Taschentuch aus ihrer Hose und schnäuzte sich die Nase. Sie fing wieder an zu weinen. »Es ist meine Schuld«, wimmerte sie.

»Auf keinen Fall.«

»Doch. Weil ich ihn angeschwärzt habe … Ewald … bei Coppenfeld.«

»Sie haben ihn angeschwärzt? Wann? Und warum?«

»Ist schon etwas her. Aufgrund der Art, wie er arbeitet, seine Alleingänge, weil er sich die mühsam erarbeiteten Ergebnisse seiner Mitarbeiter zu eigen macht und als seine verkauft. Vor allem aber auch wegen seinen Schikanen, den Sprüchen, seinem frauenfeindlichen Verhalten. Er ist zu weit gegangen. Immer wieder.« Sommer wischte sich die Wangen trocken. »Sie haben es ja selbst mitbekommen. Aber er konnte noch weitaus gemeiner sein. Vor ein paar Wochen, da hatte ich einen Fehler gemacht, einen wirklich dummen Fehler, keine Frage. Da sagte er zu mir: ›Frau Sommer. Um das wiedergutzumachen, da müssen Sie mir schon ordentlich einen blasen.‹« Sommer schluckte. »Sie kennen Ewald. Natürlich meinte er das nicht ernst. Es war seine Art, seine Aggressionen loszuwerden. Aber solche Sprüche waren nun mal keine Ausnahme. Ich habe Beschwerde eingereicht.«

»Und?«

»Erst ist nichts passiert. Ich dachte, die sitzen das einfach mal wieder aus. Aber gestern haben Coppenfeld und ein Kollege mich dann ziemlich lange dazu befragt. Sie wollten wissen, ob Ewald mich vielleicht auch angefasst hat, vielleicht sogar vergewaltigt.«

»Und auch das haben Sie bestätigt?«

»Natürlich nicht!« Sommer schüttelte angewidert den Kopf. »Aber Coppenfeld behauptete das. Er warf mir vor, dass ich nur keine weiteren Untersuchungen möchte.«

»Und Ewalds Tod erklärt er jetzt mit dessen Schuldgefühlen?«

Sommer nickte. Sie putzte sich erneut die Nase. »Ich habe mich gestern, nachdem ich erfuhr, dass sie eine Dienstaufsichtsbeschwerde gegen Ewald einleiten würden, sogar bei Coppenfeld bedankt. Er hat sich entschuldigt, dass dies nicht schon vorher passiert sei. Er wollte angeblich den Anschlag abwarten, war hier noch auf Ewalds Arbeit angewiesen. Zu diesem Zeitpunkt wusste ich ja noch nicht …« Sie schluchzte wieder los.

»Und Sie – sind Sie jetzt nicht auch in Gefahr?«, fragte Lena.

Sommers Augen waren durch das viele Weinen ganz rot, der Kajal war verschmiert. Sie wirkte kraftlos, als wäre ihr alles egal. »Ich glaube nicht. Ich habe alle Informationen, die mir zur Verfügung standen und in diese Richtung führten, vernichtet. Jetzt kommt es mir zugute, dass Ewald alle Ergebnisse immer als seine verkauft hat. Zudem brauchen sie mich noch als Zeugin, denn natürlich wird es bezüglich des Selbstmords Fragen geben. Ich glaube, solange ich mich unauffällig verhalte, werden sie mich in Ruhe lassen.«

Lena war jetzt also die Einzige, die Coppenfelds Ansicht nach über Ewalds Theorie Bescheid wusste. »Ich muss zur Presse!«

Sommer schüttelte wild den Kopf. »Auf keinen Fall! Nicht ohne Beweise. Sonst haben die Sie, bevor Sie bis drei zählen können. Diesen Schritt müssen wir sehr genau planen. Die scheinen ja vor nichts zurückzuschrecken.«

»Ich kann mich doch nicht ewig verstecken.«

»Nicht ewig. Aber vorerst schon.« Sommers Gesichtsausdruck bekam jetzt etwas Bestimmtes. Auch ihre Augen wurden wieder klarer. »Wir müssen besser vorbereitet sein. Alles, was Sie jetzt erreichen, wäre, dass Coppenfeld und seine Leute herausfinden, wo Sie sich aufhalten. Die Presse würde, wenn überhaupt, ein wenig bohren, aber übermorgen gibt es ein neues Thema, auf das sie sich stürzen können. Zumal mit der bevorstehenden Wahl.«

Lena wurde ob der Situation, in der sie steckte, ein wenig übel. Sie griff nach ihrem Tee. Wie lange sollte sie sich denn versteckt halten? Und wie lange würde sie Jean und Michael nicht sehen können?

»Aber ich habe da was rausgefunden.« Sommer stand auf und holte ihre Tasche. »Wegen diesem dilly-dally und ihrer Vermutung, dass Coppenfeld und Berger sich vielleicht kennen könnten.« Sie öffnete die Tasche und zog eine Kopie eines Fotos heraus, das sie vor Lena auf den Tisch legte. Darauf war ein Abschlussjahrgang einer Universität zu sehen. Sommer zeigte auf vier junge Männer, die sich gegenseitig die Arme auf die Schultern gelegt hatten. Das klassische Ritual von Freunden, die sich mochten und zeigen wollten, dass sie eine Gemeinschaft waren.

Einen der Männer erkannte Lena sofort. Es war Berger. Er war älter geworden, hatte sich aber ansonsten nur wenig verändert. Dann musste Lena etwas genauer hinsehen.

»Ist das da etwa Coppenfeld?«, fragte sie.

Sommer nickte. »Er hat zugenommen. Und damals brauchte er wohl noch keine Brille oder trug Kontaktlinsen.« Sie tippte auf einen der weiteren Männer, ohne Zweifel den charismatischsten der Gruppe. »Und das hier ist übrigens Sebastian Saum.«

»Aber da haben wir doch jetzt unseren Beweis!«, entfuhr es Lena. Mit diesem Foto ließ sich belegen, was sie aufgrund des »gleichen Heulens« schon vermutet hatte. Sogar noch mehr. Saum schien nicht nur in Bergers Partei zu sein, er kannte Berger und auch Coppenfeld schon seit dem Studium.

»Für uns. Für sonst niemanden. Allein dass sich die drei aus dem Studium kennen, ist ein schönes Indiz, beweist aber noch gar nichts.«

»Und der?«, Lena zeigte auf den vierten Mann. Er war der Einzige der vier, der nicht grinsend in die Kamera strahlte.

Das Bild war ein wenig unscharf, doch Lena kam es so vor, als ob Saum hinter seinem Kopf zwei Finger nach oben gestellt hatte. Der alte Witz mit den Hasenohren.

»Paul Wittkowski«, erklärte Sommer. »Er arbeitet für eine große Bank. Ein sogenannter Quant, der für seinen Arbeitgeber mathematische Modelle rechnet.«

»Vielleicht der Kopf des Plans?«, mutmaßte Lena.

»Ich glaube eher nicht.« Sommer holte ihren Laptop aus der Tasche. Sie klappte ihn auf und rief ein Video aus dem Netz auf. Ein schmächtiger Mann war zu sehen, der unbeholfen einen Vortrag hielt. Als er endlich in die Kamera anstatt auf den Boden sah, erkannte Lena, dass es sich um den rund dreißig Jahre älteren Wittkowski handelte.

»Ein ziemlicher Nerd«, kommentierte Sommer. »Aber er wusste von dem Crash. Das glaube ich zumindest.«

»Warum?«

»Ich habe mir von der Banken- und Finanzaufsicht Informationen zuschicken lassen, welche Firmen derzeit des Insiderhandels verdächtigt werden. Die Leute von der BaFin sind der Ansicht, dass gerade die Bank, für die Wittkowski arbeitet, ›ihre Lager sehr früh geräumt hat‹, wenn man es so nennen möchte. Und er ist nach unseren Informationen derjenige, der dafür entscheidend mitverantwortlich war. Vielleicht ist er einfach nur ein guter Quant, vielleicht wusste er aber auch Bescheid.«

»Gut. Und hilft uns das?« Lena kam es so vor, als hätte Sommer eine Idee, wie man vielleicht doch weiterkommen könnte.

»Erinnern Sie sich noch an diesen Managementberater, Dr. Fallender?«

Und wie sich Lena an ihn erinnerte. »Natürlich. Den Typ vergisst man nicht.«

»Und seine Omega-Theorie?«

»Sich das schwächste Glied im Rudel vorzuknöpfen.«

»Sie hatten seine Theorie abgelehnt, weil Sie der Ansicht waren, dass es bei frei lebenden Wölfen gar kein Omega-Tier gibt.«

»Was auch der Wahrheit entspricht.«

»Aber gibt es Omega-Tiere nicht vielleicht bei Menschen? Vor allem in nichtfamiliären Strukturen? Beim Verfassungsschutz haben wir uns schon häufig an schwache Mitglieder von Gruppen herangetastet, Sie wissen schon, von Rocker-Gangs oder rechts- oder linksradikalen Vereinigungen. Das war häufig nicht der schlechteste Weg«, sagte Sommer. »Fallender sprach damals davon, dass die Omega-Tiere eigentlich nur darauf warten, auch einmal die Hauptrolle spielen zu dürfen. Sie wollen Rache für all die Schmach, die sie erlitten haben. Dieser Wittkowski …« Sie zeigte auf das Foto. »Wie er hier aufgezogen wird. Seine ganze unsichere Art.« Sie zeigte auf das Standbild des Videos. »Meinen Sie nicht, es könnte einen Versuch wert sein, sich ihn vorzuknöpfen?«

Dass menschliche Omega-Tiere bereit waren, sich zu rächen, hielt Lena nicht für grundsätzlich ausgeschlossen. »Wenn er denn wirklich das Omega-Tier ist«, überlegte sie laut. Aber etwas anderes störte sie an Sommers Vorschlag. »Ein Verrat ist in diesem Fall allerdings nicht vergleichbar damit, jemanden bloßzustellen. Die Rache würde hier sehr weit gehen. Wittkowski würde mit einer Aussage seine Freunde in den Knast bringen, im Zweifel für viele Jahre. Glauben Sie wirklich, dass er das tun würde?«

»Wahrscheinlich eher fraglich«, gab Sommer Lena recht. »Doch wir könnten mit Druck arbeiten.« In Sommers Augen entdeckte Lena ein Blitzen. »Während man den Unternehmen von Saum noch keine Insidergeschäfte vorwerfen kann, ist der Fall bei der Bank von Wittkowski anders gelagert. Hier besteht dringender Tatverdacht. Wir könnten ihm Strafmilderungen anbieten, der Bank vielleicht sogar eine Einstellung des Verfahrens, wenn er kooperiert. Er könnte sich als Retter der Bank profilieren. Zudem hätte dieses Vorgehen einen weiteren Vorteil: Eine andere Behörde würde die Ermittlungen gegen Saum übernehmen, eine Behörde, auf die Coppenfeld nur bedingt Einfluss hat. Die BaFin.«

»Sehr gut!«, lobte Lena, was ein schüchternes Lächeln auf Sommers Gesicht zauberte. »Aber wenn er nicht kooperiert?«, gab sie zu bedenken.

Sommer überlegte. »Sie meinen, dass er dann zu früh über die Ermittlungen der BaFin erfahren könnte?«

»Noch nicht mal das. Aber er könnte Saum, Coppenfeld und Berger warnen?«

Sommer sah Lena lange an. Dann nickte sie. »Sie haben recht. Wir sollten uns vielleicht vorher mit diesem Fallender beraten. Er kennt sich mit Omega-Tieren aus. Er kann das daher hoffentlich besser einschätzen oder weiß zumindest, wie man am besten mit solchen Leuten umgeht. Zumindest behauptet er das.«

Auch wenn Lena nicht wirklich scharf darauf war, Fallender erneut zu begegnen, hielt sie Sommers Vorschlag für gut. »Wann?«

»Am besten sofort.«

53

Die Art, wie Fallender wohnte, überraschte Lena. Sie hatte mit einer schicken, modernen Penthouse-Wohnung im Berliner Westen gerechnet. Doch Sommers Navigationsgerät führte sie zu einer vor ein paar Jahren neu gegründeten Tiny-House-Siedlung vor den Toren der Stadt. Fallenders Haus bestand im Wesentlichen aus zwei sich überlappenden und ineinander verbauten Schiffscontainern. Nur der Porsche vor der Tür passte wieder zu dem Bild, das Lena von ihm hatte.

Er öffnete ihnen im Bademantel. »Wissen Sie, wie spät es ist?«

Sommer sah Lena an. »Keine Ahnung, Sie?«

Sie zuckten beide grinsend die Schultern, dann kam Sommer direkt zur Sache. »Dürfen wir Sie trotz der Uhrzeit kurz stören? Es wäre sehr wichtig.«

Nicht gerade begeistert machte Fallender einen Schritt zur Seite und ließ sie passieren. Der Raum, den sie betraten, diente gleichzeitig als Wohn-, Ess- und Kochbereich. Die kleine Küche war durch eine Theke abgetrennt. Alles war im Stil der 70er-Jahre eingerichtet, mit Ausnahme eines riesigen Schwarz-Weiß-Fotos an der Wand, auf dem ein Wolf mit gerunzelter Stirn und wütenden Augen abgebildet war. Das Bild war so scharf, dass man aus dem aufgerissenen Maul den Speichel die Lefzen herunterfließen sah.

Sie setzten sich in drei orangefarbene Sessel vor der großen Fensterfront, die sich über die gesamte linke Containerseite zog.

Fallender bot ihnen etwas zu trinken an. Nachdem er sich angezogen und dann zu ihnen gesetzt hatte, begann Sommer zu erzählen. Sie hatten sich entschieden, ihn in alles einzuweihen. Geheimnisse würden sie hier nicht weiterbringen. Sie berichtete von Ewalds Tod, den Hintergründen zum Crash und davon, dass sie vermuteten, dass Coppenfeld seine alten Studienfreunde Saum und Berger bei ihrem Plan unterstützte, zumindest aber dass er ihnen half, das Ganze zu vertuschen. Zudem erzählte sie ihm von Wittkowski und ihrer Idee, ihn dazu zu bringen, seine Freunde zu verraten.

»Ich mochte Ihren Chef«, murmelte Fallender. Er wirkte über den Tod von Ewald aufrichtig betroffen. »Ein klassisches Alpha-Tier, so wie ich. Aber wir haben uns gegenseitig respektiert.«

»Und was meinen Sie zu Wittkowski?« Sommer zog ihren Laptop aus der Tasche und stellte ihn vor sich auf den glänzenden Nierentisch. »Ich würde Ihnen gerne ein Video zeigen.« Sie spielte das Video aus dem Netz ab, das sie schon Lena gezeigt hatte.

»Unsichere Körpersprache, leptosomer Körperbau, fliehender Blick. Es spricht einiges dafür, dass Sie recht haben«, sagte Fallender.

Sommer legte ihm ergänzend das Abschlussfoto vor.

»Passt auch ins Bild«, bestätigte er.

»Er ist also das Omega-Tier?«

»Sicher kann man sich nie sein.« Fallender lehnte sich in seinem Sessel zurück. »Dazu müsste ich die vier einen Tag lang zusammen beobachten. Ich habe schon sehr leptosome Gestalten erlebt, die die größten Alpha-Tiere überhaupt waren, da es ihnen gelang, ihre körperlichen Defizite dreifach über ihre Intelligenz zu kompensieren. Dennoch bin ich mir bei diesem Mann ziemlich sicher. Seine Körpersprache ist eindeutig.« Er tippte auf den Monitor des Laptops. »Aber ganz ehrlich. Ich glaube nicht, dass Sie diesen Typen dazu bekommen werden, seine Freunde zu verraten.«

»Warum?«, fragte Sommer. »Keine Rachegelüste?«

Fallender lachte auf. »Oh, nein. Auch dieser Typ hat Rachegelüste, da können Sie sich sicher sein. Aber er ist nicht nur in dieser Gruppe das Omega-Tier. Das legt zumindest dieses Video nahe.«

»Und das bedeutet?«, fragte Lena.

»Na ja. Omega-Tiere sind sehr häufig nicht nur in einem sozialen Kontext die Omega-Tiere, sondern auch in anderen. Im Freundeskreis, bei der Arbeit, im Verein. Sehen Sie sich dieses Video an. Er tritt da für seine Bank auf. Sehen Sie, wie unsicher er ist? Ich bin mir ziemlich sicher, dass man auch in der Bank, für die er arbeitet, herzlich über ihn lacht.« Fallender hob die Augenbrauen. »Vielleicht wäre er bereit, seine Freunde zu verraten. Aber er verrät nicht denjenigen, der ihn nährt – er stellt sich nicht gegen die eigene Bank. Sie müssen verstehen, das Omega-Tier ist zwar der Prügelknabe einer Gruppe, aber es gehört immerhin noch dazu und ist von ihr abhängig. Allein wäre ein Omega-Wolf kaum in der Lage, sich zu ernähren. Im Rudel bekommt er zumindest noch die Reste.«

»Es gibt keinen Omega-Wolf im Wolfsrudel«, korrigierte Lena. Dass Fallender das immer noch nicht begriffen hatte.

»Nicht im frei lebenden Rudel.« Fallender sah sie genervt an. »Aber in künstlichen Rudeln, also in Gefangenschaft, eben schon. Da gibt es diese Hackordnung. Und genau darüber reden wir gerade. Eine Firma oder Abteilung ist ein künstliches Rudel. Eine Männerfreundschaft meiner Ansicht nach auch.«

»Worauf wollen Sie hinaus?«, fragte Lena.

»Ganz einfach.« Fallender zeigte erneut auf den Monitor. »Wenn Sie diesen Wittkowski versuchen zu befragen, wird Folgendes passieren: Er wird schweigen und Sie an seine Chefs verweisen. Er wird den Alpha-Tieren die Entscheidung überlassen, was in einer solchen prekären Lage zu tun ist. Dafür sind sie doch da, die Alpha-Tiere. Denn genau weil sie wissen, wie man in solchen Situationen handelt, sind sie die Alpha-Tiere.«

»Beim Aziz-Clan waren Sie noch anderer Meinung«, warf Lena ein, »da gingen Sie davon aus, dass das Omega-Tier den Clan verraten würde.«

»In diesem Fall sehe ich es anders.«

Lena und Sommer sahen sich an. Es war interessant, wie schnell Fallender seine eigenen Theorien über Bord warf. Diesmal hatte sie jedoch den Eindruck, dass er recht haben könnte. Es wäre vermutlich tatsächlich ein Fehler, wenn sie auf Wittkowski zugehen würden. Noch während er sie an seine Chefs verweisen würde, würde er mit Berger, Saum und Coppenfeld telefonieren. Und dann würde es ihnen vermutlich so ergehen wie Ewald.

»Aber ich hätte da vielleicht eine andere Idee«, sagte Fallender. Sommer und Lena blickten ihn gespannt an. »Knöpfen sie sich das Beta-Tier vor.«

»Das Beta-Tier?« Lena sah zu Sommer. Was sollte das denn jetzt? Und wer, meinte er, sollte das sein?

»Keine gute Idee!« Sommer schüttelte den Kopf. »Egal wen Sie damit auch meinen, Berger, Saum oder Coppenfeld. Die hängen da alle zu sehr mit drin. Die werden sich ihr Grab doch nicht selbst schaufeln!«

»Vorknöpfen war vielleicht der falsche Ausdruck für die Vorgehensweise, die ich mir vorstelle.« Fallender grinste überheblich. Da war er wieder, der arrogante Schnösel, den sie vor zwei Wochen kennengelernt hatte. »Die Psychologie von Beta-Tieren ist ausgesprochen spannend. Meiner Ansicht nach sogar spannender als die der Alpha-Tiere. Das Alpha-Tier ist machtbewusst. Es wird alles tun, um seine Position abzusichern. Aber wenn es seine Position erst einmal erkämpft hat, muss es sich nur in eine Richtung positionieren: nach unten. Das Beta-Tier hat es hier deutlich schwerer. Es ist ›stuck in the middle‹, wie es in der Wirtschaft gerne heißt. Über ihm das Alpha-Tier, unter ihm das restliche Rudel. Es leistet einen beachtlichen Anteil für das Überleben in der Gruppe. Bei der Jagd ist das Beta-Tier oft ebenso wichtig wie das Alpha-Tier, genauso wie bei Kämpfen gegen Feinde. Zusätzlich ist es aber noch eine Art ›Gatekeeper‹ für das Alpha-Tier. Wer aufsteigen möchte, muss zunächst an ihm vorbei. Das Beta-Tier ist daher einer permanenten Stresssituation ausgeliefert, was dazu führt, dass Beta-Tiere häufig sehr viel aggressiver sind als Alpha-Tiere. Bei menschlichen Beta-Tieren nehme ich zudem eine enorme Angst vor der eigenen Wertlosigkeit wahr. Das unterscheidet sie von den Alpha-Tieren, deren Wert schon allein über die Position verbrieft ist. Das Beta-Tier möchte, wenn es schon nicht an der Spitze des Rudels stehen darf, zumindest sicherstellen, dass jeder weiß, wie viel es für die Gruppe tut und wie wichtig es für diese ist.«

Die Ausführungen von Fallender waren sicherlich stark verallgemeinert, aber nicht ganz von der Hand zu weisen, wie Lena gestehen musste. In der Tat hatte man festgestellt, dass in Tiergruppen die »Beta-Tiere« einem höheren Stresslevel ausgeliefert waren und sie erhebliche Last von den Alpha-Tieren nahmen. Das hatte biologische Vorteile. Das Alpha-Tier konnte so seine Energie darauf konzentrieren, den Fortbestand der

Gruppe abzusichern, wozu beispielsweise auch die Paarung gehörte.

»Und?«, fragte Sommer ungeduldig. »Wie hilft uns das jetzt weiter?«

»Die Angst vor der eigenen Wertlosigkeit ist eine Eigenschaft, die leider schon vielen Menschen zum Verhängnis wurde. Sie führt dazu, dass man zu sehr auf sich selbst achtet und nicht auf das, was um einen herum passiert. Man will sein Selbstbild verteidigen, koste es, was es wolle.« Fallender zeigte auf ein kleineres Foto neben ihnen an der Wand. Darauf war er mit drei weiteren Männern abgebildet, alle im Anzug. »Cromadoc. Die Firma sagt Ihnen was?«

Cromadoc war in den letzten Jahren der Shootingstar an der Börse gewesen. Nach langen Jahren der Forschung hatte Cromadoc vor zwei Jahren den Durchbruch mit Chips erlangt, die sich ins Herz implantieren ließen und die mit nahezu hundertprozentiger Sicherheit rechtzeitig einen Herzinfarkt vorhersagen konnten.

»Ich habe das Unternehmen vor zehn Jahren gegründet.«

»Ich dachte …«, begann Lena, wurde aber sofort von Fallender unterbrochen.

»Ja. Ich weiß, was Sie jetzt sagen wollen. Der Firmengründer heißt Frank Sohlbach. Und das stimmt. Er ist der CEO. Ich war ›nur‹ der Finanzer. Er hat es geschafft, dass man mich, bevor es an der Börse richtig losging, gefeuert hat. Und wissen Sie, warum?« Er sah sie beide an. »Meine eigene Blödheit. Meine Eitelkeit … Der Umstand, dass ich mich als Alpha-Tier nicht mit der Beta-Rolle zufriedengeben wollte.«

Oder vielleicht auch, weil er nicht akzeptieren wollte, dass er selbst ein Beta-Tier war, mutmaßte Lena. Ihr kam es seltsam vor, wie wichtig es ihm war, ständig als Alpha-Tier wahrgenommen zu werden. War das nicht seinem eigenen Kampf gegen die Angst vor der Wertlosigkeit geschuldet? Und erfüllte er damit nicht genau die Kriterien, die er für Beta-Tiere aufgestellt hatte?

»In Ordnung«, sagte Sommer. »Was schlagen Sie konkret vor?«

»Geben Sie dem Beta-Tier eine Bühne. Und dann machen Sie ihm klar, dass es nur die zweite Geige spielt. Irgendwann, das verspreche ihn Ihnen, wird sich das Beta-Tier dazu hinreißen lassen, Dinge zu sagen, über die es besser geschwiegen hätte.«

»Bühne? Was für eine Bühne?«

»Die beste Bühne ist meiner Ansicht nach immer noch das gute alte Fernsehen, vor allem für Menschen im Alter dieser Herren.«

»Wir sind nur leider nicht vom Fernsehen«, merkte Sommer an.

Fallender lächelte überheblich. »Hier könnte ich Ihnen ein wenig behilflich sein. Ich habe da einen alten Bekannten. Mirko Hübner.«

»Ich dachte, keine Presse?« Lena sah Sommer fragend an.

»Wir werden einen Weg finden.« Sie sah zu Fallender. »Sie würden da für uns einen Kontakt herstellen?«

Fallender räusperte sich. »Ich kann Ihnen nicht versprechen, dass Hübner Ihre Geschichte glauben wird. Aber er wird sie sich gerne anhören.« Ein verschmitztes Grinsen huschte über sein Gesicht. »Er ist kein Freund der ›Neuen bürgerlichen Mitte‹. Und er ist ebenfalls ein Alpha-Tier, das ungern eine Gelegenheit auslässt, das zu demonstrieren. Sie verstehen?«

Sommer überlegte. »Okay. Nehmen wir mal an, wir lassen uns auf diesen Plan ein …« Sie sah zu Lena. »Es bleibt die Frage, wer das Beta-Tier ist?«

Fallender formte aus seinen Händen ein Dreieck, auf deren Spitze er sein Kinn legte. »Berger«, sagte er nach kurzem Überlegen. Er wirkte sehr überzeugt.

»Warum nicht Saum?«, fragte Sommer. »Berger strebt das Kanzleramt an, ist also nicht er am ehesten das Alpha-Tier?«

»Kanzler!« Fallender lachte kurz auf. »Ein Kanzler ist am Ende auch nur ein Politiker.« Er zog die Augenbrauen in die Höhe. »Mal ganz ehrlich, die wirklich klugen Köpfe, die an echter Macht interessiert sind, die schnell etwas bewirken wollen, die die wirklich hübschen Mädchen abbekommen, die gehen in die Wirtschaft. Und wenn sie es da nach ganz oben schaffen, so wie Saum, dann sind es in der Regel Alpha-Tiere – häufig mit psychopathischen Zügen, was sich leider beides überhaupt nicht ausschließt. Die Jungs in der Politik hingegen, das ist nur die zweite Garde. Das sind die, die es woanders nicht geschafft haben. Zumindest hier in Deutschland.«

»Und Coppenfeld?«, fragte Lena, der Fallenders These ein wenig zu nah am Klischee kratzte. »Könnte er nicht das Alpha-Tier sein? Und Saum das Beta-Tier?« Auf keinen Fall wollte sie zu schnell eine Entscheidung fällen. Berger wie auch Coppenfeld hatten es beide zu was gebracht.

»Genau«, stimmte ihr Sommer zu. »Der Verfassungsschutz ist ein verdammtes Haifischbecken, das weiß ich leider aus eigener Erfahrung.«

Fallender legte sein Kinn wieder auf die Spitze seiner Finger. »Schwer zu sagen. Ich kenne Coppenfeld nicht. Die Position ist an sich auch nicht entscheidend. Es kann sehr gut sein, dass Coppenfeld es beim Verfassungsschutz zum Alpha-Tier geschafft hat. Die Frage ist aber, ob sich dadurch etwas in seiner Freundschaft zu Berger und Saum geändert hat. Hier muss er gegen

Hierarchiestrukturen ankämpfen, die vor etlichen Jahren erstritten wurden. Und uns interessiert an dieser Stelle ja nur, wie sie sich untereinander verhalten.«

»Was meinen denn Sie?«, fragte Sommer Lena. »Sie sind Coppenfeld doch auch begegnet.«

Lena überlegte. Sie hatte ihn ja nur sehr kurz getroffen, aber er war ihr wie ein machtbewusstes kleines Männchen vorgekommen, das vor allem die Autorität seiner Position ausnutzte, um sich Gehör zu verschaffen. Wirkliche Alpha-Tiere konnten sich auch ohne verliehene Macht durchsetzen, zudem hatten sie häufig etwas Charismatisches. Und da sah sie Coppenfeld eindeutig nicht in der ersten Reihe. »Ich kann das wirklich nicht beurteilen. Aber wie ein wirkliches Alpha-Tier kam er mir nicht vor. Davon abgesehen, dürfte er von diesem Crash am wenigsten profitieren.«

»Vorsicht!« Fallender hob einen Finger. »Es geht nicht darum, wer vom Crash am meisten profitiert. Das ist eine ganz andere Baustelle. Es geht darum, wer in der Gruppe dieser vier Studienfreunde die Fäden in der Hand hält. Und das können wir leider schwer sagen, da wir die vier nie als Gruppe erlebt haben.« Fallender stand auf und starrte durch die große Scheibe in seinen schneebedeckten Garten.

»Kennen Sie Saum?«, fragte Lena nach einer Weile. Ihn konnte sie am wenigsten einschätzen.

»Kennen ist zu viel gesagt.« Fallender drehte sich zu ihr um. »Aber ich bin Saum mal auf einem Kongress begegnet. Er ist selbstgerecht und sehr mit sich zufrieden. Bergers Selbstsicherheit kommt mir hingegen wie eine Fassade vor. Ihm traue ich eher Versagensängste zu und auch die Furcht vor der eigenen Wertlosigkeit – oder positiv formuliert, ein wenig Selbstkritik.« Fallender rieb sich das Kinn. Er sah erneut kurz in den Garten, dann zurück zu Sommer und Lena. »Ganz ehrlich. Seriös kann ich Ihnen keine Antwort geben. Aber wenn ich müsste, dann würde ich beim Beta-Tier auf Berger setzen.«

Wahltag

54

Berger blickte stolz durch das große Fenster seines Büros auf seine Mitarbeiter hinab. Es war der Tag, auf den sie das gesamte letzte halbe Jahr hingearbeitet hatten: Wahltag. Und wenn man den aktuellen Prognosen trauen durfte, hatte die NbM tatsächlich die Chance auf eine Mehrheit der Sitze im Parlament.

Was für ein historisches Ereignis für seine Partei und Deutschland! Seine Unsicherheit vom Vortag hatte sich zum Glück wieder zerschlagen. Er dachte viel zu oft an das, was schiefgehen konnte, anstatt sich auf die positiven Aspekte zu konzentrieren, so wie Saum. Hier konnte er noch von ihm lernen.

»Sabine!«

Die Tür öffnete sich, und Franziska, die eigentlich für Keimling arbeitete, steckte ihren Kopf durch die Tür. »Brauchst du was?«

Jetzt fiel es ihm wieder ein. Seine Assistentin hatte gestern um ein paar Tage Urlaub gebeten, eigentlich ein Unding so kurz vor der Wahl. Ihre Mutter war angeblich schwer erkrankt. Doch selbst das konnte ihm heute nicht die gute Laune verderben.

»Ein Cappuccino wäre fantastisch. Danke, Franziska.«

Er drehte sich um. Der Fernseher in der Ecke lief. Neben den Wahlen war in den Nachrichten immer noch der Börsencrash das Hauptthema. Derzeit wurde wild darüber spekuliert, ob tatsächlich ein paar Hedgefonds-Manager, Investoren, »Schurkenstaaten« und Superreiche dieser Welt den Ball ins Rollen gebracht hatten.

Den Ländern konnte es am Ende nur recht sein. Gigantische Geldmengen hatten sich in nichts aufgelöst – Geldmengen, die es eigentlich nie gegeben hatte. Das spielte vielen Regierungen in die Hände. Einige Journalisten und Wirtschaftsleute prognostizierten, dass nun – im Gegensatz zur Weltwirtschaftskrise der 1930er-Jahre, aber dafür ganz entsprechend der Politik im 21. Jahrhundert – erneut der Geldhahn geöffnet werden würde, um die Wirtschaft kurzfristig zu stabilisieren. Das, in Kombination mit politisch gesteuerten Lohnsteigerungen und Steuersenkungen, würde wiederum endlich zu der seit Langem notwendigen Inflation führen, mit der sich die Länder wie von Geisterhand entschulden konnten, vielleicht sogar zu einer Währungsreform. Eine Reinigung stand an, ein »Zurück-auf-Start« auf dem Spielbrett des Lebens, auf das hoffentlich ein paar Jahrzehnte Ruhe folgen würden. Und die NbM würde, wenn sich die aktuellen Prognosen tatsächlich bestätigten, die ehrenvolle Aufgabe übernehmen, Deutschlands Spielfiguren zu ziehen – und das nach neuen Regeln.

Berger blickte auf das abhörsichere Mobiltelefon vor ihm auf dem Tisch, das Coppenfeld ihm und Saum gegeben hatte, damit sie weiter kommunizieren konnten. Er hatte das Gefühl, Saum anrufen zu müssen, um sich zu entschuldigen. Die begleitenden Umstände – insbesondere die Beseitigung zweier Menschen – fand er zwar immer noch unglücklich, doch was waren das für Opfer im Vergleich zu dem, was sie nun in der Lage waren, aus Deutschland zu machen? Menschen waren schon für weniger gestorben.

Berger griff zum Telefon.

Es dauerte ein wenig, bis es klingelte, wahrscheinlich wegen der abhörsicheren Technik.

»Wer spricht?«

»Berger hier! Saumi, du altes Schlitzohr. Wo steckst du?«

»Möchtest du nicht wissen.«

Im Hintergrund hörte Berger eine Frau lachen. Ein Lachen, das Berger nur zu genau kannte. »Das ist jetzt nicht dein Ernst?«

»Was denn?«, fragte Saum scheinheilig.

»Das da im Hintergrund …«

»Du hast sie an ihrer Lache erkannt«, prustete Saum ins Telefon. »Sorry!« Er bekam sich kaum noch ein. »Aber sag mir bloß nicht, ich hatte nicht deine Absolution. Der Wahlkampf dürfte doch wohl auch ohne ihre Hilfe wie von selbst laufen, oder?«

Wieder Sabines Lachen im Hintergrund.

Von einer Sekunde auf die nächste war Bergers Laune im tiefsten Keller. Dem Ärger folgte Kopfkino vom Feinsten. Er sah sie vor sich, Sabine, nackt, mit gespreizten Beinen, dazwischen Saum mit dem Telefon in der Hand.

»Was gibt's denn, mein Lieber?«

Die Lust, sich bei Saum zu bedanken, war Berger vergangen. »Ich wollte nur mal hören, ob du gut angekommen bist.«

»Bin ich. Wie du hörst.« Wieder Gekicher. »Was machen die Prognosen?«

»Gut.«

»Wie, nur gut? Was nicht in Ordnung, my friend?«

»Alles bestens.«

»Na, dann.« Irgendein undefinierbares Geräusch. Wahrscheinlich leckte er ihr gerade Honig von den Brüsten. »Meld dich mal, wenn alles durch ist. Das müssen wir dann unbedingt noch mal ausgiebig feiern. Du verstehst, was ich meine.«

Berger legte auf. Die ganze gute Laune … weg.

55

»Ich habe alles geklärt. Hübner ist dabei!«

»Perfekt!« Lena konnte nicht anders, als Sommer zu umarmen.

Es war kurz vor Mittag. Sommer hatte am frühen Morgen ihre Wohnung verlassen und Lena versprochen, alles Notwendige so zügig wie möglich zu organisieren. Jetzt hieß es beten, dass der Plan aufging.

Lena hielt es in Sommers Wohnung kaum noch aus. Sie wollte alles möglichst schnell hinter sich bringen und endlich Jean und Michael wiedersehen. Sie vermisste sie wahnsinnig. Den ganzen Vormittag über hatte sie darüber nachgedacht, ob es nicht doch eine Möglichkeit gab, Michael unauffällig zu kontaktieren. Er machte sich sicherlich schreckliche Sorgen. Wahrscheinlich hatte er längst die Polizei verständigt. Es war jetzt zwei Tage her, dass sie nicht wieder nach Hause gekommen war.

Sommer zeigte auf eine Tüte, die sie vor Lena abgestellt hatte. »Da sind Sachen für Sie drin.«

Lena zog die Träger auseinander. In der Tüte befand sich eine blonde Perücke und eine Sonnenbrille. »Wofür brauche ich das?«

»Für Ihren Termin bei Hübner.«

»Ich muss da hin? Ich dachte, Sie hätten alles geklärt?«

»Habe ich ja auch. Berger ist heute Nachmittag bei Hübner zum Talk eingeladen. Hübner hat angebissen, er war ganz begeistert, als er gehört hat, was ich zu erzählen hatte.« Sie zwinkerte Lena zu. »Mir scheint, er mag nicht nur die NbM, sondern auch Berger nicht besonders. Aber er will noch einmal persönlich mit Ihnen sprechen.«

»Warum?«

»Er traut keinem Anrufer. Er will ein Gesicht. Und er will das Abhörprotokoll und das Foto.« Sommer legte Lena eine Kopie von beidem auf den Tisch. »Zum Glück hatte ich von dem Protokoll unerlaubterweise eine digitale Kopie, denn o Wunder, das Original ist spurlos verschwunden, wie auch die Tonaufzeichnung.«

»Das bei Hübner ist hoffentlich keine Falle?«

»Ich wüsste nicht, warum. Aber Sie sollten da trotzdem möglichst schnell wieder abhauen. Und am besten Perücke und Sonnenbrille tragen.« Sommer legte beides vor Lena auf den Tisch. »Es gibt übrigens noch andere interessante Neuigkeiten.« Lena legte die Perücke zur Seite und sah interessiert auf. »Ich habe mich kurz mit meiner Kontaktperson bei der BaFin getroffen. Nach den neuesten Informationen sind die Saudis am Tag nach dem Börsencrash sofort wieder eingestiegen.«

»Okay. Und warum?«

»Die interessante Frage ist wohl eher, wo. Sie haben nämlich vor allem deutsche Aktien gekauft.«

»Und das bedeutet?« Lena verstand nicht viel von Börsengeschäften. Wenn sie mal zu viel Geld auf dem Konto hatte, was eigentlich nie vorkam, wurde es sofort in ihr Haus gesteckt.

»Dass Sie Deutschland zutrauen, sich am schnellsten zu erholen.«

»Warum gerade Deutschland?« Lena hätte vermutet, dass Länder, die extrem vom Export abhängig waren, die Verlierer der Krise wären. Wenn die Menschen sparen mussten, dann doch als Erstes an teuren Importprodukten, zum Beispiel aus Deutschland. Das hatte sich so auch schon in der Corona-Krise gezeigt. Zudem ließ sich eine einbrechende Inlandsnachfrage einfacher politisch steuern als ein Einbruch der Nachfrage aus dem Ausland. Aber was wusste sie schon.

»Meine These ist, dass ihnen das Saum geraten hat. Deshalb auch der Zeitpunkt kurz vor der Wahl. Wenige Investoren kennen die politische Situation in Deutschland so gut wie er, der noch dazu mit dem zukünftigen Kanzler gut befreundet ist. Er kennt Bergers Pläne. Er kann ihn beeinflussen. Und zumindest kurzfristig dürfte ein Wahlsieg der NbM tatsächlich die Märkte beflügeln. Sie müssen verstehen: Das hier ist nichts anderes als eine große Pokerpartie, bei der einige wissen, welche Karten die anderen auf der Hand haben. Meinen Sie, die Russen haben damals in den US-Wahlkampf eingegriffen, weil sie Trump mochten?«

Sommer hatte vollkommen recht. Warum nicht zweimal absahnen: beim Verkaufen und dann noch mal beim günstigen Einkauf.

»Außerdem erklärt das Saums Motivation noch besser«, führte Sommer weiter aus. »Vielleicht ging es ihm auch um seine Partei. Aber er ist Investor. Er denkt wie ein Investor. Und er ist verdammt schlau. Er weiß, dass er beim Schlussverkauf nicht einfach so mitmachen kann, ohne dass ihm die Banken- und Finanzaufsichten auf die Schliche kommen. Aber beim Einkauf, da kann man ihm nicht vorwerfen, wenn er mitmacht. Ich habe das auch Hübner erklärt. Er fand das sehr plausibel.«

»Sie sind genial!«, lobte Lena Sommer.

Sommer senkte gerührt den Kopf. Dann sah sie Lena wieder ernst an.

»Aber wir haben auch ein Problem.«

»Und zwar?«

»Ihr Mann hat eine Vermisstenmeldung aufgegeben. Coppenfeld kann jetzt ganz offiziell nach Ihnen fahnden lassen. Sie müssen sehr, sehr vorsichtig sein.« Sie zeigte auf die Perücke und die leicht getönte Sonnenbrille. »Ziehen Sie mal an. Und ziehen Sie sie vor allem außerhalb dieser Wohnung nicht aus. Nicht mal vor Hübner.«

Lena ging in den Flur. Vor dem Spiegel prüfte sie, ob die Perücke passte. Dann zog sie die Sonnenbrille auf. Es war immer wieder faszinierend, wie sehr eine andere Haarfarbe und Frisur einen veränderte. Sie kehrte ins Wohnzimmer zurück.

»Von mir aus können wir«, sagte sie grinsend.

Sommer zupfte noch ein wenig an der Perücke herum. Dann schien auch sie zufrieden. »Ja. So lasse ich Sie gehen.«

»Sie kommen nicht mit?«

Sommer schüttelte den Kopf. »Tut mir leid. Ich habe gleich ein Treffen mit Coppenfeld.«

Lena wusste nicht, was sie sagen sollte. Was wollte sie denn jetzt bei dem? Plötzlich hatte Lena das dumme Gefühl, Sommer doch nicht vertrauen zu können. War das hier eine Falle? Doch warum dann so kompliziert? Sommer hätte genügend Gelegenheiten gehabt, sie an Coppenfelds Leute zu verraten.

Dann verstand sie plötzlich. »Sie haben Hübner am Telefon gar nicht gesagt, dass Sie vom Verfassungsschutz sind, richtig?«

Sommer antwortete nicht.

»Sie haben sich bei Ihrem Telefonat als Lena Bondroit ausgegeben.«

Sommer wich ihrem Blick aus, und Lena war auch klar, warum: Sommer wollte sie zwar nicht verraten, aber sie wollte auch nicht mit der Sache in Verbindung gebracht werden. Denn sollte etwas schieflaufen, wäre sie die nächste auf Coppenfelds Abschussliste. Auf diese Weise zog sie sich bestens aus der Affäre, und Coppenfeld wurde noch dazu zu ihrem Alibi.

»Ich verstehe«, sagte Lena enttäuscht.

»Wenn es uns genützt hätte …« Sommer sah sie schuldbewusst an.

Lena ergriff ihre Winterjacke. Warum hatte sie, wenn sie mit der Polizei zusammenarbeitete, nur immer das Gefühl, das sie allein im Becken mit den Piranhas schwamm, während alle anderen von draußen zusahen? Am liebsten hätte sie sich auf der Stelle die Perücke vom Kopf gerissen und Sommer gesagt, dass sie ihren Scheiß alleine machen konnte. Doch es war ihr Kopf, der in der Schlinge steckte, und ihre einzige Chance, aus der Sache herauszukommen, war, mit diesem Journalisten zu reden.

»Können Sie mich nicht verstehen?« Sommers Tonfall hatte etwas Flehendes.

Verstehen konnte Lena viel. Nur mit Mut und Format hatte das alles herzlich wenig zu tun. Doch für beides, das musste sie leider zugeben, konnte man sich, wenn man tot war, am Ende wenig kaufen.

Lena ging zur Tür. »Drücken Sie mir die Daumen!«, sagte sie noch zu Sommer, bevor sie die Wohnung verließ. Obwohl sie anfangs so überzeugt von dem Plan gewesen war, kamen ihr jetzt Bedenken. »Mir wäre es lieber, wir hätten noch einen Plan B.«

»Wir machen einen Schritt nach dem anderen«, sagte Sommer.

Auf der Straße hielt Lena das nächstbeste Taxi an. Wenn Coppenfeld und die Polizei nach ihr fahndeten, war es am besten, so wenigen Menschen wie möglich zu begegnen.

»Wohin?«, fragte der Fahrer.

»Zum Hauptstadtstudio.«

»Gerne.« Der Fahrer fuhr los.

Lena versuchte noch einmal die Chancen ihres Plans einzuschätzen. Alles hing davon ab, dass es Hübner gelang, Berger so zu provozieren, dass er sich verplapperte. Doch Berger war nicht erst seit gestern Politiker.

Beta-Tiere wollten das eigene Selbstbild verteidigen. Das hatte Fallender mehrfach gesagt. Sie wollten wenigstens ein paar der Lorbeeren vom Kranz des Alpha-Tieres. Doch wer verwehrte Berger überhaupt diese Anerkennung? Seine Partei? Die Wähler? Hübner? Je mehr Lena über Fallenders Idee nachdachte, umso unwahrscheinlicher erschien ihr ein Erfolg. Sie mussten es anders machen und Berger in eine Falle locken. Da kam ihr eine Idee! Sie griff in die Tasche ihrer Jacke – zum Glück, sie waren noch da. Doch um das umzusetzen, was sie jetzt vorhatte, brauchte sie Hilfe.

»Entschuldigung.« Sie tippte dem Fahrer auf die Schultern.

»Ja?«

»Vergessen Sie das Hauptstadtstudio. Fahren Sie mich doch bitte nach Kreuzberg ins *Beirut Palace.*«

56

Hübner hörte Lena aufmerksam zu. Immer wieder schüttelte er den Kopf, als könnte er nicht glauben, was er gerade hörte. Um das Gesagte zu unterstreichen, legte sie Hübner noch die Kopie des Abhörprotokolls und das Foto von der Uni vor.

»Eines muss uns klar sein«, sagte Hübner am Ende ihrer Ausführungen. Er hatte sich mit Lena in einem Lagerraum in der Tiefgarage getroffen, wahrscheinlich aus Angst, abgehört zu werden. »Wenn Berger sich nicht provozieren lässt oder am Ende Saum gar nichts mit dem Börsencrash zu tun hat, dann werde ich mir nach der Wahl einen neuen Job suchen dürfen.«

»Aber ist ein solcher Skandal dieses Risiko nicht wert?«, fragte Lena. Er durfte jetzt nicht ins Grübeln kommen oder am Ende sogar abspringen. Wenn es stimmte, was Fallender gesagt hatte, war Hübner ein Alpha-Tier. Und Alpha-Tiere riskierten ihr Leben für die Gruppe, wenn es darauf ankam. An diese Aufgabe musste sie ihn erinnern. Sie sah Hübner ernst an. »Das hier ist die Art von Journalismus, weswegen Sie diesen Beruf gewählt haben. Und Sie sind einer der besten!«

»Ich werde alles versuchen. Provokation ist schließlich mein Markenzeichen.« Er rieb sich sein Ohrläppchen. »Ob er sich allerdings verplappert, ist eine ganz andere Frage.«

»Geben Sie Ihr Bestes. Mehr verlange ich nicht. Und haben Sie mal daran gedacht, was für mich auf dem Spiel steht?«

Hübner sah sie an wie jemanden, der ihm gerade eine tödliche Krankheit offenbart hatte. »Ich weiß.« Er überlegte. »Also gut. Drücken Sie mir die Daumen.«

»Könnte ich Sie um noch einen Gefallen bitten?«

»Der wäre?«

»Ich würde Berger gerne vor seinem Auftritt kurz unauffällig begegnen.«

»Er kennt Sie nicht?«

»Nein.«

»Dann dürfte das nicht das Problem sein. Aber warum?«

Lena zögerte. »Besser, wenn Sie es nicht wissen.«

57

Erst kam das Mädchen von der Technik und fummelte eine gefühlte Ewigkeit an ihm herum. Anschließend prüfte eine etwas ältere, aber durchaus attraktive Blondine, ob alles auch wirklich richtig saß. Am Ende widmete sich die Dame von der Maske noch einmal seinem Gesicht.

»Fertig.«

Berger schaute in den Spiegel. Er trug seine Haare heute mit einer Menge Wachs und leicht zerwühlt, so wie es bei jüngeren Männern gerade *in* war. Und so, wie es auch Saum tat – was ihn wiederum ärgerte. Er kopierte nur äußerst ungern.

Es klopfte. Ein junger Mann mit Klappbrett in der Hand betrat das Zimmer. »Herr Berger, noch zehn Minuten. Wir müssten dann los.«

Zehn Minuten bis zur Sendung. Das bedeutete noch zwei Stunden, bis die Urnen schlossen. Wenn man den Umfragen vor den Wahllokalen trauen durfte, stand seinem Sieg nichts mehr im Wege. Das Interview war somit eine wunderbare Gelegenheit, die Wähler auf die neuen Zeiten einzustimmen.

Berger folgte dem jungen Mann über ein paar Flure bis zum Studio. Vor der Studiotür wartete bereits Hübner.

»Hi, Jan.« Hübner streckte ihm freundlich lächelnd die Hand entgegen. »Siehst du, wird das doch noch was mit deinem Auftritt vor Wahlende.«

Sein scheißfreundliches Grinsen würde Hübner noch vergehen. Er glaubte doch nicht im Ernst, dass er ihn durch die Einladung zu diesem »Exklusiv Talk« wieder gütig stimmen konnte. Wenn sich Berger eins merkte, dann wer ihn unterstützt hatte, als er es gebraucht hatte – und wer ihn hatte im Regen stehen lassen. Dem kleinen, hässlichen Pennerkind helfen, das am Straßenrand mit eingenässter Hose wartete, das taten die wenigsten. Dafür stellten sie sich gerne neben den Shootingstar und machten Selfies, wenn die Chance bestand, dass ein wenig von dessen Glanz auf sie selbst abfärbte. Hübner war geliefert, das war für Berger beschlossene Sache. Den Rundfunkrat neu zu besetzen würde eine seiner ersten Maßnahmen werden. Dann war Hübner Geschichte.

»Noch irgendwas, das ich wissen sollte?« Trotz seiner Rachegedanken gelang es Berger, mindestens ebenso scheißfreundlich zurückzulächeln.

Hübner schüttelte den Kopf. »Spontan kommt immer am besten. Bei dir sowieso. Ein paar kritische Nachfragen, dann gehen wir über zu deinem Programm. Das ist es doch, was die Leute jetzt interessiert.«

»Sehe ich ähnlich.«

Hübner erklärte Berger ein letztes Mal die Anfangsdramaturgie der Sendung, obwohl das sein Assistent in der Maske schon mindestens dreimal getan hatte. Dann schaute er zu dem über der Tür hängenden Monitor, bis eine Stimme im Off ihn ankündigte. Das Publikum begann zu klatschen. Der Assistent riss die Tür auf, und Hübner betrat das Studio.

Auf dem Monitor verfolgte Berger, wie Hübner locker die durch das Publikum führende Treppe hinabtänzelte. Unten standen die beiden roten Sessel, auf denen sie gleich Platz nehmen würden. Hübner begrüßte das Publikum, ein paar einleitende Worte, dann wieder Klatschen. Der Assistent gab Berger ein Zeichen.

58

»Du bist echt ’ne krasse Frau.«

Sie saßen gemeinsam in dem Taxi, das sich Galib von seinem Kumpel geliehen hatte, und starrten gebannt auf das Tablet zwischen ihnen. Lena hatte ihn gebeten, es mitzubringen, damit sie das Live-Interview mit Berger verfolgen konnten.

Berger und Hübner hatten gerade das Studio betreten. Sie saßen sich jetzt in großen roten Sesseln gegenüber. Vor ihnen, auf einem niedrigen Tisch, standen eine Karaffe Wasser und zwei Gläser.

»Herr Berger, es dürfte wohl außer Frage stehen, dass Sie die Wahl heute gewinnen werden. Die Frage ist nur, wie hoch? Noch vor ein paar Tagen gab es eine andere Tendenz. Wie ist Ihnen diese dramatische Aufholjagd gelungen?«

Berger drückte sich zufrieden in seinen Sessel zurück. Er wirkte ausgesprochen gut gelaunt, ein Umstand, der sich hoffentlich ändern würde, sobald Hübner das Interview aus dem sicheren Small-Talk-Hafen in stürmische Gewässer leitete.

»Wissen Sie, ich glaube, man kann die Menschen nicht ewig für dumm verkaufen. Sie haben verstanden, dass dieses Land einen wirklichen Wandel braucht. Und wir sind die einzige Partei, der man diesen Wandel zutraut.«

»Aber schauen Sie mal hier.« Eine Grafik wurde eingeblendet, auf der die Entwicklung der Wahlprognosen der letzten fünfzehn Tage festgehalten war. Die Linie der NbM fiel stetig, bis sie am Ende plötzlich in die Höhe schnellte. »Den wirklichen Umschwung gab es erst mit dem Börsencrash. Und das vor allem, weil dieser Crash etliche Nichtwähler mobilisiert hat.« Ein weiteres Bild wurde gezeigt, in dem sich die Entwicklung der prognostizierten Wahlbeteiligung zeigte. »Ein Crash übrigens, da sind sich die meisten Experten inzwischen ziemlich sicher, der zu diesem konkreten Zeitpunkt von ein paar Großinvestoren bewusst ausgelöst wurde.«

»Na, und?« Berger wirkte nicht im Geringsten irritiert. »Ich glaube, dass die Wähler spätestens seit dem Crash verstanden haben, dass wir von der NbM nicht ein Schreckgespenst an die Wand gemalt haben, sondern genau die Realität beschrieben haben, die jetzt leider eingetroffen ist. Wichtig ist jetzt …«

»Sie kennen Sebastian Saum?«, unterbrach Hübner Berger.

Es war das erste Mal, dass Berger kurz über seine Antwort nachdenken musste. »Ja, er ist ebenfalls Mitglied der ›Neuen bürgerlichen Mitte‹.«

»Wie gut kennen Sie sich?«

»Wir kennen uns eben. Aber was ich sagen wollte: Wichtig ist doch jetzt für Deutschland …«

»Wir haben Informationen vorliegen«, unterbrach Hübner Berger erneut, »dass Sebastian Saum, der ja nicht nur Parteimitglied der NbM ist, sondern auch einer der weltweit erfolgreichsten Hedgefonds-Manager und Vermögensverwalter, an diesem Crash nicht unbeteiligt war.«

Berger lehnte sich nach vorn. Er trank von seinem Wasser. »Ist mir nicht bekannt.«

»Laut aktueller Recherchen einiger Journalisten haben einige Großinvestoren, unter anderem auch die Saudische Krone, den Stein durch Massenverkäufe ins Rollen gebracht. Es ist ein offenes Geheimnis, dass Saum enge Kontakte zu den Saudis und ihren Beratern pflegt.«

»Worauf wollen Sie hinaus?«, fragte Berger verärgert. »Und was hat das mit unserer Wahl zu tun?«

»Es wäre schon interessant zu wissen, ob dieser Börsencrash vielleicht dazu genutzt wurde, die Wahl zu manipulieren. Seit Jahren warnen Experten davor. Sie vermuteten Manipulationen auf kleineren Märkten, jetzt hat es aber Deutschland erwischt.«

»Nicht Deutschland. Die ganze Welt.«

»Ich rede nicht vom Crash. Ich rede von der Wahl. Der Crash kam drei Tage davor. Wenn diese Manipulation von einem ihrer Parteimitglieder ausging ...«

»Ist doch alles Blödsinn!« Diesmal war es Berger, der Hübner unterbrach.

»Sie wussten also nichts davon?«

»Natürlich nicht«, echauffierte sich Berger. Er spielte seine Rolle verdammt gut, sogar so gut, dass Lena Bedenken kamen, ob er vielleicht wirklich nichts von der Sache wusste.

»Aber dass Sie und Ihre Partei sehr stark von dem Crash profitiert haben, das werden Sie doch wohl nicht bestreiten?«

Berger musste überlegen. »Wer Insidergeschäfte betreibt, gehört bestraft. Wer Märkte beeinflusst, ebenfalls. Lassen Sie uns darüber reden, wenn dazu Fakten auf dem Tisch liegen. Wichtiger ist mir jetzt ...«

»Entschuldigen Sie, aber Sie werden die Wahl allein wegen des Crashs gewinnen. Das kann Sie doch nicht befriedigen!«

Hübner machte seine Arbeit gut. Immer wieder versuchte er Berger bei seiner Eitelkeit zu packen und ihm indirekt klarzumachen, dass er nur eine Spielfigur war; die Spielfigur von Alpha-Tier Saum.

»Jetzt hören Sie aber mal auf!« Berger war laut geworden. Vielleicht gelang es Hübner ja wirklich, etwas aus ihm herauszukitzeln. Lena biss sich vor Aufregung einen Fingernagel ab.

Ein unbeabsichtigtes Geständnis vor einem Millionenpublikum – perfekter ging es nicht. »Wollen Sie mir meinen Erfolg madig machen?«, setzte Berger nach. Er wirkte jetzt ernsthaft beleidigt. »Wollen Sie mir erzählen, dass mich die Menschen da draußen nur wählen, weil sie beeinflusst wurden?«

Hübner hielt eine Grafik der Stimmenentwicklung der NbM in die Kamera. »Fakt ist, dass nicht Ihr Programm, sondern der Börsencrash den Wandel bei den Wählern hervorgerufen hat.«

Berger schloss die Augen. Entweder er explodierte gleich und würde etwas sagen, das er sofort bereuen würde, oder …

Sein Blick wurde plötzlich wieder milder, so als hätte man ihm eine Beruhigungsspritze verpasst. »Herr Hübner. Für mich stellt sich die Lage so dar: Hier hat sich etwas ereignet, was sich schon lange angekündigt hat. Manchmal müssen sich Dinge realisieren, damit wir sie begreifen. Denken Sie an Fukushima. Wir haben diesem Ereignis einen drastischen Wandel in der Energiepolitik zu verdanken. Jetzt gab es einen internationalen Börsencrash, der die Leute möglicherweise davon überzeugt hat, dass unser Programm das richtige für Deutschland ist. Sie wollen mich dafür doch bitte nicht an den Pranger stellen. Und vor allem sollten Sie den Wählern nicht ihre Urteilsfähigkeit absprechen!«

Hübner räusperte sich. Jetzt schien er in Bedrängnis gekommen zu sein. »Ich möchte den Wählern nicht ihre Urteilsfähigkeit absprechen, im Gegenteil. Ich halte es nur für falsch, dass Sie sich und Ihre Partei für diese Entwicklung feiern wollen. Nicht Sie haben diesen Sieg errungen. Sie sind ein Spielball der großen Finanzmächte geworden. Das halte ich in einer Demokratie für sehr bedenklich.« Hübner war gut, das musste Lena ihm lassen. Er hatte das Ruder zumindest teilweise wieder herumreißen können. »Und wissen Sie was«, setzte Hübner fort, »während Sie und die NbM jetzt den Scherbenhaufen aufkehren müssen, den andere angerichtet haben, machen sich Leute wie Ihr Freund Sebastian Saum die Taschen voll. Für ihn scheint das alles nur ein Spiel zu sein, um in den deutschen Aktienmarkt günstig wieder einsteigen zu können. Und Sie sind sein Bauer.«

Man merkte Berger an, dass er am liebsten wieder laut geworden wäre. Aber er schaffte es erneut, sich unter Kontrolle zu halten.

»Ich ein Spielball? Ich der Bauer?« Jetzt lachte er sogar. »Falsch!« Er schaute in die Kamera. »Die Wähler wählen die ›Neue bürgerliche Mitte‹ wegen ihrer innovativen Ansätze. Der Crash mag den einen oder anderen Wähler wachgerüttelt haben, aber sie haben sich frei entschieden. Und die meisten haben sich für uns entschieden. Das ist das Verdienst der NbM! Das ist mein Verdienst!« Er nickte selbstzufrieden. »Und jetzt lassen Sie uns endlich auf die Zukunft zu sprechen kommen. Sicherlich, wir müssen diesen Crash noch aufarbeiten. Und das werden wir unter meiner Regierung tun, darauf können Sie sich verlassen. Aber vor allem müssen wir nun in die Zukunft schauen und den Menschen zeigen, wie wir aus dem Schlamassel wieder herauskommen, das uns die alten Parteien mit ihrer Politik eingebrockt haben.«

Hübner hatte seine Kugeln verschossen. Berger hatte sich zwar provozieren lassen, doch nicht so sehr, dass er sich und seine Freunde verriet. Der Kampf war verloren.

»Hattest was anderes erwartet, oder?« Galib schenkte Lena einen mitleidigen Blick.

»Ehrlich gesagt, nein.« Sie griff zu einem Handy, das auf dem Armaturenbrett lag. Auch das hatte sie Galib gebeten zu besorgen. »Neu?«, fragte sie zur Sicherheit noch einmal nach.

»Frisch vom Schwarzmarkt mit einer ausländischen SIM-Karte. Das Gespräch wird teurer, aber die Nummer hört keiner ab.«

Lena wählte Sommers Nummer. »Frau Sommer? Ich bin's.«

Stille am anderen Ende. Dann ein Seufzen. »Es tut mir leid.«

»Kein Problem. Wir sollten nicht am Telefon sprechen, aber ich habe eine Bitte. Kommen Sie zum Sender. Jetzt sofort. Und schalten Sie Ihr Radio ein. UKW 103,6 MHz.«

»Warum?«

»Tun Sie es einfach.«

Lena legte auf. Dann wandte sie sich wieder an Galib. »Jetzt kommt dein Part.« Sie zeigte auf das Funkgerät neben dem Armaturenbrett. »Du kennst dich damit aus?«

»Na, hör mal«, Galib wirkte fast ein wenig beleidigt. »Habe ich mir nicht umsonst von meinem Kumpel erklären lassen.«

»Dann dreißig Taxis, wie besprochen. Erzähl was von einem großen Event, private Wahlparty, irgend so was.«

»Und dann?«

»Hast du die Kohle dabei?«

»Klar.« Galib zog eine Rolle Geldscheine aus seiner Lederjacke. »Aber das bekomme ich wieder!«

»Immer«, sagte Lena lächelnd. Galib drückte ihr das Geld in die Hand. Lena griff nach dem Türöffner. »Danke. Ich regle das jetzt mit Hübners Assistenten und den Taxifahrern.«

»Und ich?«

»Halt einfach die Augen offen. Du bist meine letzte Karte, wenn etwas schiefläuft.«

59

»Zurück zur Parteizentrale«, forderte Berger seinen Fahrer auf. Dann schloss er die Sicht- und Schallschutzwand der Parteilimousine. Sein Puls war immer noch auf 180. Nach außen war es ihm gelungen, Ruhe zu bewahren, doch innerlich sah es anders aus. Zum Glück trug er ein Sakko, denn darunter war er komplett durchgeschwitzt.

Seine Wut auf Hübner war gigantisch. An ihm würde er sich jedoch bald rächen können. Eine noch viel größere Wut hatte er hingegen auf Saum.

Dieser elende Egoist. Egal um was es auch ging, er griff nach den Filets, während sich Coppenfeld und Berger um die Hüftsteaks streiten durften. Wie oft hatten sie eine Party verlassen müssen, nur weil Saum nicht auf seine Kosten kam und daher entschied, dass es woanders besser wäre. Ob sich Berger oder Coppenfeld gerade amüsierten, war vollkommen nebensächlich. Sie waren nichts anderes als seine Statisten, sein Hofstaat, ohne den er sich unwohl fühlte und der ihn deshalb ständig begleiten musste. Daran hatte sich bis heute nichts geändert.

Fast musste sich Berger bei Hübner bedanken. Erst seine kritischen Fragen hatten ihm die Augen bezüglich Saums wirklicher Motivation geöffnet. Saum wollte sich für die »Neue bürgerliche Mitte« einsetzen? Pah! Es war ihm nie um Berger und erst recht nicht um die NbM oder Deutschland gegangen. Darauf hätte er eigentlich auch selbst kommen können. Saum war es die ganze Zeit nur um *sich selbst* gegangen, um den großen *Finanzguru*, der der Welt erklärte, in welche Märkte und Firmen man investieren sollte und in welche nicht, und der am Ende immer noch ein wenig mehr abkassierte als alle anderen. Dabei war er sich nicht zu schade, Deutschland als Spielwiese für seine Finanzmanipulationen zu nutzen. Von wegen »Freundschaft über alles«!

Berger griff in seine Tasche. Nach kurzem Suchen hatte er das abhörsichere Handy gefunden. Es dauerte ein wenig, bis Saum abnahm.

»Bitte?« Saum klang verkatert.

»Du bist das allerletzte Arschloch!«

»Berger! Good to hear from you, my friend. Just a moment!« Berger hörte es rascheln, dann eine weibliche Stimme, wahrscheinlich die von Sabine, wenn er die nicht schon wieder abserviert hatte. Erneutes Rascheln, dann wurde es ruhiger. Jetzt waren nur noch leichte Windgeräusche zu vernehmen.

»So, jetzt. Musste mich auf den Balkon retten. Deine Tippse, die saugt sich aber auch so was von fest.« Er lachte. »Was gibt's, Kumpel?«

»Kumpel?« Berger wusste gar nicht, wo er anfangen sollte. »Schämst du dich nicht?«

»Immer. Aber weswegen heute?«

»Das nennst du Freundschaft? Du hast uns benutzt! Mich, Coppenfeld, die NbM, deine Heimat.«

»Berger, komm runter. Was ist denn los?«

»Ich komme verdammt noch mal nicht runter! Du mieser Meganarzisst!«

»Berger!«

»Kassierst von den Saudis, von deinen sonstigen Kunden, spielst den großen Macker, machst dir die Taschen so voll, bis sie platzen. Und verrätst dein eigenes Land. Benutzt es als billige Bananen…«

»Stop it!«, unterbrach ihn Saum. »Was erzählst du da für einen Scheiß? Ich hab dir die Chance gegeben, aufzuräumen. Das wolltest du doch immer!«

»Von wegen. Du nutzt Deutschland als Spielwiese. Der Crash – den hast du nur provoziert, damit du und deine Verbündeten in einen bereinigten Markt günstig wieder einsteigen könnt. Vor allem in Deutschland. Der Traum eines jeden Spekulanten, einmal zum richtigen Zeitpunkt kaufen, den hast du dir verwirklicht. Wahrscheinlich um deinen alten Komplex zu bekämpfen, dass andere während der Corona-Krise besser performt haben. Wie nennt ihr das, Cornering? Scapling? Nein, ›Sauming‹, nehme ich an. Investment ohne Risiko.«

»Moment mal …«

»Nein, nix Moment mal! Meinst du, ich bin total bescheuert? Der Wahlsieg der NbM war Teil deines Plans. Aber nicht, weil es dir um die NbM ging. Es ging dir allein darum, die deutschen Aktien für die nächsten Tage überproportional nach oben zu treiben. Es ging dir immer nur um diese Gewinne, die ihr sofort mitnehmt, um euch dann auf die nächsten Opfer zu stürzen. Dabei ist dir scheißegal, wie es mit Deutschland weitergeht. Du Leichenfledderer! Gib es doch wenigstens zu!«

»Angenehme Nebenwirkungen sind nie auszuschließen«, Saum lachte.

»Ich hasse dich!«

»Solltest du nicht tun. Du hast mir einiges zu verdanken.«

»Dir zu verdanken? Meinem ›edlen‹ Freund mit dem Gottkomplex? Ich kann es nicht mehr hören! Nicht du, sondern ICH habe die Partei dahin gebracht, wo sie jetzt steht!«

Lachen am anderen Ende. »Aber ohne den Crash – seien wir mal ganz ehrlich, Jan …«

»Ich wollte den Crash nicht. Vielleicht habe ich ihn mir manchmal gewünscht, damit den Menschen die Augen aufgehen. Aber wenn es nach mir gegangen wäre, dann hätten wir anders gewonnen.«

Erneutes Lachen. »Anders hättest du aber nicht gewonnen. Mensch, Jan, manchmal braucht es eben den Papi im Hintergrund, der die Dinge für einen regelt. Weißt du noch damals, in London, der Unfall? Ohne mich hätte das richtig Ärger gegeben. Sorry, aber darin bin ich einfach gut. Akzeptier es. Nimm's sportlich!«

»Sportlich?« Wenn Saum jetzt vor ihm gestanden hätte, wäre er ihm an die Gurgel gegangen. »Zwei Menschen mussten sterben. Du benimmst dich, als würde dir die Welt gehören. Dir allein! Schon immer und überall. Das mit Sabine war übrigens auch nicht die feine Englische.«

»Ach so!« Berger vernahm ein heiteres Prusten. »Darum geht es dir also. Du bist neidisch, weil ich deine Vorzimmerdame bumse.«

»Du mieses Riesenarschloch.« Berger ärgerte sich, dass er das mit Sabine angesprochen hatte. Vielleicht hätte er sich auch gern mal mit ihr vergnügt. Doch darum ging es nicht. Saum hatte sie sich einfach »genommen«, ohne Rücksicht darauf, ob er damit eine Lücke in Bergers Team riss. »Nein. Ich bin nicht neidisch. Aber wenn sie mich anlügt, damit sie mit dir ein paar Tage in irgendeinem Luxushotel verbringen kann, dann geht das zu weit. Sprich das gefälligst mit mir ab. So gehört sich das unter Freunden. Doch um das zu begreifen, bräuchte man ein wenig Empathie, die man von einem narzisstischen Psychopathen natürlich nicht erwarten kann.«

Für einen Moment sagten sie beide nichts. Berger hörte, wie Saum heftiger atmete. Endlich: Jetzt war auch er mal sprachlos.

Auf der Straße wurde wild gehupt. Berger sah aus dem Fenster. Sie waren noch immer nicht losgefahren. Überall standen Taxis, die ihre Abfahrt blockierten. Was war hier eigentlich los?

»Weißt du was, Berger.« Saum schien sich wieder gefangen zu haben. »Fuck you! Geh in den Puff und lass Dampf ab. Und wenn du wieder klar denken kannst, geh nach Hause, pack den Dalí ein und schick ihn mir.« Dann legte er einfach auf.

60

Besser hätte es nicht laufen können. Lena sah zu Galib, der mit seinem Smartphone alles mitgeschnitten hatte.

»Wie in einer Soap«, kommentierte er.

Die Angst des Beta-Tieres, nicht ernst genommen zu werden. Fallender hatte recht gehabt. Und eines musste man Berger lassen: Im Gegensatz zu seinem Freund schien ihm das Gewissen nicht vollkommen abhandengekommen zu sein.

»Und jetzt ab damit zu diesem NbM-kritischen Youtuber. Und als Soundfile in die sozialen Netze«, forderte Lena Galib auf.

Galib begann wild auf seinem Handy rumzutippen. Ein paar Minuten später war alles erledigt. »Wie bist du eigentlich an die Wanze gekommen?«

»Ist keine Wanze«, sagte Lena. »Das war ein Mini-UKW-Sender. In Deutschland nicht ganz legal. Aber wir Biologen nutzen die gerne, da man keine komplizierten und teuren Empfangsgeräte braucht. Ein normales Radio, das nicht weiter als dreihundert Meter von diesem Sender entfernt ist, reicht aus. Daher auch die Taxis. Berger sollte sich nicht von hier wegbewegen, damit Hübner das Gespräch empfangen konnte. Ich habe seinem Assistenten die Sendefrequenz mitgeteilt. Den Taxifahrern übrigens auch. Je mehr Zeugen, umso besser.«

»Und wenn es Bergers Fahrer doch gelungen wäre loszufahren?«

»Dann hätten wir ihn verfolgt.«

»Du hast es wirklich drauf«, lobte Galib Lena und grinste. Er sah sie länger an. Sie konnte in seinem Blick erkennen, dass er sie küssen wollte. Und sie wollte es irgendwie auch. Aber auch irgendwie nicht. Sie beugte sich zu ihm hinüber und drückte ihn an sich. Ihre Köpfe lagen Seite an Seite.

»Warum kein Kuss?«, fragte er.

»Das weißt du.«

»Er wird es nie erfahren.«

»Es geht nicht um ihn. Es geht um mich.«

»Aber du willst es doch auch. Das spüre ich.«

Lena zog ihren Kopf zurück. Ihre Lippen waren keine dreißig Zentimeter von seinen entfernt. Die Sogwirkung war kaum zu ertragen. Er schloss die Augen, bewegte seinen Kopf langsam auf ihren zu. Auch sie schloss die Augen, als könnte man einen Kuss ungeschehen machen, wenn man ihn nicht sah. Seine weichen Lippen auf ihren.

Als sie sich wieder gesammelt hatte, rückte Lena ein Stück von ihm weg. »Das mit dir war eine Reise. Eine kurze Auszeit vom Alltag. Die war wunderschön. Aber ich freue mich wieder auf den Alltag. Der Alltag ist mein Leben, nicht das Reisen.«

Galib drehte sich von ihr weg und sah aus dem Fenster. Er kam ihr ein wenig verletzt vor und so, als müsse er über das, was sie gesagt hatte, nachdenken. Draußen war inzwischen einiges los. Die Partei-Limousine von Berger hatte es endlich mit viel Hupen geschafft, sich durch die Taxis zu manövrieren. Aus dem Sendergebäude kamen unterdessen immer mehr Leute, unter ihnen auch Hübner. Lena nahm an, dass sie nach Berger suchten.

Dann entdeckte Lena Sommer, die mit ein paar Männern an ihrer Seite auf Hübner zulief. Hatte sie es noch rechtzeitig geschafft und das Telefonat im Radio mithören können? Egal, im Netz war es jetzt für alle Zeiten abrufbar.

»Und jetzt?«, fragte Galib. Er sah sie immer noch nicht an.

»Ich glaube, jetzt müssen wir einfach abwarten.«

»Ich meinte, mit uns?« Er drehte sich wieder zu ihr. Der Dackelblick, den er aufgesetzt hatte, war wirklich süß.

Sie streichelte ihm über die Wange. »Ich fahre jetzt nach Hause.«

»Nie wieder Urlaub?«, er grinste schelmisch.

»Du weißt, wie das mit zu viel Urlaub ist. Er wird zum Alltag. Aber ich brauche keinen anderen Alltag. Den habe ich bereits.«

Sie stieg aus. Dann ging sie langsam auf Sommer und Hübner zu.

Ein Monat nach der Wahl

61

Sie standen am Rand der Wiese, die an den kleinen Fluss grenzte. Lena hatte richtig vermutet, die Fähe hatte tatsächlich angefangen eine Geburtshöhle zu bauen. Lena war daher guter Dinge, dass ihre Forschungen gut vorankommen würden.

Sie stellte das Radio ein. Neben den Kameras war es ihr gelungen, einen ihrer UKW-Sender am Eingang der Höhle zu befestigen. Ein kratzendes Geräusch war zu hören.

»Bist du sicher, dass du den richtigen Sender eingeschaltet hast?«

Michael hatte heute frei und begleitete Lena bei ihren Beobachtungen, worüber sie sich sehr freute.

»Klar.«

»Und das Störgeräusch?«

»Das ist kein Störgeräusch. Das ist die Fähe. Sie arbeitet an ihrer Höhle, während die anderen Wölfe wahrscheinlich gerade jagen.«

»Und was machen wir jetzt?«, fragte Michael.

»Warten«, sagte Lena. Sie warf ihm einen kecken Blick zu. Die meisten Menschen gingen davon aus, dass die Arbeit von Verhaltensforschern so spannend war wie eine Sendung von »National Geographic«. Dabei gehörte Warten zu einer der Hauptbeschäftigungen.

Sie stellte den Rucksack auf den Boden und holte Brote heraus, die sie für Michael und sich geschmiert hatte. Gemeinsam machten sie es sich auf einem größeren Stein bequem. Die Sonne schien, und sie genossen die wärmenden Strahlen.

Wie zu erwarten gewesen war, hatten sich nach der Wahl die Ereignisse überschlagen. Noch am Wahlabend, keine drei Stunden nach Bergers ungewollter »Radio-Beichte«, wurde der Sieg der »Neuen bürgerlichen Mitte« von dem Skandal eingeholt, dass der Parteivorsitzende Jan Berger und das Parteimitglied Sebastian Saum in den Börsencrash verwickelt gewesen waren. Zudem leitete der noch amtierende Innenminister eine sofortige Untersuchung des Selbstmordes von Stefan Ewald an. Coppenfeld sowie ein paar seiner Männer vom Verfassungsschutz wurden mit sofortiger Wirkung vom Dienst freigestellt und in Untersuchungshaft genommen. Der Präsident des Bundestages erhob Einspruch gegen das Wahlergebnis und verkündete, dass unter den gegebenen Bedingungen die Voraussetzungen für eine freie, demokratische Wahl nicht gegeben gewesen seien. Der Entscheidung über die Ungültigkeit stimmten sogar die Mehrheit der Mitglieder der NbM zu. Berger selbst trat als Parteivorsitzender und von sämtlichen Ämtern zurück. Er wurde einen Tag nach der Wahl ebenfalls in Untersuchungshaft genommen, da festgestellt werden musste, wie weit seine Mitwisserschaft bezüglich des Börsencrashs, des mutmaßlichen Mordes an Ewald und des versuchten Mordes an Lena ging.

In Deutschland hatte sich entgegen aller Befürchtungen allerdings nicht viel verändert. Während es direkt nach dem Crash in den Geschäften zu Hamsterkäufen gekommen war und für zwei Wochen die Entnahme von Geldmitteln eingeschränkt wurde, hatte sich die Lage wieder beruhigt. Alles sah danach aus, als ob das Beben an der Börse nicht wirklich auf die Realwirtschaft durchschlagen würde. Wenn man also nicht selbst betroffen war, weil man Aktien besaß, wirkte alles so, als hätten sich ein paar Jungs einen bösen Scherz erlaubt und einen

Ballon platzen lassen, um ihn anschließend schlecht geflickt direkt wieder aufzublasen.

Gegen Saum hatte man umgehend einen internationalen Haftbefehl erwirkt. Er war spurlos verschwunden. Offiziell sprach man davon, dass er untergetaucht war. Doch von Galib hatte Lena erfahren, dass die Saudis wegen ihrer vorschnellen Investitionen in den DAX ziemlich schlechte Laune bekommen hatten. Aufgrund der erneuten Neuwahlen in Deutschland hatte es nicht die erwartete Aufholjagd am DAX gegeben, im Gegenteil. Dafür hatten sich andere Aktienmärkte sehr gut erholt, und die Saudis hatten den günstigen Einstieg verpasst.

Was die Saudis genau mit Saum gemacht hatten, wusste Galib nicht – oder wollte es ihr nicht sagen. Doch spätestens seit dem Fall des Journalisten Khashoggi wusste man, dass es interessante Methoden gab, Menschen vom Erdboden verschwinden zu lassen.

Das Verfahren gegen Galib und seinen Vater wegen Insiderhandels wurde dank Galibs Hilfe und gegen eine millionenschwere Strafzahlung eingestellt. Galib hatte mit seinen Börsengeschäften so zwar nichts verdient und sogar viel Geld verloren, doch zumindest nicht alles. Vor allem blieb ihm eine Haftstrafe erspart. Dafür saß sein Bruder Tarek in Untersuchungshaft, da man ihn zwar nicht mit der schweren Körperverletzung an Locke, jedoch endlich mit einem größeren Drogendeal in Verbindung bringen konnte.

Von Sommer hatte Lena erfahren, dass Locke inzwischen aus dem Krankenhaus entlassen worden war. Es ging ihm wieder gut, und er arbeitete für Sommer, der man Ewalds Stelle angeboten hatte. Auch wenn Sommer nicht die Mutigste war, fand Lena trotzdem, dass sie es verdient hatte.

Lena hatte Sommer noch einmal auf Ewalds Beerdigung getroffen, einer äußerst deprimierenden Veranstaltung. Nur sehr wenige Menschen waren anwesend gewesen. Ewald war sicherlich ein Mensch voller Schattenseiten. Ein wenig mehr Anerkennung für das, was er geleistet hatte, hätte ihm Lena doch gewünscht. Sie würde nicht nur seine Weihnachtskarten vermissen. Es gab Menschen auf der Welt, da fühlte es sich gut an zu wissen, dass es sie gab. So ein Mensch war Ewald für sie gewesen.

»Michael?« Lena hatte ihr Fernglas auf die Augen gesetzt.

»Ja?«

»Was macht für dich eigentlich Vertrauen aus?«

Sie hatte sich in den letzten Tagen häufig gefragt, ob sie ihm ihren Fehltritt beichten sollte.

»Warum fragst du?«

Da sich vor der Höhle nichts tat, nahm sie das Glas wieder herunter. »Weil ich meine, dass es bei einer Familie vor allem darum geht. Um Vertrauen. Gibt es kein Vertrauen mehr, ist die Familie kaputt. Auch das passiert. Aber kein anderes System spendet so lange Vertrauen wie eine Familie.«

»Schwierige Frage.« Michael überlegte. »Für mich ist Vertrauen die Gewissheit, dass ich so geliebt und akzeptiert werde, wie ich bin. Zu einer Person, der ich vertraue, kann ich immer gehen, egal was passiert ist. Egal was ich getan habe.«

»Aber *muss* man das auch, ich meine, zu ihr gehen?«

»Du meinst, ob es richtig ist, einer Vertrauensperson etwas zu verschweigen?«

Sie nickte.

»Ich denke, es kommt auf die Intention an.«

»Wie meinst du das?«

»Na ja. Die Wahrheit kann sehr verletzend sein. Manchmal ist es besser, etwas nicht zu wissen.«

»Ich glaube, ich ziehe die Wahrheit vor«, sagte Lena. »Vor allem möchte ich selbst entscheiden, wann ich etwas nicht wissen möchte.«

Michael musterte Lena von oben bis unten. »Sicher?«

»Klar. Du nicht?«

Er betrachtete sie weiter. »Es mag Männer geben, die auf kleine Falten um die Augen stehen.« Er strich ihr sanft über die Wange. »Ich persönlich liebe glatte, weiche Pfirsichhaut.«

Lena schlug Michael gegen die Brust. »Wie gemein du sein kannst.«

»Außerdem halte ich dich für naiv und nicht sonderlich intelligent. Aber du hast ein großes Herz, bist nett zu unserem Sohn und kochst die besten Pancakes.«

»Stopp!« Sie hielt ihm den Mund zu. »Du bist schrecklich! Das meinst du doch alles nicht ernst?«

»Du wolltest doch die Wahrheit?« Er hielt ihre Hände fest, sah sie grinsend an.

»Okay. Vielleicht will ich doch nicht alles wissen«, sagte sie nach einer Weile. Und doch hatte sie das Gefühl, dass ihre Neugierde stärker war als ihre Selbstschutzmechanismen.

»Aber warum fragst du? Verschweigst du mir etwas?«

War sie so leicht zu durchschauen? »Du etwa?«, wich sie seiner Frage aus. Sie hatte ihn wegen der Spuren im Schnee noch zur Rede gestellt. Er hatte ihr jedoch mehrfach versichert, dass er es nicht für erwähnenswert gehalten hatte, dass es Frauenschuhe gewesen waren. Und sie hatte die Angelegenheit damit auf sich beruhen lassen. Wenn jetzt allerdings herauskam, dass doch etwas mit Natasha gelaufen war, dann würde sie ihm auch die Sache mit Galib beichten.

»Ich glaube, wir haben alle unsere kleinen Geheimnisse.«

»Und das findest du gut?« Lena musste an die Geschichte von den drei Gesichtern denken, die ihr Ewald erzählt hatte.

»Warum nicht?« Michael überlegte. »Vertrauen bedeutet für mich, dass der andere einschätzen kann, wann die Wahrheit für mich relevant wird. Ich glaube, dass du das einzuschätzen weißt.« Er ergriff Lenas Hand. »Und deswegen liebe ich dich. Zudem bin ich der Meinung, dass ein paar Geheimnisse durchaus sexy machen.«

Sie sah ihm lange in die Augen. Ahnte er ihren Seitensprung? Und wollte er ihr mit seinen Worten sagen, dass er gar nichts davon wissen wollte? Michael war kein Mann, dem das Testosteron aus allen Poren triefte, so wie Galib. Aber er hatte die Welt gedanklich im Griff. Zumindest kam es ihr so vor. Und das war genau einer der Gründe, warum sie sich in ihn verliebt hatte. Und sie vertraute ihm.

»Du meinst also, ich bin alt und runzlig«, schimpfte sie gespielt wütend. Sie stürzte sich auf ihn, woraufhin er rückwärts von dem Stein in den Schnee fiel. Dann griff sie neben sich und rieb ihm das Gesicht ein.

»Hey!«, lachte Michael und versuchte sich zu wehren.

»Und naiv und dumm?« Erneut fuhr sie ihm mit dem Schnee durch das Gesicht.

Er ergriff ihre Hände. Ehe sie reagieren konnte, lag sie schon neben ihm. Kurz darauf war er es, der sich auf sie gesetzt hatte. Er sah zu ihr herab. Dann küsste er sie. Seine Lippen waren noch kalt vom Schnee. Und er küsste sie heute anders oder vielleicht auch einfach nur so, wie er sie schon lange nicht mehr geküsst hatte. Heute war es kein trauriges Relikt aus alten Tagen. Dann spürte sie seine Hand unter ihrer Jacke und seine warme Zunge an ihrem Hals. Sie schloss die Augen und schlang die Arme um ihn.

Während Michael Jean abholte, räumte Lena zu Hause die Küche auf. Mit ihren Gedanken war sie noch bei dem, was zuvor passiert war. Es war schön gewesen – kalt, schnell, anders. Vielleicht ein neues Ritual?

Es klingelte an der Haustür.

»Schon wieder da?«, rief Lena, während sie in den Flur ging.

Entgegen ihrer Erwartung standen nicht Michael und der hüpfende Jean vor ihr, sondern eine hochgewachsene, gut gekleidete, ihr nicht bekannte Frau um die vierzig.

»Ups, ich dachte mein Sohn … Wie kann ich helfen?«, fragte Lena.

Die Frau wirkte ein wenig verunsichert. »Na ja.« Sie betrachtete Lena auf eine Art, wie sie es eigentlich nur von neidischen Kolleginnen an der Uni kannte. »Es geht um …«, und dann etwas zeitverzögert, »… ihr Haus.«

»Unser Haus?«

Die Frau kicherte nervös. »Hanna Riefen mein Name. Entschuldigen Sie die Störung. Ich bin Maklerin. Ihr Hof fasziniert mich seit Längerem … Die tolle Lage … und trotzdem die Nähe zu Berlin. Ich muss zugeben, ich habe mir Ihr Haus bereits mehrfach aus nächster Nähe angesehen. Wirklich toll.«

»Wir verkaufen aber nicht«, sagte Lena ein wenig genervt. Sie sah sich die Frau genauer an. Sie trug einen langen, modischen Mantel, der ihr über die Knie reichte, dazu schwarze, wahrscheinlich italienische, hohe Stiefel – vorne spitz, hinten mit Absatz.

Die Frau nickte verlegen. »Natürlich, ich verstehe.«

Lena blickte erneut auf die Stiefel. »Trotzdem danke für die Nachfrage und dass Sie sich vorgestellt haben.«

Sie wartete, bis die Frau in ihren Wagen gestiegen war. Dann schloss sie zufrieden die Tür.

Zwei Monate nach der Wahl

»Verlässlich und altruistisch, das waren in der letzten Zeit nicht die, von denen ich es vermutet hätte. Ich habe viel über Menschen gelernt.«

Lothar Schmidt, Ingenieur, Dresden

»Die Fahrten in den Puff nehmen zu. Beste Zeichen dafür, dass Krise vorbei.«

Mohammed Qamari, Taxifahrer, München

»Die Krise hat für uns nichts verändert, außer dass man länger keine Hefe bekam. Daher haben wir uns nicht mehr zum Kuchenessen getroffen, sondern zum Spazierengehen. Das tun wir jetzt immer noch. Es sind nur zwei Stunden. Aber die sind toll.«

Vanessa Oberländer, Mutter, Nürnberg

»Er meinte, wir müssten das beenden. Es würde ihm nicht guttun. Ich wollte mich rächen und es seiner Frau sagen. Als ich dann vor ihr stand, habe ich es aber doch gelassen.«

Hanna Riefen, Erwachsenenbildung, Berlin

»Scheiß Schweinepest. Irgendwas ist aber auch immer.«

Adrian Buschwerk, Landwirt, Münster

Nachwort

Die ersten Seiten dieses Buchs schrieb ich noch zu Zeiten vor Corona. Der DAX stand bei über 13 000 Punkten und bewegte sich auf die 14 000 zu. Ich hatte damals große Sorge, dass mein Roman von der Realität eingeholt werden könnte, und sich tatsächlich ein Börsencrash ereignet. Und meine Sorge war leider nicht unbegründet, auch wenn ich mit diesem Auslöser nicht gerechnet hätte. Das Virus breitete sich aus, und noch während ich schrieb, gab es den ersten »kleineren« Crash im März 2020. Die Corona-Pandemie brachte für mich plötzlich große Unsicherheit bezüglich einer fiktionalen jedoch auch realitätsnahen »Zukunftsprognose« mit sich, die zumindest das Setting dieses Romans mitbestimmt. Auf einmal entstanden neue Parteien und politische Bewegungen. Und man darf gespannt sein, was noch alles passiert, bis dieses Buch auf den Theken der Buchläden liegt. Nur eines dürfte feststehen: Nicht nur Geschichten halten große Überraschungen für uns bereit, sondern auch das Leben.

Die Forschung erlebt ständig kleinere und größere »Überraschungen«. Bei meinen Recherchen zu *Homo Lupus* stieß ich in einem Buch aus den 1950er-Jahren des Verhaltensforschers und Nobelpreisträgers Konrad Lorenz *(So kam der Mensch auf den Hund)* auf eine interessante Entdeckung. Lorenz meinte durch seine Beobachtungen nachweisen zu können, dass die heutigen Hunderassen vom Wolf, vor allem aber auch vom Goldschakal abstammen. Seine Argumente klingen logisch. Und doch wurde er durch die moderne Genforschung widerlegt. In den 90er-Jahren fand man heraus, dass der genetische Vater aller heutigen Hunderassen ausnahmslos der Wolf ist.

Dass sich selbst Nobelpreisträger irren können, sollte nicht verwundern. Diese Erkenntnis lehrt einem dennoch einmal mehr Demut. Nicht alles, was erwiesen erscheint, muss morgen noch als erwiesen gelten. Der »neuste Stand der Wissenschaft« ist auch heutzutage immer nur eine Momentaufnahme, die häufig darauf wartet, widerlegt zu werden. Und gibt es etwas Faszinierenderes, als eine gelungene Widerlegung? Für mich entsteht in solchen Momenten ein kleiner Riss in der Leinwand eines an sich stimmigen Bildes, durch den plötzlich eine ganz neue Welt entdeckt werden kann.

Als ich mich für dieses Buch intensiver mit Wölfen beschäftigte, stieß ich zu meinem großen Glück auf genau so einen »Riss«. Entgegen der herkömmlichen Auffassung, dass Wolfsrudel in einer strengen linearen Hierarchie leben (mit einem Alpha-, Beta-, Gamma-Tier etc.), hatten Forscher herausgefunden, dass dies zumindest für freilebende Wolfsrudel nicht der Fall ist. Sie leben in einem **Rollenmodell.** Im Gegensatz zum Hierarchiemodell, das für einen längeren Zeitraum eine klare Rangordnung vorgibt, ist das Rollenmodell sehr viel flexibler. Es bringt damit den entscheidenden Vorteil mit sich, dass abhängig von den individuellen Fähigkeiten und Stärken der Individuen entschieden werden kann, wer in einer konkreten Situation handelt oder führt.

Ich glaube, dass es kein Zufall ist, dass Forscher erst jetzt auf diese Entdeckung stießen. In Zeiten, in denen uns hierarchische Modelle (egal ob in der Familie oder in Unternehmen) zunehmen suspekt werden und wir nach alternativen Strukturen des Zusammenlebens und Arbeitens suchen (vgl. agile

Arbeitsweisen), ist es nicht verwunderlich, dass sich unsere Wahrnehmung anpasst, und wir diese alternativen Umgangsformen plötzlich auch in der Tierwelt beobachten. Dass wir bestimmte Verhaltensweisen dann ganz neu zuordnen, liegt an dem alten Problem, dass wirklich objektive Beobachtung nicht möglich ist, da sie immer durch die subjektive Brille unseres Bewusstseins geprägt wird.

Wer übrigens in seinen Büchern noch die Ansicht vertritt, dass es in Wolfsrudeln streng hierarchisch zugeht, ist der »Wolfsmann« **Shaun Ellis.** Er wird in einem Gespräch zwischen Lena Bondroit und Stefan Ewald erwähnt und ist keine Fiktion. Wer sich für ihn interessiert, wird einige Bücher und auch Reportagen von und über ihn finden, in denen es viel Wissenswertes über Wölfe zu lernen gibt.

Es gibt manchmal Kleinigkeiten, die einen Autor in den Wahnsinn treiben. Bei mir war es die scheinbar einfache Frage nach der **Bisskraft** des Menschen. Bondroit gelingt es in einer Szene, sich zu befreien, indem sie einem Mann in den Arm beißt. Gerne wollte ich in diesem Zusammenhang den Unterschied zur Bisskraft des Wolfs erwähnen, da ich meinte, gehört zu haben, dass die Bisskraft des Menschen unterschätzt wird. Im Internet findet man jede Menge Aussagen zur Biss- bzw. Beißkraft, allerdings sind nur wenige mit seriösen Quellen hinterlegt. Selbst das sonst so hilfreiche Wikipedia lieferte mir nur eine fragwürdige Zahl ohne Belege. Zum Glück stieß ich am Ende auf eine Studie aus dem Jahr 2010 *(The craniomandibular mechanisch of being human)*, in der die Bisskraft des Menschen mit einem dreidimensionalen Modell errechnet wurde. Die Forscher kamen hier zu der interessanten Erkenntnis, dass der Mensch sogar ein stärkeres Gebiss hat als ein Gorilla und damit ein ähnlich starkes wie der Wolf. Wer ordentlich zubeißen will, sollte allerdings folgendes beachten: Die Bisskraft ist durch den Hebelarm an den Backenzähnen am stärksten. Unser Gebiss ist daher vor allem dazu ausgelegt, Nahrung zu »zermalmen«. Einen besonders starken »Fangbiss« haben wir hingegen mangels ausgeprägter Eckzähne nicht. Hier ist uns der Wolf auf jeden Fall überlegen.

Die Idee, sich durch einen minimalen zeitlichen Vorsprung beim elektronischen Börsenhandel einen Vorteil zu verschaffen, der sich zu viel Geld machen lässt, entspringt übrigens nicht einem kranken Autorenhirn. Michael Lewis beschrieb in seinem Buch *Flash Boys* aus dem Jahr 2014 diese Praktik, die dem Bänker Brad Katsuyama aufgefallen war und immer noch Anwendung findet (vgl. **Hochfrequenzhandel**).

Meine letzte Anmerkung gilt den im Buch häufig thematisierten **Ritualen** – einem Thema, dass mir persönlich sehr wichtig ist. Wenn ich früher den Begriff Rituale hörte, dachte ich als erstes an bunt bemalte Schamanen, die trommelnd um eine kranke Person herumtanzen. Rituale hatten für mich immer etwas Mystisches und Zauberhaftes, etwas, das es in unserer Welt nur noch selten gibt. Sicherlich nutzt auch die Kirche viele Rituale, aber interessanter Weise kamen mir diese nicht in den Sinn. Das mag daran liegen, dass für mich leider viele kirchliche Rituale im Laufe der Zeit ihre Bedeutung verloren haben und für mich persönlich zu sogenannten **»leeren« Ritualen** wurden. Dafür lernte ich bei meinen Recherchen, dass auch bestimmte Handlungsfolgen Rituale sein können, die ich zuvor nie als solche bezeichnet hätte. Dazu kann beispielsweise der Einstieg einer Familie in den Tag gehören oder die Art und Weise, wie eine Familie ihren Urlaub verbringt (vgl. Imber-Black, Roberts, Whiting in Rituale – *Rituale in Familien und Familientherapie*). Wichtig für mich war die Erkenntnis, dass Rituale nicht starr sein müssen, sondern sich weiterentwickeln können und oft sogar müssen, um nicht »leer« zu werden und irgendwann ersetzt zu werden. Ich glaube, dass wir derzeit in einer unterritualisierten Welt leben. Doch damit haben Rituale nicht an Bedeutung und Anziehungskraft verloren. Der Mensch hat Bedürfnisse und Sehnsüchte, die er befriedigt wissen möchte. Es muss uns daher bewusst sein, dass Rituale auch missbraucht werden können. Das Dritte Reich mit seinen Ritualen und Symbolen mag hier als abschreckendes Beispiel dienen. Es nutzt allerdings nichts, das Ritual an sich als hinterwäldlerisch, anachronistisch und am Ende sogar böse zu verteufeln. Eine der großen Herausforderungen der westlich demokratischen Welt und auch der Kirchen sehe ich eher darin, wieder Rituale für sich zu entdecken, die die Menschen zusammenbringen und ihre Bindungs- und Anerkennungsbedürfnisse befriedigen, anstatt das Feld Kräften zu überlassen, die Rituale für ihre Hass- und Allmachtsphantasien missbrauchen.

Danksagung

Dieses Buch wäre nicht das, was es jetzt ist, wenn nicht gewesen wären: Jörg, Marc, Tina, Teresa und Ulla. Vielen Dank meinen »Erstlesern« für die hilfreichen Hinweise, Anpassungsvorschläge und Diskussionen zwischendurch. Danke aber auch für die motivierenden Worte. Ein Buch zu schreiben ist am Ende eine sehr einsame Tätigkeit, und man fragt sich oft, ob man noch auf dem richtigen Weg ist. Da tut es gut, wenn einem verbal oder real auf die Schultern geklopft wird.

Daher möchte ich mich an dieser Stelle auch bei allen Lesern des ersten Teils der »Bondroit-Reihe« *(Die Ameisenfrau)* bedanken. Jeder Zuhörer bei Lesungen, jedes verkaufte Buch und jedes positive Feedback, in welcher Art auch immer, hat mir dabei geholfen, an diesen zweiten Teil zu glauben und die Geschichte fortzusetzen.

Ein großes Dankeschön gilt zudem Elisabeth Ruge und ihrem Team der Agentur ERA, das mich so hervorragend berät und betreut. Hervorzuheben ist hier Lina Dieckmann. Sie ist die schnellste Leserin, die ich kenne, und vermag auf so einfühlsame Weise Verbesserungsvorschläge zu machen, dass mir oft gar nicht auffällt, dass es sich um Verbesserungsvorschläge handelt.

Vor allem aber gilt mein Dank dem Team des Benevento Verlags für sein Engagement und das mir entgegengebrachte Vertrauen. Noch ehe *Die Ameisenfrau* auf dem Markt war und sich wirtschaftlich abschätzen ließ, ob das Buch ein Erfolg wird, wurde der Vertrag für dieses Buch unterzeichnet. Es freut mich, dass es in der heutigen Zeit immer noch Unternehmen und Menschen gibt, die nicht nur den kurzfristigen Erfolg im Auge haben, sondern auf eine langfristige vertrauensvolle Zusammenarbeit Wert legen. Ganz besonderer Dank gilt meiner Lektorin Katrin Trometer. Ich kann mir keine angenehmere, professionellere und partnerschaftlichere Zusammenarbeit vorstellen.

Dieses Buch habe ich meiner Familie gewidmet. Denn es handelt zum Großteil von der Familie. Und ohne meine wunderbare Frau und meine beiden tollen Kinder wäre dieses Buch ganz sicherlich nicht entstanden. Ich sage häufig, es gibt keinen schöneren Moment als den, wenn ihr unter der Woche morgens das Haus verlasst, und ich mich endlich an meinen Schreibtisch setzen kann, um in Ruhe zu schreiben. Das stimmt. Und es stimmt doch auch wieder nicht. Denn noch mehr freue ich mich auf den Moment, wenn ihr dann alle wieder nach Hause kommt und wir zu viert unsere kleinen und größeren Rituale leben können.

Köln, im Oktober 2020
Thomas Kiehl

DIE MACHT DER ANGST

Lena Bondroit, eine angesehene Ameisenforscherin, wird Zeugin eines kaltblütigen Mordes – und gerät dadurch ins Visier einer undurchsichtigen Organisation. Diese scheint die Bevölkerung im großen Stil zu manipulieren und sie in Angst zu versetzen. Kann Bondroit mit Hilfe ihres biologischen Wissens Licht in den Fall bringen? Ein hochbrisanter Thriller um das bestimmende Gesellschaftsphänomen unserer Zeit: die Angst. Wird sie gezielt geschürt? Wer profitiert davon? Und können wir uns wehren?

THOMAS KIEHL
DIE AMEISENFRAU
416 Seiten · 13,5×20,5 cm
Klappenbroschur
ISBN: 978-3-7109-0082-2 · € 18,00